ハヤカワ・ミステリ

JEAN-CHRISTOPHE GRANGÉ

ブラック・ハンター

LA DERNIÈRE CHASSE

ジャン＝クリストフ・グランジェ

平岡 敦訳

TOKYO
HAYAKAWA
BOOKS

A HAYAKAWA
POCKET MYSTERY BOOK

装幀／水戸部 功

ブラック・ハンター

登場人物

ピエール・ニエマンス……フランス司法警察の警視
イヴァーナ・ボグダノヴィッチ……フランス司法警察の警部補
ユルゲン・フォン・ガイエルスベルク……VGグループの経営者
ラオラ・フォン・ガイエルスベルク……同経営者。ユルゲンの妹
マックス・フォン・ガイエルスベルク……ユルゲンとラオラの従兄弟
ウド・フォン・ガイエルスベルク……マックスの弟
フィリップ・シュラー……ガイエルスベルク家の主治医
フランツ・カール＝ハインツ・フォン・ガイエルスベルク……ユルゲンとラオラの叔父
ロレッタ・カウフマン……ユルゲンとラオラの元養育係
ファビアン・クライナート……バーデン＝ヴュルテンベルク州刑事警察局の警視
ジョゼフ・ワドシュ……イェニシェ
マリ・ワドシュ……ジョゼフの娘

第一部　追跡

1

記憶はまったくない。かすかな断片を除いては。切り裂かれた傷口から、大量の血が流れ出た。だから急流から引き揚げられたとき、ニエマンスは猟師の革袋になったような気がした。水がつまった革袋。そのときはまだ意識があった。でも、何を意識していたというのか？

救急車に担ぎこまれたところで気を失い、昏睡状態のまま二週間が過ぎた。空っぽの二週間。そして頭の奥に光が灯った。乳白色の井戸の底から、得体の知れないものがいくつも浮かんでくる。形のない生き物、生命のかけらが……なんだか精液みたいだ、と思ったのがまず第一段階だった。

やがて乳を連想するようになった。ヒンズー教の宇宙論にある有名な話が、ふと頭に浮かんだ。アンコールの寺院で眺めたフレスコ画。そこでは神と悪魔が乳の海を掻き混ぜ、不可思議な生き物を湧きあがらせようとしていた。しかしいくら脳味噌を引っ掻きまわしても、よみがえるのはただ暴力や殺人犯の顔、敗北の苦い記憶だけだった。殺人課の刑事にとって、それが思い出と呼べるもののすべてなのだ。

医者たちも驚いたことに、とうとう意識が戻った。神々のダンスはまだ続いていたけれど、それは現実生《イン・リアル・》活《ライフ》の出来事だった。体のなかを時がすぎていく。破裂したドラム缶にも時が流れるように。昼と夜の区別がつかず、石膏ギプスと麻酔薬にすっかり埋もれているような気分だったが。しかし医者が言うには、どれもいい兆候なのだそうだ。

しばらくするとニエマンスはベッドに腰かけ、あれこれ質問もできるようになった。でも誰について、何について訊けばいいんだ？

真っ先にたずねたのは、ファニー・フェレイラのことだった。ニエマンスの腹をカッターナイフでざっくりと切り裂いた女。二人がもつれ合って落ちた冷たい川から、彼女は生きて戻らなかった。亡骸は双子の姉とともに、ゲルノンから数キロの場所に葬られたという。それがどこかは明かされていない。呪われた姉妹には墓がなかった。

次にカリム・アブドゥフのことをたずねた。あの恐ろしい事件の捜査で、即席のコンビを組んだ相棒だ（『クリムゾン・リバー』参照）。彼は憲兵隊《ジャンダルム》に説明した事件の概要を急いで報告書にまとめ、さっさと警察を辞めてしまった。《国に帰った》のだそうだ。ニエマンスはそれ以上追及しなかった。カリムは根無し草だとわかっていたから。彼にもう一度会おうともしなかった。どのみち二人のあいだには、忌まわしい記憶のほかに分かち合えるものは何もない。

そろそろ、あたりまえの人間たちの世界に復帰しなければ。病室には司法警察の有力者や国家憲兵隊のお偉方がやって来ては、ねぎらいの言葉をかけていった。パジャマ姿のまま勲章を授けられ、コルクボードにピンで留められた蝶になったような気分だった。好みや色で分類した標本の蝶に……

社会保障制度の《第一級障害者》にも認定された。もう現場の警察官としては働けず、障害者年金をもらうことになった。こんなことなら、ファニーといっしょに凍った川に流されたほうがよかったかもしれない。ニエマンスは早くもそう思い始めていた。

けれどもフランスの行政当局は、そう簡単に人をお払い箱にはしなかった。まずは再利用《リサイクル》を考える。ニエマンスは回復早々、カンヌ＝エクリューズ警察学校の教官にならないかと持ちかけられた。それなら願ったり叶《かな》ったりだ。おれの経験が警官の卵たちに役立つだろう。

けれども三年間勤めた結果、違和感を抱くようになった。彼のなかにある警察官像は、どうやら既成の規範と合致していないらしい。こうして再び彼はあっちへこっちへと、閑職をたらいまわしにされることになった。相談役、アドバイザー、観察官――何でもいいから、やつに余計なことをさせるな、というわけだ。

　体のほうはすっかりもとに戻ったが、精神面となると話が別だ。濡れたコートを背中にはおっているような気分で、彼は毎日を過ごしていた。《ふさぎの虫》と呼ばれる類の、心にとりつく重荷だ。胃がずっしりと重く、悪寒《おかん》で体が震え、喉が締めつけられる。そんな症状が繰り返しあらわれた。ちょっとしたきっかけで涙があふれ、年中眠くてしかたないのも、ろくでもない状態から逃れるための自衛策なんだろう。

　こうして欲求不満と倦怠感、屈辱と無関心のあいだを行き来しながら二年間が過ぎたある日、昔の仲間が――出世の才覚に恵まれていた連中だ――彼のことを思い出した。

「報告書にもあるとおり、フランス各地でいかれた殺人事件が増加していてね、憲兵隊《クリュショ》ではもう手に負えない。そこでパリからフランス全土に人員を派遣する中央部局を組織することになった。案件に応じて経験豊かな警官に、憲兵隊へ出向してもらう」

「なるほど。で、人数は？」

「今のところ、きみひとりだ。まだ公式のプロジェクトではなく、試験段階なんでね」

　馬鹿馬鹿しい。警察官を憲兵隊の援助に送り出そうだなんて、どうかしている。そんなこと、誰も真面目に取り合わなかった。やれやれ、いったいどんな政権下で思いついたことやら。

　初めから失敗が目に見えているような計画には、過去の亡霊ほど適任者がいるだろうか？　問題はこんな質《たち》の悪い冗談に、ニエマンスが本気を出したことだった。おまけに彼は、部下もひとりつけるよう要求した。

「ヤッホー、満タンにしてくれました？」

イヴァーナはボルボのウィンドウに身をのり出した。サラダ、シリアル、ミネラルウォーターなどなど、サービスステーションが気まぐれな菜食主義者《ヴィーガン》に出すものをすべて腕に抱えている。

ニエマンスは体をゆすりながら車の外に出て、給油を始めた。ガソリンタンクを満たしていると、現実に戻った。初秋のドイツ、高速道路、マーク・ロスコの絵を思わせる赤味をおびた午後。不快ではないが、喜びの絶頂とは言い難い。

彼はレジまで歩いていった。もっと高揚した気分になってもいいはずだ。何か月もつまらない書類の束や統計、国家憲兵隊からけちけちと送られてくる捜査ファイルと格闘したあと、ようやく現場に出られたのだから。

奇妙なことに、派遣先はドイツだった。かの黒《シュヴァルツ》い森《ヴァルト》地域に位置する独立市フライブルク・イム・ブライスガウ。彼らは夜明けに出発し、午前十時にコルマールに着いた。ニエマンスは制限速度を守ったことがない。これは信念の問題だ。

大審裁判所検事の説明によると、今回扱う殺人事件の現場はアルザス地方のトリュシェイムの森だという。しかし被害者も容疑者も証人も、捜査の対象はすべてドイツ人だった。オー＝ラン県憲兵隊はフランス側の捜査を担当し、ニエマンスたちがドイツ側の捜査に加わることになった。

ヨーロッパ各国の警察間でえんえんと協議がなされた末、ニエマンスたちはバーデン＝ヴュルテンベルク州刑事警察局と協力してドイツ領内で捜査にあたることが認められた。

ニエマンスにはわけのわからないことだらけだが、

さほど心配していなかった。彼がややこしい説明にじっと耐えているあいだにも、イヴァーナがアルザスの憲兵隊から捜査ファイルを受け取り、細部をつき合わせて完璧な現状分析にかかっているはずだから。

ニエマンスは料金を払いながら、ひと足先に車に乗った彼女をフロントガラス越しに見やった。助手席のまわりに、なにやらせっせと食べ物を並べている。まるでそれが戦車の装備品であるかのように。

イヴァーナ・ボグダノヴィッチ。

新たな相棒。

空っぽの世界から戻ったニエマンスにとって、それが何よりの収穫だった。

2

イヴァーナのどこが気に入ったかと言えば、まずはその外見だった。

年がら年中着ているバックスキンのジャンパーは、暗闇のなかではモグラのようにくすみ、光のなかではリスのように輝いた。すり切れたジーンズ、履き古したブーツ、赤い髪。それらすべてがひとつになって、もの悲しい落ち葉にも熱い血潮にも通じる、何か強烈な個性を醸している。

背はさほど高くないが、とてもほっそりとしていた。一見すると《きゃしゃ》な感じもしないではないが、筋肉が張りつめた体にそんな言葉はふさわしくなかった。傷ついた野良猫のような姿は、むしろ生命力の強さを物語っている。なるほど、つらい経験もあったろう。しかしそのあとに残ったのは、強固な意志だった。腕っぷしや心に秘めた激しい怒りは、誰にも負けやしない。

赤い髪と対照的な白い肌は、一本の象牙から切り出したウルナイフを思わせた。一方の端は鋭く尖っているが、もう一方の端はしっくりと手に馴染む。イヴァーナが恋人たちとどんな付き合いをしているのかは知らないが、きっと昼間はタフで冷静なぶん、夜は熱くやさしくなれるに違いないとニエマンスは確信していた。

イヴァーナはカンヌ＝エクリューズ国立高等警察学校時代の教え子だった。最初の点呼のとき、ニエマンスは彼女の名前を間違えて発音した。

イヴァーナは訂正したあと、すぐにこうつけ加えた。

「でも、好きなように呼んでいただいてけっこうです」

その口調は控えめというより、むしろプライドの高さを感じさせた。苦難に満ちた人生を送ってきたのだろうが、イヴァーナはそうした宿命やらなにやらすべてを乗り越えたところにいた。

ここ数か月、ニエマンスは彼女の鋭利な美しさをじっくり観察することができた。張り出しぎみの頬骨、絵筆の先で引いたような眉。鮮やかな赤毛に彼は魅了された。彼女の赤い髪を見ていると、なぜかイビザ島の黄昏時《たそがれどき》が心に浮かんだ。ヒッピーのパーティ、LSD、そして瞑想……どれもこれも、ニエマンスが大嫌いなものばかりだが、イヴァーナと結びつくとにわかに好ましく思えてきた。

けれども本当は、今初めて気づいたことなんかじゃない。ニエマンスは自分で自分を欺こうとしていた。驚きを装っているけれど、イヴァーナは昔からの知り合いだ。いざとなったらどんなことをする女かもわかっている。しかし二人とも最初に出会ったときのことは忘れ、ゼロから始めたいと思っていた。

「おれのコーヒーは？」ニエマンスはイグニッションキーをまわしながらたずねた。

イヴァーナはコップ受けの飲み物を指さした。

「コーヒーは体に悪いですよ。代わりにハーブティーをもらってきました」

ニエマンスはぶつぶつ言いながら車を出した。イヴァーナは助手席で体を丸め、プラスチックのフォークでキヌアサラダに猛然と挑み始めた。彼女がクルミ材のダッシュボードに踵をのせたのを見て、ニエマンスは危うく怒鳴りつけるところだった。

誰かほかの人間が、彼のボルボ・ステーションワゴンでそんな暴挙に出たならば、とうてい許せなかっただろう。でも相手がイヴァーナだと……彼はシートにゆったりと身を落ち着け、ハンドルにつかまって目いっぱいアクセルを踏んだ。気分は上々だった。三十二歳にもなって、まだ爪を噛んでいるような女だからな。イヴァーナといっしょにいると、うきうきと心が軽くなる。彼女の気配、彼女の香りが好きだった。パフライスのような甘い香りは、ファム・ファタルの芳香というより小児用クリームに近かった。

ニエマンスがイヴァーナ・ボグダノヴィッチ警部補を補佐役に選んだとき、誰もがいぶかしんだ。たしかに必要な能力はすべて備わっているが……しょせん女じゃないかと。それにみんなは、ニエマンスが女嫌いの気《け》がある旧弊なマッチョで、男尊女卑論者だと思っていたから。彼にとって警官は、男以外ありえない。簡単な話だ。

ニエマンスはそんな風評を、内心面白がっていた。何を馬鹿馬鹿しい。大間違いだ。彼と女性たちとの関わりは、もっと複雑なものだった。結婚したことはないが、女性を見下しているとか、女性に無関心だとかではない。むしろ畏怖しているくらいだ……

けれどもイヴァーナが相手だと、構えてかからずにすんだ。彼女はニエマンスがこれまで出会ったなかでも、飛び抜けてすぐれた警官だった。警察学校の成績は言うにおよばず、その後数年にわたる現場の実績も申しぶんない。ニエマンスにとってはかけがえのない、まさに天の配剤だった。

「ここで高速を降りるのか？」とニエマンスは、フライブルクと書かれた標識を見ながらたずねた。

「ええ」イヴァーナは飢えた小鳥かリスみたいに四角いパイをかじりながら答えた。

ニエマンスはスピードをあげた。

「よし、それじゃあ、事件の検討に入ろうか」

3

「アメリカの雑誌《フォーブス》によると、ガイエルスベルク家はドイツ二十位の富豪で、総資産は百億ドルにのぼります。バーデン＝ヴュルテンベルク州の名家の血筋を引き、今は自動車産業の世界でがっちり財産固めをしているわ。フォン《V》・ガイエルスベルク《G》・グループはドイツの全自動車メーカーから一目置かれているパートナー企業なんですって」

「で、誰が殺されたんだ？」

驚いたことに、ニエマンスには捜査ファイルをひらく暇もなかったらしい。

「ユルゲン。グループの主要な後継者で、妹のラオラと二人で会社を率いていた人物です。年齢は三十四。

死体は先週の日曜日、アルザス地方のトリュシェイムの森で発見されました」

「どうしてドイツ人がアルザスの森に来てたんだ？」

リスは食事を終えていた。パイの四角い容器をサービスステーションの袋に押しこみ、ｉＰａｄをつかんだ。

「ガイエルスベルク家では年に一、二度、地元の主な名士や仕事上のパートナーを招待して狩りの会を催していました。騎馬で隊を組み、猟犬を使って獲物を追いかける本格的な追走猟です。土曜日のうちに全員がガイエルスベルク家の狩猟用別荘に集まり、狩りの準備をする。その晩はそこに泊まって、翌朝、ファンファーレとともにライン川を渡りました」

「でも、何だってわざわざアルザスまで来るんだ？」

「追走猟は一九五〇年代以降、ドイツで禁止されているからです」イヴァーナはｉＰａｄに目を通しながら言った。

「狩りの最中、二人のフランス人招待客が森で迷子になり、ガイエルスベルク伯爵の死体を見つけました。頭部は切り離されて、数メートル先に置かれていました」

ニエマンスは道から逸れないように気をつけながら、現場写真にちらりと目をやった。ぞっとしないな。泥のなかに横たわる緑がかった死体。黒々とした首の断面が、ぱっくりと口をあけている。上半身は上から下まで切り裂かれていた……

「検死解剖報告書によると」とイヴァーナが説明を続ける。「犯人は被害者の腸《はらわた》を抜き取っているそうです」

次の写真。積もった落ち葉のうえに置かれた頭部だ。

「口のなかに、何か詰めこまれているみたいだが」

「柏の小枝です。犯人がわざわざやったんでしょう」

ニエマンスには思いあたることがあったけれど、今はまだ黙っていることにした。早まって何でも話さないほうがいい。とりわけイヴァーナのような部下には。

「ほかに損壊箇所は？」

「ええ、二か所ありますが、それがどうも奇妙なんです。犯人は被害者のペニスを切断したうえ、肛門の周囲に切りこみを入れています。まるで切り取ったペニスを肛門に突っこもうとしたみたいに」

「ペニスは見つかったのか？」

「いいえ。おそらく犯人が戦利品として持ち帰ったんでしょう。犯人は死体と肛門性交をした可能性も除外できませんが、なかから精液は検出されませんでした。それに切りこみを入れた肛門は穴が広がりすぎて、普通のペニスには合いません。もしレイプが行なわれたなら、犯人は牡牛なみの巨根の持ち主か、それとも警《トン》棒《ファー》でも使ったのか」

イヴァーナはちゃかすような、軽い口調を崩さなかった。死の話題だからって、しかつめらしい顔をする必要なんかないわ。

「被害者が最後に目撃されたのは？」

「前日、土曜日の正午です。午後にぷいっといなくなったかと思うと、次に姿をあらわしたのは日曜日の朝、柏の木の根もとでした」

「死体を発見したという二人のフランス人は容疑者なのか？」

「それはないでしょう。ストラスブールの電子機器メーカー経営者ですから」

「憲兵隊《クリュショ》の見立ては？」

「五里霧中ってところですね。犯行現場からは、何の手がかりも得られませんでした。指紋も見つからなければ、犯人に結びつくような遺留品もありません」

「足跡もなかったのか？」

「ええ、犯人は周囲二、三メートルにわたって注意深く地面を掃き、そこでふっつり消えてしまいました。検死医によると、ユルゲンが殺されたのは日曜日の明け方だそうです。そのあと雨が降って、落ち葉が積もりました。おそらく犯人は風が吹き始めるのを待って、その場を離れたのでしょう。あるいは木によじのぼって……」

ニエマンスはぶるっと体が震えるのを感じた。胃の腑がこんなに痛むのは、犯人の顔が見えてこないからだろう。まるで現代文明から隔絶した、野生の捕食動物のようじゃないか。いずれにせよ、それは真っ先に直感したことと合致する。柏の小枝、肛門部の切りこみ。いや、やめておけ……

「憲兵隊はお偉方を訊問したのか？」

「やりましたよ、日曜日をつぶしてね。怪しいものは、何も見聞きしなかったそうです。みんな獲物を追いかけることで頭がいっぱいでしたし。どのみち狩りの参加者は、総勢五十名ほどです。それから、鹿を狩り出す勢子《せこ》役《やく》の犬が百匹くらい……」

イヴァーナの口調は自信たっぷりだった。狩りに集まった連中を、逐一調べねばならないのか。ニエマンスはうんざりしたが、議論している場合じゃない。車は鬱蒼とした森を走り抜けていく。まるで澄みきった青空の下に、緑の大火が広がっているかのようだ。

「常識的に考えて、犯人は招待客のひとりだろう」

「だとすると、犯人は夜中のうちにライン川を越えてトリュシェイムの森へ行き、いったんドイツに戻ってからまた翌日の朝、狩りの仲間といっしょにフランスへむかったことになりますが」

「ありえないことじゃないさ」

「たしかにありえますが、ずいぶん手がこんでますね。いちばん疑問なのは、ユルゲンが真夜中に森で何をしていたのかです」

「誰かに呼び出されたのでは？」

「ユルゲンが最後に電話したのは、土曜の午後三時二十三分です」

「相手は？」

「妹のラオラです。通話時間はほんの数十秒でした」

「招待客の通話記録は？　その地域一帯で誰がどこにかけたのか調べられるか？」

「とっくに確認しました。あのあたりの森は、国境の両側ともガイエルスベルク家の領地で、週末は電話が禁止されています。追走猟は集中力が大事だとかで。どのみち、領地内は携帯電話が通じませんでした」

「どうして？」

「今は一時的に出していませんが、ガイエルスベルク家が妨害電波を出していたんです。自分たちの森は純粋なままに保ちたいからと。まさに徹底した自然保護地区です」

　イヴァーナはドイツ州刑事警察局の調書に目を通している。

「ドイツ語がわかるのか？」ニエマンスはびっくりしてたずねた。

「高校の第二外国語でしたから」

「行った学校が違うってことか。おれなんて英語が第一外国語だったが、大して役に立ちそうもないからな。それで、動機については何かつかめたのか？」

「しらみ潰しに調べています。金、嫉妬、仕事の競争関係。なにしろガイエルスベルク家は百億ドル以上の資産家ですからね。両親が死んだあと、兄妹は辣腕をふるってグループを率いてきました」

「ユルゲンの遺産は、誰が相続するんだ？」

「はっきりしたことはまだわかりませんが、常識的に考えて妹のラオラでしょうね。財産の大部分が、彼女のものになります」

「ラオラの年齢は？」

「三十二歳です」

「訊問はしたのか？」

「土曜の晩から日曜の朝までアリバイがありました。男性社員ひとりとベッドをともにしていたとかで。いずれにせよユルゲンとラオラは、とても仲のいい兄妹だったようです。一心同体と言ってもいいくらいで。

彼女に会ってみなければいけませんね。この目で確かめなくては」

「ほかには？」

「ライバル企業とか、一族の別のメンバーとか、株主とか……ＶＧは実態が外からうかがい知れない会社で、ユルゲンの死に利害関係がある者は山ほどいそうです」

森の奥で首を切り落とされた被害者。持ち去られた腸《はらわた》と性器。技術競争や財政問題がもっぱらの関心事である世界にはそぐわない、凄惨な殺人事件だ。

「さらに意外なことには」とイヴァーナは続けた。「ユルゲンにはＳＭ趣味があったようなんです。シュトゥットガルトでＳＭクラブの常連だったとか。フライブルクでもプロの女を呼んでました」

「ケツを鞭で打たれるのが趣味だったからって、それが嵩じて首をちょん切られたとは思えないな。ああした類の世界はよく知っている。きみだってそうだろう。ただのろくでもない桃色遊戯だ」

傲岸な口ぶりだったと、ニエマンスはすぐに自分を責めた。どんなお楽しみに興じようが、人の自由だ。犯罪絡みでない限り、はたでとやかく言う問題ではない。それなのに、暴力の真似事にすぎないものを蔑視すべきではないだろう。かえって真の犯罪行為を、のさばらせることになりかねないのに。そんな賞賛と憧れが、われわれの社会を毒しているのだ。

「そうは思いません」とイヴァーナは言い返した。「ユルゲンは悪い相手にぶつかってしまったのかも。彼がいちばん無防備なのは、その最中じゃないですか」

しかしその見立て《シナリオ》では、肝心の問題に答えられない。どうして森のなかだったのか？　答えの端緒を示すかのように、街道のむこうに黒い森が広がっていた。まるで山脈は輝く毛皮にすっぽりと覆われているかのようだ。充分な距離を取って眺めると、それが黒く色を変えるのだという。

今はまだ午後の太陽がさんさんと照りつけ、どこまでも連なる丘や谷、波打つ樹海は鮮やかな緑色だった。屹立する木々の下に続く、街道と小道の巨大な迷路。そのどこかに捕食動物が隠れているのだ。

「あとはどうだ？」

「政治的なテロの可能性もあります」とイヴァーナは小声で言った。

彼女好みの動機だと、ニエマンスはすぐにぴんと来た。

「ユルゲンは政治に関わっていたのか？」

「いいえ。でも彼は大の狩猟愛好家でした。一族のメンバーはみんなそうなんです」

「それで？」

「ガイエルスベルク家は狩り専用の森を、何千ヘクタールにもわたって所有しています。次々と土地を買収して、農作を禁じました。ただ単に、より広大な遊び場を手に入れるために」

「でもさっきは、狩りのためにフランス領内に入らねばならなかったと言ったじゃないか」

「猟犬を使った追走猟はドイツで禁止されていますが、ガイエルスベルク家はほかにもありとあらゆる狩りをしていますから。獲物を待ち伏せする《待ち猟》とか、勢子が獲物を追い出す《追い出し猟》とか……」

「《狩り出し猟》だ」

「狩猟のことは詳しくないんで」イヴァーナはどうでもいいことだと言わんばかりに答えた。「ともかくユルゲンは、残忍な狩人ぶりだったそうです。血に飢えた獣のように」

「だとしたら、反狩猟活動家か、彼に恨みを持つ農民に殺されたのだろうか？」

イヴァーナは何か含みがありそうな顔で、うふっと笑った。立て襟のなかに首をすくめ、いたずらっぽい表情をする彼女が、ニエマンスは好きだった。

「たしかにこのあたりには、過激な反狩猟活動家がいますね」

「だからって首を切り落とすものかな……」

「見せしめに、狩りの獲物にするような演出を施したのかもしれません」

　ニエマンスは古きよき時代の原則に戻ってみることにした。

「頭のいかれた殺人鬼では？　狂気に駆られるままに、誰かれかまわず襲いかかった相手がたまたまユルゲンだったってことは？」

「憲兵隊がアルザス側もバーデン＝ヴュルテンベルク側も徹底的に調べましたが、ほかに同じような殺人事件は起きていませんし、異常者が病院から逃げ出したという話もありません。もし犯人がサイコパスの殺人鬼だとしたら、これが最初の犯行ということになります。たしかにひとつ、その仮説に合致する点がありますが」

「何だ？」

「満月ですよ。ユルゲンが首を切り裂かれたのは、月がいちばん満ちていたときだったんです」

　これこそ彼を奮い立たせるものだった。血なまぐさく狂気に満ちた、不可解な事件……悪寒はやがて身震いに変わった。生死の境をさまよってからというもの、いつも寒くてならない。まるで体のいちばん大事な機能が戻っていないかのように。

「ガイエルスベルク家の連中は、どう言ってるんだ？」

「ドイツ警察はつっこんだ訊問ができないみたいで。それもあって、わたしたちがむこうに派遣されることになったんです。フランス警察なら、ドイツの名門一家相手でも尻込みしないだろうって。ああ、最初の交差点を右に曲がってください」

「今、どこにむかってるんだ？」

「検死解剖に立ち会った医師のところです」

「《立ち会った》って、どういう意味だ？」

「ガイエルスベルク家は、一家の主治医が検死解剖に同席するよう要求したんです」

「そんな馬鹿な話があるか」

「特別措置です。国境の出入りを自由にしたシェンゲン協定は、死体にも有効だってわけです。それにガイエルスベルク家は、有力者に顔が利きますから。今度は左に曲がって」

ハンドルを切ると石ころだらけの小道に出て、あたりがさっと日陰になった。梢を寄せ合う茶緑色の木々は、まるで空へと続く梯子のようだ。

「この道でいいのか？　病院にむかっているんだろ？」

「まっすぐ行ってください」

4

突然、小道が二つに分かれ、下方に湖が見えた。陽光を受けてきらきらと輝く巨大な鏡。その周囲を、黒い樅《もみ》の木が縁どっている。鋼色と青灰色のあいだで揺れるさざ波は、容易に貫けない堅い塊を思わせた。

「ティティゼ湖だわ」イヴァーナはすばらしい景観を前にして、誇らしげに言った。

ニエマンスは、湖畔の斜面に木造の山小屋がいくつもたっているのに気づいた。本当は新しいだろうに、なんだか大昔からあるみたいだ。ここだけ時の流れが止まったかのような、温かみのある光景だった。板チョコの包み紙の絵にしたら、ぴったりだろう。

ニエマンスはクロム色の水面《みなも》に目を戻した。まるで採掘所だな。ドイツ空軍が爆弾を作るのに、何かの鉱物を掘り出していたとしても不思議はないくらいだ。

小道は再びカーブして、湖は見えなくなった。針葉樹のトンネルが続く……ニエマンスはわけがわからなかった。いったいどこへ行く気なんだ。

「ガイエルスベルク家の主治医はフィリップ・シュラーといって、マックス・プランク研究所と提携したセンターで共同生活をしているんです」とイヴァーナは説明した。「マックス・プランク研究所とは、フランスで言えば国立科学研究センターみたいなものです。シュラーのいるセンターでは、研究員たちがほとんど自給自足で暮らしています。研究所には太陽光発電で電力を供給し、菜園で野菜を育て、石鹸まで作っています」

「大したもんだ」

ニエマンスはエコロジーやエコロジストの話をされると、つい皮肉っぽい口調になってしまう。この先それが人類のとるべき道なのは、よくわかっていたけれど。

イヴァーナの言葉を裏づけるかのように、あたりの景色にはもう現代文明の痕跡は見あたらなかった。鉄塔もなければ、人家もない。大自然がすべてを覆いつくし、無関心そうに冷たく見下ろしている。

道は小さな谷にむかって下り始めた。蔦《つた》が絡まる塀に囲まれて、農家がいくつか見えた。

「住所は間違いないんだろうな？」ニエマンスはますます困惑したようにたずねた。「そのセンターっていうのは、山羊のチーズでも作ってるのか？」

「皮肉はやめてください、警視。未来志向の人たちなんです、彼らは」

「ほら、見てみろ。小人のひとりがお出迎えだぞ。白雪姫はどこだ」

たしかにあごひげをたくわえて太鼓腹だが、近づくにつれて背はさほど低くはないとわかった。丸眼鏡をかけ、棒を手にして、赤ら顔に満面の笑みを浮かべている。なるほど七人の小人に似ていないこともない。《先生》と《ごきげん》をたして二で割ったようだ。

「スピードを落として」とイヴァーナは言った。「あれがシュラーだわ。今日、うかがいますって連絡しておいたから」

ニエマンスは言われたとおり、門扉の前で待っている男のそばで車を停めた。

「すみませんが」と男は運転席のウィンドウに身をのり出して言った。「敷地内に車は入れないんです」

よく聞くとわずかにドイツ語訛りというか、アルザス訛りがあるものの、完璧なフランス語だった。

「保護地区なので」と彼はつけ加え、地面を踏み固めた四角いスペースを指さした。「あそこが専用の駐車場になってます」

ニエマンスはボルボを降りた。田舎風の建物やまわりの塀、家を囲む木々がひとつになって、東洋的な調和に満ちた庭を形作っている。色彩、配置、均整。すべてが静謐さを醸し出すよう計算されているのだろう。

紹介が終わると、ニエマンスたちはシュラーのあとについて、ずんずん奥に進んだ。どこもかしこも緑だった。苔や羊歯《シダ》、イラクサがポーチのまわりを飾り、一歩進むごとに鼻をつく肥やしの臭いが激しさを増した。未来志向の研究者だって？　冗談じゃないぜ。

中庭まで来ると、ニエマンスの不信感はいや増した。女たちは金だらいで下着をごしごし手洗いし、男たちは手押し車で堆肥を運んでいる。ほかにもなぜか全員ひげ面の男たちが、木の長いテーブルを囲んでグリンピースの莢《さや》をむいていた。

「人は見かけによりませんよ」とシュラーは笑いながら言った。「ここの研究者はヨーロッパでも最高レベルですからね。ノーベル賞受賞者もひとり出ています」

「それであなたは、どんな研究をなさっているんですか？」とニエマンスは疑わしげにたずねた。

「生物学、物理学、遺伝学です。ここではみんな、生態学的《エコロジック》な問題解決に取り組んでいるんです」

そこでイヴァーナが口をはさんだ。

「でもガイエルスベルク家の主治医もなさっているんですよね？」

「それも研究のうちですよ」とシュラーはいたずらっぽい口調で答えた。

けれどもすぐに、余計なことを言ってしまったと思ったようだ。

「失礼」と彼は続けた。「冗談を言ってる場合じゃありませんでしたね。かわいそうなユルゲン……わたしは彼の誕生にも立ち会ったんですよ。さあ、こちらにどうぞ」

シュラーは中央棟にむかった。ドアのうえには鐘と錬鉄製のコウノトリが飾られている。ニエマンスはエリート科学者たちをまだじっと眺めていた。まるで一九七〇年代のヒッピー集団じゃないか。

シュラーは石の階段でゴム長靴を脱ぎ、重いドアを押しあけた。玄関に入ると、フェルトのスリッパが何足も並んでいた。

「お手数ですが、靴を脱いでいただけますか。どうぞお入りください」

5

彼らが足を踏み入れた部屋は、まるで前世紀の遺物だった。テラコッタタイル張りの床、アーチのように大きな暖炉、銅製の鍋がつまった棚。部屋の中央に置かれた大きなテーブルのうえには、ランプがいくつもさがっている。気泡の入ったガラスのシェードがついた、小さなランプだった。なかば閉まった鎧戸の隙間からわずかに射しこむ陽光が、赤褐色の薄明かりで部屋全体を包んでいた。

ニエマンスとイヴァーナはスリッパに履き替え、奥へとむかった。

「ビール？ それともシュナップス？」

シュラーは製氷機がついた馬鹿でかい冷蔵庫をあけながらたずねた。男のひげは冷蔵庫の光に照らされ、泡立つブラウンビールのようにきらきらと輝いた。

「それじゃあ、ビールを」とニエマンスは答えた。

「同じもので」とイヴァーナも言った。

二人は黙ってテーブルについた。蠟《ろう》と湿った石の匂いが漂っている。肥やしの臭いよりはずっとましだ。

彼らはビールの栓を抜いたあとも、しばらく無言でいた。少し想像力をたくましくすれば、中世の居酒屋に迷いこんだような気分にもなれたろう。

「で、要するに何を知りたいんですか？」ようやくシュラーが口をひらいた。「フランス警察には二日前に報告書を出しています。ドイツの州警察にも訊問を受けました。いいですか、ガイエルスベルク家の一員が殺されたってことは、ここでは大ニュースなんですよ」

「わかってます」とニエマンスは言い返した。「ひとつうかがいたいんですが、どうしてユルゲンの検死解剖に立ち会ったのですか？　誰に頼まれたんです？」

シュラーはちっちと舌を鳴らした。片方の腕をテーブルにのせ、もう片方の手でビールを持った姿は、ブリューゲルの絵から抜け出してきたかのようだった。

「フランツがどうしてもと言うんで」

「フランツというのは？」

「ユルゲンとラオラの父方の叔父です」とイヴァーナが答えた。

シュラーはそのとおりと言うように、赤毛の女にむかってビール瓶を掲げた。

「彼はわたしが自分で報告書を書くように言いました。コルマールの検事も、それを正式に証拠採用することを受け入れました」

「フランツはフランスの検死医を信用していないのか？」

シュラーは肩をすくめた。

「相続問題で予防線を張っているんでしょう。ガイエルスベルク家の人間は、誰でも疑ってかかるんです」

「あなたはその報告書のなかで」とイヴァーナは続けた。「正確な死因はわからないとおっしゃってますよね」

シュラーはもう一杯グラスを満たし、軽く顔をしかめた。

「頭部の切断については、たしかに何とも言えません」

「あなたの考えでは、喉を掻き切って殺されたのだろうと？」

「ええ、おそらく」とシュラーは消え入るような声で答えた。「かわいそうに……」

いろいろ話しているうちに、検死解剖の悪夢がよみがえってきたらしい――あるいはユルゲンが被った苦しみの悪夢が。

「ひとつ、確かなことがあります……」とシュラーは続けた。「犯人はナイフでユルゲンの首を切り落としました。どんな型かまでは断言できませんが、ハンティングナイフなのは間違いありません。ユルゲンの首はすっぱりと切り落とされていました。のこぎりやチェーンソーの類を使った形跡はありません」

イヴァーナは手帳を取り出し、猛スピードでメモを取った。効率よく書きとるために、速記という今ではあまり使われない技術をわざわざ習っただけのことはある。

「犯人は被害者の腹部をひらいて、内臓を取り出しています。どうしてだと思いますか？」

シュラーは立ちあがって、冷蔵庫からビールをもう一本取り出した。

そしてテーブルの端でぽんと栓をあけると、また腰かけた。

「ハンターは条件反射的にそうするんです。ガス抜きですよ。内臓が膨張するのを防ぐための」

「肛門に切りこみが入っていたのも、狩りと何か関係があるんでしょうか？」

「もちろんです。腸《はらわた》は腹部に垂直に切りこみを入れて抜き出しますが、性器は大便や小便で肉を汚さないよう、尻の側から切り取るんです」

イヴァーナは怒ったようにちらりと上司に目をやった。初めからニエマンスはこのことを知ってたくせに、黙っていたのだ。

「それじゃあ犯人は狩りの愛好家だと？」イヴァーナは鉛筆を手にたずねた。

「どんな狩りでもってわけじゃありません。ピルシュの愛好家です」

「ピルシュ？」

「獲物に近づいて仕留める猟のことだ」とニエマンスが答える。

シュラーはにっこりしてうなずいた。

「このあたりには、いくつか狩りのやり方があります。よく知られているのは、銃を使った狩りです。猟犬と馬を使った追走猟は、みんな嫌ってますね。それからもうひとつ、接近猟《ピルシュ》というのがあって……」シュラーは秘密の打ち明け話でもするかのように声を潜めた。

「これはひとりでそっと獲物を追いつめる猟です。標的にできるだけ近づき、仕留めるに値するかどうかを見きわめます」

「よくわからないのですが」

「この狩りで対象となるのは、しかるべき武器を備えた雄だけなんです。イノシシだったら長い牙とか、鹿だったら大きな角だとか。大事なのは、ぎりぎりまで近づくこと。恐るべき敵のすぐ近くまで忍び寄るのが、勇気の証《あかし》となるんです」

「そのあと、どうするんですか？　ただ近づいても、獲物に逃げられてしまうのでは？」

シュラーはぷっと吹き出した。

「あなたはハンターになれそうもないですね。一発で決めるんですよ。銃を撃つにも厳密な規則があって、これは《巧手》と呼ばれています」

「でもユルゲンは銃で撃ち殺されたんじゃないですよね」とニエマンスが指摘した。

「ええ、犯人は接近猟《ピルシュ》の規則に則っていますが、とどめを刺すにあたっては、ナイフを使うというもうひとつ別の伝統に従っています」

「ユルゲン・フォン・ガイエルスベルクは口に柏の小枝を咥《くわ》えていましたよね。これも伝統的な習慣のひとつでは？　たしか《最後のひと口》とかいう？」

シュラーはビール瓶を、今度はニエマンスにむかって掲げた。これはよくご存じでと、感心しているかのように。

「そのとおりです。獲物を仕留めたら、最後の食べ物を与えるのがしきたりなんです。一般的には、木の切れ端を獲物の血に浸し、口に咥えさせます。ハンター自身がその血を少し飲むこともあります……」

「あなたもそんな凝った儀式がお好みなんですか？」

イヴァーナは挑みかかるような口調でたずねた。

　女性刑事の攻撃的態度にも、シュラーは気を悪くしたようすはなかった。ただニエマンスをちらりと見やり、《どうしてこんな娘っ子を連れてきたんだ》と言わんばかりの顔をしただけだった。

「いいえ、わたしにはそんな忍耐力はありません。どちらかというと、猟犬を使って獲物を追いかけるほうが性に合ってますね」彼はそこで、またビール瓶を掲げた。「それにこのあたりで飼育されている犬の種類については、けっこう詳しいんですよ」

　イヴァーナは手帳に何か書きなぐると、顔をあげた。ここは彼女にまかせておこう。

「あなたの報告書によると」と彼女は続けた。「犯人は生殖器を切り取っただけでなく、ほかにもいろいろ持ち去っていますよね。腸とか、食道とか、胃とか……」

「持ち去ってはいません。地中に埋めたんです。これも接近猟《ピルシュ》の規則にあって」

「どうしてそんなことを？」

「まず第一に、そこは食べられない部位だからです。けれども、禁忌《タブー》になっているのが大きいですね」医者はまたひそひそ声になった。「動物が発する熱の源が、そこにあると思われているんです。野生動物に特有の穢《けが》れた血がたまっていると……」

「でもこの事件では、本当に埋められたかわからないのでは」

「もちろん、埋めましたよ」

「なぜ断言できるんです？」

　シュラーは驚いたような顔をした。

「なぜって……少し離れたところから、見つかりましたから。おかしいですね。フランス側のお仲間と連絡を取っていないんですか？」

　イヴァーナとニエマンスは顔を見合わせた。憲兵隊のやつら、汚い手を使いやがって。それとも本当に、連絡し忘れただけなのか。

　イヴァーナは《フランス警察内部の機能不全》にいつまでもこだわっていられないと、すぐにこう続けた。

「接近猟《ピルシュ》では、獲物の頭部を切断することにもなっているんですか？」

「ええ、戦利品にしたいと思えば。鹿やイノシシの頭がよく壁に飾ってありますよね。あれですよ。《虐《マサー》殺《クル》》と呼ばれています」

　ニエマンスは、イヴァーナの口もとに笑みが浮かんだのに気づいた。ぴったりの言葉だと思っているのだろう。

「犯人は生理学の知識があるということですか？」と彼はたずねた。「肉屋か外科医かもしれないと？」

「ハンターだというだけで充分でしょう。自分が何をなすべきか、わかっている人間です。別の例をあげましょうか。犯人は内臓を取り出すため、胸骨すれすれのところから肋骨にのこぎりを入れています。プロのハンターも森で獲物を仕留めたあと、同じようにするんです」

　ユルゲン・フォン・ガイエルスベルクはどんな男だったのか、詳しいことは知らない。けれどもニエマンスには、億万長者の御曹司がどんな青春を送り、どんなふうに成長したか想像がついた。名門校、スポーツ万能、豪奢なバカンス……いつかイノシシみたいに無残に殺される、そんな運命を予感させるものは何ひとつなかったはずだ。

　犯人はおれたちに何を告げようとしているんだ？

「ありがとうございます、先生。今日のところはこれくらいで充分です」

「今日のところは？」

　ニエマンスは丁寧にお辞儀をした。

「あなたの報告書を熟読したら、あらためておうかがいしたいことも出てくるでしょうから」

「今証言したことについては？　供述書にサインしな

くてもいいんですか？」

「今日の話はオフレコってことにしておきます」

イヴァーナは新聞記者さながらの滑稽な言いまわしに眉をひそめたが、言外の意図は想像がついた。パリから六百キロも離れた国境のむこう側まではるばるやって来てまで、書類書きにうんざりさせられることはない。

ニエマンスは足跡を残さず、直感に従って突っ走ろうと心に決めていた。ドイツ語で書かれたシュラーの報告書など、どのみち読めやしない。その代わりに彼をアドバイザーとして確保しておくつもりだった。こいつは狩りの経験も豊富らしいからな。

ニエマンスはすでに確信していた。犯人は接近猟《ピルシュ》のハンターに違いない。

6

「わかってることがあるなら」とイヴァーナは、センターの中庭を抜けながら非難がましく言った。「次からは証人に訊問する前に教えておいてもらえると嬉しいですけど」

「そうかりかりするな。ただの直感だ。確信があったわけじゃない」

「わたしが何を言いたいのか、よくわかってるでしょう。なめられるのは嫌なんです」

それに無防備な動物を殺す技術と方法を論じ合うマッチョ二人に挟まれているのも、イヴァーナには耐えがたいことだった。

しかしその点は、彼女の思い違いだった。ニエマンスは特別狩りに詳しいわけでもなければ、ときおり狩りに出かけているわけでもなかった。銃器の訓練をする際に聞きかじった知識の寄せ集めにすぎない。

「憲兵隊《クリュショ》に問い合わせないとな」とニエマンスは、正門を抜けながら言った。

「問い合わせても無駄でしょう。嫌な顔をされるだけです」

「もっと悪いじゃないか。あいつら、おれたちを完全に無視したんだぞ」

　イヴァーナはボルボにむかって歩きながら、携帯電話を取り出した。もう五時をすぎているだろう。日はすでに傾き、空の奥が硫黄のような奇妙な色を帯びている。

「ドイツ警察がもっと協力的なのを願いましょう」彼女は車に乗りこみながら言った。

　わかりきってるじゃないか……ひさしぶりの現場だというのに、捜査の幸先はろくでもない。狩りの獲物代わりにされた若き億万長者。見知らぬ土地での捜査。もう仕事は終えた気でいる憲兵隊。ドイツ警察だって二人のフランス人警官に口出しされるのは面白くないはずだ。

　ニエマンスは目を閉じた。梢のどこかで、小鳥の大群がかまびすしく鳴いている。旅立ちに出遅れた渡り鳥たちだろう。

　再びまぶたをひらいた瞬間、ひと固まりになって飛んでいた黒い小さな鳥たちが、二連銃から撃ち出された散弾のようにぱっと空に散った。

　ニエマンスは短い放心状態から目覚めてぶるっと体を震わせ、急いで車に乗った。

「何をしているんだ？」彼は運転席に腰かけると、そうたずねた。

「いちおう、憲兵隊《クリュショ》にメールしておこうと思って。きちんとした捜査書類が必要ですから」

「愛想よくしておけよ」

「いつだってそうしてます。わたしのことは、ご存じでしょう」

「このあとの予定は？」ニエマンスは車を出しながらたずねた。

「次は気を引きしめてかからないと」とイヴァーナはナビ・アプリのスイッチを入れながら言った。「ラオラ・フォン・ガイエルスベルク。ユルゲンの妹です。彼女の別荘は、ここから数キロのところです。小道を抜けたら右に曲がって」

車は再びティティゼ湖の前を過ぎた。湖面は輝きを失い、今は炭鉱か重油の海を思わせた。黒々とした冷たい液体。あれに火をつけたら、さぞかし盛大に燃えることだろう。

イヴァーナは車の窓をあけて、煙草に火をつけた。二人のあいだで話がついていた。窓をあけるなら煙草を吸っていいと。革のシートが煙草臭くなったり、クルミ材のダッシュボードに焼け焦げができるんじゃないかと思うと、ニエマンスは気が気ではなかった。だからといって、他人《ひと》のささやかな楽しみごとにけちをつけるつもりはない。正論をふりかざして、何でもかんでも禁止する現代社会の風潮には吐きけがした。そんなものの片棒を担ぐのはまっぴらだ。くそったれの独裁者、良識という名の隠れた独裁者の片棒を担ぐのは。

ニエマンスは運転しながら、横目でイヴァーナのようすをうかがった。酸素マスクで吸引でもしているみたいに、ぷかぷかと煙草を吸っている。やっぱり、よくわからない女だ。やけに健康を気づかっているかと思えば（菜食主義者《ヴィーガン》で、オーガニック食品派で、ヨガに凝っていて……）、毎日むちゃをしている。あんなにうまそうに煙草を吹かして、まるで死刑囚がつける最後の一服じゃないか。ドラッグだってアルコールだって、オーバードーズか意識を失うぎりぎりまでやめようとしない。何かと言えば自然だの地球の未来だのを持ち出すくせに、田舎には決して足をむけないし、CO_2でいっぱいの大都会にいるときがいちばん生き生きしているのだから。

「ラオラ・フォン・ガイエルスベルクはいくつだったっけな？」とニエマンスはたずねた。

「三十二歳。ユルゲンより二歳年下です。両親が亡くなったあと、兄妹はＶＧグループの経営を受け継ぎました。これからはラオラひとりでやらねばなりませんが」

「両親の死因は？」

イヴァーナはｉＰａｄを取り出した。

「母親は二〇一二年に自殺し、父親は二〇一四年に癌で亡くなりました」

「会社を引き継ぐべき人間は、兄妹のほかに誰もいなかったのか？」

「ユルゲンとラオラの父親フェルディナンドには、弟が二人いました。ヘアバートは息子を二人もうけたあと早くに亡くなり、前にも話に出たフランツは存命ですが子供はいません」

「そいつが甥を殺して、いずれ会社のあとを継ごうとしたのでは？」

「それはわかりませんが、アリバイを確かめてみましょう」

「従兄弟たちはどうだ？　ヘアバートの息子の」

「彼らも同様です。ただし株主たちは、ユルゲンとラオラを信頼していました。ＶＧグループの業績はトップレベルですから。ユルゲンを辞めさせ、ほかのガイエルスベルク家の一員を社長に据えようなんて考える理由はありません」

「兄妹のあいだにライバル関係は？」

「さあ、どうでしょう。でもその線はあるかもしれませんね」

　道の両側には、樅の木が壁のように隙間なく続いていた。鉄塔も道路標識もまったく見あたらない。文明はそっくり森に飲みこまれてしまったかのようだ。

「まだ遠いのか？」

「もうガイエルスベルク家の領地内です」

この一族がどれほど大きな力を持っているか、ニエマンスはにわかに実感した。黒い森のうち、何千ヘクタールもの部分が彼らのものなのだ。ガイエルスベルク家は文明の痕跡を領地から一掃した。よりよい狩りをするため、澄んだ空気を味わうために。かつてヒッピーたちは汚れた現代文明から逃れ、小さな世界に閉じこもった。今では大金持ちの貴族が、用心深く猟場を守っている。

ここはひとつ、じっくり考えてみなければ。運転していると、神経《ニューロン》が刺激されて頭が冴えた。殺害方法について、いくつか気になる事実が判明した。そこから相反する仮説が出てくる。犯人は接近猟《ピルシュ》のハンターだ。鹿やイノシシを狩るように人間狩りをすることは、犯人にとって勇気の証だった。それは獲物に捧げた讃辞《オマージュ》なのだ。

だが、正反対の仮説も立てられる。犯人は接近猟《ピルシュ》を忌み嫌っていた。あえて接近猟《ピルシュ》の手法に則ったのは、嫌悪感をアピールするためだ。昔、狩りで事故に遭った者が、恨みを晴らしたのかもしれない。そんな動機も透けて見えるのでは？

「速度を落して」と突然イヴァーナが叫んだ。「あと少しで別荘の庭に着きます」

ちょうどそのとき、二人の警備員が道にあらわれた。奇妙なことに、庭に入る正門も表示板がなかった。この舗装道路はガイエルスベルク家の私道で、むかう先にあるのはラオラ・フォン・ガイエルスベルクの館だけってことか。

ニエマンスは今ごろになって、まわりの木々が隙間なく生い茂っているのに気づいた。黒い森という名前にふさわしく、鬱蒼としている。

イヴァーナは車を降り、警備員となにやらドイツ語で話し始めた。彼女はクロアチア出身だから、ドイツ語は覚えやすいんだろうとニエマンスは思った。でもよく考えたら、それでは筋が通らない。イヴァーナはクロアチア語を話せないし、そもそもドイツ語はスラブ系の言語と無関係だ。

イヴァーナが助手席に戻り、車はさらに十分ほど走った。森は果てしなかった。このままどこまでも続くのかと思っていたら、突然二人の前に広い空き地がひらけた。ミステリーサークルのように、そこだけくっきりと景色が切り取られている。青々とした芝がカーペットさながらきれいに地面を覆っていた。まるで森の真ん中に、いきなりどこかの文明がずかずかと足を踏み入れてきたかのようだった。

そんな人工の空き地の奥に、ラオラ・フォン・ガイエルスベルクの屋敷が見えた。

堂々たる城館とは違う、二十世紀初頭に建てられたと思《おぼ》しき現代風のヴィラだった。沈みかけた太陽の光を受け、クリスタルのように輝くガラス製の四角い建物だ。

ニエマンスはさほど詳しくはないながら、建築には興味があった。パリ南郊のカシャンで、使われなくなった小さな工場を二十年ローンで買い、建築家ミース・ファン・デル・ローエが《自由空間》と呼んだようなワンルームとして使っていた。

ヴィラから数メートル離れた駐車場には、黒い四駆のボロ車が停まっていた。金持ちのスノビズムってやつだな、とニエマンスは思った。わざと古い車を乗りまわしたり、穴のあいたセーターを着たりするのは、何でも買えるからこそなのだ。

ニエマンスはボルボから降りて、じっくりと建物を眺めた。二階の窓には白いカーテンがかかっているが——おそらく寝室だろう——一階は外から丸見えだ。

まばゆい光にあふれた、風通しのいい部屋。ガラスの壁面を補強する錆色の鉄骨構造は、茶色くこびりついた血を思わせた。

　とりわけ印象的だったのは、まるで建物が森に背をもたせかけているように見えることだった。樅の木が間隙を埋め、ガラスが松の幹に光を投げかけている。すべてが混ざり合い溶け合って、ひとつになっていた。それは単なる住居ではなく、ともに分かち合う暮らし、輝かしい共生だった。

　ニエマンスは感嘆のあまり、思わずひゅうっと口を鳴らした。

「さあ、家の主に会いましょう」とイヴァーナが言った。

7

　イヴァーナにはわかっていた。ニエマンスはラオラ・フォン・ガイエルスベルクに惹かれるだろうと。司法警察の敏腕刑事は女嫌いだとみんなは思っているが、それはむしろ逆だった。彼は女性の魅力に敏感なだけに、安易に屈しまいとしていたのだ。ふつうは歳とともに、自然と敵に立ちむかえるようになる。しかしニエマンスは、いつまでたっても立ち往生だった。

　旧弊なマッチョの常として、彼は女が相手だと対処に困ってしまった。自分とは異質な力を持っている。右利きのボクサーがサウスポーのフックを恐れるようなものだ。そんな得体の知れない力が苦手だった。ラオラ・敗北と苦痛は、もっぱらそこから生じてくる。

フォン・ガイエルスベルクが相手でも、ハンディキャップはなくならないだろう。

イヴァーナは大衆的な新聞や雑誌にのったラオラの記事を大量に集めた。初めて見るような豪華な生地のロングドレスを着て、チャリティパーティに出席したラオラ。流行の先端を行くファッションショーで、最前列にすわっているラオラ。狩猟用の黒い服と帽子姿で白馬にまたがり、追走猟に興じるラオラ。

帝国を率いる暇がよくあるものだと思うくらいだ。しかし彼女はまさしく、兄のかたわらで辣腕をふるっていた。その点についても、記事は口をそろえて強調している。ユルゲンとラオラ兄妹がドイツの自動車工業界を牽引するVGグループのトップに就いて以来、業績は右肩あがりを続けていると。二人の従兄弟や親類も含め、株主たちにとってこんなにありがたいことはない。だとすれば、ユルゲン殺害をくわだてる必要はないはずだ。金の卵を産む鶏を、殺すことになるのだから。

ニエマンスとイヴァーナはファサードに沿って続く階段を数段のぼった。イヴァーナは建築についてまったく素人だったけれど、この建物が傑作なのは直感的にわかった。まるで見事に仕上げた巨大な水槽のようだ。

ニエマンスは呼び鈴を鳴らすと、無意識に眼鏡とコートを整え、じっと待った。イヴァーナはそのうしろで足踏みしていた。つい気後れして、体を動かさずにはおれなかった。ラオラはすべてを兼ね備えている。美貌――写真を見ればひと目でわかる――富、栄光。どれもこれもイヴァーナが持っていないものばかりだ。たしかに彼女も明るく笑っていれば、かわいらしくてチャーミングだったけれど。

ドアをあけたのは、ラオラ・フォン・ガイエルスベルク本人だった。

実物の彼女を前にしたら、グラビア写真もかすんでしまった。戸口に立ってにこやかに微笑む女性と、雑誌で見る艶やかでつんとすましたラオラが同じ人とは思えないほどだ。背の高さはニエマンスと同じくらい。カールした豊かな黒髪を誇らしげに見せている。すらりと細い体は、雑誌で着ている高級ブランドのエレガントなドレスにも、今日のようなスリムジーンズとセーター、バレエシューズにもよく似合いそうだ。

　ちらりと目をやっただけで服装チェックは終わったが、女同士が力の探り合いをするのにそれ以上時間はかからなかった。ラオラはユマ・サーマンのような長い首と、インド風の眉をしていた。憂いをたたえた目は、異様なほど輝いている。仕上げはすっと筋のとおった鼻と、肉感的だが厚すぎない唇だった。華麗ななかにも、どこか慎ましさが感じられる。八〇年代風ソヴァージュヘアの下で、顔はでしゃばらないよう装っているかのように。

　化粧っけもなければ装飾品もつけていないのは、体調が万全ではないからだろう。顔はげっそりとやつれ、目のまわりには隈ができている。けれどもそんなふうに弱っているときだけに、美しさがいっそう際立っているのではないか。アスリートの肉体がもっとも美しく輝くのも、逆境のなかで精いっぱい力を発揮するときだ。

「こんばんは」と彼女は言って、ほっそりとした手首からのびる白い手を差し出した。「ラオラ・フォン・ガイエルスベルクです」

「ピエール・ニエマンス警視」と訪問客は、やけに自信たっぷりの声で告げた。鏡の前で繰り返し練習したかのような声だった。「彼女はイヴァーナ・ボグダノヴィッチ警部補。わたしのチームメイトです」

　ひざを折って最敬礼しなくちゃいけないかしら、とイヴァーナは思った。ラオラに比べたら、わたしなんか流しの下から飛び出したゴキブリ同然だわ。

「今日の午後、お電話さしあげたのはわたしです」イヴァーナはこもった声で告げた。一寸のゴキブリにも五分の魂だと言わんばかりに。

　彼女はラオラの髪からなかなか目が離せなかった。見ているだけで悲しくなった。わたしなんか、年がら年中箒をつけ毛《エクステ》にしてるみたいな気分なのに。

　ラオラは両手をジーンズのポケットにつっこみ、ニエマンスとイヴァーナを順番に見較べた。

「よくわからないのですが」と彼女は穏やかな口調で言った（まったく訛りのないフランス語だった）。「お話なら、すでに憲兵隊の方にしています」

　ニエマンスは軍隊風のぎこちないお辞儀をした。

「実はですね……捜査にあまり進展がないので、わたしたちが助っ人に派遣されたんです」

　ラオラは体をよけて、二人をなかに通した。そこは広々としたひと続きの部屋だった。見渡す限り壁も柱も、支点らしきものはひとつもなく、ヘナ染料のような赤っぽい光が空間を満たしていた。

　最初は空っぽの部屋かと思ったが、よく見るといくつか、ものが点々としていた。金庫、グランドピアノ、ソファ。その真ん中にある吊り下げ型の暖炉は、まるで巨大な潜望鏡を逆さにしたようだ。ガラスの壁面越しに外を見れば、茶色と緑の樅が夜番をしている……

「ここはガラス荘と呼ばれています」とラオラは言った。「バウハウスに傾倒していた曾祖父が、一九三〇年代に作らせたんです。わたしもここが大好きです」

「設計者は？」

「ミース・ファン・デル・ローエの弟子で、わが家の友人だった方です。師よりも先を行っていたんじゃないかしら。ミース・ファン・デル・ローエがファンズワース邸やクラウンホールを設計したのは、五〇年代に入ってからなんですから」

　ラオラはそうした名前や名称を、誰もが知っていることのように口にした。イヴァーナは建築家の名前を聞いてもちんぷんかんぷんだった。

ラオラはラウンジコーナーへむかった。毛皮のカーペットを敷いたうえに黄土色のソファと、腰かけ部分に革のバンドを張ったスツールが置いてある。

「ユルゲンさんもここに住んでいらしたんですか?」

ニエマンスは彼女のあとを追いながらたずねた。

ラオラは両手をポケットに入れたまま、くるりとふり返った。そのかっこうが妙に子供っぽく見えた。

「いいえ。でも、どうして? ユルゲンはフライブルクの屋敷に住んでいました」

彼女はあごをしゃくって、二脚のスツールを示した。それは誘いというより命令だった。ニエマンスとイヴァーナはおとなしく腰かけた。

「それで、何をお知りになりたいんですか?」ラオラは二人の前にあるソファに腰をおろしてたずねた。

彼女はぴたりとつけた腿のあいだに両手を入れ、急に寒けがしたかのように肩をすくめた。どれも計算ずくのポーズだった。

イヴァーナは、今にも泣きだしそうなラオラの黒い目をうかがった。うるんだ瞳には相手を寄せつけない、何か眩惑的なものがあった。点描のように緻密だけれど、決して手の届かない遥か遠い星空のようなものが。

そうでしょと言わんばかりに、ラオラはちらりとニエマンスを見た。彼は早くも黒い瞳の銀河に呑まれていた。

8

「つらい出来事を思い出していただくのは、大変心苦しいのですが……」とニエマンスは、彼らしからぬやさしい口調で切り出した。

　イヴァーナはニエマンスといっしょに訊問を行なうのは初めてだったが、彼がこんな気づかいをするとは意外だった。歳とともに丸くなったのだろうか？　それとも美貌の伯爵令嬢を前にして、いつもの豪腕ぶりを失くしてしまったのか？

　ラオラ・フォン・ガイエルスベルクは、早く本題に入るよう手ぶりでうながした。

「ユルゲンさんと最後に会ったのはいつですか？」

「ほかの皆さんと同じく、土曜の昼です。狩猟用の別荘で招待客の方々と昼食をとりました。兄は少しだけ顔を出し、すぐにどこかへ行ってしまいました。その手の会は嫌いなんです」

「狩猟のほうは？」とイヴァーナは口をはさんだ。

「狩猟は大好きですよ。でも、その前の社交的な集まりはうっとうしくて。実はわたしも苦手なんですが、昔からそうやって仕事仲間や地元の名士たちと顔をつないでいるんです」

　ニエマンスが質問を続けた。

「そのあと、ユルゲンさんがどこで何をしていたのかわかりませんか」

「ええ、まったく」

「電話もメールもありませんでしたか」

　ラオラの口もとにちらりと浮かんだ笑みは、なかなか辛辣な一撃だった。

「どうしてそんなことをおたずねになるんです？　答えはとっくにわかっていらっしゃるのでは？」

ラオラは警察がすでにユルゲンの通話記録を押さえているのを知っていた。

「ええ、ユルゲンさんが最後に電話した相手はあなたです」

「そのとおりよ。三時ごろだったかしら。土曜の午後の」

「どんな話をなさいましたか」

「特別なことは何も。招待客のほうは問題ないかとたずね、夕食のときにまた別荘に寄ると約束しました」

「ユルゲンさんがいなくても、心配されなかったんですか」

ラオラは腿のあいだから手を抜き、ハスの葉のように広げた。

「兄はよく姿をくらますんです……でも、二十四時間以上にわたることはありませんでした。それに翌朝は、狩りに参加するはずでしたし。兄は何があっても狩りだけは逃しません」

イヴァーナは自分の右足が小刻みに震えているのを感じた。苛立っている証拠だ。彼女は少女時代から、郊外の貧乏暮らしにコンプレックスを抱き続けてきた。目に見えない深い傷は時とともに化膿し、怒りや憎悪、恥辱という壊疽《えそ》となって残った……

「でもユルゲンさんは日曜の朝、姿をあらわさなかったんですよね」イヴァーナはほとんどサディスティックな気分で攻撃を加えた。

ラオラは天井を見あげて答えた。まるで別の世界《パラレルワールド》に、夢と欲望の世界に入りこんだような虚ろな口調だった。

「きっと森に直接やって来るだろうと、そのときはまだ思っていたんです」そこで彼女は声を潜めた。「兄は人を驚かせるのが好きでしたから」

訊問の主導権を取り戻さねば、とニエマンスは思った。にわかに元気をなくしたラオラを、あまり追いつめてはいけない。それにイヴァーナが、これ以上攻撃的にならないように。

「私生活のほうはどうです？　誰かつき合っている相手はいましたか？」

　ラオラは煙草の包みを手に取ると、訪問客たちにすすめた。ニエマンスは断ったが、イヴァーナは一本もらうことにした。こんなガラス張りの部屋で煙草を吸ってもいいのかと、少し驚いてはいたけれど。

　二人の女は秘密を分かち合った者同士のように、ゆっくりと煙草を吹かした。イヴァーナはこれまでの評価を一変させた。ラオラはそれほど高慢ちきではないようだ。それにわたしだって、まんざら捨てたもんじゃないかも。

　イヴァーナは椅子にすわりなおし、しばらく煙草を味わった。なんだか急に、ここがアルメニア教会のような気がしてきた。家具はイコンのように光り輝き、渦を巻く紫煙がお香代わりだ。

「兄の嗜好について、話を聞いたかと思いますが……つまりその、特別《エキゾティック》な嗜好について」ラオラはついにそう話しだした。「でもＳＭクラブに通っていたから、首を切り落とされたわけではないでしょう」

「けれどもそこで、よくない筋と関わった可能性はあるのでは？」

「いいえ、人が思っているのとは違い、あれは無害な世界です」

　ニエマンスは無理に同意しなかった。

「あなたもよく行かれるんですか？」

「行かれるって？」

「ＳＭクラブにです」

　ラオラはにっこりとした。心から面白がっているのがわかる、素直な微笑《ほほえみ》だった。最初は風変わりな女だと思っていたのが、時がたつにつれて身近に感じられるようになった。手の届かない存在ではないとわかってきた。むしろ人間味があって、温かい血が流れていて、地位や教育とはかけ離れた何かが感じられる。そう思うと彼女の魅力が倍増した……すでにこれ以上ないほど魅力的だったけれど。

「あなたはこのあたりの方じゃないようね」とラオラは応じた。

「どうしてです？」

「だってわたしにむかって、そんなふうに遠慮なくたずねる人は誰もいませんから。もう……ずいぶん前から」

ニエマンスは申しわけなさそうに頭を下げた。腰かけたままでは、やりづらかったけれど。

「不器用なんです。すみません」

「かまいませんよ。でも、答えはノンです。わたしはその手の場所に行ってません。わたしの嗜好はもっと……古風《クラシック》ですから。兄には《プチブル》扱いされていましたけれど」

そこでイヴァーナが口をはさんだ。一服したおかげで、さっきよりリラックスできたらしい。

「ユルゲンさんには敵がいましたか？」

ラオラは立ちあがって、ソファのまわりを歩いた。針葉樹が背後の薄暗がりを埋め尽くしている。

「わが家の資産は百億ドルにのぼりますから、妬みや反発を買うこともあります。対抗心を燃やして、ありとあらゆる攻撃を加えてくるんです」

ニエマンスとイヴァーナは顔を見合わせた。革のバンドを張ったスツールにこうして腰かけている自分たちが、なんだか馬鹿みたいな気がした。

イヴァーナは思いきって椅子から立ち、こうたずねた。

「あなたも脅迫を受けたことがあるんですか？」

「とんでもない。わたしたちにはいつだって、みんな愛想をよくします。父はよく言ってました。《あんな友人ばかりじゃ、もっと敵が欲しくなる》って」

「身の危険を感じたことは？」

「そんな必要があるんですか？」

今度はニエマンスも立ちあがった。オペラ座のバレエなみの軽業だ。

「あなたにもユルゲンさんにも、お子さんはいませんよね」とニエマンスは続けた。「あなた方にもしものことがあったら、どなたが遺産を相続するんですか？」

「わが家の財産は、一族のほかのメンバー間で分け合うことになるでしょうね。特にいちばん近い従兄弟のウドとマックスで」

とそのとき、イヴァーナの鼻にラオラの香水が匂った。飾りけのないナチュラルな香り、思わずうっとりするような甘い植物系の香りだった。

「その二人が、あなたがたを亡き者にしようとしているのでは？」イヴァーナは香水の魔力をふり払うかのように、そう切りこんだ。

ラオラはふり返り、肩ごしにちらりと彼女を見て微笑んだ。ずいぶんはっきり訊くのねというように。

「それはないでしょう。お金ならわたしたちと同じくらい持っているし、二人とも女の子と狩りのことしか頭にないわ」

「先週末の狩りにも参加したんですか？」

「もちろんです。でもあらためて言いますが、彼らは容疑者のリストからはずして大丈夫だわ。人畜無害な二人ですから。あなたが二十五歳で、かわいらしいお尻をしていたら別ですけど」

イヴァーナはあとずさりし、ニエマンスにボールをパスすることにした。ニエマンスは今、ラオラの前にいた。

「狩りの話ですが……」と彼は声を低めて言った。

「ユルゲンさんの死体に施した演出をどう思われますか」

ラオラは目つきを一変させた。そこにはもはや微笑《ほほえみ》も皮肉も、悲しみもなかった。あるのはただ、山の頂を覆う氷河のように冷たい怒りだった。

「接近猟《ピルシュ》の忌まわしい模倣です……」

「どうしてそんな演出をしたんでしょうね？」

　ラオラはニエマンスをよけて、ファサードのガラス窓に近づき、二人には背をむけたまま答えた。

「わたしたちが大の狩り好きなのは、よく知られていますから。このあたりで狩りができるように、力を尽くしてきました。それが反感を買ったのかもしれません」

　ニエマンスはガラスの壁に歩みより、ラオラのわきに立った。イヴァーナはうしろにさがったままだ。三人《トリオ》が二人《デュオ》になった。

「あなたも接近戦《ピルシュ》の猟をするんですか？」とニエマンスはたずねた。

「子供時代は、兄とよくやりました。残念ながら、今は狩りに出る暇がありませんが」

「アルザスでする以外はね」

「そこなんです、わたしが言いたかったのは。フランスで催している追走猟の会や、ドイツの領地で催している狩り出し猟の会は、要するに社交のための集まりなんです。わたしが十代のころ、ユルゲンといっしょに経験した狩りとはまったく別物です」

　この言葉に反応したかのように、イヴァーナは廊下の入り口を囲む石壁に取りつけられた銃架に気づいた。もちろんこの家にも、ガラス以外の材料で作られた部分がないはずはなかった。

　イヴァーナは銃について素人同然だったけれど、そこに飾られているのが逸品の数々であるのはよくわかった。なかには、かなりの値打ち品もあるだろう。極上の木材を使った銃床はまるで金でできているように輝き、銃身や握り部分には細かな装飾が施されている……

「ユルゲンさんはまだ接近猟《ピルシュ》をされていたんですか？」

「ええ、兄はしていたと思います。それについては話したがりませんでしたが」

「土曜の夜から日曜の朝にかけて、どこにいましたか？」

ニエマンスははっきりしたわけもなく、突然口調を変えた。

「ここにいましたけど……」

「おひとりで？」

「いいえ、営業部長のひとりといっしょに戻ってきました」

「相手の名前くらいはわかっていますよね？」

強面《こわもて》で行こうと決めたところで、彼は不必要なまでに粗野な口ぶりに舵を切った。

「昔ながらの尊大なフランス人そのものね……あなたに適役だわ。名前ならアルザスのお仲間に訊いてごらんなさい。真っ先に確かめていることでしょうから。わたしは……」

「ステファン・グリーブです」とイヴァーナが直接ニエマンスに答えた。「ラオラ・フォン・ガイエルスベルクさんのアリバイは裏が取れています」

「アリバイですって？」とラオラは腕組みをしながら繰り返した。「そういう言い方はさすがに度を越しているのでは？」

「言葉の綾ですよ」今度はニエマンスが取りなすように言った。

イヴァーナはグランドピアノのうえに並んだ額入りの写真が、沈みかけた夕日を受けて輝いているのに気づいた。近づいてみると、それは家族写真だった。写っているのは少年と少女。成長のようすが順を追ってわかる。彼女はなかのひとつを手に取った。十二歳と十四歳くらいだろうか、ディズニーランドと見まがうばかりの堂々たる城館の前庭に兄妹が立っている。

少女がラオラだとひと目でわかった。隣にいる赤毛でずんぐりした少年がユルゲンだろう。少年と事件調書で見た写真の男は、とても同一人物とは思えなかった。三十歳を超えた大企業の後継者は、自信にあふれた顔と鍛え抜かれた肉体をしていた。写真に写っている赤毛のずんぐりむっくりとは似ても似つかない。

　そのときイヴァーナは、はっと気づいたことがあった。ローデン地の服を着た二人は法皇のように真面目くさった顔で、馬鹿でかい猟銃を抱えている。兄妹は銅の銃弾を咥えて育ったのだ。

　すっと手が伸びて、イヴァーナの視界から写真を持ち去った。

「わたしたちは双子のようでした」ラオラは手にした写真をじっと見つめながら言った。「同じときに同じ気持ちになれる。それは……とても大事なことだわ」

　ラオラの胸にも――ここに来て――何かこみあげるものがあったらしい。

「仕事ではユルゲンさんとうまくいっていたんですか？」とイヴァーナはたずねた。

　ラオラは顔を痙攣させた。

「申しあげたばかりじゃないですか、わたしたちは一心同体だったって」彼女はいかにも軽蔑したように答えた。馬鹿げた質問だ、そんなことを訊くほうがどうかしていると言わんばかりに。

　ラオラは手を顔にあてた。

「すみません……兄を亡くして、わたしも生きる理由を見失ってしまい……」

　彼女が言葉を途切れさせたとき、車の青っぽいヘッドライトの光とエンジン音が、悲嘆に満ちた間隙を破った。ラオラはさっとガラス窓に歩み寄った。青と白に塗りわけた車体の側面に《警察《ポリツァイ》》と書かれた車が、砂利をきしませ何台も中庭に入ってくる。

「ドイツのお仲間が来ましたよ」ラオラは涙を拭きながら言った。「あなたたちが来たことを、さっそく嗅ぎつけたようね」

9

森は夜の闇に包まれた。それとともに、あたりはしんしんと冷え始めた。骨の髄まで染み入る、じっとりとした情け容赦ない冷気だった。

イヴァーナはジャンパーの前を閉じながら、ちらりとニエマンスを見やった。ニエマンスはいつものように、何も気づかないふりをしている。短く刈った白髪まじりの髪。第二次大戦期の教師のような眼鏡。彼は猿山のボス猿然として、文句があるなら受けて立つとばかりにドイツ警察にむかっていった。

イヴァーナは到着した車に目を凝らし、ざっと軍勢を見積もった。五の目形に停めたＢＭＷ。青っぽいキセノンランプのヘッドライト。金色に輝く州警察の記章を誇示した黒い人影は、ただの警察官というより兵士に近かった。ずいぶん大仰ね……

大群の先頭に、ひとりの男が姿をあらわした。中背で肩幅もさほど広くない。《バーデン＝ヴュルテンベルク州警察《LKA》》と書かれたアノラックを着ているが、あまり貫禄は感じられなかった。やや禿げあがった額に、ニエマンスと同じ丸眼鏡。あごの山羊ひげは、まるで漫画の《タンタン》に出てくるビーカー教授のようだ。

お世辞にもセクシーとは言えないわ。

それでもイヴァーナは、かすかな震えが体に走るのを感じた。

よく見れば男は眼光鋭く、広い額にも威厳が満ちている。あごひげを生やしたエネルギッシュな顔は、昔のマスケット銃兵を思わせた。喩えるなら、三銃士のような。彼はほかの警官たちを引き従え、砂利道で足をふんばった。体格こそ劣っているが、たしかに力がみなぎっている。間違いなく彼がボスだった。

イヴァーナはすぐさま二つのことを悟った。嫌いなタイプじゃないけど、これからこいつにさんざん悩まされるんだわ。

「バーデン＝ヴュルテンベルク州刑事警察局のファビアン・クライナート警視です」と男は名刺を差し出しながらニエマンスに言った。「あなたの国の刑事課にあたる部署です」

クライナートもフランス語を話した。バーデン＝ヴュルテンベルク州の学校では、ヴォルテールの言葉が必修なのかと思うほどだ。

ニエマンスはろくに見もせずに名刺をポケットに突っこんだ。

「わたしはピエール・ニエマンス警視。彼女はイヴァーナ・ボグダノヴィッチ警部補。所属は凶悪殺人事件《OC》捜査課《CS》。これにあたるものはどこにもないだろうな」

「つまり？」とクライナートは眉をひそめてたずねた。

「ＯＣＣＳはまだできたばかりでして。難事件に際して地元警察や憲兵隊の手助けをする組織なんです」

「われわれは手助けなど必要としていませんが」

「わたしたちの経験が、ユルゲン・フォン・ガイエルスベルク殺しの解明に役立つでしょう」

「どんな経験ですか？」

イヴァーナは、ニエマンスの口から辛辣な皮肉が飛び出すのではないかと冷や冷やしたが、彼はにやりと笑っただけだった。やたらとかかりするのはやめたらしいが、この場合、正面切って喰ってかかるより質《たち》が悪かった。

「殺人事件についての経験ですよ」ニエマンスは静かに答えた。「パリはフランスでもっとも人口の多い町だから、頭のおかしな連中もたくさんいる。つまりイカレた殺人犯も。わたしは三十年間、毎日そんな連中の相手をしてきたってことです」

ドイツ人警官はためらいがちにうなずいた。

「その話はコルマールの検事さんからすでにうかがっ

てます」

　そこで彼は、苛立ちの本当の理由を思い出したようだ。

「捜査でどこかへ行くときには、前もってわれわれに知らせていただけますか？」

「邪魔しないでもらえるなら」

「フィリップ・シュラーには、もう訊問をしたんですよね。そして今度はラオラ・フォン・ガイエルスベルクときて……」

「耳が早いな」

　クライナートはちらりとイヴァーナに目をやり、すぐにまたニエマンスのほうを見た。

「ここはわたしのテリトリーです。ヨーロッパ協定だかなんだか知らないが、うえの連中はそれで話がついても、すべてわたしの命令に従って動いてもらわないと」

「そうはいかない。われわれは捜査を任されていて……」

　クライナートは突然、うんざりしたような表情をし、片手をあげてニエマンスを遮った。

「どのみち、来るのが遅すぎました。犯人はもう捕まりましたから」

「何ですって」イヴァーナはびっくりして叫んだ。

「そんなこと、誰にも聞いてませんよ」

「アルザスのお仲間は、まだ知らないんでしょう」

「何者なんです、犯人っていうのは？」

「トーマス・クラウスという、反狩猟活動家です」

「フランス人ですか？」

「ドイツ人です。オッフェンブルクで拘留されていますが、今朝自白しました」

　イヴァーナはその名前に聞き覚えがあった。《政治テロ》のカテゴリーで最重要容疑者リストにあったひとりだ。

「訊問させてもらえますか」とニエマンスはたずねた。

「明日でよければ。クラウスは今夜、フライブルクの刑事警察局に移送されます。犯人引き渡しの手続きが済む前に、いっしょに訊問しましょう」

「犯行動機は話しましたか」とイヴァーナはたずねた。

「ユルゲン・フォン・ガイエルスベルクを殺したのは人道的な行為で、もし捕まっていなければ、彼の墓に小便をかけてやったとうそぶいてます。これが動機と言えるのでは？」

ニエマンスはイヴァーナに目をやり、にやっとした。《ほら、わかっただろ。捜査が本格的に始まるには、いつだってまず間違った犯人が必要なんだ》とでも言うように。たしかに、そのとおりだわ。反狩猟運動の線は彼女自身も唱えた説だけれど、ユルゲンが狩り好きだからといって首まで切り落とすとは思えない。クラウスは殉教者気取りの狂信的活動家にすぎないだろう。

「というわけで、伯爵令嬢のことはもう煩わせないようお願いできますね」とクライナートはもったいぶった口調で続けた。「このことを彼女に知らせるにはおよびません。まだ確実な話ではありませんし。検事のほうから電話が行くでしょう」

ニエマンスとイヴァーナはうなずいた。クライナートはラオラを守ろうとしている。それは彼女の資産が百億ドルだからというだけではなさそうだ。

少しは人間臭いところもある男らしい。けれどもクライナートは、すぐにこうつけ加えた。

「今日聞いた話は細かく書き起こして、明日持ってきてもらえますね」

ニエマンスは文字どおり青ざめた。報告書を書くと思っただけでも、頭が痛くなってくる。イヴァーナはこの仕事を引き受けたときから、書類作りは自分の担当だと覚悟していた。

「フランスに戻ったらお送りしますから……」

「だめです。ドイツ領内で聞き取ったことは、二十四時間以内にわたしの部署で有効性の確認をしなければなりません。それが規則です」

　クライナートは部下のひとりに合図して、ファイルを持ってこさせた。ファイルは手から手へと伝って、ニエマンスのところまでやって来た。

「捜査状況の大筋をフランス語に訳させました。コルマールのお仲間にも送ってあります」

　ニエマンスはじっと黙っている。

「どうも、クライナート警視」イヴァーナは何か言わなくては思い、そう口をはさんだ。

「今夜はどこに泊まる予定ですか？」クライナートはイヴァーナの言葉が聞こえなかったかのように、ニエマンスにたずねた。

「なんとかしますよ」

　ドイツ人警官は挨拶もなしに踵《きびす》を返すと、車に戻った。部下がさっとドアをあけた。軍隊の行進みたいに一糸乱れぬ、いかにもドイツらしい規律が行きわたっている。

　クライナートはＢＭＷに乗りこんだ。その瞬間、彼はイヴァーナのほうをふり返った。小鳥が何かに気づいてはっと首を動かす、そんな感じだった。それから彼は井戸に投げ入れた小石のように姿を消した。

「あいつ、きみが気に入ったらしいな」ニエマンスはにやにや笑いながら言った。

「わたしのことなんか、まるで無視してたわ」

「それほど気になっていたという証拠さ」

　イヴァーナは顔が赤らむのを感じた。なんとかごまかそうとしたけれど、どうにもならなかった。少し愛想を向けられただけで、体がかっと熱くなってしまう。

「で、どうでした？　わが国の警察隊とのファーストコンタクトは」

　ふり返ると、カシミアのセーターを肩にかけたラオラが立っていた。そのうしろで明るく輝くガラス荘は、発射準備のできた宇宙船のようだった。

イヴァーナはあらためてラオラを眺めた。めったに顔を赤らめたりしない女もいるのね。ほら、ここにもひとり……

「どちらかというと、堅苦しい感じでしたね」ニエマンスはしぶしぶ答えた。

「ここではそれが標準なんだわ。一九三三年、ベルリンの国会議事堂から火が出たとき、どうして消防士が消火にあたらなかったのかご存じ？」

「いいえ」

「立て札があったからよ。《芝生内、立ち入り禁止》って」

「笑えますね」とニエマンスは疑わしげに言った。

「これがドイツ流のユーモアってわけ。さて、お部屋の準備はできてますよ」

ニエマンスとイヴァーナは驚きを露わにした。

「歓待はわが家の伝統です。それに二人の従兄弟も呼んでありますし。わざわざ訊問に出かけなくてもいいように」

そう言ってラオラは、さっさと屋敷に戻っていった。

ニエマンスとイヴァーナは黙って自問していた。歓待、それとも罠？

10

イヴァーナはこんなに広々とした寝室を、今まで見たことがなかった。五十平方メートル近くもあるだろうか、外に面した二面の壁には大きなガラスが嵌めこまれている。イヴァーナはそこに近づいて、足もとに広がる庭を眺めた——寝室は二階にあったから。白いカーテンをあけると、空間全体が半透明の滝のように虚空にむかって流れ落ちていくような気がした。

イヴァーナはカーテンを閉めてふり返った。部屋はただ広いだけでなく、うっとりするほど美しかった。板張りの壁は山小屋を思わせる。脚つきの小さな四角いソファが、いくつか並んでいた。チーク材の蜂蜜色と、飾りけのない簡素な形が目に心地いい。部屋にはクリスマスの匂い、穏やかな夢の匂いが漂っていた。

イヴァーナが真っ先にしたのは靴を脱ぎ、板張りの床を裸足で歩くことだった。しっとりとしたその感触が気持ちよくて、彼女は思わず目を閉じた。質のいい材料をふんだんに使った豪華な部屋にいる幸福感を存分に味わった。

彼女はつかの間の陶酔に体を震わせ、バッグをあけた。捜査中に証人の家に泊めてもらったりしていいのだろうか？　利害の対立が絡んできやしまいか？　もしかしてラオラは、なんとかわたしたちを丸めこもうとしているのでは？

携帯電話が鳴った。誰がかけてきたのか、ディスプレイを見ればひと目でわかる。

「もしもし」

返事はない。

「もしもし？」

無言が続いた。

イヴァーナはディスプレイに映る顔をもう一度眺めた。愛する若者。悪夢の源。頭の片隅にこびりついて離れない強迫観念。彼女は何かしゃべらせようとすることなく、電話を切った。

結局、わたしには、こんな沈黙がふさわしいのだ。昼夜を問わずかかってくる忌まわしい無言電話が。

イヴァーナは腕を組み、あおむけになってベッドに寝そべった。まったくもう、何やってるんだろう、わたしも、ニエマンス警視も！　彼女は再び目を閉じ、いつものように自問した。正しい道を進んでいるのか、確かめたくて。彼女は歩みの方向を決して変えなかった。過去からできるだけ遠ざかろう。プラムの種を吐き出すように、わたしをこの世界に投げだした暗い穴から、全速力で逃げ出すんだ。

イヴァーナには二つの血が混ざっている。言ってみれば、ハイブリッド車のようなものだ。父親はクロアチア人、母親はフランス人。生まれたのはパリ郊外エソンヌ県、グリニーの無法地帯と化した公営団地グランド・ボルヌだった。

けれども幼いイヴァーナにとって、真の危険は自宅にあった。父親はクロアチアの諺だという言葉をしょっちゅう繰り返していたが、本当は自分で考えたのだろう。いわく《屈するより砕けろ》。父親がこれまで一度でも屈したり砕けたりしたことがあったのか、イヴァーナにはわからない。けれども酔って千鳥足のところは毎日のように見ていた。母親も似たり寄ったりだ。両親の記憶はぼんやりとしている。酔っぱらった彼らの足つきが心もとなかったように。怒鳴り合ってはいっしょに飲み、最後には殴り合う。イヴァーナはひとりで生きていかねばならなかった。

六歳にして、衣食と通学のために日々を切り抜けねばならなかった。『大草原の小さな家』ではないが、こんな暮らしをしてきた人はほかにもたくさんいるのだと思いながら。あるものですませるか、なくてもすませるか。一九九一年、父親が国に帰ると言い出した。《クロアチアは独立したんだ!》。生まれ故郷の地が、あらたなチャンスを与えてくれるはずだと。彼はニュースを読み違えていたようだ。独立のための国民投票は、その後五年間続く混乱を生み出すことになったのだから。ヴコヴァルで一家を待っていたのは飛び交う砲弾と、狙いを定める狙撃兵たちだった。

一家はフィアット・パンダに乗って出発した。そのときのことを、イヴァーナはまだ覚えている。彼女は思いがけないバカンスに出かけるような気分で、無邪気にはしゃいでいた。ところが途中、何かが起きた。国境を越えて(父親はまだユーゴスラヴィアのパスポートを持っていた)、一路東にむかっているとき、すでに酔っぱらっていた父親が癇癪を起して母親を殴りつけ、ハンドル操作を誤った。

気がつくと、車はくぼみに前輪を突っこんでいた。車内は空っぽだ。路肩と反対側のドアから外に出ると、恐ろしい情景が目に入った。両足を泥に突っこんだ父親が、ジャッキを握って母親を殺そうとしている。

イヴァーナは街道を走って逃げ出した。愛娘《リュバヴ》にもここでけりをつけようと決心した父親は、そのあとを追いかけた。もう少しで捕まりそうになったとき、戦争が彼女を救った。娘の頭を砕こうと腕をふりあげた父親を、ユーゴスラヴィア人民軍の戦闘機が一斉射撃でずたずたにした。イヴァーナは呆気《あっけ》にとられた。耳をつんざく轟音があたりに響いている。アスファルトが燃えあがり、クロアチアの黒い土が街道のあちらこちらから噴出していた。

そのあとのことはどうでもいい。国連軍の兵士に助けられ、フランスに送還されて入院した。イヴァーナは一年間、言葉を発することができなかった。やがて徐々に声を取り戻し、おおよそ普通の子供時代を送れるようになった。施設、養家、学校。けれどもイヴァーナは死の誘惑と破壊願望に捕らわれながら、毎日をすごしてきた。拒食、自傷、自殺未遂。その手のものは、ひととおり経験した。どん底から這いあがるなら、それだけ努力をしなければならない。けれども彼女が選んだのは、別の道に突き進むことだった。そしてドラッグと暴力の世界で自らを開花させた。

そのとき天使が彼女を救いにやってきた。天使は奇妙な風体《ふうてい》をしていた。髪を短く刈った四十男。教師みたいな小さい丸眼鏡をかけ、まるで軍の教官のようだ。

　人生の途上に三度、その男はあらわれた。一度目は真夜中、オネ＝ス＝ボワの駐車場だった。イヴァーナはヤクの売人にむかって銃弾を浴びせていた。そのとき彼女は十五歳だった。二度目は昼、カンヌ＝エクリューズの警察学校を卒業したときだ。キャンパスで配属先を決めたところだった。彼女は指導教官の頭に自分の制帽をかぶせ、いっしょに写真を撮った。今でも携帯電話にしまってある、いちばん大切な自撮り写真だ。三度目は雨のなか。三年前から勤務していたヴェルサイユ署の出口で、彼はイヴァーナを待っていた。

「おれと組まないか？」

　ニエマンスはカフェで、その怪しげな計画について説明した。フランス国内どこにでも好きなように駆けつけ、地元警察や憲兵隊が扱いに窮している例外的な凶悪殺人事件の捜査に協力する国家警察部隊が創設されるのだという。《例外的》というのがどういう意味なのか、イヴァーナはあえてたずねなかった。ゲルノンの事件については、噂で聞いたことがある。ニエマンスはそこで、危うく命を落としかけたらしい。もうひとり、若いアラブ人警官もこの事件を追っていた。彼は無事、事件を終結させたものの、アルプスの大学町を襲った呪いの全貌を明かそうとはしなかった。要するにニエマンスは、異常な犯罪について誰よりも詳しいということだ。

イヴァーナは少しもためらわなかった。警察学校を出たあとまず赴任したのは、ルイ＝ブラン署だった。パリでももっともぶっそうな地区のひとつだ。彼女がそこで経験したのはおざなりなパトロールと、うんざりするような書類の山だった。その次、《優秀な勤務状況を考慮して》ヴェルサイユ署に転勤になり、警部補に昇進もして、れっきとした下級官吏の身分を得た。いずれはヴェルサイユのパリ大通りに、ワンルームマンションを買うつもりだった。ネットフリックスで連続ドラマでも観たら犬を散歩させ、宮殿前のカフェでモーニングコーヒーを飲む。あとはそんな生活しか残っていないだろうと思っていた。

　彼女はベッドのうえで体を起こし、顔をさすった。これが最終的な評決だ。そう、わたしは正しい方向へ歩んでいる。ニエマンスはまたしてもわたしを救ってくれた。本物のゴミどもを捕まえる機会を与えることで。二人して邪悪の支配する世界へ分け入り、殺人者たちの正体を暴いて正義を実現するのだ。

　赤毛の小さな頭の奥で、イヴァーナはずっと思っていた。つらい経験をたくさんしてきたけれど、それらはすべてこの特別な仕事に至るための定めだったのではないかと。殺人犯を追いつめ、彼らの考えを探って、罪を償わせる。そのたび、わたしが捕まえているのは父親なのだということは、フロイトを持ち出すまでもなく理解できる。人はそれぞれのやり方で、悪魔祓《ばら》いをしているのだ。

　イヴァーナはシャワーを浴びることにして、またしてもびっくり仰天した。浴室は防水仕上げのタイル張りだったが、備品や受水盤の支えは黒いチーク材製で、それが病院のように真っ白な壁と、見事なコントラストをなしている。

　彼女は蛇口の四角いコックにしばし目をとめた。細かなところまでこんなに計算が行きとどき、入念に仕上げられた場所は初めてだ。どれを見ても心が震える。

そのひとつひとつが、日常生活を芸術にまで高めた作り手たちの傑作だった。

目に涙がこみあげた。イヴァーナは感傷的な気分にけりをつけようと、お湯の温度を目いっぱい高くしてシャワーを浴びた。彼女はいつも日本風に熱いお湯で体を洗った。四十二度。それくらいじゃないと、浴びた気がしないわ。そして子豚の丸焼きみたいに全身ピンク色に染まるまで、やめようとしなかった。

数分後、浴室は水滴だらけの共同浴場《ハンマーム》と化した。彼女は湯気《ゆげ》ですっかり曇った洗面台のガラスを拭い、そこに映った自分の顔を眺めた。

そこではっと気づき、彼女はたちまちパニックに襲われた。

いったい何を着ていけばいいんだろう？　伯爵令嬢を前にして、みっともないかっこうなんてできないわ。

11

シャワーを終えたイヴァーナは、パンティとブラジャーをつけた。そういえば、《万が一の場合に備えて》黒いドレスを一着だけ持ってきたのを思い出した。時計を見ると九時から始まる夕食まで、まだあと一時間あった。

彼女はセーターとジョギングパンツ姿で、クライナートに渡されたファイルに目を通し始めた。事件の概要はわかっていたので、生前のユルゲン・フォン・ガイエルスベルクに関してまとめた部分を特に注意して読んだ。

一九八四年に生まれたユルゲンは、ドイツの名門一族の子弟として完璧な教育を受けた。スイス北部、バーゼル近郊の寄宿学校を卒業したのち、ドイツでもっとも名高い大学のひとつ、コンスタンツ大学で《政治学および行政学》を修めた。さらにパリの高等商業専門学校《HEC》を経て、ビジネススクールでは世界トップクラスのIESE（ナバーラ大学ビジネススクール）で学んだ。

　ユルゲンは急いで実務の世界に入らずとも、じっくり勉強を続けていけばいいと思っていたらしい。ところが二〇一四年、まだ現役で活動中だった父親の死により、妹とともにVGグループを率いていかねばならないことになった。妹のラオラはフランス文学とギリシャ哲学のほうに興味があったようだけれど。

　グループの総帥となった兄妹がいかに成功を収めたかについて、イヴァーナはすでにたくさんの記事を読んでいたが、フランス語で書かれた詳細な資料に興味を引かれた。父親のフェルディナンドも従業員には甘くなかったが、ガイエルスベルク兄妹の経営方針はとても厳格なものだった。そして二人は数年のうちに、会社の内外に無数の敵を作ることとなった。しかしニエマンスも言っていたように、これほど残虐な殺しの手口から見て、解雇された従業員やライバル会社の社長が犯人だとは考えにくい。

　イヴァーナは一族の歴史に目を移した。それは別のファイルにまとめられていたが、クライナートの配慮だろうか、《視点《ポワン・ド・ヴュ》》という雑誌の記事もあって、家系の由来が詳細に語られていた。

　ガイエルスベルク家は、現在のドイツがまだフランク王国の一部だったカロリング朝時代まで遡る。中世からルネサンス、三十年戦争から啓蒙の世紀へと時代が変わっても、ガイエルスベルク家はいつもそこにあった。十九世紀初頭、バーデン大公国の誕生にも一役買っている。バーデン大公国はのちに周囲の地域とひとつになって、現在のバーデン＝ヴュルテンベルク州となって現在に至っている。

イヴァーナは名だたる祖先の数々を飛ばして、ユルゲンの父フェルディナンドに集中することにした。その生涯を詳細に追った記事がいくつか見つかった。ドイツ語で書かれているので読むのにひと苦労だったけれど、オンライン辞書をたよりに必死に意味を追った。

戦後生まれのフェルディナンド・フォン・ガイエルスベルクは、父親が歩んだのと同じ道をたどった。彼の父親は、一九六〇年代に西ドイツの産業の振興に寄与した実業家だった。八〇年代にそのあとを継いだフェルディナンドは、工場の厳格な管理運営によってVGグループを繁栄に導いた。エレクトロニクス関連の特許を数多く取得したおかげで、VGは多くの自動車メーカーにとって無視できない存在となった。とりわけバーデン＝ヴュルテンベルクを代表するブランドであるポルシェとは、太いつながりがある。

フェルディナンドは対外的なイメージを気にする人間ではなかった。おもてに出るのが嫌いで、秘密主義と言ってもいいくらいだった。冷徹で厳《いか》めしくて、いつも手袋をはめている。妻が死んだ二年後の二〇一四年、彼は六十八歳で亡くなった。死因は癌だった。

夫人のサビーヌに関する記述はほとんどなかった。死去から数年後、スイスの雑誌が彼女を讃える長い記事を掲載した。旧姓はド・ヴェルル。バーデン大公国に隣接していたシュワーベン地方の名家の出身だった。法律の勉強をして弁護士資格を取ったものの、それを仕事とすることはなかった。二十四歳でフェルディナンドと結婚したが、彼女がひたすら情熱を傾けたのは、馬術に対してだけだった。生涯を捧げたと言ってもいいだろう。サビーヌはスポーツ好きの、健康的で活発な女性だった。経営していた種馬飼育場には、五十頭にのぼる馬がいたという。

そんなわけだから、育児や夫の世話にかける時間はほとんどなかった。それに夫のほうも仕事にかかりきりだった。足もとに寄ってくる連中などどうでもいい。

上流階級に生まれたサビーヌは、底辺の暮らしに無関心だった。生きるために働かねばならない《哀れな人々》は、まったく眼中になかった。

しかしそれは見せかけにすぎなかった。サビーヌは心の病を抱えていたが、家族は注意深く隠していた。二〇一二年、彼女は現代絵画のオークションのためマンハッタンへ行った。宿泊は五番街のセント・レジス・ホテル、十二階のスイートルームを選んだ。彼女は部屋をひとつひとつ見てまわって居間の窓をあけさせ、フロアボーイに礼を言った。そしてひとりになると、虚空に身を投げたのだった。

こんな両親を持ったユルゲンとラオラの子供時代は、どのようなものだったろう？　二人は《双子のよう》だったとラオラは言っていた。愛情に恵まれない毎日を彼らがいかに助け合ってすごしたか、イヴァーナにはそのようすが目に浮かぶようだった。留守がちの両親、無関心な家政婦。けれども遊ぶお金だけはふんだんにある。二人共通の楽しみ、それが狩りだった。名門校を卒業し、雑誌にもよく取りあげられ、射撃の腕前も一流で、銃のように狂いなく働く冷たい心の持ち主に成長した。

ファイルには大人になったユルゲンの写真が何枚も入っていた。年とともに、彼はひきしまったスポーツマンタイプの若者になっていた。青白い顔色と鮮やかな赤毛が美しい。どことなく投げやりで物憂げで、とらえどころのない表情は、さぞかし女たちを魅了したことだろう。たしかに彼は、赤毛という髪の特徴を切り札にする術《すべ》を心得ていた。同じ赤毛のイヴァーナには、決してできなかったことだ。

彼女はほかの写真も手に取った。サン＝トロペでヨットに乗っているユルゲン、イビザ島で金色のタキシードを着たユルゲン……若き御曹司は人生を楽しんでいた。ハンサムで家柄もよくて大金持ちで、妹とともにテクノロジーの帝国を率いるリーダー。高級クラブに通い、豪華ホテルに泊まる楽しみも心得ている。まさに現代のヒーローだ。大金をかせいだり、トップモデルをものにしたりで忙しくないときは、森に分け入って獣たちを惨殺していた。

これらもまた、見せかけにすぎなかった。ユルゲンは幸せになるために必要なものをすべて持ち合わせていたが、彼が望んだのは不幸になることだった。彼は愛と光を引き寄せたが、彼を興奮させるのは闇と苦悶だった。クライナートとその部下たちは、ユルゲンがシュトゥットガルトで通っていた秘密クラブの経営者たちや、彼がひれ伏していた《女王様》たちにも、すでに訊問をすませていた。この点については、疑問の余地はなかった。ユルゲンは《ボトム》と呼ばれる被虐嗜好者で、鞭打ちやロウソク責めといった拷問を好んだ（検死報告書によると、ユルゲンの体からは《癒着した》傷痕が多数確認されたという）。彼はまたロ汚く罵る女の前にひれ伏すのも好きだった。

昼は大企業のビッグ・ボス、夜は奴隷というわけだ。

ニエマンスの見立てとは異なるが、ユルゲンは危険な遊びに手を染めていた。たまたま相手をした加虐嗜好者《トップ》が、独創性を発揮しすぎてしまったのかもしれない。しかしSMクラブ関係者のアリバイは、すべて確認が取れている。やはりこの線はあきらめて、バニラ（SM愛好家は型どおりのセックスをそう呼んでいる）の世界に戻ったほうがよさそうだ。

最後のファイルには、この事件を扱った新聞記事やブログ、ツイートなどが集めてあった。ドイツ語やフランス語、英語のものもあったが、どれも内容は乏しかった。さまざまな仮説や推理が滔々《とうとう》と披露されているが、みんな何もわかっていないくせに、好き勝手なことを言っている。

そのとき携帯電話が鳴った。呼び出し音ではなくて、アラームだった。八時四十五分に鳴るように仕掛けておいたのだ。さあ、しわくちゃのドレスを着て、顔に白粉《おしろい》をまぶさなくては。イヴァーナは浴室に飛びこんで対決に臨む準備をし、パソコンを閉じて写真や書類を片づけた。

今のところはまだ、古典的な推理ゲーム《クルード》といったところね。狩猟用の別荘、大物招待客。携帯電話も車もつかえない（それがこの狩猟パーティの、もうひとつの特徴だった）。ガイエルスベルク家の領地の入り口、つまり狩猟地域から十キロ以上手前で車を停めねばならないのだ。そして犯人は、おそらく狩りに集まった人々のなかにいる。

さあ、おデブちゃん、あたふたしてちゃだめよ、とイヴァーナは自分に呼びかけ、手のひらでドレスのしわを伸ばした。これからいっしょに夕食をとる相手は、ヨーロッパ随一の資産家一族の跡を継ぐ三人だ。けれども彼女はそんなことは考えないようにしながら、敢然とドアをあけた。

12

ニエマンスは、昔の連続テレビドラマに紛れこんだような気分だった。

伯爵令嬢の怪しげなもてなし、泊まっていくようにという不可解な誘いを受け、今こうして彼とイヴァーナは暖炉のわきで、アガサ・クリスティーの小説の一場面みたいにアペリティフを飲んでいる。

軽やかな音をたてて泡立つシャンパンのグラスを片手に、ニエマンスたちは精いっぱいめかしこんでしゃちほこばっていた。イヴァーナの着ているしわくちゃのドレスも、なんとか夜会服として通りそうだ。上出来だわ、パンストにも穴はあいてないし。ニエマンスはと言えばジャケットにネクタイという出立ちだったが、愛用の四五口径は忘れずホルスターに収めておいた。彼の服装はイヴァーナのドレスよりぱりっとしていたが、顔には張りがなかった。夕食までの二時間を使って、ひと眠りしたのだ。そしてまた、仕事が始まる。ニエマンス、誰もが恐れる殺人課のボス。暴力的で、予測不能な男。その彼も、今や五十八歳の老刑事だ。少しでも暇があればうたた寝をし、身をかがめて靴の紐を結ぶのにもひと苦労している。

彼は慣れないジャケットとネクタイ姿で窮屈そうだった。生きた小鳥を手のひらにのせるようにそっとシャンペングラスを持って、月並みなお愛想に余念がない。

「あなたのフランス語は完璧ですね。どこで習ったんですか？」

「わたしの経歴は、すでにお読みになったのでは？」とラオラは切り返した。「パリのソルボンヌにも通っていたことがありました」

「グランド・ゼコール（大学とは別に専門的なエリートを養成する高等教育機関。ソルボンヌはグランド・ゼコールではない）のほうが、あなたにはふさわしいのでは」

「大きい《グランド》という点では、ソルボンヌがいちばんじゃないかしら。わたしはそこで哲学とフランス文学を学びました」

ニエマンスはうなずいた。シャツの襟が首にこすれてひりひりする。

「わたしが言いたかったのは、例えばビジネススクールのほうが……」

「ビジネスは学校で習うものではありません」ラオラはにっこり笑って答えた。相手に有無を言わせない、突き放すような笑みだった。「ガイエルスベルク家の人間には、天賦《てんぷ》の才がありますから」

「仕事はもう再開されたんですか」

「もともと中断はしていません」

ラオラの外見は、誰もが打ちのめされるほど完璧だった。細身の黒いドレスは全身タイツさながら、ボディラインをくっきり見せている。真っ白な背中が露わになり、そばかすが点々とする肩が輝いていた。

上流階級万歳だな。ニエマンスは乾杯をしたい気分だった。それにラオラも見事なまでに、心の内を隠している。兄が殺されたばかりだというのに、ディズニー映画の魔女マレフィセントのようなかっこうで、十二センチヒールを履きこなして、まだ立派にホステス役を演じていた。

ニエマンスは目でイヴァーナを追った。彼女は平静を装おうと、少し離れて家具を見てまわっている。まるで裕福な納税者の資産を値踏みする税務捜査官のように。

「クライナートから連絡があったのでは?」とラオラはちょっとふざけたような口調で言った。「兄を殺した犯人が捕まったそうですが」

「誰に聞いたんですか?」

「ここでは木の葉が一枚落ちても、すべてわたしの耳に入るのよ」（『コーラン』の一節六・五九「一枚の木の葉でも、彼がそれを知らずに落ちることはない」に拠っている）。

「チリのピノチェト大統領も、同じようなことを言っています。そんな言葉を引くのはお嫌じゃないんですか?」

「あなたの意見に合わせただけですから」ラオラはいたずらっぽく笑った。

「どんな意見です?」

「金持ちはみんな腹黒く、ドイツ人はみんなファシストだって。だからこそあなたは、わたしに逆らえないと思っているんでしょ」

ニエマンスはぷっと吹き出した。

「トーマス・クラウスは本当に犯人でしょうかね?」

「ありえないわ。彼はわが家の仇敵ですが、人殺しをするような男だとは思えません」

「でも、自白したそうですよ」

「自白なんて、無意味です」

「たしかに。でも、どうして罪を負おうとしたんでしょう？」

「扇動のため、それに殉教者気取りから。狩りに対する憎悪だけが、クラウスにとって生きる目的なんです。残念ながら、彼は何もわかっていないんだわ」

ニエマンスは思わずラオラの腕に目を落とした。すべすべとした輝くような肌は、この世のものとは思えないくらいだ。大理石と上質のベラム紙、硬度と透明度という相反する特徴を示している。

幻惑をふり払おうと顔をあげたとたん、今度は鎖骨の下あたりにうっすらと浮かんだ静脈の筋が目に入った。まるで凍った川の底で揺れる草のようだ。われながら情けなくなるような、月並みな連想だけれども。

「わかってないって、何がですか？」ニエマンスは気を散らすまいとしながらたずねた。

「クラウスは自然を守っているつもりでしょうが、自然は狩りによって守られているんです。動物の数を調整することで。自然は死によって育まれている。それは感傷が入りこむ余地のない、黙々と動き続ける機械のようなものなんです」

この手の議論については、ニエマンスもよく知っていた。

「そのとおりですが、好き勝手にやっていいわけじゃありません」

ラオラは親しげなウィンクをしてこう答えた。

「恋と同じように」

ニエマンスはどう反応したらいいのかわからなかった。ほかの状況でほかの女が言ったとしたら、ずいぶん挑発的な言葉だろう。しかし今夜、ここでは？

とそのとき、ラオラは何かに気づいたようだ。彼女の視線を追っていくと、その先にはイヴァーナがいた。あいかわらず税務捜査官よろしく、銃架を近くからためつすがめつしている。ニエマンスも数時間前から気になっていた銃架だ。

「銃に関心がおありですか」ラオラはイヴァーナのそばに歩み寄りながらたずねた。

「いえ、まったく」

イヴァーナには愛想よくしようとか、少しは感心して見せようとか、そんな気づかいはまったくなかった。彼女は銃が大嫌いなのだ。ニエマンスにはそのわけがわかっていた。

いっぽうニエマンスは、あらゆる時代、あらゆる種類の銃器に愛着を抱いていた。それは彼にとって、人間特有の創造行為だった。たしかに、行きつく先にあるのは死かもしれない。だからこそ、銃はいっそう美しく光り輝くのだ。

「ちょっと拝見していいですか？」とニエマンスは言って、照準器を取りつけたボルトアクション式カービン銃に手を伸ばした。

「どうぞ」ラオラはささやくように答えて脇によった。

ニエマンスは銃を手に取り、興味深そうに眺めるラオラの視線を浴びながら、じっくりと感触を確かめた。静かな共感が、にわかに二人を結んだ。イヴァーナはうんざりしたような顔であとずさりし、家具の検分に戻った。

ニエマンスは握りとサイドプレートの鋼に施された装飾に目を見張った。帯状にデザインした柏の葉や狩りの場面が描かれている。彼は床尾を肩にあて、ガラス窓越しに森へ狙いを定めてみたくなった。さすがにそれはやりすぎだろうと、ぐっと堪《こら》えたけれど。

「メーカーの表示がありませんが」

「わが家の銃はすべて、一点ものなんです。フェルラッハに特注して、作らせたもので」

フェルラッハはオーストリアの町で、世界一の銃器職人を何人も擁している。とうとうニエマンスは矢も楯もたまらず銃を肩のくぼみにあて、照準器に目をあてた。

「距離はどれくらいに合わせてあるんですか？」

「百メートル」

「接近猟《ピルシュ》にちょうどいいですね」

ニエマンスはもう銃身を下げていた。ラオラは厳しい表情で彼を見つめている。

「わたしを罠にかけようとしてもだめよ、ニエマンスさん。さっきも言ったでしょ、接近猟《ピルシュ》はもうしていないって。この銃だって、もうずっと使っていません」

ニエマンスは銃を注意深く銃架に戻した。

「それなら、愛用の銃はどれですか？」

ラオラは別の銃に手をかけ、軽々と銃架から取り出した。

「この、狩り出し猟に使う銃です」

こちらの銃もすばらしい出来だったが、だいぶ年季が入っていて、長年使われてきたのがよくわかった。

「これは単発銃ですよね？」

「父はいつも言っていました。《一発の銃弾で足りなければ、おまえは死んでいる。もし死んでいなければ、それはおまえの命に何の価値もないということだ》って」

「気さくそうなお父さんだ」

ラオラはニエマンスに銃を差し出した。

「ええ、とても」

ニエマンスは弾薬の装填部分を作動させ、その静かなことに驚いた。ここにもすばらしい名人技が発揮されている。

「口径は？」

「二七〇ウィンチェスター」

「弾薬は？」

「工房で自作しているわ」

ニエマンスは顔をあげた。

「ソフト・ポイント弾よ」とラオラは続けた。「目あての獲物に合わせて作った銅合金のジャケットで、鉛の弾丸を覆って。あなたもよく知ってるでしょ。すべては速度、距離、材質、抵抗のバランスにかかっているんです」

　こうした問題についてなら、たしかにニエマンスも熟知していた。鉛の先端部が的にあたった衝撃でキノコ状にひしゃげ、エネルギーが獲物の体内に広がって死に至らしめる。しかし弾丸はまず肉を貫かねばならない。そのため、変形しやすい銅のジャケットであらかじめ覆っておくのだ。

「こうした話題についてこられる女性は珍しいですよ」

「女も昔とは違いますから」ラオラはわざと申しわけなさそうに答えた。

　そしてニエマンスの手から銃を受け取ると、注意深く元の場所に戻した。

「すべては失われていくんです。無知でさえも」と彼女はつけ加えた。

「おや、あれは？」とニエマンスは、銃架の上部にあるダークグレーのカービン銃を指さしながらたずねた。スコープも同じ材質からできているらしく、まるで全体が黒い大理石の塊から掘り出したかのようだ。

「あの銃には誰も触れられません」とラオラは一歩さがって言った。「生前、父が使っていたものです。父は銃の名手で、二百メートル離れた鹿の目を撃ち抜くこともできたんですよ」

　ニエマンスは感心したようにうなずいた。おれはもっとうまいけどな。でも、今はそんな自慢をしているときじゃない。

　砂利道でタイヤがきしむ音が聞こえた。

「従兄弟たちが着いたようです」とラオラはふり返って言った。「食卓につく時間ね」

《食卓につく《パッセ・ア・ターブル》》という表現には《自白する》という意味もある。掛詞《かけことば》ってわけか。ラオラはフランス語が堪能だからな、わざと言ったのだろう。彼女はまたしても、いたずらっぽいウィンクを送ってよこした。

　そして広い部屋をすたすたと横ぎり、玄関のドアをあけに行った。この女にどう対すればいいのか、ニエマンスは途方に暮れていた。

本当なら精神安定剤を山ほど飲み、部屋にこもって悲嘆に暮れていてもおかしくはない。なのにラオラはこうしてパーティドレスに身を包み、銃の装塡口をかちゃかちゃあけてみたり、ニエマンスと冗談を言い合ったりと、何事もなかったかのようにホステス役を務めている。

ここに泊まっていくようにという誘いは、罠《ルアー》だったのではないか。彼女はニエマンスたちを受け入れ、一族を紹介し、一家の伝統を明かすふりをした。しかし本当はその逆に、いちばん肝心なことを必死に隠そうとしているのだ。

もうひとつ、ふと思いついたことがあった。考えただけで、きりきりと胃が痛むようなことだ。ラオラのような女は、兄を殺した犯人を見つけるのに警察などあてにしていないかもしれない。自分の手で犯人の正体を突きとめ、けりをつけようとするのではないか。

そう、ニエマンスたちをここに泊めたのは、捜査を鈍らせるためだったのだ。

タイムトライアル・レースは、すでに始まっているのだから。

ユルゲン殺しの犯人に最初に行きついた者が、その心臓に銃弾をぶちこむ。

《巧手》の一発を。

接近猟《ピルシュ》のように。

13

兄のマックスは三十歳くらい、細面で耳がぴんと突き出ていた。痩せて骨ばった頬に暗い目。口はまるで顔の下に、線を一本引いただけのようだ。青白い顔色と対照的な黒い髪はチックでぴったりと撫でつけていて、頭蓋骨を直接真っ黒に塗ったのかと思うほどだった。

弟のウドは二十五歳で、兄よりずっとハンサムだ。もじゃもじゃの髪、丸い額、猫を思わせる小さめの顔。きっと若い女たちを、手あたり次第たらしこんでいるだろう。ニエマンスは少し嫉妬を感じながら、欠点はないかと探し始めた。口もとにしまりがなく、神経質そうな笑いを浮かべると歯茎が露出する。生気のない、皮肉っぽい表情は、禁断症状の麻薬中毒患者そっくりだ。

ニエマンスは三十分ほど前から、二人が話すのを聞いていた。もちろん、話はフランス語で行なわれた。こいつら、ラオラとは正反対だな、というのがニエマンスの結論だった。家柄にあぐらをかいて、自分の力で生きていけない、一族のごくつぶしだ。ラオラが血統の強烈な力を見せつけたとすれば、二人の従兄弟は衰退の果てに先祖の名声に頼るしかなくなっていた。

けれども何よりニエマンスを驚かせたのは、食事に集まった顔ぶれではなく、夕食会がひらかれた部屋だった。ガラス張りの壁や現代的なデザインは、もうどこにも見られない。彼らがテーブルについたのは赤いビロードの壁紙を張りめぐらせた小さな部屋で、剝製にした獣の頭部が何十と飾ってあった。例の《虐殺《マサークル》》だ。暖炉で燃え盛る炎は、猛獣の大口を思わせた。フォークがかちかち鳴る音は、まるで恐ろしい監獄の奥で鎖をひきずっているかのようだ。けっこうな雰囲気じゃないか。

しかし食卓に飾ったロウソクの光に照らされ、ニエマンスは心を沸き立たせていた。ようやく《巣穴》のなかに入りこんだ。最悪の暴力に見舞われた億万長者一族に、肉薄しようとしているのだ。彼は今、はっきりと確信していた。殺人の動機はここにある。これら相続人たちのあいだ、過去の経緯や現在の死角のなかに。

会話は重苦しい調子で始まり――亡きユルゲンに対し、ドイツ語訛りで讃辞が続く――会食者たちはその場にふさわしい神妙な顔を崩さなかった。しかし食事もなかばにさしかかり、ルビー色をしたトロリンガー・ワインがまわってくると、みんな気持ちを昂らせ声高に話すようになった。

「あんなことしたやつを見つけたら、ただじゃすまさないさ」とウドが言った。

ニエマンスはとぼけてたずねた。

「ただじゃすまさないというと？」

ウドはグラスを空け、みんなに気前よく注いだ。

「汚らわしい殺人者にわが家がやられっぱなしでいると思うんですか？」

「どうかしてるわよ、ウド。何世紀も前から、罪人を裁くのは裁判所の役目だわ。個人的な復讐は法律で罰せられるのよ」

ウドはにやりと笑った。黒いほつれ毛が、顔の前にたれさがっている。彼は髪に隠れた目つきを鋭くして見せたが、この男の精神状態が大きく限界を超えているのが露呈しただけだった。

「時は過ぎ、地は残る」ウドはとっておきの名言だとばかりに、もったいぶってそう言った。「ここはわれわれの家だ。獣を狩っているのだから、人間狩りをしたってかまわないじゃないか」

ラオラは従兄弟の腕に手をあてた。

「ウドはふざけてるんですよ、ニエマンスさん。わが家の誰も、自分たちが法を超えた存在だなんて思っていません。さあ、もう少し若鶏を召しあがってください。あなたのお国から来たワインで、つまりフランスワインで調理したものですよ」

ニエマンスはゆっくりとうなずいた。料理はおいしかった。赤いつやつやとしたソーセージ、とろ火で煮こんだ若鶏。それにマンステールチーズのソースをかけたシュペッツレが添えてある。一見するとボリュームがありそうだが、おいしそうな赤褐色の輝きと食欲をそそる香りに惹かれて軽々と平らげることができた。

ニエマンスはすすんで食べた。使用人の姿はなくなり、その場にいるのは会食者だけになった。料理を楽しんでいるところを見せようと、一生懸命だった。隣にいるイヴァーナが料理に手をつけないのを、弁解しているつもりなのだろう。

それでもミス・菜食主義者《ヴィーガン》が話題を変えたおかげで、みんなは気づまりな雰囲気から抜け出すことができた。

「ひとつ、わからないことがあるんですが」イヴァーナはライ麦パンの切れ端をすばやく口に運びながら(彼女だって何か食べねばならない)そう言った。「追走猟をするため、国境を越えねばならなかったんですよね……」

「それが何か?」マックスは弟よりずっと落ち着いたようすで、笑いながらたずねた。

「どうして《シュレプヤクト》をしないんですか」

ニエマンスはびっくりしてイヴァーナを見つめた。いったいどこからそんな言葉を見つけてきたんだ?

「ドラッグ・ハンティングのことですね。たしかに州議会から代案として、そうしたらどうかと言われました」とラオラは答えた。「生きた獲物の代わりに動物の臭いをしみこませたルアーを追えば……」

ウドは大笑いした。マックスは洞穴のような目で、イヴァーナをじっと見つめている。

「つまりダッチワイフとやってろってことです」とマックスは、声を和らげて言った。「州議会の馬鹿どもがわれわれに提案したのはね」

「でもあなたがたは、州議会に対しても影響力があるのでは？」とニエマンスが口をはさんだ。

「もちろん。でも結局は、平民がつねに多数派なんです。そこですよ、あいつらの特徴は」

ニエマンスは機械的にうなずいた。マックスは弟より危険で、同じくらい愚かだが、飲みすぎないくらいの節度は心得ているようだ。

突然、ウドはグラスを暖炉にむけて掲げた。燃え盛る火が、部屋じゅうを熱気で満たしていた。

「狩り、それは血だ」

兄弟は嘲るような笑みを浮かべた。ワインとロウソクの炎でほてった顔は、化粧でもしているかのようだった。興奮した表情は、中世のグロテスクな絵を思わせる。二人はもうユルゲンの死を忘れたのだろうか。いや、彼が殺されたからこそ、今こうしてワインと血を讃える異教の饗宴がひらかれたのだ。

「血を見ると興奮するってわけ？」とイヴァーナがたずねる。

ウドは椅子の肘置きに腕をもたせかけ、ぐったり伸ばした体をうしろにずらした。いかにも酔っぱらいがげっぷをするように、あごを思いきり引いている。

「何をいい子ぶってるんだか。あんたと狩りに行こうとは思わないが、ひとつ教えてやろう。獣の血管にもハンターの血管にも、流れている血は同じなんだ。熱く煮えたぎる血、そして……」

「黒い血」とニエマンスが続けた。「ええ、わかってます」

それは狩猟の世界でしばしば持ち出される、漠とした禁忌《タブー》だった。純粋な野生の禁忌《タブー》。人はそれに駆られて獣を追いつめ、引き金を引き、死の危険さえも冒す……

「警察官の仕事では」とニエマンスはつけ加えた。

「《殺人の本能》と呼ばれていますけどね」

ラオラはもう口論を恐れていないかのように、こう切り返した。

「でも結局のところ、警官もハンターですよね？」

ニエマンスはトロリンガー・ワインをひと口、じっくりと味わった。あまり頭がぼんやりしないで、適度な酔い心地が味わえるよう注意しながら飲んでいた。

「あなたがたが自慢している狩りと、われわれが毎日行なっている狩りとのあいだには、大きな違いがあるんです。殺人者は警察と同じ武器を持っていますから。いや、ときにはそれ以上の武器を。獲物はしばしば、われわれのほうなんですよ」

「でも、あなたがたは生きのびることができました」とラオラは言い返した。「兄にはそのチャンスがなかったけれど」

みんな表情を硬くした。こうしてテーブルを囲むもとになった悲劇的な事件を、あらためて思い出したかのように。ほとんど一分以上、聞こえるのは暖炉の火が燃える音、ロウソクの芯がぱちぱちいう音だけだった。

そろそろ二人の落ちこぼれ者にアリバイを確かめなくては、とニエマンスは思った。

しかし返ってきたのは、またもニヤニヤ笑いだけだった。兄弟どうし、いわくありげに横目で合図し合っている。

「何がおかしいんですか？」とニエマンスはたずねた。

マックスは椅子から立ちあがり、ボウリングのピンのような頭をふった。

「いやまあ、週末の規則を少しばかり破ってしまったもので」

「と言いますと？」

「明日に備えて早々と寝るのが昔からの決まりなんですが、部屋に若いご婦人を呼んでしまったんですよ」

こんなアリバイが通用してしまうのを、これまでもさんざん目にしてきた。

「若いご婦人とやらの連絡先はわかりますよね？」とニエマンスはたずねた。

「もちろんです。なんなら料金もお教えしましょうか？」

ニエマンスはふとうえを見あげ、壁にガイエルスベルク家の紋章が飾られているのに気づいた。金色の地に鹿の角が二本、交差している。すべて、こんなもののためなんだ、と彼は思った。数世紀にわたる戦争、階級闘争、後生大事に守り続けた特権。そのあとに残ったものと言えば、森へ鹿狩りに行く前夜、娼婦を部屋に連れこむ二人のお調子者だ。ダーウィンの進化論にはがっかりさせられるじゃないか。

ラオラはいつの間にか姿を消していた。どうしたのだろうと思っていると、両手で大きな皿を持って戻ってきた。青い花模様をあしらったグジェリ焼の皿だった。

細身のドレスに身を包み、豊かな髪を肩にたらしたその姿は、まるで鞘に収めたナイフのようだった。祖母の時代から伝わる皿を、ミトンをはめた手でテーブルに置くさまに、ニエマンスは心を揺さぶられた。そこには相いれないものが共存している。彼は人間存在の深淵を覗いたような気がして、目に涙がこみあげた。

「自家製シュトゥルーデルよ」とラオラは大きな声で言った。マックスはみんなにワインを注いでいる。

死者を弔うお通夜にしては、何とも奇妙な晩だった……ニエマンスは心地よい暖かさに身を浸した。全身が燃えあがるような、異様なまでの幸福感に包まれ、今まで以上にラオラを身近に感じていた。

とそのとき、ウドが鼻先から前に倒れこんだ。マックスはあわてて抑えようとしたが、間に合わなかった。ご立派な後継ぎはまっすぐ皿に顔を突っこみ、詩人然とした長髪がシュペッツレとマンステールチーズのソースまみれになった。

　マックスとラオラは笑おうとしたけれど、目の前の光景はあまりに惨めだった。ニエマンスがふと見ると、ラオラはイヴァーナに視線をむけていた。イヴァーナは笑っていなかった。軽蔑の限りをこめた表情で、哀れな愚か者を見つめている。

　ラオラの顔つきが変わった。筋がこわばり、目は嫌悪感でいっぱいになっている。ニエマンスははっと気づいた。彼女の表情には、貴族が平民に対して抱く憎悪がこめられていた。社会の底辺層、誇れるような先祖や紋章のない市井《しせい》の人々に対して抱く憎悪の限りが。

14

「今夜はずいぶん馬鹿をやってしまったな……眠いか？」

「いいえ」

　ニエマンスとイヴァーナはガラス荘の玄関前の階段に立っていた。やっとのことでウドをマックスの車まで運んだところだった。冷たい夜気のなかで、別れの挨拶がそそくさと交わされた。従兄弟たちの車が闇に溶けこむと、ラオラはひと言も発することなく部屋に戻った。

「それならVGグループについて調べてくれ」とニエマンスは言った。「年間報告書、執行役会、株主。会社の財政状況に手がかりがあるとは思っていないが、それならそれでさっさと片づけたほうがいい。本当に兄妹仲はよかったのかも確かめるんだ。ラオラの言うことをそのまま真に受けるわけにもいかないからな」

「ラオラって、もうファーストネームで呼んでるんですか？」

「つまらないこと言うな」

ライターをつけると、炎に照らされた二人の顔が一瞬闇のなかに浮かびあがった。火のついた煙草の臭いが、葉や樹脂の香りと混じり合った。背後では、ガラス張りの家の明かりがひとつまたひとつと消えていった。

ニエマンスはこの瞬間をじっくり味わっていた。幼いころ、田舎の祖父母宅ですごした幸福な宵のひとときが思い出された。そのあと彼の人生は、すべてが悪夢に変わってしまったのだけれど。

「で、そちらは何を調べるつもりですか？」

「接近猟《ピルシュ》についてだ」

イヴァーナは顔をしかめた。

「だったらわたしは数字とにらめっこのほうがましだわ」

二人はガラス荘に戻った。一階には間接照明がいくつか灯っているだけだった。

「ハンターを相手に、あんまりむきになるなよ」ニエマンスは一応、釘を刺しておいた。

「警視だって、愛想がよかったとは思えませんが」

「ともかくこの事件は、何らかの形で接近猟《ピルシュ》に関わっている」と彼ははぐらかした。「これからしばらくは、狩りの世界とつき合わねばならないからな。石頭の女闘士がわきにいたんじゃかなわない」

「それは警視が狩猟好きだからでは？」

「そういう問題じゃないさ。警察の捜査には不確かな思いこみが入りこんではいけないんだ」

「不確かなですって？」

「きみだって馬鹿じゃないんだから、よくわかってるはずだ。人間は森から自然の捕食動物を駆逐してきたってことを。まずはそこから始めて、独力で前に進み続けねばならなかった」

「自然の動植物を管理していく必要性については、あらためて教えてくれなくとも、さんざん聞かされているわ。忘れないでください。本当のエコロジストはハンターだってことを」

「ああ、そうとも。森を脅かす危険は、過密状態なんだ」

二人は階段のいちばんうえまでのぼった。家をとり巻くデッキに立つと、木製の床にはめこんだライトが彼らを照らした。ニエマンスはイヴァーナを見なおした。しわだらけのドレスは郵便袋みたいにぶかっこうだが、ラオラに欠けている何かがある。ちぐはぐで傷つきやすい何か、男なら思わず身震いするような生き生きとした美しさが。

「わたしが腹を立てているのは、狩りそのものにではありません」とイヴァーナは小声で言った。

彼女の色の薄い目でじっと見つめられるたび、ニエマンスは激しい動揺を感じた。薄い水色の瞳はときに青に、ときに緑や金色に、いわく言いがたい色にと変化する。それは子供時代のビー玉を思わせた。あのころはビー玉が宝物だった。複雑な輝きのなかに、いろいろな世界がすっぽり収まっているような気がした。

「わたしが腹を立てているのは」とイヴァーナは繰り返した。「あの能なしたちが、嬉々として動物を殺しているからなんです」

「殺す行為が喜びなんじゃない。喜びは追いつめることにあるんだ。それにすぐれた技を発揮することに」

「大した技よね、無防備な動物を殺すんですから」

「言うだけ無駄だな」とニエマンスはため息まじりに言った。「でもよくわかったさ、きみはノロジカに狙いを定めたことはないんだって」

「何にですって？」

ニエマンスは笑いながら首を横にふった。

「本当に何も知らないんだな。まあいい、もう寝る時間だ」

ニエマンスはそう言いながら、わきから大きく手を伸ばしてガラスのドアをあけた。

「犯人もそう思ったんでしょう」イヴァーナは闇にむかって吸殻を投げ捨てながらつぶやいた。

「何だって？」

「犯人は思ったんです。ユルゲンを殺すことで、世界の均衡を取り戻すのだと」

イヴァーナの言うとおりだ。ハンターたちが言っているように、犯人は世界の調和を脅かす要素を《取り除いた》のだ。でもそれは、どんな世界なのか？ ユルゲンは何らかの秩序を乱すようなことをしたのだろうか？ だとしたら、いったい何をしたんだ？

「追走猟に集まった招待客のリストはあるか？」とニエマンスはいきなりたずねた。

「もうお渡ししてありますが」

「全員の訊問が済んでいるのか？」

「もちろん、死体が見つかった翌日に」

「全部で何人だ？」

「四十名ほどです。みんな別荘から出ていないと言ってますが、裏を取るのは不可能です。前にも言ったように、携帯電話は通じませんでした」

ニエマンスは家のなかに入った。

「一、二時間仕事をしたら、少し寝たほうがいい。明日はおまえの同志を訊問だ」

「同志？」

「トーマス・クラウス。戦闘的なエコロジスト。大義のためならわが身を殉ずる男さ」

15

《森に分け入るときは、もう考えてもしかたありません。分析したり予測したりしても意味がないんです。必要なのは、ただひらすら観察することだけ。ひとりで、ゆっくりと、木々のなかに溶けこんでいく。一瞬一瞬に、百パーセント意識を集中《フォーカス》させて。自分がたてる音、獲物がたてる音……大事なのはそれだけです》
《接近猟《ピルシュ》のハンターなら、誰でも知っています。獲物を追って歩いているとき、すでに標的と結ばれているのだと。ある種の波動、電流のようなものが、ハンターと標的をつないでいるんです……》
　ニエマンスはベッドに寝そべって膝にパソコンを置き、ユーチューブでドイツ人ハンターたちの証言を字幕で読んでいた。彼らはみな、ローデン地の服を着ていた。迷彩服にもいくつか種類があるが、ドイツではしなやかで衣擦れの音がしないローデン地が主流らしい。
《時間と空間の感覚が失われ、魂が遊離したように森のなかを漂う。いうなればそれはトランス状態で……
……》
　イヴァーナの前ではわざと反論して見せたが、本当はニエマンス自身、狩りの喜びは理解できなかった。祖父のようなハンターたちは、夕日のなかにじっと立つ大鹿の美しさをひと晩じゅうでも滔々と語るくせして、それを目の前にするや銃で撃ち殺してしまうのだ。まるでモーツァルトの『レクイエム』を泣きながら聞いたあと、さっさとその楽譜を焼いてしまうようなものじゃないか。
　ニエマンスはキーボードを操作し、接近猟《ピルシュ》のテクニックに関する記事に目を通した。カムフラージュ、風の利用、足跡の読み方、動物の行動に影響する月齢の考慮……その手のことは、ニエマンスにもお馴染みだ。警察官として、もっとも危険な獲物を日々追っている彼にはよくわかる。すばらしいテクニックだった。

この記事を読んで、彼は確信を強めた。ユルゲンを殺した犯人は戦闘的な反狩猟主義者ではなく、一流のハンターに違いない。だからこそ、ホームグラウンドたる森にユルゲンをおびき出して不意を襲うことができたし、足跡も残さなかった。自然と完璧に同化し合える捕食動物だけが、そんなふうに姿を消しうるのだ。ユルゲンの口に咥えさせてあった柏の小枝は、獲物に捧げた讃辞《オマージュ》に違いない。

ニエマンスはさらに連想を働かせ、供物《オヌール》についても調べてみた。死んだ獲物のうえにハンターが置く捧げもののことだ。《最後のひと口》のほかに、《折り枝》というのもあった。珍しい木の小枝を折って、殺した獣の肩にのせるのだ。その方向や位置、折り方によって、枝が担う意味合いも変わるのだという。ユルゲンの場合、《折り枝》がなされた形跡はないが、風で吹き飛ばされたか、動物が近寄ってふり落とすかしたのかもしれない。

現場写真を接近猟《ピルシュ》のハンターに見せたほうがよさそうだ。死体の位置や死体になされていた演出について、まだ解明されていないことがあるはずだ。

そのとき外から鈍い物音が聞こえ、ニエマンスは耳を澄ませた。ほどなくがしゃっという、さらに押し殺した音が聞こえた。彼はひとっ飛びで銃をつかみ、窓際に駆け寄って目を細め、下で何が起きているのかを確かめようとした。何者かがガラス荘に押し入ろうとしている。そんな感じだった。

外はよく見えなかった。窓をどうあけたらいいのか、その仕組みもわからない。ニエマンスは上着を着て靴を履き、部屋を出た。そしてできるだけ音をたてないように気をつけながら、階段を降りた。

居間を抜けてガラスのドアをあけると、冷気がニエマンスを襲った。ますます冷えこんできたようだ。彼は気を取り直し、細長い芝地とそれを囲む黒い壁を眺めた。異常なしだ。あたりは静まり返り、人っ子ひとりいない。

ニエマンスはほっとひと息ついた。すばらしい夜だった。トウヒの樹皮に忍びこむ霧氷や、針葉の一枚一枚の先にしたたる露がくっきりと見て取れる。と同時に、地上一メートルのあたりには霧が茫漠とたなびいていた。

ニエマンスはこの美しさを思いきり吸いこもうとするかのように、胸いっぱい深呼吸をした。樹脂とこすれた葉の匂いが喉の奥を刺激し、いっきに脳へとあがった。彼は激しい陶酔感に満たされ、デッキのうえでよろめいた。シグ・ザウアーのグリップを握る指がゆるんだそのとき、人影が見えた。

ラオラ・フォン・ガイエルスベルクが右のほうを、樅の木に沿って歩いていく。ジーンズに黒っぽいコート姿で、寒さに震えるように両手を肩にあてていた。松を撫でる黒髪は、くすんだ布に染料を塗る刷毛《はけ》のようだ。

ニエマンスは銃を腰の後ろのホルスターに収め、歩き出した。その瞬間、ラオラが闇に包まれた枝のあいだに姿を消した。刑事は駆け足になった。

16

ものの一分で、ラオラが通り抜けた立ち木の隙間に着いた。赤土の小道が凍えた長い指のように、闇のなかに伸びているのが見てとれる。

ニエマンスは物音をたてないよう、歩を緩めた。月明かりに照らされた景色は冷え冷えとして、今にも割れそうなガラスのようだ。壊れやすいが、その破片で首を掻き切ることもできる。

ラオラの足跡は残っていない。

彼はまたスピードをあげて、道を進み始めた。軽快に走ろうとしたけれど、重い体は逆に地面を揺らすばかりだった。トロリンガー・ワインのおかげってわけか……

ラオラはどこだ？

松の枝を避けたひょうしに、滴り落ちた露が目に入った。今、分け入ろうとしているのは森ではなく、昔話か伝説の世界ではないか。シュヴァルツヴァルト。黒い森。この言葉が脳裏に浮かんだ。それは精霊と魔法の国、そこかしこに死角が潜み、マントの襞がはためく世界、魂のもっとも暗い部分が眠る場所だ。

そのとき初めて、ラオラの姿が見えた。

こんもりと茂る葉叢《はむら》に包まれ、斜めの小道を歩いている。ニエマンスは黒い木々のあいだを抜け、すぐさまあとを追った。またしても彼の目に、景色がガラス細工と化した。空は凍った湖のよう、樅の木は宙にぴんと突き出た石筍《せきじゅん》のようだ。霧も月光に引き寄せられ、満潮さながら天にのぼっていく。ニエマンス自身このとき気づいたのだが、彼が吐き出す銀色の息は不思議なうねりとなって霧に溶けこんでいた。

ラオラはあいかわらず両手を肩にあて、急ぎ足で歩いていく。コートの裾が低い枝に触れて、小さな水滴や落ちた針葉が道に点々と跡を残した。

ニエマンスは体を二つに折り、できるだけ音をたてないようにした。湿気《しっけ》が彼に味方した。濡れた草や落ち葉は音もなくたわみ、ぶ厚い羊歯はビロードのカーテンさながらしめやかに道をあけた。先へと進むにつれて、夢幻の世界が体に染み入るのをますます強く感じた。月は曼荼羅《まんだら》のように丸く、螺鈿《らでん》の光沢を放っている。木々を縁どる樹氷は、そこだけ白いチョークで色を塗ったかと思うほどだった。

ラオラまであと二百メートルほどまで迫ったとき、右側で鈍い物音が響いた。反射的にふりむくと、黒い塊が二人のほうへ突進してくるのが見えた。筋肉が盛りあがった、得体の知れない凝固物。その動きがぎくしゃくして見えるのは、低く立ちこめる霧のなかを猛スピードで駆け抜けてくるからだろう。

一瞬、何だかわからなかった。それでもニエマンスは、言葉に尽くせない恐怖が湧きあがるのを感じた。恐怖は内側からも外側からも襲いかかってきた。筋道だった考えが何も意識にあがらないうちに、太古の本能的な恐怖に身がすくんだ。次の瞬間、怖気《おじけ》だった頭が理解した。馬鹿でかい犬が彼らのほうへ走ってくる。大きな口をあけ、涎をながしながら。

かろうじて銃を抜く間があった。それも無意識にしたことだった。あと一メートル。犬はニエマンスのほうにむかってくる。銃が火を吹いて犬を照らした。その姿は、まるで地獄から飛び出したケルベロスのようだった。少なくとも五十キロはある巨大な犬が、ものすごい勢いで襲いかかってきたのだ。ニエマンスは顔に血しぶきを受け、あおむけに倒れこんだ。熱い塊にのしかかられて、彼は息がつまった。

ニエマンスは反射的に頭を横にむけ、嘔吐した。ラオラがこちらに走ってくるのが見える。そのあと湯気のたつ酸《す》っぱい噴出物が、かさかさと音をたてる草のうえに散らばった。若鶏のワイン煮やシュペッツレ、マンステールチーズのソースなどなど、数時間前に笑いながら平らげたくそったれな料理がみんな、口からいっきに噴き出したのだ。

ニエマンスは犬が大嫌いだった。見ただけで身の毛がよだつ。だから今、巨大な犬の下敷きになって、生きた心地がしなかった。食肉工場の奥の骸《むくろ》。生皮を剥がされ、血と皮膚と毛の屍衣に包まれた肉塊。そんな気分だ。彼は半分横をむき、力をふり絞って黒い塊を持ちあげ、必死に抜け出した。地面にひざまずいて体を丸め、両手で頭を押さえる。

「大丈夫ですか？」

ニエマンスの意識は、樹脂の香りが漂う森の空き地からはるか彼方に飛んでいた。アルザスにいたところ。最悪な記憶の深奥。肉に食いこむ犬の鋭い牙。また吐きけがしてきた。犬のレグリス……

「大丈夫ですか？」

ニエマンスは目をあげ、袖で顔を拭った。ラオラが怯えたような表情で、前に立っている。いつか彼女と一夜をともにするかもしれないと、ぼんやり想像したこともあった。しかしこんなざまを見られては、とうていありえる話ではなさそうだ。

彼はもう一度、皮が剝けるほどごしごしと顔を拭った。

「何があったんです？」

ニエマンスはどうにか体を起こすと、地面にすわりこんだまま、ぐったりと横たわる犬から離れた。それでもいつまたまた飛びかかってきはしまいかと、構えた銃をおろせなかった。大丈夫そうだ。一発で脳味噌もろとも、頭の半分が吹き飛ばされている。

「答えてください」

ようやくニエマンスはラオラに目をむけた。

「これはあなたの犬ですか？」

自分の声とは思えなかった。まるで喉に棒がつかえているみたいだ。ラオラが手を差し出したが、ニエマンスは無視した。馬鹿にするな、ひとりで立てる。本当は息も絶え絶えだった。体のどこか奥底で、心臓が激しく打っていた。それでもなんとか立ちあがったが、すぐにくらっとめまいがした。彼はバランスを保ちながら、血でねばつく銃を背中のホルスターにしまった。

　そのとき、五十メートルほど先、空き地の端に密生する木々のあいだに人影が見えた。

「ほら、あそこ」

　ニエマンスは力の入らない手で指さした。ラオラもそちらに目をやった。

「何？」

　人影はすでに消えていた。でも、間違いない。樹皮と同じ色の服を着た男がたしかにいたのだ。ひさしのついた帽子と、顔中を覆う奇妙な布のマスクをかぶっていた。目の部分に穴があき、鼻のところが円錐形に張り出したマスクだった。

「何か見えたんですか？」とラオラがたずねる。

　悠長に答えているくらいなら、さっさと人影のあとを追っていきたかったが、今の状態では無理だった。脚ががくがくして、立っているのがやっとだ。手も引きつったように震えている。

　ニエマンスはともかく、足もとに横たわる犬に目を戻した。毛足の短い、筋骨たくましい大型犬だった。盛りあがった筋肉とがっちりとした骨格で、張りきった黒革のバッグのようだ。

　彼はもっと細かく確認しようと、恐怖心を抑えながらひざまずいた。種類はまったくわからない。テリアのような毛の短い猟犬の一種なのだろうが、口の形が変わっていた。鉄床《かなとこ》のように角ばり、ミサイルのような光沢があって、見るからに狂暴そうだ。鋭い牙が並んだあの口で嚙みつかれたら、ひとたまりもないだろう。

「まだ答えていませんよ」ニエマンスはひと息つくと、

問いつめるように言った。「これはあなたの犬ですか？」

「犬は飼っていません」

「狩りに使っているのでは？」ニエマンスは立ちあがりながらたずねた。

「猟犬は別な場所にいます。こんな犬、見たことないわ。でも、どうして殺したんです？」

「あなたを襲おうとしたからです」

ラオラは何も答えず、ひざまずいて犬を眺めた。あまり恐れているようすはない。むしろ憐れんでいるようだと気づいて、ニエマンスは腹立たしかった。どうして人間たちが犬に対してやさしくするのか、彼にはさっぱり理解できなかった。とりわけ、こんな怪物には。こいつは嬉々としておれたちの喉を嚙み切ったかもしれないのに。

「こんな時間に外で何をしていたんですか？」とニエマンスは、身分証の提示を求める警察官の口調でたずねた。

ラオラは立ちあがり、いつもの平静さを取り戻した。

「落ち着いてください、ニエマンスさん。ここはまだ、わが家の敷地なんですよ」

「まあ、いいでしょう」ニエマンスはもう一度顔を拭った（血と肉の臭いがまだ、皮膚の毛穴いっぱいにつまっていた）。「でも、真夜中にどこへ行くつもりだったんです？」

ラオラは肩ごしに目をやった。

「庭の奥に礼拝堂があって、ユルゲンが安置されています。だから黙禱を捧げるつもりでした」彼女はそこで声を潜めた。「兄と話がしたくて……」

ニエマンスは携帯電話を取り出し、クライナートの番号を押した。イヴァーナは銃声を聞いて、もうすぐ駆けつけるだろう。彼の手はまだ震えていた。

ラオラは横目でニエマンスを見ている。まるで地獄の犬よりも、彼のことをずっと恐れているかのように。

17

「それじゃあ、本当なんですね？」

　ニエマンスは樅の木のあいだにいた人影について説明したところだった。

「冗談を言ってるように見えますか？」と彼は不機嫌そうに言い返した。「目出し帽のようなものをかぶっていた。鼻のところには、マスクの下に三角のプロテクターをつけて……」

　クライナートはうなずいた。どうやら彼はこの証言を、ひと言も信じていないらしい。生えぎわが後退した額は、ボウリングのボールのようにつやつやとしている。ガラス荘の芝地に入った警察車両の青いライトが、そこに反射していた。

　あたりには現実離れした光景がひろがっていた。木々と葉叢のあいだを、ＬＥＤ電球の光が抜けていく。光は幹にあたって虹色に輝き、霧と混ざってゆらめく鬼火の幻想的な舞踏劇を演じた。

　クライナート警視は犬の死骸を包んでいる防水シートをひらいた。

「本当にこの犬が襲ってきたんですか？」

「殺《や》るか、殺《や》られるかだった。きっとラオラ・フォン・ガイエルスベルクを狙っていたんだろう。でもわたしに気づき、むかってきた。喉に嚙みつくつもりだったんだ」

　ちょぼちょぼとした山羊ひげ、前は短くうしろは長い髪。そんなクライナートが黒いレインコートの襟を立てた姿は、十七世紀の陰謀家を思わせた。

「なるほど」と彼は疑わしそうな口調で言った。「で、伯爵令嬢はどこに？」

「家に戻った。この一件にショックを受けたらしい」

クライナートはにやりとした。

「フランス警察のやり方には慣れていませんからね」ひとつひとつの言葉を馬鹿丁寧に発音する彼のしゃべり方が、いっそうニエマンスの癇に障った。

ニエマンスは挑発を無視した。

「彼女の身に危険が迫っている。今夜からさっそく、家のまわりに警備の警官を配置するべきです」

ニエマンスの勢いに、相手はびくっとした。

「はっきりさせておきますが、ここで指揮を執るのはわたしです」

「それならそれでけっこう。でも、いいですね？　間違いない。ユルゲンの次に、今度はラオラが狙われているんだ」

クライナートは首を横にふった。

「部下が確認しましたが、庭の周囲にはタイヤの跡も、足跡もありませんでした」ドイツ人警官は、警戒線のうしろに立っている黒服の男たちを指さした。「屋敷の警備員も怪しいものは見聞きしていませんし」

ニエマンスは警備員たちをちらりと見た。掘っ立て小屋どうしが、ひそひそと耳打ちし合っているかのようだった。

「あいつら、何か知っているはずです」

「いいえ」とクライナートはきっぱりとした口調で言った。

「でも、何か言いたげな顔をしているのでは」

「彼らは土地の人間で、古い伝説をまだ信じているんです」

「古い伝説？」

「目出し帽をかぶって、黒い犬を連れた男ですって？　まったく、余計な話をしたもんだ。ここらに伝わる伝説の半分には、そんなかっこうの人物が登場するんです……しかもどういうわけか、ここではみんな、大人になっても、そんな与太話を信じ続けているんですよ」

クライナートみたいに超然と構え、素朴な俗信を一笑に付すことができたらいいのに、とニエマンスは思った。けれども国境を越えてからというもの、彼自身が暗い森に心をとらわれていた。そのうえ、松の針葉のあいだに不気味なマスクをつけた男の姿を見て……

　彼はこれで最後だとでもいうように、草むらに横たわる犬を一瞥した。まるでどっしりとした花崗岩《かこうがん》の彫刻だ。唇がまくれあがり、太古の動物を思わせる大きな牙がむきだしになっている。

「シュラーに見せましょう」とイヴァーナが言った。彼女なりにひととおり現場検証をしてきたところだった。

　ニエマンスはほっとした。イヴァーナがそばにいるだけで体に熱気が満ち、力が湧いてくる。イヴァーナがいっしょなら、すべてうまくいくような気がした。

「ガイエルスベルク家の主治医に？　どうしてです？」とクライナートがたずねる。

「猟犬に詳しいと言っていましたから」

「これが猟犬だという証拠はないですが」

「この犬の種類をご存じなんですか？」

「いいえ」と答えてクライナートは作り笑いをした。

「そもそも、犬のことはまったくわかりません」

「わたしたちもですけどね」と言ってイヴァーナは微笑み返した。

　二人が突然、親しそうにし始めたのが、ニエマンスには苛立たしかった。しかし今は、嫉妬心を露わにしている場合ではない。

「ざっと見たところ、首輪も個体識別用のタトゥーもない。飼い主につながる手がかりが見つからなければ、種類から始めるしかないでしょう」

「部下に命じて犬の死体を、マックス・プランク研究所に運ばせることにします」とクライナートは答えた。

　そしてイヴァーナに一礼すると、踵を返した。

　クライナートは数メートル歩いたところでふり返り、

ニエマンスにむかって言った。

「明日、フライブルク署でお待ちしていますよ」

「わたしの供述書を作るために？」

「いえ、クラウスの訊問をするためですよ」

そうだ、すっかり忘れていた。ラオラが襲撃されかけたのだから、クラウスの自白にはもはや何の意味もない。しかしクライナートの言うとおり、まずはひとつひとつ手がかりを追っていかなければ。可能性がないとわかったところで、次の手がかりへむかうのだ。

「どう思いますか？」とイヴァーナは、二人きりになるとたずねた。

「接近猟《ピルシュ》を実践していたユルゲンは、そのしきたりに則って殺された。狩り出し猟が好みのラオラは、犬をけしかけられた」

「それで？」

「犯人は被害者がもっとも好んだ狩りの手法を使って、ガイエルスベルク家の人間を殺そうとしているんだ」

「どうして、そんなことを？」

「まだ何とも言えないが、復讐の線が強いんじゃないかな」

「狩りの事故とか？」

「あるいは別なことが原因か。ともかくこれが本当に復讐なら、犯人は狩りに見立てて実行しようとしている」

二人はガラス荘にむかって歩いていた。再びすべての明かりが灯され、家はまるで青い芝生のうえに浮いているかのようだった。

「まずはそちらの可能性を追ってみよう。ガイエルスベルク家の狩猟パーティで、何か事件がなかったかどうか。追走猟の前夜を選んで犯行に及んでいる点も、忘れてはならない。狩りの参加者全員が、セレモニーのさなかに死体を見つけるように仕組んだのだろう」

ニエマンスには冷たい夜気が気持ちよかった。頭がすっきりして感覚が研ぎ澄まされ、生気がよみがえってくる。さっきは意気消沈して、もう立ち直れないかと思ったが、もう大丈夫だ。

「さっそく今夜のうちに、ネットで調べてくれ」とニエマンスは命じた。「地方紙や、専門サイトで……明日、警察の資料室を漁ってみよう。ガイエルスベルク家に関する記事が、何か見つかるはずだ。このあたりに頭のおかしい、トラブルメーカーのハンターがいないかも確認してみなければ」

　ガラス荘から数メートルのところまで来たとき、ニエマンスはふと視線を感じて目をあげた。見ると二階の窓辺にラオラが立って、こちらを眺めている。森で会ったときとまったく同じ姿勢だが、肩にはショールをかけていた。

　ぞくっと体に悪寒が走る。しかしそれは、寒さからではなかった。

「グループの財政状況についてはどうだ？」

「今のところ、気になる点は何もありません。明日、詳しくお話しします。そちらはどうですか？　接近猟《ピルシュ》に関しては？」

「同じようなもんだ」

　玄関前の階段をのぼると、ニエマンスはガラスのドアに手をかけた。ところが酒が切れたアル中患者みたいに体が震えて、なかなかあけることができない。

「警視……」とイヴァーナがつぶやく。

　ニエマンスは無駄な努力をあきらめた。イヴァーナがわきから手を出し、ガラスのドアをひらく開閉装置を操作した。

「犬のことで、何か嫌な思い出でもあるんですか？」

　ニエマンスは口から飛び出しかけた罵詈《ばり》をかろうじて抑えた。彼にふさわしからぬ弱点のことは、誰にも打ち明けたことがない。

「いつか話すさ……気がむいたらな」

　イヴァーナは小さくうなずくと、黙ってなかに入った。ニエマンスは彼女が部屋を横ぎり、二階にあがる階段に消えるのを眺めていた。

　ひとりになると、また寒けがし始めた。犬の血がまだ顔にこびりついていて、海水が乾いたあとみたいに皮膚がつっぱる感じがした。彼は居間に入って、ガラスのドアに錠をかけた。

　階段をのぼりきったとき、意識ははるか昔に飛んでいた。祖父母の住んでいたボロ屋。その二階にあった小さな寝室。まだ十二歳になるかならないかのころ。

　隣のベッドから兄の声がする。ニエマンスを怖がらせようと、わざとスの音を強く響かせ、狂人のようにささやくのだ。

《レグリスゥ、レグリスゥ、聞こえるか？　やつが来る！　レグリスゥ、レグリスゥ、おまえを殺しに来るぞ》

18

朝、七時三十分。

　前日の晩、イヴァーナはニエマンスが伯爵令嬢とおしゃべりに興じているあいだにそっと二階にあがり、上司の寝室に忍びこんで車のキーを拝借しておいた。

　というわけで今、ニエマンスが後生大事にしているボルボに乗り、バート・クロツィンゲンへむかっている。昨晩、名前を割り出した女性とは、ざっと見積もって二時間ほど話ができそうだ。会食者たちがリキュールをちびちびやりながら、やれこの銃の特徴はどうのと気取った会話をしているとき、イヴァーナはキッチンへ行って、年とった料理人から話を聞いたのだ。銅製のシチュー鍋と同じ鋳型《いがた》から鋳造《ちゅうぞう》したかと思うような老人だった。
《実質的には誰がユルゲンとラオラを育てたんですか？》イヴァーナはぎこちない会話のなかに、そんな質問をうまくすべりこませた。老人はためらわずに答えた。バイエルン出身の養育係ロレッタ・カウフマンだと。彼女はスポーツ万能で数か国語を話し、お目付け役としての評判も上々だった。しなやかなること、ソードオフ・ショットガンの切り詰めた銃身のごとし。愛想のほどは、駅のスタンプパンチャー並みだ。カウフマンは兄妹が幼稚園に入ってから大学入学まで、彼らの教育にあたった。

　その朝、イヴァーナが会おうとしている相手は、要するにそんな人物だった。料理人はほとんど方言のようなドイツ語で彼女に説明した。カウフマンはしばらく田舎に引っこんでいたが、今はガイエルスベルク家の領地から二十キロのところにあるバート・クロツィンゲンの中心的な温泉保養施設で働いていると。

　イヴァーナは灰色の道を進みながら、周囲の景色を感嘆して眺めた。こんなにこんもりと茶色に茂った森は、今まで一度も見たことがない。それはジャングルというより、何百万本もの針葉樹が整然と立ち並んだビオトープだった。樹液が満ちあふれ、小川の静脈が浮き出た大きな黒い肉体。彼女はそれを切り裂くナイフになったような気分だった……

　一時間前、彼女はふてくされた気分で目を覚ますと、馬鹿でかい水槽のなかでコーヒーを飲むのはあきらめ、さっさと居間を抜けて上司のボルボに乗りこんだ。

　そして今、いつも手もとにあるナッツをかじりながら頭のなかを整理していた。犬が襲いかかってきたとか、落ちこぼれの兄弟とともにしたグロテスクな夕食会のこととかは、とりあえずどうでもいい。ただ夕べ見た一枚の写真が、脳裏にこびりついていた。グレーのコートを着た二人の子供。体に似合わない大きな銃を持ち、牡蠣《かき》の殻みたいにぴったりと寄り添い合っている。

階級意識のせいだろう、イヴァーナがまず抱いたのは純粋な嫌悪感だった。甘やかされた、金持ちの子供。彼らは週末をすごすのに、動物を殺すよりもっとましなことは何も思いつかないのだ。けれども写真の子供たちからは、生きる喜びが感じられなかった。イヴァーナは二人のことを、もっと知りたくなった。

バート・クロッツィンゲンの入り口近くで、《ユヴェンタス温泉》と書かれた標識が見えた。右折して、町の中心街を迂回するらしい。それなら、ちょうどよかった。イヴァーナは湯治《とうじ》場《ば》の町が苦手だった。そこはまさしく逆転した世界だ。生が地下に、死が地上にある。人々は地下から湧き出る水で、体を癒そうとしているのだ。

サツマイモ畑――少なくとも景色からはそんな印象を受けた――を抜けると、二階建てか三階建ての簡素な建物がたち並ぶ小さな町があらわれた。建物の用途は明らかだ。ホテル、クリニック、浴場……どれもこれも湯治客のための施設だ。

イヴァーナは駐車場に車を停め、正面の化粧漆喰《スタッコ》に《ユヴェンタス》の文字が刻まれた建物を眺めた。保険会社の社屋なみに大きく、モルモン教の寺院みたいに飾りけがなかった。

イヴァーナは中央口にむかってひらけた回廊を進みながら、ショーウィンドウに目をやった。温泉水のバー、水着売り場、薬局……ユヴェンタスは関節炎やリューマチ患者専用のショッピングモールという趣きだった。カフェのテラスではそこかしこで、松葉づえや車椅子の客をよけて歩かねばならなかった。

広々としたホールを見れば、ここが特権階級のための施設だとわかる。いくつもある温水プールごとに通路が分かれていて、湯治プログラムの豊富さがうかがえた。庶民の来るところではない。

イヴァーナはあたりの蒸し暑さで早くも汗ばみ、屋外プールを横目で見ながら受付に近づいた。まだ朝も早いうえ、外は寒いのに、プールにはどれも満員の表示があった。

何より驚いたのは、浴場にあふれかえる生の歓喜だった。学校の遠足で来ているのだろうか、子供もたくさんいる。大人たちも大喜びでシャワーを浴び、あっちへこっちへと楽しげに歩きまわっていた。

イヴァーナは受付係をつかまえて、ロレッタ・カウフマンに会いたいのだがと言った。わざわざ警察官のバッジを示しはしなかった。どうせここでは何の役にも立たないだろう。かえって話をややこしくするだけだ。

「ご用件は？」と受付係はドイツ語でたずねた。

「個人的な用事です」とイヴァーナもドイツ語で答えた。

受付係はパソコンに目を落した。

「今はちょうど勤務中です」

「会えませんか？」

「水着はお持ちですか？」

19

《通路の奥、左側です》

イヴァーナは貸してもらった小さな黒いワンピースの水着に着がえ、言われたとおり通路を進んだ。頭に透明なシャルロット帽をかぶり、肩にはタオルをかけている。裸足の足が、タイル張りの床に貼りついた。

まばゆい回廊を通っていると——まっすぐ空をのぼる太陽の光がガラス窓から射しこみ、陶器の壁に反射して青白い輝きを放っている——外のプールに目をやらずにはおれなかった。

近くからよく見ると、プールにはそれぞれ特徴があった。ひとつは勢いよく水が噴きあがっているもの。噴出した水はベンガル花火のように飛び散りながら、またプールのなかに落ちていく。もうひとつは大量の滝が落ちてくるもの。さらには丸い廊下状のジャグジー・プールもあった。湯治客たちは縁日のアヒル釣りゲームよろしく、泡立つ水流のなかを漂っている。

ようやく右手に防火扉が見えた。イヴァーナはノックをしないでなかに入った。タイル張りの床、充満する水蒸気。一見すると、普通のトルコ式浴場だった。けれども近くからよく見ると、壁に沿って石棺のような浴槽がずらりと並び、あいだを木製のつい立てで仕切ってある。

ユーカリの匂いが強烈なあまり——スパはマリファナの匂いがすると、かねがね思っていたのだが——鼻孔が引きつり、喉がひりひりした。さらに進むと、それぞれの浴槽に湯治客の姿が見えた。赤いヘアネットをかぶり、上機嫌なアザラシみたいにじっとしている。

ようやく浴場の奥で、目指す女傑《ワルキューレ》が見つかった。

黒い水着を着て（イヴァーナの二、三人は突っこめそうな水着だった)、床に片膝をつき、ダイヤモンドの粒のようなミネラルの塊を棺のお湯にばらまいている。イヴァーナは硫黄やマグネシウムや微量元素が泡に溶けていくのを想像した。あのなかで跳ねまわるのも悪くはなさそうだ。

「ロレッタ・カウフマンさん?」

女は木の桶を腕に抱えたますっくと立ちあがり、イヴァーナを正面から見すえた。歳は七十代、身長は百八十センチ近くあるだろうか。その年齢にしてなおスポーツマンらしい、人目を引く体形をしている。冷たい瞳と頑丈そうなあごは、ゲルマン的な美そのものだ。堂々たる胸。それに負けじと張り出した腹部。ビヤ樽さながらの胴体が紡錘形の脚にのった姿は、長い柱《ピロティ》に支えられた給水塔のようだった。

「ええ、そうよ」とロレッタはフランス語で答えた。

「新聞記者の方?」

「警察官です」

元養育係の女は、驚いたようすはなかった。ユルゲンが殺されたあと、何人もの人間が彼女のもとを訪れているのだろう。イヴァーナは手短に自己紹介した。べたつく水着とびしょ濡れのシャルロット帽姿では、あまり威厳があるとは言いがたい。いっそ表敬訪問ということにでもしたほうがましだ。

イヴァーナは話しながらロレッタのようすをじっくりと観察した。とりわけその顔に、彼女は目を奪われた。しわはほとんど一本もなく、年月を経てもほとんど無傷の彫刻のようだった。静脈が浮き出た青白い肌は、潮に洗われ細かな藻がこびりついた、浜辺の白い小石を思わせる。

「ちょっと待って」とロレッタは言った。

彼女は木の桶を置き、代わりに青葉の茂ったカバノキの小枝の束を水桶のなかからつかみ取った。彼女はいったん部屋の端まで行き、左右に並ぶ湯治客の肩を青葉の束でたたきながら引き返した。こんな養育係がついていたのでは、ユルゲンがSM趣味に目覚めてしまったのも無理はない。勝ち戦《いくさ》の兵は変えるに及ばずというところか。

「これでよしと」とロレッタは言って、水桶のなかで束をゆすいだ。「ついていらっしゃい」

別のドアを抜けると、廊下が窓のない部屋まで続いていた。どこから光が射すのかわからないが、あたりは一面真っ白だった。まるで湯気でいっぱいの、陶器製ルービックキューブだ。

ロレッタは壁に取りつけたベンチを指さした。イヴァーナはおとなしくそこに腰かけた。熱い手のなかの氷塊みたいに、ゆっくり溶けていくしかない。

「これで皮膚をこすりなさい」ロレッタは表面がざらざらした石をイヴァーナに手わたした。

「いえ、けっこうです」

「それはだめよ。美しさは絶えず生まれ変わり、新しくなるものなんだから。新たな肌が作られるよう、手助けをしなければ。そのままにしていると何年分もの滓《かす》が、蜘蛛の糸みたいに体に巻きついてしまうのよ」

角質落し《ゴマージュ》をしなくなって、もうどれくらいになるだろう？　保湿クリームすら、ずっと塗っていないような気がする。《体のお手入れ》や《禁煙》は目標のリストにずっと入っているけれど、くどくど言われても先延ばしにしようと思うだけだ。

人は皆、あらかじめ定めた目的を達成することで《完璧》になれる、ようやくあるべき自分になれると思っている。けれども本当はその逆に、もともと人間は守られなかった約束からできている。わたしたちは皆、破れた夢の残滓なのだ。

ロレッタはイヴァーナのわきに腰かけ、マッサージグローヴを手に取った。

「それで、何を知りたいの？」ロレッタは自分のふくらはぎをこすりながらたずねた。「会いに来た記者連中はみんな追い返したけれど、フランスの警察官なんて珍しいから……」

イヴァーナは訪問の意図を少し説明し、あとは元養育係が話すにまかせた。彼女は《双子同然の》兄妹について問わず語りを始めた。

20

「わたしがガイエルスベルク家で仕事を始めたとき、ユルゲンは四歳、ラオラは二歳でした。そして二人がそれぞれ大学に入ったとき、仕事を辞めました。任務完了ってわけ」

「つまり二十年近く、彼らのそばですごしたんですね。そのわりには、ユルゲンの死をずいぶん冷静に受けとめているように見えますが」

「そんなことないわ。だからといって、わたしはあの二人に愛着を持っていたわけではないけれど」

「そうじゃないんですか？」

「ええ、違うわ。養育係っていうのは、警察官みたいなものよ」

「どういう意味ですか？」

「もしあなたが仕事に愛情を絡めたら、公平を欠くことになってしまう。弱みがあったら、きちんと仕事はできないわ」

この女は養育係の仕事と看守の仕事を混同しているらしいが、まあそれはいい。

「養育係として雇われたとき、すでにその分野で経験があったんですか？」

「いいえ、まったく。わたしは一流のスポーツ選手でした。すでに盛りはすぎていたけれど。水泳、ボートレース……歳のわりには旅行もたくさんしていて、フランス語、イタリア語、英語が話せたわ。バート・クロツィンゲンの女子バレーボール・チームのコーチもしていた。そのスポンサーがVGグループだったところから、フェルディナンド・フォン・ガイエルスベルクと知り合ったんです」

イヴァーナの頭に、安易な考えが浮かんだ。警官の仕事をしていると、この世はいかに安易な考えが好きかを思い知らされる。

「もしかしてあなたは……」

「フェルディナンドの愛人だったのかって？　いいえ。わたしは彼のタイプじゃなかったし、歳も食いすぎていたわ」

寄る年波に負けない美しい顔と、つけ入る隙のない肉体を見ていると、四十歳のころのロレッタはさぞかし迫力があったことだろうとイヴァーナは思った。

養育係の女は、イヴァーナの目を読み取ったようだ。

「伯爵は、VGグループの生き生きとした若さの魅力に目がありませんでした。とりわけ女工たちの魅力に」

イヴァーナはそれ以上深くたずねなかった。これは本題じゃない。

「子供たちに施した教育について、教えてください」

「一年三百六十五日、例外なく彼らといっしょにいたわね。一日数時間は、自分のトレーニングにも費やしていたけれど。伯爵は城の施設を自由に使わせてくれました。当時は地下にトレーニングジムがあり、陸上のトラックやテニスコートもあったわ。湖ではボートもできたし。わたしにとっては最高の環境でした」

《城》があったというのは初耳だ。

「そこには今、誰が暮らしているんですか？」

「フェルディナンドの弟の、フランツ・フォン・ガイエルスベルクよ。彼はトレーニングの設備やスポーツ施設をすべて取り壊してしまったわ」ロレッタはそこで小さく肩をすくめた。「言うまでもないことだけど」

「どうして、言うまでもないんですか？」

「だって彼は、車椅子生活なんですから」

イヴァーナはそれを脳裏に刻みこんだ。しかしこれも本題じゃない。

「つまりあなたは、ユルゲンとラオラの教育に百パーセント責任を負っていたということですね？」

ロレッタはマッサージグローヴをはずし、白いタオルをつかんだ。タオルの襞には大きな塩の結晶がいくつもついているようだ。

「百パーセント。まさにそのとおりね」とロレッタは、左腕をこすりながら言った。「二人の父親にとって教育とは、たったひとつの大事な目標に達するために必要な道筋でした。ＶＧグループという目標に。愛情ややさしさなんて、余分なものだと思っていたんです」

「母親は？」

「彼女も忙しかったから」

「とても活動的で、スポーツ好きだったと聞いていますが」

「でまかせよ」

「でまかせというのは？」

「サビーヌは鬱病でした。乗馬競技、マラソン、スキーの滑降とあちこち駆けまわって気を紛らわしていたけれど、自分のなかに巣食う不安を見つめるのが恐ろしかったんでしょう。ほら、テレビアニメに出てくるコヨーテみたいなものね。勢いあまって崖のむこうに飛び出しているのに、まだ気づかないで足を動かしている。でもいつか落っこちてしまうんだわ」

「ニューヨークで自殺したという話ですか？」

「あれもでまかせ」

「どういうことですか？」

「サビーヌはセント・レジス・ホテルから投身自殺したというのは、ガイエルスベルク家が念入りに作りあげた伝説なの。そんなことをしたところで、スキャンダルには変わりなかったけれど」

「それなら、本当のところは？」

「餓死したのよ」

「まさか」

「彼女は五番街にガイエルスベルク家が持っている高級マンションで、ひとりじっと飢え死にするのを待っていたんです」

伯爵夫人はマンハッタンの宮殿でハンガーストライキに身を投じたのか。イヴァーナのプチ・プロレタリア的な感性からすると、なかなかロマンチックな響きのある話だった。

「子供がいたのに？ 彼女の鬱々とした気持ちを、子供たちは晴らしてあげられなかったんですか？」

「むしろ逆だったわ。彼女は子供たちのせいで、自分がどんなに無力か思い知らされたんでしょう。馬に乗って障害物を飛び越えたり、オールで波を掻いたりは難なくできる。それなのに夜、ベッドで寝ている子供たちを抱きしめたり、子供の靴ひもを結んであげたりとなると、とたんに力が及ばなくなるのね」

お金で幸福は買えないとか、特権階級には真心が欠けているとか、イヴァーナ好みの古きよき決まり文句の独壇場だ。

「ユルゲンとラオラはどんな子供でしたか？」

「何から何までよく似ていたわね。二人でひとりの人間といってもいいくらいで」

ロレッタはタオルを左手に持ちかえ、右腕をこすり始めた。毛の生えていないすべすべの肌は、雪花石膏のように白く輝いている。彼女はこうやって毎日体に磨きをかけているのだろう。だから新たな体毛が生える間もないのだ。

それとは逆に、イヴァーナは疲れ果てていた。皮膚はたるんで生気がなく、毛穴はひらききっている。

「趣味も同じなら考え方も同じ、ちょっとしたふるまいもそっくりでした。わたしにはむしろ、好都合だったけれど。ひとりの子供を相手にするだけで、二人分のお金をもらえるんだから……」

「それはつまり……」

「わかるでしょ。ユルゲンとラオラは一致団結し、敵に立ちむかった。他人が入りこめない、二人だけの世界を築いていたんです」

ガラス荘のピアノのうえにあった写真が、イヴァーナの脳裏によみがえった。

「でも外見は、あんまり似ていなかったような……」

「そこはまったく対照的でしたね。ユルゲンは小柄で赤毛でずんぐりしていて。学校では松ぼっくり《タンネンザプフェン》なんていうあだ名をつけられていたわ。蜂蜜菓子《レープクーヘン》と呼ぶ者もいたし。どんな少年だったかは推して知るべしってところね。いっぽうラオラは正反対でした。背が高くて、エレガントで、とても美人で。十二歳にしてもう、小首をかしげるかわいらしいしぐさを身につけ、豊かな髪をなびかせていました。彼女の美しさはたちまち花ひらいたけれど、ユルゲンは大人になってようやくハンサムだと認められるようになったんです」

イヴァーナは同性としての興味から、ラオラについてもっと詳しく話して欲しいとたのんだ。

「中学生のころから気位が高く、近寄りがたい感じだったわ。ほかの生徒たちが兄のユルゲンを軽んじているのが、腹立たしかった。兄が馬鹿にされるのは、自分が馬鹿にされるのと同じだと思ったんでしょう。そういう相手には、あとで手ひどい仕打ちを加えていました。特に男の子たちにはね。みんなラオラの足もとにひれ伏していましたから」

「学校の成績はよかったんですか？」

「ユルゲンは苦労していたけれど、勉強熱心でした。ラオラは楽々とこなしていたわ。二人とも、完璧を求められていました。ユルゲンは男で嫡子だから。ラオラは女だけれど、それ以上だということを証明して見せねばならないから」

「学校以外の活動はどうでした？」

　ロレッタはハトが鳴くみたいな笑い声をあげた。

「乗馬、フェンシング、音楽……ラオラはピアノがとてもうまくて、ユルゲンはバイオリンに挑戦して。二人して音楽室に閉じこもり、何時間も練習していました。ユルゲンの弾くバイオリンがきいきいと恐ろしい音をあげると、いっしょに大笑いしていたわ」

　イヴァーナはびっくりしたような顔をした。

「二人はよく笑っていましたよ。まわりの人々を嘲るような目で見やるようすからも、絆の強さがうかがえたわ。叱られたときも、父親から頭ごなしに押さえつけられたり、母親の無関心を思い知らされたりしたときも、二人は笑っていました。結局のところ、いっしょにいさえすれば彼らは幸せだったんでしょう」

　誇らしげに銃を持つ子供の姿が、イヴァーナの脳裏から離れなかった。

「狩りはどうでした？」

「狩り……」とロレッタは夢見るように繰り返した。

「まさしく二人は狩りの天才でした。いずれ劣らぬ完璧な、文句のつけようがない才能の持ち主です。あれは天性のものだったんでしょう。銃を持たせて森に放っただけで、たちまち才能を開花させましたから。森を内側から感じ取ることができる、並はずれた名射手です。毎週日曜日には城のまわりの森で、獣の大殺戮に興じていましたね」

イヴァーナは想像してみた。松ぼっくりと、彼より頭ひとつ大きい妹が、数百メートル内にいる動物を端から殺していくさまを。そうやって二人は、つらい毎日の憂さを晴らしていたんじゃないか。しかしロレッタは、そんなイヴァーナの心の内を見抜いたらしい。

「彼らは狩りに熱中することで、孤独や不幸を忘れようとしてるんだろうとまわりのみんなは言ったけれど、そういうことではありません。二人は口もとに笑みを浮かべ、うきうきと狩りに出かけていたわ。彼らは何の底意もなく、ある意味とても健全で、健康的に動物たちを殺していたんです。教育によって頭にたたきこまれたものとは、まるで関係なく……」

「どんな種類の狩りを行なっていたんですか？」

「ほとんどすべての」

「接近猟《ピルシュ》も？」

「いえ、それはしていなかったわ。まだ子供すぎて、忍耐も足りなかったので」

「当時、狩猟事故はありませんでしたか？　二人が誰かを傷つけてしまったとか？」

「ありえませんね。ドイツは安全管理がうるさいですから。ガイエルスベルク家は特に気をつけていました。それにさっきも言ったように、兄妹は射撃の名手でした。十二歳にしてすでにそうだったんです」

ロレッタはようやくマッサージ用の道具を置いた。ぴかぴかに磨かれた肌に水が滴っている。ベンチの端にぐったりと腰かけ、両脚を棒っきれのように投げ出してくつろぎながら、彼女は青い目でじっと虚空を見つめていた。いや、水たまりのなかに潜む思い出を眺めているのかもしれない。

「あなたの話をうかがっていると、二人はそれほど不幸ではなかったような気もしますが」とイヴァーナは、挑発するように言った。

「だとしたら、わたしの話し方がよくなかったのでしょう。彼らはとても不幸でした。何もない、孤児のようにして育ったんです」

「愛情面からすればそのとおりでしょうが、物質的には……」

「とんでもない、父親は二人に少しもお金を与えませんでした。教育や衣服、食べ物の面倒はみましたが、それだけです。中学に入ったあとも、小遣いはまったくなし。夏には庭の草刈り、冬には城のテラスの雪かきをして、ほんの数ペニヒもらっていました」

ペニヒというのは何なのか、イヴァーナにはわからなかった。たぶん、ユーロになる以前のドイツのお金なのだろう。

ロレッタは小遣いの話を続けた。

「のちに二人は夏休みに、ＶＧグループの企業で職業実習をしたけれど、デスクワークではなく工場にまわされました。何週間にもわたって電子回路に目を凝らしたり、はんだ鏝《ごて》の先で溶かしたスズと鉛の臭いにむせ返ったりしたあげく、雀の涙ほどの給料をもらう段になって父親はこう言ったそうよ。《これは研修だ。おまえらは会社に何の利益ももたらしていない。むしろ金がかかっているんだ》って」

イヴァーナはガイエルスベルク兄妹に、あまり同情ができなかった。たしかに二人は両親の愛情を受けずに成長し、小遣いもろくにもらえなかった。けれどもトンネルのむこうには宝の山が待っているし、手には銃がある。

「さっき、言ってましたよね。フェルディナンドが二人に厳しく接したのは、ユルゲンが嫡子だから、ラオラが女だからだったって。でも結局二人とも、ＶＧグループを継いだじゃないですか」

「いえ、その点フェルディナンドははっきりしていました。ユルゲンひとりでグループを率いるべきだって」

「彼のほうが妹よりすぐれていたと？」

「むしろその逆ね。ユルゲンが男だったから、それだけのことです。けれどもユルゲンは、妹を手放しませんでした。実際のところ、彼には選択の余地がなかったんです。ラオラがいなければ、会社の手綱を取ることはできなかったでしょう。なにしろ彼らは、二人でひとりなんだから。二人そろえば、バーデン地方の絶対王者だわ。誰ひとり、彼らを止めることはできません」

　イヴァーナは時間を確かめようとして、はっと思い出した。そう言えば浴場に入る前に、腕時計をはずさせられたのだった。今、何時だろう？　なんだかお湯と蒸気で、体がいちだんとふやけたような気がする。まるで水が滴るスポンジだ。

　彼女はいったん考えをまとめ、別の方向へ話を進めることにした。

「ここ数年、二人の噂を聞いていましたか？」

「このあたりでは、いつでもガイエルスベルク家の話題で持ちきりだわ」

「例えば、どんなことを？」

　ロレッタはベンチのうえでふんぞり返り、髪をうしろに撫でつけた。すべすべした額は、どんなボトックス注射をも蹴散らすほどだった。しわ一本、染みひとつない。井戸水が縁石から流れ落ちるように、年齢は彼女の額に何の痕跡も残さなかった。

「ユルゲンの品行が、よく口の端《は》にのぼったわね」

「ＳＭ趣味のこととか？」

「ええ、みんな声を潜めて。ユルゲンは別段、隠しだてしなかったけれど、ほら、他人《ひと》の不幸は蜜の味って言うでしょ。試練に立たされているのは自分だけじゃないと思えば、それだけでもう嬉しくてたまらないんだわ」

　ＳＭという悪徳は、森を隠す木かもしれない、とイヴァーナは思った。松ぼっくりには何か秘密があった。

それは誰もが知っていて今さらスキャンダルにもならない性的倒錯の陰に、注意深く隠されているのではないか？

「ほかにもおかしな話がささやかれていました……」とロレッタは、もっとイヴァーナをもてなそうとするかのように続けた。「例えばユルゲンとラオラは互いの愛人を交換していたとか……」

　ロレッタはイヴァーナの表情を見て取り、にっこりした。

「知らなかったの？　ユルゲンはバイセクシャルだったのよ。これまたVG王朝にはふさわしからぬことだけれど、年度末の業績を見てみんな目をつぶっていたわ。音楽は人の心を和《なご》ませるなんて言うけれど、それは間違いね。人の心を和ませるのはお金なんです」

「ラオラもバイセクシャルだったんですか？」

「たぶん、違うと思うわ」

「でもあなたは、愛人を交換していたっていう話を信じているんですよね？」

「ユルゲンとラオラは子供のときからずっと、すべてを分け合ってきたんだから、大人になってパートナーを交換したって不思議はないでしょう」

「家庭を築いて、お互いひとり立ちしたいとは思わなかったんでしょうか？」

「思うに二人はまだ、今この瞬間を生きるのに夢中だったんでしょう。新たな状況がもたらす興奮に包まれていたんです。大学を出たての新入社員がまだコピー取りをやらされているような歳で、バーデン＝ヴュルテンベルク州最大の企業を率いていたんですから」

　ラオラとユルゲンは富、権力、そしてセックスまでも共有していた……それでもまだ、充分ではなかったのだろう。イヴァーナは何かもっと秘められた、もっと熱っぽい、もっと危険なものがあるような気がした。

「二人はいつもいっしょに狩りをしたんですか？」

「いいえ、二人だけで森へ出かける時代は終わりました。彼らはフランスで追走猟の会を、ドイツ内の領地で狩り出し猟の会を催して、関係者を山ほど招待しなければなりませんでした。でもそんな狩りは二人にとって、死ぬほど退屈だったことでしょうね」

イヴァーナはいちばん大事な質問を、最後にとっておいた。

「あなたは誰がユルゲンを殺したと思いますか？」

「わたしにわかるわけないわ。ユルゲンに敵がいたかどうかも知りませんが、VGグループには恐るべきライバルがいくつもありました。そういう連中にとって、ユルゲンが殺されたのはもっけの幸いってところだったでしょう。だとすると、目的はまだ半分しか達成されていないことになるけれど」

「というのは？」

「動機は何であれ、犯人は次にラオラを殺すはずだってことです。ユルゲンを亡き者にするなら、妹のほうも片づけようと思っているに違いないわ」

イヴァーナは草むらに横たわっていた黒い犬を思い浮かべた。あの獣は、本当にラオラを襲うために放たれたのだろうか？　彼女はあの恐ろしい犬に嚙み殺されるはずだったのか？

引きあげる前に、もうちょっと挑発してみよう。

「もしかして、犯人はラオラなのでは？」

ロレッタはカバノキの束をつかんで、自分の肩を力いっぱいたたいた。ほかの人たちに効くのだから、自分にも効くというわけだ。

「見当違いの質問でしょうね」

「そうでしょうか」

「ラオラは奇跡でもない限り、兄の死を乗り越えられないわ。たとえ誰かが彼女を殺そうとしなくても」

21

「住所、氏名は？」

ニエマンスの機嫌は最悪だった。いけ好かないクライナートのオフィスへ、まともに取り合えない容疑者の訊問に駆けつけた。おまけにイヴァーナは、どこにもいないときている。姿を消してしまったのだ、おれの車に乗って！

ボルボ二四〇ステーションワゴン。《スウェーデンのレンガ》の愛称で親しまれた名車。ニエマンスは人前でこそ《アンティークカー》などと自慢げに呼びはしなかったが、心のなかではそう思っていた。

イヴァーナ自身のことは、まったく心配していなかった。家出癖のある子供みたいな置き手紙が残してあったし、もういい大人だ。悪い狼がうろつく森だって、ひとりで歩けるだろう。

しかし車のほうは……端正で重厚感のあるシルエット、細縞状のフロントグリル、確固たる思想を感じさせる角ばった後部。二十世紀の終わりを駆け抜けた頑丈な車は、今でも農家の裏庭にひっそりとたたずみ、家畜車の代わりを務めていることだろう。ニエマンスの車は上級モデルだった。百五十五馬力、クルミ材の木目仕上げで、内装は洒落た革張りになっている……そんなおれの宝物に、コンパクトカーかレンタルの小型電気自動車くらいしか運転したことのない小娘が乗りこんでいるなんて。

ニエマンスは暗澹たる気分で思わず鼻息を荒くし、はっとわれに帰った。

トーマス・クラウスは身元を述べたが、ニエマンスはろくに聞いていなかった。唯一よかったのは、容疑者がアルザスの出身だとわかったことだった。それならフランス語で訊問ができる。どうせ大した話は聞けやしないのだから、いちいち通訳してもらうのは余計な手間だろう。

「わたしはピエール・ニエマンス。フランス警察の警視だ」と彼も名のった。「こっちはドイツ警察、バーデン＝ヴュルテンベルク州刑事警察局警視のファビアン・クライナート」

クライナートはニエマンスにボスの立場を譲って――あるいは年長者を立てて――容疑者の正面に陣取らせた。自分はその右側にすわり、ただの書記だと言わんばかりにパソコンを打っている。二人のあいだには小さなビデオカメラが置かれ、自称殺人者にむかって赤い目を光らせていた。

「われわれはきみの供述を正式に取るため、ここに来ている」とニエマンスは続けた。

トーマス・クラウスは手錠でつながれた両手を膝に置き、暗い目で二人を見つめた。

たしかにこいつは容疑者然としている。それだけは言えそうだ。ひげは伸び放題でがりがりに痩せ、苦悩に満ちた表情はまるで十九世紀の呪われた詩人のようだ。誰にも認められないまま、梅毒かアブサンの飲みすぎで四十前にくたばる天才ってところか。

見方を変えれば、何かの動物に似ていると言えるかもしれない。あるいは、毛深くて足に蹄《ひづめ》がついた牧神のような伝説の生き物に。現代によみがえったギリシャ神話のサテュロス。逆立った蓬髪は、まるで頭から突き出た二本の角のようだった。

狂信者を前にすると、ニエマンスはいつもアンビヴァレントな感覚にとらわれた。恐れはしないが、憐れみを感じる。やつらは幻と妄想にとりつかれて己《おのれ》を見失った犠牲者なのだ。そうやって目をくらまされ、粉々に砕かれて死に至る。

「おまえはそのくだらん与太話を話せばいい」とニエマンスは続けた。「われわれは書きとり、おまえはサインをし、それぞれ家に引きあげる。あとはおまえがコルマールの判事の前に引き立てられ、ブタ箱に二十年間放りこまれておしまいだ」

ニエマンスの軽い口調に、容疑者は不安になったらしい。彼が期待していたのは、悲壮感、悲劇性、暴力、おそらくそんなものだったのだろう。ところがどうだ、目の前にいる二人の警官は、彼の告白などろくに興味がないようだ。

「おれがやったんだ」とトーマス・クラウスは小声で言った。

「何だって？」ニエマンスが机に身をのり出して聞き返す。「よく聞こえなかったが」

「おれがやったんだ。おれが殺したんだよ」

ニエマンスはうなずくと、クライナートに合図した。祭りの始まりだ。舞台だても整っている。きれいに片づいた、簡素で飾りけのない部屋。設備はすべて簡単に洗えるものばかりだ。

「どんなふうにやったんだ？」

「森のなかで不意打ちを食らわせたのさ」

「ちょっと待った。それは何時だった？」

クラウスはジップアップトレーナーの襟もとから首を伸ばした。

「さあ、午後十一時ごろかな」

「じゃあ、真っ暗だったのか？」

「そりゃ、十一時だから」クラウスはものわかりが悪いやつだと言わんばかりに繰り返した。

「ユルゲンは歩いて来ていたのか？　それとも馬で？」

「歩いてだ」クラウスはぼそりと答えた。

「どんな服装だった？」

返答はない。

「どんな服装だったかと訊いてるんだ」とニエマンスは繰り返した。「タウンウェア、追走猟用の乗馬服、それとも迷彩服とか？」

クラウスは顔をあげた。窓から射しこむきらきらした陽光を、その目がとらえた。自白にはうってつけの日だ。

「乗馬服さ」ようやくクラウスは言った。

「何色だった？」

「赤だ」

クラウスは唇を噛んだ。答えるのが早すぎたようだ。実のところ、週末の狩猟パーティに着ていく上着は黒だった。

「それじゃあユルゲンは狩猟用の服を着て、森のなかを徒歩でうろついていたっていうんだな」

「そうさ」

「馬には逃げられたかどうかしたのか？」

そんなはずないだろうと言わんばかりの口調だった。

「知るもんか」クラウスは意地になったように答えた。「そんなことおれには関係ない。たぶんやつは下見でもしていたんだろう。翌日の獲物をうまく罠にかけるために……」

なるほど、それも一理あるとでもいうように、ニエマンスはうなずいた。

「あとをつけたのか？」

「いや」

「そもそもおまえは真夜中に森で何をしていたんだ？」

「追走猟の邪魔をするつもりだったんでね」

「ひとりきりで？」

「信念は山をも動かすって言うだろ」

ニエマンスは思わず笑ってしまった。親しげな、ほとんど共感に満ちた笑いだった。

ところが、彼は突然、表情を変えてたずねた。

「どうやって殺したんだ？」

「喉を切り裂いたのさ」クラウスはほっとしたように答えた。ようやく核心に入った、それなら新聞で知っていると思っているのだろう。

「そのあとどうした？」

「首を切り離して、内臓を取り出した」

「道具は持っていたのか？」

クラウスはちょっとためらってから答えた。

「ナイフを何本か。それに山刀《マチェーテ》も」

「そんなもの、どこで手に入れたんだ？」

クラウスは陽光を避けるかのように、さっとうしろにさがった。日陰に入ると、ゆらめく光が目に宿った。

「戦利品さ」

ニエマンスは法螺話を無視した。

「頭部の切り離し方は知っていたのか？」

クラウスは口をひらきかけて、思いなおした。見れば唇のわきに唾がたまっている。世をすねた男の口角に吹いた泡は、嫌悪に歪んだ嫌らしい口もとにふさわしかった。

「まあいい。でも、どうしてわざわざそんなことをしたんだ？」

「あのクソ野郎どもが動物にしていることだからな」

「でもあれは、追走猟の手法じゃない。どうして接近《ピルシ》猟《ュ》のやり方をまねたんだ？」

「汝の敵を敬えってことさ」

「首を切り落として腸《はらわた》を抜くのが、おまえの言う尊敬なのか？」

「それが接近猟《ピルシュ》をしている連中の主張じゃないか。違うかい？」

「だったらおまえに、ひとつたずねよう。ユルゲンの内臓は見つかっていないが、どこに隠したんだ？」

「川に捨てたよ」

クライナートはパソコンから目をあげた。あてずっぽうじゃ、自白はできない……

「じゃあ、服はどうしたんだ？」

「燃やした」とクラウスは、また少しためらってから答えた。

こいつ、口から出まかせを言ってるな。このけたくそ悪いクイズに、でたらめを答えているだけだ。

ニエマンスは立ちあがってビデオカメラを止めると、部屋の隅に腰かけた。そしてクラウスのほうに身をのり出し、打ち明け話でもするような口調で言った。

「いちばん重要な話に移ろう。おまえの動機だ。どうしてあんなことをした？」

クラウスはびくついているのか、顔を伏せて床の一点を見つめた。その体臭が、ニエマンスの鼻をついた。こすれた草と塩の効いたスパイス、質の悪いガソリンが混ざったような臭いだ。不意打ちを喰らった思いだった。その臭いは祖父を思い出させた。いつも森を歩きまわったり、ポンコツのプジョー四〇四を修理したりしていたっけ。子供時代をすごした森の奥にふと入りこんだような気がして、彼はめまいに襲われた。記憶のなかの森は、やがてバーデン＝ヴュルテンベルクの森と混ざり合った。

「ガキのころ」とクラウスが話し始めた。「追走猟のあとをつけたことがあるんだ……もちろんこっちは徒《か》歩《ち》だったけれど。馬に乗ってホルンを鳴らし、犬を引き連れた能なしどものうしろを、小走りでくっついていった……殺し屋たちのパレードさ。やつらはとうとう雄鹿を湖の畔《ほとり》に追いつめた。鹿は恐怖でわけがわからなくなり、大暴れしていた。凍った水に飛びこんで死ぬか、お仕着せみたいな服を着たやつらに殺されるか、選びようもないからな」

ニエマンスはわざとらしくため息をついた。鈍いやつだな。感動的な思い出話でおれたちを言いくるめようとしても、そうはいかないぞ。

「とうとう鹿は水に飛びこんだ」とクラウスは続けた。「ハンターたちはボートに乗り、湖の真ん中まで追いかけて、何十回となくナイフで刺した。鹿は水上に顔を出しているのに必死だった。まだあのときの鳴き声が聞こえる、あの目が見える……あんなに苦悶と恐怖に満ちた光景は初めてだった……」

クラウスの唇は、くしゃくしゃと紙を丸めるような音をたてた。

「知ってるかい？」クラウスはニエマンスの目をじっと覗きこみながら言った。「追走猟からうまく逃れた動物がいたとしても、そいつは撃ち殺さねばならないんだ。恐怖と緊張のあまり、気が変になっているからな」

ニエマンスは、明かりのなかにくっきりと浮かぶクラウスの横顔を見つめていた。長い首、突き出た喉ぼとけ、角のように逆立った蓬髪。まるで剝製の首みたいだ、とニエマンスは思った。ガラス荘の食堂にも、こんな首が壁に飾られていたっけ。

クラウスはガイエルスベルク家の犠牲者かもしれない。彼も戦利品のひとつなんだ。ハンターたちはさんざん動物たちを殺したあげく、しまいにはひとりの人間までおかしくしてしまった。

ニエマンスは情に流されまいとして、こう言った。

「それじゃあおまえは、鹿の敵討ちでユルゲン・フォン・ガイエルスベルクを殺したのか？」

「おれは自然破壊に対する復讐をしたんだ」とクラウスは小声で言った。

そして彼はうめくように続けた。

「ガイエルスベルク家は神を、宇宙を冒瀆した」

ニエマンスは手に飛び散った唾を苛立たしげに拭った。彼は人の分泌物に激しい嫌悪感を抱いていた。

「ユルゲンを殺すのに、どうして接近猟《ピルシュ》の手法を選んだんだ？ 彼自身が接近猟《ピルシュ》をしていたからか？」

クラウスは口の端《はた》を泡でべとつかせ、にやりと笑った。

「狩りなんてみんな同じさ。もっとも強いものが、もっとも弱いものを攻撃する。罪なきものの死は、下劣漢どもに与えられる褒美なんだ」

「しかし接近猟《ピルシュ》は、なかでも動物がいちばん身を守りやすい狩りじゃないか」

「あんた、そんな戯言《たわごと》を信じてるのか？」

「ユルゲンだって、身を守ろうとしただろ？」

クラウスはその質問にはっとした。まるで自分が背負いこもうとしている責任を、突然思い出したかのように。

「おれは汚い手を使って、やつを襲ったのさ。ハンターたちがみんなしているようにな」

「ふざけるな。ユルゲンはみすみすやられるような男じゃないはずだ」

「鹿笛って知ってるかい？」

「何のことだ？」

「雌鹿の鳴き声をまねるちっちゃな笛のことさ。発情期にはそれを使うんだ。雌だと思って雄鹿が出てくると、ハンターの銃とご対面ってわけだ」

そういやおれも、のこのこ女のもとへやって来たチンピラどもをずいぶん捕まえたものだ、とニエマンスは思った。笛は持っていないが、獲物の弱みにつけこむハンターには変わりない。

「驚いたことに」とクラウスは虚ろな目をして続けた。「小鹿の鳴き声をまねる鹿笛もあるんだ。子供を助けようと駆けつけた雌鹿が、胸を銃弾に撃ち抜かれる。うまくすれば、雄もやってくるし。それをただの笛がやってのけるんだ……」

ニエマンスは立って、部屋を行ったり来たりした。狩りに対する非難をただ聞いていても、埒《らち》が明かない。

突然、クラウスも立ちあがり、上半身をうしろにそらせた。殉教者気取りだな。飛んでくる矢を待ち受ける聖セバスチャンってところか。

「しかもやつらは、人間も獣のように扱っている。世界はああいうゴミ連中の手で破壊されるんだ」

「何の話をしてるんだ？」

活動家はすぐにまたすわり、椅子のうえで体を縮めた。

「いや、べつに」

「ガイエルスベルク家は人殺しをしていると言いたいのか？」

　クラウスは逆立った髪をふった。

「文字どおりの意味じゃないけどな。やつらは狩りをするのと同じ考えで、会社を経営している。もっともすぐれた者が利益を得るようにってね。つまりは、もっとも弱い者がくたばるように……」

　ニエマンスはがっかりしていた。少しは手がかりが得られるだろう、微かな光が射すだろうと思っていたのに、過激なエコロジストの月並みな演説を聞かされただけだった。あいつら、自然に憧れ、人間を嫌悪するあまり、どこもかしこも怪物だらけだと思っている。

「いいだろう。それじゃあ、部屋まで送っていこう」

「でも、まだサインをしていないぞ。供述書にサインするんじゃないのか？　おれの容疑はどうなるんだ？」

　ニエマンスは親しげにクラウスの肩をたたいた。

「なに、いくらでも時間はあるさ」

22

「クラウスのやつ、本当にわれわれを馬鹿にしてますよ」クライナートは不満たらしくつぶやいた。

ニエマンスとクライナートは二階の廊下を抜けた。リノリウムの床、明るい色に塗られた壁。まるであたり一面、ビニールコーティングされているかのようだ。ドイツの役所もなかなかのものだ。内装はフランスに比べて少しも遜色はない。

「ゼロから出なおしですかね？」クライナートは階段の前まで来ると、そうたずねた。

「ゼロからじゃない。三からだな」とニエマンスは答えた。「われわれ二人とイヴァーナだ。ともかくクラウスの訊問をまかせてくれたのは、ありがたいと思ってる」

「それはそうと」クライナートはにっこりして言った。「部下の方はまだ戻ってきませんか」

ニエマンスは返事をしないで階段を降り始めた。見ると玄関ホールにコーヒーの自販機があった。そういや怒りのあまり、ガラス荘で用意してくれた朝食には目もくれず、こっちに来てしまったのだった。

「クラウスはまだ釈放できません。それはあなたも賛成ですよね？」

ニエマンスは自販機に書かれたドイツ語を、なんとか解読しようとした。

「釈放なんて、もちろん問題外だ。いずれにせよ、やつは何か目撃したんだろう。おそらくあの晩、森をうろついていて……いずれまた、締めあげねばならん。ところで、コルマールの憲兵隊とは連絡を取ってますか？」

ニエマンスはどのボタンを押したらいいのかわから

なかったが、山羊ひげのドイツ人警官にたずねるのも癪だった。フランス人の見栄にすぎないけれど。

「それはあなたがおやりになることでは？」

「そちらでやってもらえませんか」ニエマンスは自販機に気を取られているようすで答えた。

「何が飲みたいんです？」クライナートはため息まじりにたずねた。

「ええと……コーヒーを」

クライナートはポケットからお金を取り出し、自販機を手なづけた。

「あなたとフランス憲兵隊の関係がどうなっているのか、よくわからないのですが」とクライナートは言った。黒い液体が紙コップに無事溜まり始めた。

「憲兵隊は、自分たちの事件を横取りされたと思っているんだ」

クライナートは紙コップを取って、ニエマンスに差し出した。

「ちょっとここで待っていてください。部下に指示を出してきますから」

ニエマンスはコーヒーを飲みながらうなずいた。思ったよりまずくなかった。フライブルク・イム・ブライスガウ中央署はドイツでも平均的な規模の警察署だった。青い制服の警察官が五十名ほど働いているが、オリーヴグリーンのシャツに灰色のズボン姿の者もいた。連邦警察と州警察、どっちがどっちなのかニエマンスにはよくわからなかった。

三口目を飲んだところで、屑鉄色の玄関ホールに入ってくるイヴァーナの姿が見えた。ニエマンスは離れた先から大声で怒鳴りつけたくなるのを必死の思いでこらえ、じっとその場にとどまった。何事にも動じないボスらしく、湧きあがる怒りを抑えて。

「どこへ行ってたんだ？」

「メモに書いたとおりです。ユルゲンとラオラの教育係に話を聞いてきました」

「おれの車でか？」

「ぶつけたりしてませんから、ご心配なく。下手な運転ですが、なるべく汚さないよう気をつけました」

ニエマンスは安堵の気持ちを隠すため、わざと無表情を装った。あんなボロ車に固執していると思われるのは嫌だった。

二人のあいだに沈黙が続いた。ニエマンスはイヴァーナが自販機でハーブティーを買うのを横目でうかがった。彼女は小さくなってるみたいだ。少なくとも、そんなふりはしている。

彼女は二階のほうに目をあげた。

「クラウスはどうでした？」

「嘘八百だ。教育係のほうは？」

イヴァーナの話は興味深かった。兄妹は矛盾のなかで育った。放っておかれると同時に厳しい躾《しつけ》を課された。無関心な両親、冷たい教育係、厳格な教育……下種《げす》な金持ち連中によくある話だ。口にこそ出さなかったが、イヴァーナははっきりそう思っているだろう。ニエマンスには彼女の気持ちが、手に取るようにわかった。クロアチア人孤児という出自と、《社会福祉》の名のもとに受けた教育のせいで、辛酸をなめ続けてきたが、金持ちに対する軽蔑心は変わらなかった。あいつらどうせ、ろくなもんじゃない。そして貧しい人々には、限りない共感を抱いていた。

ニエマンスは人生経験が長いぶん、イヴァーナよりも冷静だった。だから彼女の思いこみが間違っていることもわかっていた。逆もまた真とは限らない。金持ちのほうが大きな力を持っているというだけのことで、善と悪はポートフォリオの両側に注意深く分散されているのだ。

教育係だった女も、犯人は次にラオラを狙うだろうと思っている。ニエマンスがもっとも重視したのはそこだった。ガイエルスベルク家は七頭蛇《ヒドラ》のようなものだ。首はすべて切り落とさねばならない。しかし何のために、どんな目的で？

「狩りの事故について、調べは進んだのか？」

「午前中のうちに、狩猟関係の団体と連絡を取ってみなければなりません。ネットでは、何も見つかりませんでした。ガイエルスベルク家の森でそんな問題が起こるなんてありえないと、ロレッタ・カウフマンは断言していましたが。彼女が言うには、ああした狩猟パーティでは、不慮の出来事がないよう、すべて細かく準備を整えるものなのだそうです」

「イヴァーナさん！」

クライナートが軽い足取りでやって来た。昨晩から彼はイヴァーナに対して、やけに馴れ馴れしい態度になっている。

「少しは眠れましたか」とクライナートは口もとに笑みを浮かべてたずねた。

イヴァーナは顔を赤らめてうなずいた。少しでも注意をむけられると、いつもどぎまぎしてしまう。しかし、ハーブティーの湯気に隠れたその目は、いたずらっぽく輝いていた。

「どうですか、ここのハーブティーは？　それにはいろいろと薬効があって……」

「まだ終わりじゃないでしょう」ニエマンスがいきなり口をはさんだ。「われわれは仕事をしに来てるんだ。おしゃべりをしに集まっているんじゃない」

クライナートは注意された兵士みたいにぴんと背を伸ばした。

「空いている会議室を探してきましょう」と彼はきっぱりとした口調で言った。

そのときニエマンスのポケットで携帯電話が鳴った。フィリップ・シュラー、《研究者、主治医、犬の専門家》と表示されている。

「もしもし、昨晩の犬のことでお電話したんですが」と電話のむこうから声がした。

黒い怪物の姿が、ニエマンスの脳裏にありありとよみがえった。

「あれをそちらに送ったんでしたね？」ニエマンスはおがくずを撒いたような声でたずねた。

「ええ、そのことで、すぐにいらしてください」

23

そしてニエマンスは今、すぐ間近から、ステンレスの解剖台に横たわる怪物を眺めていた。犬は無影灯の貪欲な光のなかに、黒々とした姿をくっきりと浮かびあがらせている。歪んだように大きくひらいた口は、サメを連想させた。紫がかった唇がまくれあがり、大きな牙が覗いている。あの口でがぶりとやられたら、ひとたまりもないだろう。そこらのワン公がボールを咥えるみたいに、楽々と喉もとを噛み切られてしまう。

体のほうも同様だった。ごわごわとした黒い毛には固まった血がこびりつき、筋肉は死んでもなお張りつめている。革手袋をはめた巨大な握りこぶしとでも言おうか。一発喰らったら、顔の骨など粉々に砕けてしまいそうだ。

怪物の遺伝子プログラムは、何千年にもわたる過酷な生存競争によって入念に作りあげられたのだろう。激怒と破壊の力を乗り越えたものだけが、最後まで生き残った。連鎖のなかに敗北した環《ミッシング・リンク》はひとつもなく、勝利した環《ウィニング・リンク》だけが連綿と続いている。この怪物は動物たちの激しい暴力と、人間たちの不安に満ちた悪夢から生まれたのだ。

そもそもこいつは、こんなにじっくりと眺めるためのものじゃない。暗闇でうごめき、襲いかかるように作られた犬だ。それがこうして解剖台に寝かされているのを見ると、まるで目の前で秘密が暴かれ、淫らな冒瀆が行なわれているような気がした。

シュラーはすでに犬の詳細な検査は終えていた。解剖まではしていなかったが、どのみち死因はわかっている。

「こいつはローエットケンです」とシュラーは言った。

「疑問の余地はないでしょう」

ニエマンスはちらりとクライナートを見やったが、ドイツ人警視も何のことかよくわからなそうだ。

「あれこれ調べるまでもありませんでしたよ」とシュラーは続けた（彼は大発見に息をつまらせたかのように、ぜいぜいと喘いだ）。「ローエットケンはヨーロッパでは絶滅した種ですが、歴史的に有名な犬なんです」

「絶滅したって、どうして？」

「戦後、すべて殺されたので」

イヴァーナはメモ帳を取り出した。主任の医師から教えを受けるインターンみたいに。

「どういうことなんです？」

シュラーは実験室の四隅にちらちらと目をやった。白いタイル張りの百平方メートルほどの部屋で、ブンゼンバーナーをのせた防水の台や遠心分離機を備えている。

「何か飲みますか？」と彼は警官たちにたずねた。

「時間がないんです」とクライナートは苛立ったように言った。「早く説明してください」けれどもシュラーはその言葉が聞こえなかったかのように、試験管のうしろに手を滑りこませ、フラスコを取り出した。中身はどうやらフェノールやエーテルではなさそうだ。彼は赤銅色の液体を、目盛りのついたコップに注意深く注いだ。まるでミリリットル単位の正確さを期しているかのように。それから凍えた手をこすり合わせ、飲み物をつかんだ。

「さあ、説明して」とクライナートは怒鳴った。どうやら本来の性格が露わになり始めたようだ。事件の捜査に全身で打ちこむ、短気なデカの本性が。

シュラーは時間をかけてひと飲みしたあと、こう切り出した。

「黒いハンターたちの話は聞いたことがありますか？」

「ゾンダーアインハイト・ディアレヴァンガーですね？」クライナートがすかさずたずねた。

ニエマンスはイヴァーナに目でたずねたけれど、彼女も首を横にふった。話は字幕なしのヴァージョンに移行したようだ。

「一九四一年、ヒムラーは犯罪者に恩赦を与え、特殊部隊を編成しました」とシュラーは話し始めた。「人員は無作為に選ばれたのではありません。彼らは全員がハンターや密猟者たちでした。しかもすぐれた腕前の……黒いハンターは人間狩りを専門にしていたんです。彼らはウクライナやベラルーシのパルチザンを狩り出し、東部の街道で活動するポーランド系ユダヤ人の監視にあたりました。ワルシャワ蜂起を鎮圧し、何百もの村を破壊しました。住民全員を火炎放射器で焼き殺したんです。子供も含めてね。ドイツ軍のなかでも最悪の部隊だったんです……」

ニエマンスにはわけがわからなかった。ナチズムには残虐行為の世界記録が山ほどある。シュラーはいったい何が言いたいんだ？

「彼らの蛮行が度を越していたので、親衛隊の高官が調査を開始したほどでした」とシュラーは続けた。「上層部は何度も隊員の投獄を試みましたが、それも頓挫しました。戦功が法に勝ったのです……」

シュラーはそこで、一冊の本を取り出した。第三帝国の各種軍事部隊を扱った本だった。

「研究所の図書室で、この歴史書を見つけたんですが」

彼は解剖台に横たわる犬の口のすぐわきにその本を置き、モノクロ写真がのっている見ひらきのページをあけた。バイクゴーグル付きのヘルメットをかぶり、無精ひげを生やした汚らしい兵士が写っている。黒いハンターは下劣で粗暴な、追剝ぎ同然の兵士たちだったようだ。そんなやつらが猟犬の群れのように、東部戦線に放たれたのだ。

裸の上半身に上着一枚ひっかけた兵士が、だらしなくあいた胸もとから金のネックレスを覗かせている。踝《くるぶし》のあたりまである長いキルティングコートを着ている兵士や、ヘルメットを斜《はす》に被った兵士もいた。斜めにカーブしたヘルメットのふちにはチョークのなぐり書きや、へたくそなドクロのマークがあった。

「こいつらは四年間にわたり」とシュラーはもうひと口飲んだあとに続けた。「オスカール・ディルレヴァンガーの指揮のもとに大暴れをしました。ディルレヴァンガーはアル中ぎみの、頭のおかしな司令官で、彼自身も少女を強姦した罪で投獄されています」

シュラーがページをめくると、将校の写真があらわれた。突き出た頬骨、落ち窪んだ眼窩、どんよりとした大きな目、そして太い眉。そんな猛禽類を思わせる気味の悪い顔が、軍服のうえににゅっと伸びている。襟には、二本の柄つき手榴弾を交差させたマークがあった。これが呪われた部隊の師団章なのだろう。

「みなさんを待つあいだに、彼らの手柄話を少しばかり読んでみましたが、すぐに本を閉じましたよ。とても耐えられない。ディルレヴァンガーは若いユダヤ人の女を裸にして鞭で打ったあと、血管にストリキニーネを注射するのが好みだったとか。全身を痙攣させて死んでいくのを眺めて、楽しんでいたっていうんです」

ニエマンスにはまだよくわからなかった。それがこの事件とどう結びつくんだろう？

七十年以上も前のこんな恐ろしい話を、どうして引っ張り出してくるんだ？

クライナートがそれをたずねてくれた。

「腕のいいハンターだった殺し屋たちが」とシュラーは続けた。「ベラルーシで真っ先にしたのは、地元の犬を調教することでした。それがローエットケンだったんです。犬は数か月で殺人兵器に変わりました」

医者はまたページをめくった。バイクゴーグルを目にあて、銃を握った兵士の写真がある。しかしもう片方の手で抱きかかえているのは、モロッス犬によく似た黒い犬だった。

「ローエットケンは《血の犬》と呼ばれていました。傷ついた動物を何キロにもわたって追い続け、最後にハンターがとどめを刺すのです。それは今日、《倫理的な行為》だとみなされています。動物を過度に苦しめずにすむからです。しかし当時は、傷ついたユダヤ人やパルチザンを追いかけていたのですから……」

シュラーは唾を飲みこみ、また口をひらいた。

「ドイツ語でフンデ・ディー・ベレン・バイセン・ニヒトという諺があるのを知ってますか？《吠える犬は嚙みつかない》という意味です。だからディルレヴァンガーの部下たちは、犬が吠えないように躾けました。その代わり、敵の喉もとに嚙みつくように調教したのです」

シュラーはフラスコに注意深く栓をしてもとの隠し

場所に戻すと、疲れきったような口調で先を続けた。

「連合軍が黒いハンターを壊滅させたとき、いっしょに犬もすべて殺処分にしたんです。それ以来、ローエットケンはヨーロッパから姿を消しました……昨晩、またあらわれるまでは」

　ニエマンスは苛立ちを示すかのように腕を広げた。

「で、それから？　ナチの亡霊が墓からよみがえり、幽霊犬を放ったと、そういう話ですか？」

　シュラーは喰ってかかるようなニエマンスの口ぶりに腹を立てたふうもなく、解剖台に近寄って、犬の左前脚をそろそろと持ちあげた。

「ほら、胸にディルレヴァンガーの師団章がついています」

　ほかのみんなも前にのり出した。二本の柄つき手榴弾を交差させたマークのタトゥーが、毛のあいだに見えた。オスカール・ディルレヴァンガーの襟についていたのと、たしかに同じだ。

　ニエマンスは不機嫌そうに本を手に取ると、さらにページをめくった。今度は迷彩服姿の黒いハンターが写っていた。手には火炎放射器と機関銃を持ち、クー・クラックス・クランのような目出し帽を被っている。

「警視が目にした男も、こんなかっこうだったんですか？」イヴァーナは近寄ってきてたずねた。

　ニエマンスは口をまっすぐ結んだままうなずいた。何だってナチの兵士が、ラオラの家の庭にあらわれたんだ？

「でもそんな話、にわかに信じられません」イヴァーナはシュラーにむかって言った。「そもそも黒いハンターの模倣者が、どうしてここにいるんです？」

「説明がつかないわけではありません……」と医者は小声で言った。「戦後、ディルレヴァンガーは逮捕され、強制収容所の元収容者に撲殺されたと言われています。しばらくして、彼はシリアかエジプトに逃亡したという噂が流れました。しかしバーデン＝ヴュルテンベルクでは、さらに別な噂もありました。ディルレヴァンガーは戦後この地方に逃げのび、ガイエルスベルク家によって保護されていたというのです」

「なぜガイエルスベルク家が？」

「ナチスととても近い関係にあったからですよ。ガイエルスベルク家は第二次大戦中、ドイツ国防軍の自動車部品を作って大儲けしたんです」

「でも、どうして特にオスカール・ディルレヴァンガーを助けたと？」

「彼がシュワーベン地方の出身だからです」

　ニエマンスにも事情が飲みこめ始めた。

「バーデン＝ヴュルテンベルク州はいくつもの地方が集まってできたんです」とシュラーは続けた。「ヴュルテンベルク王国、バーデン大公国、さらにそのわきには、かつてシュワーベン公国だった地域もありました。ですからディルレヴァンガーは地元の有名人だったんです」

　みんな疑わしげに黙っていたが、シュラーは論拠に欠かなかった。

「もうひとつ、別な理由もあったでしょう。ハンター同士の団結心です。ガイエルスベルク家はあらゆる手を尽くして獲物を狩ってきた人々です。だから黒いハンターがどんな略奪行為を繰り広げようとも、賞賛せずにはおれなかったのです」

「まさか？」

　イヴァーナは心底驚いたらしく、思わず訊き返した。

「黒いハンターはたしかに残虐非道な怪物でしたが、狩りの技術を思ってもみないほど押しあげたのです。彼らについては、いまだにさまざまな言い伝えが残っています。例えば獣のように、森のなかで人間の臭いを嗅ぎ分けられるとか。もちろん当時は、《ユダヤ人の臭いを》と言っていたんでしょうが」

　そこでニエマンスも戦線に加わった。

「ガイエルスベルク家がオスカール・ディルレヴァン

ガーを匿《かくま》ったとして、それからどうなったんです？」

シュラーは曖昧な身振りをした。この先は推測の域を出ないとでもいうように。だとしたら、まるでここまでが確かな話みたいじゃないか。まったくお笑い種《ぐさ》だ。

「どのみちディルレヴァンガーは長くは持ちませんでした」とシュラーは言った。「酒と薬に溺れ、病に侵されて、人知れず息を引き取りました。けれどもガイエルスベルク家の人々は、彼の手法を忘れなかったのです」

「と言いますと？」

「ほかにもいろいろ調べてみたところ、VGグループを非難する古い新聞記事や告発文がたちまちいくつも見つかりました」

「非難というのは？」

「彼らは時代遅れの暴力的なやり方で、組合運動に対処しているというのです。よく知られていることですが、VGグループにはストライキやデモを効率よく抑える部署があります。言うなれば汚れ仕事の専門部署ですね。そこにハンターや密猟者を使っているのだとか。ガイエルスベルク家の森には近づかないほうがいいと言われています。森林監視員の評判がかんばしくないからと」

「その手の噂なら、われわれの耳にも入ってます」とクライナートが口をはさんだ。「しかし確たる証拠がないんでね。ドイツは法律遵守の国ですから」

シュラーはなだめるように両手をあげた。

「わたしはただ、読んだままを話しているだけです」

「根拠もなしに書かれた記事をね」とクライナートは、取りつく島がない表情で言った。

ここは自分が声をあげねば、とニエマンスは思った。

「ありがとうございます、ドクター。あなたのお話がどう役立つのか、まだ定かではありませんが、この犬はわれわれが手にした初めての具体的な証拠です」

シュラーは犬をあごでしゃくった。

「これをどうしましょうか？」

「冷蔵しておいてください。証拠物件ですから」

「何の証拠ですか？」

その質問はもう、クライナートの耳には入っていなかった。

ニエマンスは少しためらっていたが、結局笑顔でこう言った。

「それがわかれば苦労はないさ」

24

ニエマンスは黒い砂のうえを歩いていた。タール質の不安定な砂だった。

初めは莫大な財産絡みか個人的な恨みを背景にした、大企業の御曹司殺しだと思っていた。ところがそこに、死者のなかからよみがえったナチの残党が登場してきた。ありえない。

シュラーの話は悪い夢にすぎないと言わんばかりに、マックス・プランク研究所の中庭では、研究者たちがせっせとエコ活動に励んでいた。

とりわけ女たちは熱心だった。ウニの棘一本からでも大洋の遺伝子進化を跡づけることができる優秀な研究者が、こうして大空の下、手作り石鹸で下着の洗濯をしている。腋毛を露わにし、Tシャツの下はノーブラだ。その姿はエミール・ゾラが描く『居酒屋』の洗濯女を思わせた。

「警視さん！」

　ふり返ると、シュラーがこちらに駆け寄ってくる。赤ひげを震わせるその姿は、ヘリウムで膨らませた庭《ガー》小人《デンノーム》のようだった。

「もしかして、お役に立つかもしれないと思いまして……」

　シュラーは息を切らせながら、ポストイットをニエマンスに差し出した。

「近くに住む犬のブリーダーです」

　ニエマンスはなぐり書きしたメモを受け取ろうと手を伸ばしたが、クライナートに先を越されてしまった。

「ヴェルナー・ロイスだって？」とクライナートは、連絡先のメモに目をやって叫んだ。「ここらじゃ有名なイカレ野郎じゃないか」

「そうかもしれませんが」とシュラーはむっとしたように言った。「犬に関してはこのあたりでいちばんの専門家です。ローエットケンを飼育しようなんていう物好きがいれば、きっと彼の耳に入っているでしょう」

　クライナートは憮然としてメモをニエマンスに渡した。

「それじゃあ、がんばってください」とシュラーは言って、研究所に引き返していった。

　正門を抜けると、そこには思いがけない光景があった。嵐が近づいているのか、まだ昼にもなっていないのに、太陽はほとんど隠れかけている。平野に注ぐどんよりとした灰色の光は、まるで水銀を浸した刷毛のようだ。どこかほど近くから、はためくチベットの祈禱旗《タルチョー》さながら、糸杉の葉が鳴る音が聞こえた。それはじゅうじゅうと魚を炙る音を思わせた。こんな非現実の一瞬に、ニエマンスはほっとひと息ついた。

「ロイスの飼育場はここから二十キロほどです。いっしょに来ますか？」とクライナートがたずねる。

「興奮した犬でいっぱいの犬小屋に？」とニエマンスは笑って答えた。「お誘いはありがたいが、あとで落ち合うことにしよう。イヴァーナを同行させます」

「で、警視はどちらに？」イヴァーナは驚いてたずね返した。

ニエマンスはボルボのドアをあけた。

「昔話は老人に訊けだ」

25

「とてもいいお名前だと思いますよ」

それはけっこう、とイヴァーナは思った。前からうしろへ走り去る道路を眺めながら、もう十五分もドイツ流のおせじが続いているが、彼女はそんな気分ではなかった。

そもそもイヴァーナは、自分の名前が好きではなかった。みんなは、ロシア文学のヒロインみたいだと思っているらしい。走り出したウラジオストク行きの列車に飛びこむのがぴったりだとでもいうように。でも、おあいにくさま、わたしはクロアチア人だ。父親に危うくジャッキで殴り殺されかけ、セルビアの空爆とサラエボのスナイパーから生きのびた。十代のころはヤク漬けで、人を殺したこともある。それ以上、何がお望み？　十九世紀風の自殺願望に身を委ねろとでも？

「クロアチアにはよくある名前だわ」と彼女は抑揚のない声で言った。

　こんなふうに答えると、たいてい相手は水をさされる。クロアチアと聞いて思い浮かぶのは死体の山、銃を撃ちまくる兵士、逃げまどう住民だ。ドゥブロブニクやアドリア海の海岸を連想する人もいるだろう。けれどもイヴァーナの経験からすると、真っ先に来るのは戦争のイメージだ。

　クライナートはあごひげを揺らしてうなずいただけだった。アフガニスタンの砂漠でミサイルを飛ばす無人機を操縦しているかのように、じっと道路に目を凝らしている。

　イヴァーナはこんなふうに自分を見捨てたニエマンスが恨めしかった。捜査がまったく予想外の展開を見せたところで、銃士然としたドイツ人警官と二人きりにされるなんて。ニエマンスはどこに行ったのだろう？　《昔話は老人に訊け》なんて言っていたけれど。彼のことだから、フランツのところへ揺さぶりをかけに行ったのだと容易に想像がついた。古い城にひとりでこもっているユルゲンの老叔父だ。

　だったら、いっしょに連れていってくれればよかったのに。

「ニエマンスさんとはもう長いこと、いっしょに仕事をしているんですか？」

「まだほんの数か月です。何年も前からの知り合いですが」とイヴァーナは控え目に答えた。「警察学校時代の先生だったんです」

「あまり教師タイプには見えませんけど」

「どうして？」

「変わり者じゃないですか」

　マックス・プランク研究所をあとにしてからずっと、嵐が近づく気配があった。雨こそなかなか降り出さなかったものの、あたりはすっかり薄暗くなっている。それでも、空を覆う雲の裂け目からときおり太陽がのぞき、銀色の光で地平線を染めた。

「彼ほど優秀な警察官はいないわ」とイヴァーナは頑なな口調で言った。「パリでいくつもの捜査班を率いていたけれど、グルノーブル近郊であった事件の捜査で重傷を負いました。どうにか一命を取りとめ、警察学校の教官になったんです」

「現場の責任者に復帰することもできただろうに」

「実はほかにも問題があって……」イヴァーナは言いよどんだ。「上層部のなかには、ニエマンス警視のやり方を必ずしも快く思わない人たちがいて」

クライナートは苦笑いをしただけだった。

「あなたは彼のことを、何も知らないじゃないですか」イヴァーナはむきになった。「さっきも言ったように、警察官としてはとても優秀なんです」

ああそうか、とクライナートは思った。これ以上言い張るなってことなんだな。彼は幹線道路を外れて、狭い街道に入った。密生する木々が光を遮り、突然、真っ暗になったかのようだ。それでも時おり緑の壁の隙間から、平野や牧草地、囲い地が見えた。耕耘機《こううんき》が鉄の歯を黒い土にめりこませたまま、じっと休んでいる。

ゆったりとした穏やかな景色だった。けれどもイヴァーナは、あまりに広大な自然美を前にすると、かえって居心地が悪くなった。ほかの人々が自動車の排気ガスで息をつまらせるように、喉が締めつけられて胸苦しくなる。都会の悪臭に包まれているときこそ、彼女は水を得た魚のようだった。

クライナートはじっと道路を眺めながらも、ときおりイヴァーナに目をやった。会話の糸口を探しているけれど、なかなか見つからないのだろう。本当に面白みのない男だ。

彼女は助け舟を出そうと、ありきたりだが仕事の話に戻った。

「昨晩の事件について、現場検証で何かわかりましたか？」

「あれを事件と呼べるかどうか」

「とぼけないでください」

「手がかりなしです。ユルゲンのときと同じようにね。足跡も残っていなければ、指紋も検出されません。草が少しなぎ倒されていたくらいで。わけがわかりませんよ。ニエマンスさんが見たという男は、煙みたいに消え失せたようです」

　その口調からすると、クライナートはニエマンスの証言を少なくとも信じてはいるらしい。昨晩はかなり懐疑的だったけれど。

「近隣の捜査結果は？」

「あの時間ですからね。それに私有地の森ですし、目撃者なんか誰もいませんよ。警備員だって、何も見なかったと言っています。繰り返しますがユルゲンのときと同じで、手がかりもなければ証人もいません。幽霊のしわざかと思いたくなるくらいで……」

　イヴァーナはヘッドレストにうなじをもたせかけ、目を閉じた。ビーチで日光浴をするように、クライナートの視線を味わうことにしよう。

　けれどものんびりする間もなく、携帯電話が鳴った。イヴァーナはてっきりニエマンスからだと思い、画面を見ずに通話のアイコンをタップした。けれどもかけてきたのは上司ではなかった。受話器のむこうで、沈黙が続いた。彼女がよく知っている沈黙。とぐろを巻く大蛇《ボア》のように、毎日彼女に絡みついて息をつまらせる沈黙が。

　イヴァーナはあわてて電話を切ると、ポケットに戻した。こんなところをクライナートに見られたくなかった。情けないほどもろくて、傷つきやすい一面をさらしたくなかった。

　しかしクライナートは、発信者の写真を見る間があったのだろう。

「恋人と何かトラブルでも?」

「恋人なんかいません」とイヴァーナは険しい口調で言った。

「ああ、わたしはてっきり……」

イヴァーナは唇を嚙んでさっとクライナートをふり返り、いかにも《うちとけた》ようにシートとシートのあいだにひじを置いた。

「それで、あなたは、警視さん」

「わたしが、何だって?」

「結婚はしているんですか?」

クライナートは表情を変えた。

「ええ、子供も二人いますよ。二十二歳で結婚しました。地方の小官吏ってわけです」

イヴァーナは挑発のつもりでたずねただけで、こんな返答は予想していなかった。ショックが顔に出ただろう。結婚指輪をしていない手を見せびらかして、独身を装っていたんだ。

「仕事中は指輪をしないんです」クライナートは彼女の心中を見透かしたかのように言った。

「証人を殴り飛ばすには、都合がいいですものね」

「そんな言い方はないでしょう」

イヴァーナはゆっくりとうなずいた。ここはひとつ、潔く負けを認めなくては。思い返してみると、ハンサムな警視《コミサール》に期待を抱いたのは事実だ。ひと目惚れの皮《アイ》肉《ロニー》というやつだろうか。この世で相手と二人きりだと思っていたら、本当は自分ひとりきりだと気づく。

景色はまったくさま変わりをしていた。整然と並んだ縦の木も、きれいな縞模様状になった影もなくなり、今やすべてが歪んでいた。木々は好き勝手に伸びて、幹も枝も根も痙攣しているかのようによじれている。

「返事はなしですか?」とクライナートは懇願するような口調でたずねた。

イヴァーナはもう一度携帯電話を取り出して番号を

呼び出すと、画面をクライナートの目の前に突き出した。ハンサムな若者がカメラにむかって微笑んでいる。日焼けした肌、黒い瞳。目。陽気に輝く表情は、祭りのかがり火さながらだ。額にかかる巻き毛は、まるでバイクの風に吹かれているかのようだった。明るく屈託のないその顔を見れば、世界中どこでも皆、同じことを感じるだろう。誰の人生にも、こんなふうに微笑み、心を歓喜で満たす一瞬があるものだと。

それに対してクライナートの顔は、恐ろしいほど苦しげに歪んでいた。

「恋人はいないって、さっき言ったじゃないですか」

彼はなんとか言葉を絞り出した。

「これは恋人じゃないわ」イヴァーナはそう言いながらも、こんなろくでもない仕返しをした自分が情けなかった。

クライナートは微笑もうとしたけれど、引きつった笑いは途中で固まってしまった。彼は何もわかっていない。イヴァーナは携帯電話をクライナートにむけ、親指でアプリケーションを移動させ、位置情報の画面に切り替えた。

「さあ、着いたわ」と彼女はそっけない声で言った。

26

小道の入り口には、茂みに埋もれて表札が立っていた。ほとんど判読できない文字で、《ヴェルナー・ロイス、犬飼育場《フントヒュッテ》》と書かれている。

アフリカの獣道もかくやと思うでこぼこだらけの小道を、二人は車を傷めつけながらたっぷり一キロほど進んだ。ある意味こんな苦労のおかげで、気持ちを立て直すことができた。舞いあがる砂埃のなか、ようやく犬屋敷に到着したときは、二人とも敏腕デカに戻っていた。長年犬と暮らしている世捨て人から、何としてでも話を聞き出してやる。

ヴェルナー・ロイスは草木に覆われた隠れ家に、あたりの町のゴミや廃品をすべて運びこむのが使命だと思いこんでいるらしい。タイヤ、部品、車の残骸が山と積まれ、鉄条網でぐるぐる巻きにしてある。それが彼の王国を囲む城壁代わりだった。泥だらけの黒い地面は毒にまみれ——油の膜ができて、ぎらぎらと光っている——もとの堅固な大地に戻ることはないだろう。

車から降りると、たちまち激しい獣臭さが鼻をついた。あまりに臭いがきついので、水の底に潜ったみたいに無意識のうちに息が止まった。呼吸をしないか、吐きけに耐えるかだ。

金網で作った高さ一メートル半ほどの檻が、ずらりと並んでいる。犬の吠え声やうなり声で、あたりは耳を聾するほどだった。丈《たけ》の低い小さなスラム街。住民は毛足が短く鋭い牙をした獣だけ。

そのむこうに納屋のような建物が、暗闇に面してたっていた。そこがスラムの司令部だろう。ヴェルナーはなかにいる。さあ、もうひとがんばりだ……

二人は羽目板と鉄格子、コンクリートブロック、べニャ板の迷宮に足を踏み入れた。柵のむこうでは、筋肉隆々の犬が絶えずのそのそと歩きまわったり、檻の金網に飛びかかったりしていた。豚のように泥のなかに寝ころび、大股を広げて睾丸をさらしている犬。地面を引っ掻いて穴を掘り、鉄格子の下にも潜りこもうとしている犬。しかしどの犬もすべて、絶え間なく吠え続けている。

　イヴァーナは憐れみをおぼえた。これらの犬はたしかに獰猛そうだが、こんな扱いを受けるいわれはないはずだ。昔聞いた歌が、脳裏によみがえった。ナイン・インチ・ネイルズの『ライト・ホエア・イット・ビロングス』だ。《きみが作った檻にいる動物を見てごらん／きみは自分がどっちの側にいるのか、自信をもって言えるかい？》

「あきれたものね」とイヴァーナは動揺を抑えようとして言った。「ブリーダーさんとやらは、あんまり衛生観念が高いとは言えなさそうね」

「保健所の検査官が来ると、ヴェルナーは銃を持ちだすんです」

　最後の檻のはしで汚らしいつなぎ姿の男が、地面に片膝をついてプラスティックのバケツを洗っていた。

「やあ、ヴェルナー」とクライナートはドイツ語で声をかけた。

　イヴァーナは訊問についていけるよう、がんばらねばならなそうだ。

　ヴェルナーは見下したような目で二人をねめつけ、立ちあがった。

　がりがりに痩せた、五十がらみの男だった。ボイラーマンのような作業服を着て、ゴム長を履いている。喩えるなら、案山子《かかし》のかっこうをした骸骨といったところだ。馬の白いたてがみを思わせるぼさぼさの蓬髪、安っぽいフレームの眼鏡、吸盤のようなぶ厚い唇。

　ヴェルナーは手をつなぎで拭いながら、こちらに近づいてきた。

「こんな大騒ぎになったのは、おまえらのせいだぞ」彼は挨拶代わりに言い放った。

　金魚鉢のなかの金魚みたいに、両の目が眼鏡の奥で揺れ動いている。

「特におまえのせいだ」と彼は繰り返し、節くれだった人差し指をイヴァーナに突きつけた。

「紹介しよう。フランス警察のイヴァーナ・ボグダノヴィッチ警部補だ」とクライナートはひとりごとのように言った。

「おやまあ、そんなお名前とは、聞かにゃわからねえな……」

　クライナート警視は何も言い返さなかった。イヴァーナのほうはつたないドイツ語で太刀打ちしようもなく、ただ笑っているしかなかった。

「女ってのは」とヴェルナーは、偏見に凝り固まっているかのように言った。「犬たちによくないんだ……やつらが興奮しちまって」

「ちょっと話を訊きたいんだが」

　ヴェルナーは水道の前に戻り、ぎゅっと蛇口を閉めた。そしてしばらく背中をむけたまま、ぶつぶつつぶやいていた。犬の大騒ぎは止まなかった。むしろいちだんと高まったくらいだ。

　ヴェルナーはいきなり鉄棒をつかんで、柵をたたいた。

「シュナォツェ！」と彼は叫んだ。

　イヴァーナはドイツ語の俗語表現には詳しくなかったが、たぶん《黙れ》と命じたのだろう。ヴェルナーは鉄棒をひとふりすると、飛び出した目でイヴァーナをにらみつけながら戻ってきた。

「おまえの臭いで、犬がおかしくなっちまうんだ。もしかして、生理中なんじゃないか？」

　イヴァーナは笑顔を続けていたが、内心腸《はらわた》が煮えくり返っていた。ここでシグ・ザウアーを抜けたら、どんなにすっきりすることか。

「いいかげんにしろよ」とクライナートが口をはさんだ。「さもないと、侮辱罪でブタ箱に放りこむからな」

　ヴェルナーはあわてたようすもなく、耳に挟んだ吸殻をつまんで吸盤のような口に咥えた。

「こっちへ来な」

　彼はそう言って納屋のほうへ歩き出した。そして黒い水とどろどろしたごみが詰まった排水溝を避けながら納屋の裏手へとまわった。イヴァーナは石けり遊びでもするみたいに、排水溝のわきをぴょんぴょん飛びながらついていった。

　納屋の裏まで行くと、まだ少しは静かだった。

「それで、何の話だ？」ヴェルナーは煙草に火をつけながらたずねた。

「昨晩、ローエットケンがラオラ・フォン・ガイエルスベルクさんを襲おうとした」

「ありえないな」

　イヴァーナは黙っていられなくなり、参戦した。

「犬の死骸は今、フィリップ・シュラーのところにあるわ」

　ヴェルナーは飛びあがった。まさかこの女が口をひらくとは、思ってもみなかったとでもいうように。しかもドイツ語でとは。彼は真っ赤に燃えた煙草の先端を見つめながら、ゆっくりと煙を吐き出した。

「おまえらの思い違いだ。戦後、ヨーロッパからローエットケンはいなくなった」

　クライナートはその言葉を無視した。

「このあたりでローエットケンを飼育しているって話を聞いたことはないか？」

　ヴェルナーは葉巻を吸うみたいに煙草を噛んだ。

「おれは三十年以上、犬の飼育をしている。ここいらで犬が生まれりゃ、必ずおれの耳に入るさ。だから断言するが、ローエットケンはいない」

　イヴァーナはポケットから携帯電話を取り出すと、

解剖台に横たわる犬の写真を表示させ、ヴェルナーの前に突き出した。ヴェルナーは煙草を口に咥えたまま、両手で眼鏡を押さえて身をのり出した。

「驚いたな……」と彼はつぶやいた。

「よく考えろよ、ヴェルナー」とクライナートは言った。「こいつはどこから来たんだ？」

「そういやひとつ、聞いた話がある……ずいぶん前のことなんだが。このあたりでローエットケンの話題が出たのは、そのとき一度きりだ」

「話してみろ」

ヴェルナーはつなぎの隙間に両手を突っこんだ。そこで手と手を合わせようとするかのように。

「もう二十年ほど昔になるが」と彼は話し始めた。「ロマの連中がガイエルスベルク家の領地に住みついたんだ」

「正確な場所は？」

「詳しいことはわからないが、森番は出ていくよう彼らに言った。けれどもロマたちは森林警備員を追い払った。これが間違いだった。伯爵はすぐさま自警団を派遣した」

イヴァーナとクライナートは顔を見合わせた。シュラーが言っていた汚れ仕事の専門部署だ。

「伯爵というのは？ フェルディナンド、ヘアバート、それともフランツ？」

「フェルディナンドさ。ヘアバートはとっくに死んでいたし、フランツはその手のことに決して関わらなかった」

ヴェルナーは汚らしい水たまりに煙草の吸殻を放りこみ、両手をまたつなぎのなかに入れた。遠くから聞こえる犬の声は、少し静まってきたようだ。咆哮がきゃんきゃんという鳴き声に変わり始めている。

「それから？」

「はっきりしたことはわからないが、ロマの娘が嚙みつかれたらしい」

「犬にか？」

「人間は噛みつきゃしねえからな」

「その犬がローエットケンだったっていうのか？」

ヴェルナーは肩をすくめた。

「その場で見てたわけじゃないが、話は合う。ともかく、人殺しのために調教されたくそったれな犬だってことよ。ほら、よく言うだろ。《この主人にしてこの犬あり》さ」

「初耳だけど」とイヴァーナは皮肉った。「どなたのお言葉かしら？　もしかして、あなた？」

ヴェルナーはイヴァーナの足もとに唾を吐いた。

「出てけ。おまえらにかまっている暇はねえんだ。おれんところの犬は嫌いなんだよ、腐れまんこの臭いがな」

クライナートは動こうとしなかった。

「そのロマたちは、まだこのあたりにいるのか？」

ヴェルナーは二人を迂回して、檻にむかった。

「探してみな」と彼はふりむきざまに言った。「そうすりゃわかるさ」

イヴァーナとクライナートはあとを追った。ヴェルナーは大きくひらいた納屋の戸口で、泥だらけの手押し車を引っ張り出そうとしているところだった。

二人は大小さまざまな檻が並んだ小道を引き返していった。犬はもう静まっていた。イヴァーナは思いきってじっくりと観察してみた。真っ黒な犬、斑点がある犬、二色に分かれた犬。短い毛は、隆々とした筋肉をぴったり覆うカバーのようだ。

遠くから見る限り、ローエットケンらしき犬はどこにもいなかった。ずんぐりした犬が一匹、うしろ脚で立ち、金網の目に股間を押しあてて激しく体を揺すっている。

イヴァーナはふり返り、ヴェルナーに声をかけた。

「ほら、ごらんなさいよ」

ヴェルナーは両手で手押し車を支えたままふり返っ

た。イヴァーナは射精寸前の犬を指さした。
「この主人にしてこの犬ありね」

27

イヴァーナ・ボグダノヴィッチは書類好きだった。菜食主義を貫くパンク・ヴィーガン的なライフスタイル、悲惨な子供時代や自滅的な青春期にもかかわらず（あるいはそのすべてゆえに）、実務では比類なき能力を発揮した。仕分けや分類、記録にかけては誰にもひけをとらない、緻密な神経の持ち主だ。

昨晩は犬の襲撃騒ぎで、誰もが動揺していた。それはイヴァーナ、ニエマンス、事件を聞きつけ庭に集まったほかの者たちもみんな同じだが、彼女は狩猟事故やVGグループの財政的な問題点について夜中のうちにしっかり調べあげた。そして翌朝、ニエマンスの部屋の前に、勝手に車を借りる言いわけの書き置きと調査報告書を置いていったのだった。

　ニエマンスは怒りのあまり、ずっとファイルをひらかないままでいた。けれども今、《伯爵様》の城へむかって片手で運転しながら、報告書に目を通し始めたところだった。どこでプリントアウトしたのか知らないが、きちんとまとまっている。

　イヴァーナの調べによると、次にラオラが殺されたなら、兄妹の財産は一族の莫大な資産に加わり、二人の従兄弟とフランツ叔父のものになるという。そのフランツに、これから話を聞こうとしているのだ。しかしニエマンスには、金が動機だとは思えなかった。もう充分金持ちなんだ、わざわざあんなやり方で人を殺してまで、あと数十億手に入れようとは思わないだろう……

　イヴァーナは事件があった晩の狩猟パーティ招待客のリストも、詳細に作ってあった（氏名、プロフィール、ユルゲンとの関係、考えられる動機……）。さらに彼らの調書を読み直し、証言のなかにつじつまの合わないところはないか確認したけれど——何も成果はなかった。狩猟用の別荘に集まった客たちの誰ひとり、あんな惨殺を犯すことができたとは思えなかった。

　さらにイヴァーナは、ガイエルスベルク家の最後の二世代についてもまとめてあった。父親世代はフェルディナンド、ヘアバート、フランツの三兄弟で、一九四〇年代生まれ。その子供世代は八〇年代生まれで、マックスとウドはヘアバートの息子だった。ヘアバートは一九八八年、グレナディーン諸島の海でスキューバダイビング中、事故で早くに死んでいる。ユルゲンとラオラは二〇一四年、癌で死んだフェルディナンドの子供だ。フランツは未婚で子供もいないが、車椅子生活だという特殊な事情から来ているのだろう。

　それなら、どうして？　それなら、誰が？

　とりあえずニエマンスは、フランツ・カール＝ハインツ・フォン・ガイエルスベルクを攻めてみるつもりだった。イヴァーナの調べによると、フランツは現在七十二歳で、変わり者の隠遁生活者らしい。大学では鳥類学の勉強をし、実務についたことは一度もなく、毎年の配当金で暮らしている。彼が情熱を傾けるものはひとつだけ、自然保護だ。WWF（世界自然保護基金）の名誉会員で、湿地の保存を目的として一九七一年に制定されたラムサール条約の準備にも尽力し、こうした特別な環境に生息する鳥類に関する学術的な著作も数多くある。

フランツはまたバーデン＝ヴュルテンベルク州内でも希少種の保護、動植物相の把握、安定的な繁殖を目的とした数多くの財団を設立した。ガイエルスベルク家の森も、ほとんど彼ひとりで管理していた。いわば一族の土地を、巨大な自然実験場へと化したのだ。

ニエマンスはファイルを助手席に放り投げ、運転に集中した。三十分ほど前から、ティティゼ湖沿いを走っている。伯爵の城はその北側、つまりマックス・プランク研究所の対面にあった。ガラス荘は東側、針葉樹と湿地が重なり合うようにして広がるなかに埋もれている。

ニエマンスはイヴァーナと違い、ときには田舎も悪くないと思っていた。しかしあくまで《ときには》だ。彼は早くも樅の木や山荘、灰色の湖水にうんざりし始めていた。それにもうひとつ、彼の気持ちを落ちこませる要素があった。子供のころ、夏休みにはいつも、ここからさほど遠くない父方の祖父母の家ですごした。ライン川のむこう側にある、ゲブヴィレールという名の小さな村だ。いい思い出はあまり残っていない。

最後のカーブを曲がったところで、もの思いから覚めた。樅の木の森を抜ける明るい小道を、しばらく登り続けたあと、突然、目の前に城があらわれた。ドイツに到着してからずっと期待していたとおりの、丘のうえにそびえる城が。

十九世紀末、ドイツの専制君主や貴族たちのあいだに奇妙なブームが起きた。要塞風城館建設のブームだ。彼らは小塔や銃眼を備えた真新しい城砦をこぞって建てさせたのである。建築家たちは中世に倣い、ごてごてとした装飾を取り入れた。こうしたネオ・ゴチック様式建築のなかでももっとも美しい（あるいは最悪な）ものが、バイエルン国王ルートヴィッヒ二世のノイシュヴァンシュタイン城だった。あまりに現実離れしているので、ウォルト・ディズニーがロゴマークのモデルにしたほどだ。

ところが今、黒っぽい松林を背景に、もうひとつ別な狂気が作りあげた一例が、白くくっきりと浮かんでいる。ガイエルスベルク家の城は発射台にのったロケットのようだった。ファサードのてっぺんにはぎざぎざの石積みが続き、テラスでは怪獣像がタンゴを踊っている。そしてやけにぴんと高く天に伸びた塔が、すべてを見下ろしていた。

城を囲むお堀の前まで来ると、跳ね橋を渡って中庭に入る。そこもまた、大仰な装飾にあふれていた。半円アーチ状の扉、ロマネスク様式の円天井、ステンドグラスの窓……

ニエマンスは車から降りて、数歩歩いた。小砂利が足の下できしむ音が、噴水の涼やかな水音と相まって、とり澄ましたささやかなシンフォニーを奏でた。

玄関前の階段で、執事がすでに待機していた。

ニエマンスは広々とした玄関ホールで待たされた。そこから上階にむかって、大理石の階段がカーブを描いて伸びている。訪問することは前もって伝えてあったので、あわてているようすはなかった。

車椅子のぶんぶんという鈍いモーター音が聞こえてふり返ると、紋切り型の世界がまだまだ続くのだとわかった——おそらく面会が終わるまでこの調子なんだろう。

フランツ・カール＝ハインツ・フォン・ガイエルスベルクはX－Menに登場するテレパスの指導者プロ

フェッサー・エグゼビアそっくりだった。まさに瓜二つだ。頭はつるつるに禿げ、骨ばった顔には苦悩の表情が浮かんでいる。険しい目つき、突き出た頬骨、がっちりとしたあご……優美なラオラとも赤毛のユルゲンとも、共通点はまったくない。結局のところフランツは独身の叔父、系統樹の枯れ枝にすぎなかった。

簡単な自己紹介が終わると、城の主人はこう提案した。

「とてもいい天気ですから、外で話しましょう」

ニエマンスは車椅子のあとについて、大きな居間を通り抜けた。ニス塗りの家具、タピスリー、剝製にした獲物の頭部、錬鉄の装飾品。けれどもそれらを細かく見ている暇もなく、フランス式庭園を臨むテラスの前に着いた。庭には白く塗った鉄製のガーデンテーブルや椅子が、高級ホテル風に並んでいる。

「おかけください」

フランツはそう言って、丸いテーブルの前にさっさと車椅子を動かし、庭園がいちばんよく見える位置にあたりまえのように陣取った。

ニエマンスは庭園に背中をむけて腰かけた。そんなことは、どうでもいい。

「コーヒーでもいかがですか？」

ニエマンスが答える間もなく、伯爵は古風なベルを鳴らした。短い沈黙が続くあいだ、木々の梢で鳴く鳥の甲高い声と、噴水の水音が聞こえた。

執事が銀のトレーを持ってくると、ニエマンスと伯爵は金色の縁取りがある白いカップで、黙ってコーヒーを飲んだ。穏やかで友好的な雰囲気だった。VGグループの最長老はフランス警察に対して、とても愛想よくふるまっている。やがて彼はカップを置くと、こう言った。

「なぞなぞごっこの準備はできてますよ」

28

そのあともフランツはニエマンスに攻撃する間を与えず、すかさずこう続けた。

「ガラス荘は気にいっていただけましたか」

ニエマンスもこの場の雰囲気に合わせて、できるだけ静かにカップを置いた。

「すばらしいところでした。姪御さんには歓待していただきましたし」

「わたしはラオラの名づけ親でもあるんですよ。ですから、実の娘みたいに思っています」

なんならここから本題に入るのも悪くない。

「ユルゲンのことも、同じように感じていらっしゃいましたか？」

「ユルゲンですか……」

フランツはその名前を夢見るような口調で繰り返したが、すぐに顔をくしゃくしゃにさせた。深いしわが顔面を覆いつくす。近くからよく見ると、彼は貪欲なプロフェッサー・エグゼビアという感じだった。鋭い鷲鼻《わしばな》、じっと相手をうかがうような目。車椅子の形すら、たたんだ翼のあいだに頭を引っこめて休んでいるコンドルを思わせた。

まるまる一分間、沈黙が続いたあと、老人は突然胸を張った。

「もちろんですよ」とフランツはきっぱりとした口調で答えた。「たしかにユルゲンのほうが変わり者で、何をしでかすかわからないところはありましたが、わたしは妹のラオラと同じようにかわいがっていましたよ」

「変わり者というのは、どういう意味ですか？」

「あなたもご存じでしょう。ユルゲンの……性癖については」

「でも、それが彼の死に関係しているとはまったく思っていません。とはいえ、日ごろユルゲンに何か変わった言動がなかったか、そこを知りたいのですが」

フランツは当惑したような表情をした。質問の意味がよくわからないらしい。

「例えば急に機嫌が悪くなるとか」とニエマンスは続けた。「侮辱的な態度を取ったり、暴力的な反応をしたりとか、人の反感を買うような言動です」

「ユルゲンには、彼ひとりで五十億ユーロ近い資産がありました。たとえ敵がいたとしても、ときたま機嫌が悪くなるからとは思えませんね」

「わたしはお金が原因だとは考えていません。残忍な手口や奇妙な演出は、むしろ感情的な動機、積年の恨みを感じさせます。復讐のようなものを」

「復讐ですって?」

フランツは緑の目を、眼窩から飛び出さんばかりに大きく見ひらいた。その眼光はことのほか鋭かった。

「ただの推測にすぎませんが」

フランツは激しく非難するかのように、首をぴくぴくさせた。フランスの警察官ふぜいに、何がわかる?

「ラオラとユルゲンの関係について、話していただけますか?」ニエマンスは老城主があまり機嫌を損ねないよう、さっと話題を変えた。

「切っても切れないというところかな。ずっと二人で、助け合ってきましたから……」

それはニエマンスにもわかり始めていた。

「十代のころから、二人の団結力はそんなに強かったんですか?」

「お互いに話し合ってからじゃないと、何もできないという感じでしたよ」

そういや兄妹は、セックスの相手も交換していたそうだ。そこのところへ、うまく話を持っていけないだろうか。せめて遠まわしにでも、ほのめかしてみよう。

「お二人は結婚されていなかったんですよね。われわれの調べによると、公につき合っている相手もいなかったようですが。もしかして兄妹の仲がよすぎて、それぞれの個人的な人間関係が妨げられていたのでは？」

　フランツはニエマンスから見えない誰かに合図した。執事がまたやって来てコーヒーのお代わりを注いだ。

「繰り返しになりますが」と兄妹の叔父は言った。「富は人を孤独にします。たしかにみんな、ユルゲンとラオラに愛想よく接しましたよ。しかし莫大な財産に匹敵するほどの信頼には、誰ひとり値しやしません。彼らは少なくとも、互いに助け合うことはできました」

「マックスとウドは？」

　フランツはズボンに落ちたパン屑を払うように、そっけない手ぶりをした。

「あいつらは、また話が別です」

「別と言いますと？」

「神の実在に関する、パスカルの賭けみたいなものですかね。神を信じるも信じないも、それは自由だ。もし神が存在するなら、わたしを許したまうだろう。たとえ存在しなくとも、何ら不利益はこうむらない」

　昨夜の愚か者たちがパスカルとどう結びつくのか、ニエマンスにはさっぱりわからなかった。

「あなたのおっしゃることは、わたしには難解すぎるようだ」

「警察官がよく使うテクニックですね」とフランツは言った。「本当はもっと切れ者なのに、わざとおめでたいふりをして、敵の警戒心を解こうというのでしょう」

　ニエマンスはコロンボを気取るつもりなどなかったが、そんなことはどうでもいい。むしろ敵を怒らせる話題に取りかかるときだ。

「ユルゲンとラオラは社員や労働者に対して、とても厳しかったと聞いていますが」

フランツはそっとカップを置いた。

「警視さん、あなたは人間がどういうものかご存じでしょう。上司というのはほかの者たちにとって、つねに唾棄すべき存在なんです。チャーチルも言っているじゃないですか。《人は企業主のことを打倒すべき人間か、乳を搾りとるべき雌牛のように思っている。彼が荷車を引く馬だと思っている人間はほとんどいない》ってね」

ニエマンスは小鳥を愛する億万長者と、こんな話で議論するつもりもなかった。

「いずれにせよ」とフランツは続けた。「わたしはVGグループについてうんぬんできる立場にはありません。会社の中枢で働いたことはありませんから。事業にはまったく関心がないんです」

彼は不快な笑い方をした。陽気そうにふるまっているが横柄で、相手を卑屈な気持ちにさせる高慢な笑いだった。

「正直な気持ちを言えば、どんなことにも無関心なんですが」

「自然保護を除いては」

「ええ、そう、自然保護を除いてはね」とフランツは車椅子のうえで身をかがめた。

「ガイエルスベルク家の人たちは、皆さんいつも狩猟好きですが、どうしてあなただけ違うんですか？」

フランツはさらにうつむいた。その点についても、反論があった。

「エコロジーの考え方からってわけではありません。そもそも、わたしだって昔は狩りをしていたんです。そのせいで……（彼は車椅子の肘掛けをぎゅっと握った）こうなってしまったのですが」

ニエマンスはぞくっとした。

「あなたは狩猟パーティのときに、怪我をしたのですか？」

「若かったころのことですが……」とフランツは謝るような口調で言った。「兄のフェルディナンドもまだ射撃の腕がいまひとつで。のちに名射手になりましたが」

フランツは皮肉っぽい表情でニエマンスを見つめた。

「もしかしたら反対に、あのときから名人だったのかも……」

「ちょっと待ってください」ニエマンスはコートの裾を引っ張りながら言った。「つまりフェルディナンドさんは、わざとあなたを狙ったのかもしれないと？」

「いずれにせよ、兄が撃った銃弾によって、わたしは一生車椅子生活になったのです」フランツは無頓着そうに腕で宙を払った。「今となっては、どうでもいいことですが」

ニエマンスはこの重要な事実を、しっかり脳裏に刻みこんだ。世捨て人の老人に復讐の動機があったと、ここに来てにわかに判明した。だとすると復讐の矛先は、遅ればせながらフェルディナンドの子供にむけられたことになるけれど。

「ラオラが襲われそうになった話を、どうしてなさらないんですか？」フランツは突然そうたずね、威圧するようにニエマンスの目を見つめた。

「これから話そうと思っていたのですが……」

とそのとき、庭の反対側から砂利のきしむ音が聞こえた。まるで正面のステンドグラスに、大量の小石をぱらぱらと投げつけたような音だった。

車が一台、砂利道のうえで急停車したかと思うと、音をたててドアがあき、足音が響いた。

次の瞬間、ラオラ・フォン・ガイエルスベルクがテラスにあらわれた。

29

「ここで何をしているんですか？」

怒りのあまり頬を紅潮させたラオラは、まるでおとぎ話のヒロインのようだった。黒い大きな目、ほっそりした首、豊かな黒い巻き毛。しかしシンデレラというより、『白雪姫』に出てくる悪い王妃かマレフィセントに近い。

ニエマンスは反射的に立ちあがった。

「周辺の捜査です」

ダウンのベストにスキーパンツ、黒いブーツというラオラのいで立ちは、馬から降りてきたと言ってもいいくらいだ。彼女は警視の前に立った。

「何の権利があって、叔父に訊問するんです？」

またしても砂利のきしむ音がした。回転灯の光が庭を揺らめかせる。ラオラはドイツ警察の保護下にあるらしい。

返事をしたのは老叔父だった。

「ただのおしゃべりだよ、ラオラ」

その言葉に、ラオラは怒りを倍増させた。

「いったい何を嗅ぎまわっているんです？」彼女は唇のあいだで、しゅうしゅうと音を響かせた。「あなたが来て以来、ろくでもないことばかりだわ……」

何をこんなに怒っているのか、ニエマンスにはわけがわからなかった。フランツはミツバチの羽音のようなぶんぶんという音をたてながら姪に近づいた。

「そうかりかりしないで……」

ラオラは肘掛け椅子のまわりをまわって、鉄製の椅子に置いてあった毛織のショールを手に取った。

「お戻りになって」ラオラはショールを叔父の肩にかけ、やさしくそう言った。「風邪をひくわ」

彼女はフランツの額にキスをし、誰かに合図をした。看護師が忽然と姿をあらわす。

フランツは看護師に車椅子を押されてフランス窓のほうへむかった。

「警視さん、あなたとお知り合いになれて嬉しいですよ」

「わたしもです」ニエマンスは一礼をしてそう答えた。

ラオラが再び前に立って視界を遮り、フランツの姿はたちまち見えなくなった。彼女の黒い澄んだ目は、優秀な警察官に対する憎悪に満ちていた。しかたない、そもそもデカは嫌われ者だ。

この十数時間のうちに、ニエマンスは三人のラオラと出会った。凛として喪に服すラオラ。亡霊のように庭をさまようラオラ。そして今度は、一族に近づくのを頑として許さない怒れる女だ。

「説明してくださるかしら」と彼女は腕組みをして迫った。「犯人は昨日、捕まったのでは？」

「そのはずだったんですが」とニエマンスはとり繕うような口調で言った。「クラウスはユルゲンさん殺しとは無関係です」

「新たな手がかりが見つかったとか？」

「この事件は意趣返しではないかと思われます。おそらく狩りに関連した、何か過去の出来事で、あなたのご家族を恨んでいる者がいるのではないかと」

「それを調べるために、フランツ叔父に話を聞いたっていうわけ？　一生、車椅子暮らしの叔父に」

ニエマンスは紅潮した彼女の頬に手をあてたくなるのを、じっとこらえた。

「そのとおりですよ」ニエマンスは冷静さを取り戻し始めた。「フランツさんは、彼が遭った狩猟《事故》について話してくれました」

「わたしがまだ生まれてもいないころの出来事だわ」

「それでもフランツさんにとっては、充分な動機ですけれどね」

「おっしゃる意味がわかりませんが」

「彼は自分に怪我を負わせた兄に復讐をしたのかもしれません……ユルゲンさんを通して」

ラオラは口を歪めた。彼女も必死にこらえているのだ。しかしそれは、ニエマンスを力いっぱい殴ってしまわないようにだった。

「いっしょに来てください」ラオラはしばらく黙っていたが、ようやくそう言った。

大理石の玄関ホールに入ると、ラオラは石造りの手すりにしっかりとつかまりながら、二階まで階段をのぼった。ニエマンスは息を切らせてあとに続いた。

ラオラはふり返って、立ちどまるようニエマンスに目で合図した。なるほど、そういうことか、と警視は思った。彼女は《一族》を紹介しようというのだ。トマス・ゲインズバラ風の大きな肖像画が何枚も、手すりと反対側の壁に並んで掛かっている。

「ディートリッヒ・フォン・ガイエルスベルク」とラオラは、サーカスの口上よろしく節をつけて言った。「彼は二十世紀初頭、バーデン＝ヴュルテンベルクの南部をすべて支配していました。いくつもの村をそっくり取り壊して自分の森に、つまり自分の狩場にしてしまうことも珍しくなかったそうよ」

ニエマンスはラオラにうながされるがまま、厳めしい顔の男を眺めた。無慈悲そうな表情、ぴんと跳ねあがった口ひげ、アスコットタイ。ベルエポック時代に流行《はや》った上着に、チョッキのポケットに忍ばせた懐中時計。当時フランスで忌み嫌われたプロシアのイメージそのままだ。

「ディートリッヒの家来たちは農民を退去させるため、家を焼き払うことにしていました。わが一族は、つねに人より動物を優先させてきたんです。むしろ、動物を殺す楽しみを、と言ったほうがいいかもしれませんが……」

ラオラは階段を数段降りた。それに合わせてニエマンスもあとずさりし、次の絵の前に立った。

「彼は偉大なるクラウスと呼ばれていました」とラオラは皮肉っぽい口調で続けた。「ナチスともとても近い関係にあり、ドイツ国防軍の自動車軍団の発展にも積極的に貢献しました」

フラノの上着を得意げに着こんだ、肩幅が広くてがっちりした男の肖像画が、ブロンズ色の額縁に収められていた。四角張った顔、ポマードでてからせた髪、細い口ひげ。まるでトーキー映画初期のスターのようだ。けれどもひとたび口をひらいたら、シェパード犬みたいに吠えまくるだろうというのは想像に難くなかった。

「彼はユダヤ人を獲物代わりにして、狩猟パーティを催したということです。なかなか愉快な人でしょ？」

《黒いハンター》の話を持ち出すには、うってつけのタイミングだ。戦後、オスカール・ディルレヴァンガーに救助の手をさしのべたのは、おそらく《偉大なるクラウス》だろう。しかし、ものには順番がある。まずはラオラにひととおり肖像画の説明をさせよう。

「祖父のヴォルフガングです。いつもにこやかで、寛大だったけれど、社員がストライキをしたなら銃弾を放つことも辞しませんでした。一九五〇年代、西ドイツの実業界を率いた完璧なリーダーです」

きっちりとした髪のわけ目、べっこうの眼鏡、魅力的な笑み。親切そうな心づかいと、徹底した無関心さが混じり合っている。この男にはまた、隠しがたい強大な野心が感じられた。彼の胸にはとてつもない野望が、ごく自然に芽生えてくるのだろう。

ラオラは最後の数段を飛び越し、玄関ホールに降り立った。そこに最後の肖像画が、これみよがしに鎮座している。四十歳くらいの無表情な男だった。短く刈った髪をし、眼鏡をかけている。しかしどことなくやさしげで、ぼんやりしているようにも見えるのは、男の高い社会的な地位にそぐわなかった。

「これがわたしのパパ。東西ドイツの統一に尽力した人よ。まずはその前に、東ドイツのスパイだと言って邪魔者を追い払ったけれど」

ラオラはまた腕組みをした。恐怖の美術館に満足しているようだ。ひととおり話して、気持ちが収まったらしい。

「すばらしいギャラリーですね」ニエマンスは話を合わせてそう言った。「でも、何がおっしゃりたいのか？」

「復讐が動機だとしたら、容疑者は山ほどいるってことを示したかったんです。バーデン＝ヴュルテンベルクの住人の半分がわたしたちを憎み、あとの半分が恐れています。わが家の墓に涙する者はいません。だからわが家のなかではなく、外部を調べることです、ニエマンスさん。もう叔父に訊問などしないで欲しいんです」

今が攻撃に出るときだ。

「《黒いハンター》と聞いて、何か思いあたることはありますか？」

このひと言が生み出した効果は予想以上だった。ラオラは顔を歪ませた。さっきまでの紅潮はすっと引き、血の気を失って青ざめている。彼女は黙ってニエマンスの前を通りすぎると、こつこつと靴音を響かせながら玄関ホールを横ぎり、手近なフランス窓に歩み寄った。

ラオラはこのまま車に戻り、消え失せてしまうのではないか。ニエマンスはそう思って不安になった。しかし彼女は玄関前の階段に立ち、震える手で煙草に火をつけていた。

「どうなんです？《黒いハンター》については？」とニエマンスは冷ややかな口調でたずねた。

ラオラはふり返り、警視の顔に煙を吐きかけた。

「ただの言い伝えです。そんな噂には、七十年も前からずっとうんざりさせられているんです。曾祖父が無法者たちを匿い、工場の労働者管理に使っていただなんて。もっとましな容疑者は、見つからなかったんですか？」

再び渦巻の紫煙が顔にかかる。

「昨晩、あなたを襲おうとした犬はローエットケンと言って、《黒いハンター》が好んで使っていた種類なんです」

「あの犬は襲ってきたりしませんでした」

「それはわたしが駆けつけたからです」

「七十年前から、ヨーロッパにローエットケンはいません」

「でも昨日、おたくの庭に一匹姿をあらわしたんですよ。しかも、忌まわしい師団章のタトゥーまでありました」

ラオラは数歩離れて、煙草を吸い続けた。彼女をモデルにすれば、さぞかしすばらしい肖像画ができるだろう、とニエマンスは思った。大理石の玄関ホールで《パパ》の隣に並べたら、さぞかし目立つに違いない。

「それじゃああなたは、幽霊を追いかけているんですか？」

「笑わないでください、ラオラさん」ニエマンスは彼女に近づきながら答えた。「危険は現実のものです。次なる標的はあなただと、わたしは思っています」

ラオラは吸殻を足もとに投げ捨て、腹立たしげに靴で踏み消した。

「ともかく、早く犯人を見つけてください、ニエマンスさん。そしてもう、叔父を煩わさないでください」

ニエマンスはうやうやしく身をかがめた。なぜかは自分でもわからないが、この威圧的なドイツ女に敬意と献身の意を示すのも悪くないと思った。

彼は階段を降りて、ボルボに戻った。ふと気になって、肩ごしにうしろをふり返ってみると、ラオラはすでに姿を消していた。その代わりにフランツ・フォン・ガイエルスベルクが二階の窓枠に縁どられ、彼のほうをじっと見つめていた。

ここにもまた一枚、見事な肖像画のできあがりだ。

ニエマンスは彼に手をふりながら、ラオラの忠告とは正反対のことを思った。調べるべきは外ではなく、一族の内部だ。殺人の動機は、そしておそらく殺人そのものが、この魅力的な名家のなかに潜んでいる。

30

イヴァーナはいまだかつてこんな光景を目にしたことがなかった。どこもかしこも、まるで絵本に出てくる町のようだ。伝統的な家々がアーチや木骨《もっこつ》造り、鋸《のこぎり》屋根を競い合っている。外壁は赤や白や緑に塗られ、蔦や生垣も装飾の一部となっていた。金色の針をした大時計が街角ごとに時を告げ、赤い路面電車が絶えず目の前を通りすぎて、ここフライブルク・イム・ブライスガウでは毎日がクリスマスだと教えるのだった。

イヴァーナは驚きと不快が入り混じったような気分だった。大人が子供の世界に感じるノスタルジーは、彼女にはなかった。おとぎ話がどういうものかは知っているけれど、グリムやペローとは無縁の子供時代を送った。イヴァーナは幼いころ、寝る前にお姫様の話を聞かされたことなどなかった。美しい妖精の絵や古めかしい飾り文字の絵本を読んだこともない。父親に教えられたのは、酒瓶のラベルの読み方だった。母親は見つからないよう陰に隠れ、その酒をちびちび飲んでいた。両親が死んだあとは施設暮らしで、テレビは三十分しか見せてもらえず、すぐに就寝となった。

　午後三時ごろニエマンスから電話があって、フライブルクでホテルを見つけておくようにと指示された。詳しいことは話さなかったが、どうやらガラス荘でも歓迎されていないらしい。

　そこでイヴァーナはクライナートに連絡し、部屋を二つ見つけるのを手伝ってもらうことにした。ドイツ人警官は愛想よくガラス荘まで荷物を取りに行き、イヴァーナを中心街まで送ってくれた。フジの花に縁どられた歩行者専用道路で、ピンク色の小さなホテルが彼女を迎えた。入口のうえでは、金色に輝く猫が丸くなっている。

　クライナートは《報告書を書かねばならない》からと言って、すぐに帰っていった。イヴァーナは石畳の道に置かれた大きなゼラニウムの鉢のあいだにすわり、煙草を吸いながら上司を待った。

「これかい、豪華ホテルとやらは？」

　はっとして目をあげると、ニエマンスが立っていた。ここ数日の苦労が顔にあらわれている。それに表情もやけに暗かった。

「ここなんだろ？」と彼はぶっきらぼうに言った。

　イヴァーナはうなずいて立ちあがり、テラコッタの鉢のひとつに吸殻をこすりつけた。二人は歩調を合わせてホテルに入り、それぞれの部屋にむかった。

　階段の手すりはニスで輝き、壁には燭台を模したランプが光っている。

　イヴァーナは廊下で、試しにこう言ってみた。

「きれいな町ですね？」

「車を停めてから、十分も歩かされたよ」ニエマンスは不平がましく言った。

このあとどうするのか、イヴァーナはあえてたずねなかった。

ドアをあけて部屋に入った。ちっぽけな部屋だった。壁紙には羊飼いとビールを飲む男たちが輪になった絵が描かれている。いい趣味してるわ。

荷物をほどいていると、ノックの音がした
戸口にニエマンスが立っていた。黒いコートを着たまま、げっそりした顔つきで。いったん部屋に入ったのだろうかと、いぶかしむほどだった。

「行こうか。ビールでもおごるから」

31

それぞれに、発見があった。

イヴァーナには、ローエットケンに襲われた少女の話。

ニエマンスには、実の兄に狩りで怪我を負わされた叔父の話。

二つとも、ユルゲン殺しには直接結びつきそうにない出来事だが、捜査の方向は間違っていない。ニエマンスはそう確信を強めた。

「方向っていうのは？」とイヴァーナは、眉をひそめてたずねた。

「復讐とか、過去の事件とか」

「フランツの復讐ってことですか？」

「そうは言っていないさ。狩猟事故の一件は、おそらく今回の殺人とは無関係だろう」

「おっしゃる意味が、よくわかりませんが」

「つまりあの一族には、いろいろと秘密があるってことだ。しかもそうした秘密は、われわれが思っているよりもずっと昔まで遡るものなんだ」

「どんな秘密が？」

「それはまだわからない。だからこそほじくり返すんだよ、もっと深くまで」

　たしかにこれだけでは、何も言っていないのに等しいが、イヴァーナは《いつもの》ニエマンスが戻ったのを見て嬉しかった。無口で、むっつりとして、直感的な男。最後の対決まで倦まず犯罪者を追いつめる猟犬のような男が……

　二人は観光客のように、町の中心街をそぞろ歩きした。そこは歩行者専用地区として新しく整備された一角だが、まるで十七世紀に作られたかのようだった。あるいはいつとも知れない時代、男たちが革のキュロットをはき、女たちがレースのついたストラップレスドレスを着ていた時代に。

　しかし見かけに騙されてはいけない。

　フライブルク・イム・ブライスガウはヨーロッパの範とも言うべき、近代的で環境保護を重視した大学町だった。スーパーマーケット並みに大きな自然食品の店が軒を連ね、みんながみんな自転車にのっている。太陽光発電や生ごみの堆肥化《コンポスト》が普及しているいっぽうで、小さな四輪馬車が通りを行きかい、石畳に響く蹄の音が、伝統を重んじる心をアピールしていた。

　ニエマンスはいきなりあっちの通りへ、こっちの通りへとすたすた歩き出した。まるで突然この町に詳しくなったみたいに。小さな広場を迂回した先に、一面真っ赤に塗られた奇妙な建物があった。棒飴のような金色の縞模様が入り口を飾り、通りにむかってガーゴイルが突き出ている。

「鯨館だ」とニエマンスは厳かな口調で言った。「たしかエラスムスも、ここにいたことがあるはずだ」

　エラスムスとは何者か、イヴァーナは知らなかった。そういえば、ヨーロッパ各国の学生交流をうながすエラスムス計画というのがあったけれど。

　彼女は続きを待ったけれど、ニエマンスはそれきり黙っている。

「変わってますね」とイヴァーナは言ってみた。

「何が？」

「赤い外壁に黄色の装飾なんて、妙な取り合わせだわ」

　ニエマンスはため息をついて、踵を返した。

「わたし、何か変なこと言いましたか？」イヴァーナは駆け足で追いつくと、そうたずねた。

「あれは『サスペリア』の舞台になった建物だ」

「『サスペリア』？」

「七〇年代のホラー映画さ。ダリオ・アルジェント監督の」

「あのなかで撮影したんですか？」

「撮ったのは外観だけだが」

「どうして《鯨館》なんて呼ばれているんでしょうね？」

「さあな」

　本当に興味深い町だ。二人はわきに水が流れる小道に入った。イヴァーナはガイドブックのなかで、すでに側溝の写真を見たことがあった。この流れには、不思議な力があるという。ここに足を浸すと、その年のうちにフライブルクの住民と結婚できるのだそうだ……

　自転車にのったハンサムな男たちの姿が、イヴァーナの脳裏によみがえった。彼女は舗石に流れる水にそっと足を近づけた。何でも試してみるのがわたしの流儀よ……

　二人は手すりのついた運河沿いを進み、しだれ柳に囲まれた小さな広場におりた。ニエマンスが柳の葉を玉すだれのように手でのけると、そのむこうにカフェが見えた。テラスには鉄製の四角いランタンを置いたガーデンテーブルが並んでいる。

彼らは席につき、ビールを注文した。

しばらく沈黙が続いたあと、ニエマンスは襟のあいだに首をすくめ、両手をポケットに入れて、遠くの運河を見つめながら話し始めた。

「あれはすごい映画だった」彼はさっきの会話がそのまま続いていたかのように言った。「と同時に、なかなか難解で、わかりにくいところもあってね。若いダンサーたちが魔女にひとり、またひとりと殺されていくんだが、とてつもなく暴力的な映画で……」

イヴァーナは首をかしげた。この話はいったいどこにむかうのだろう？

「おれは十代のころから暴力にとり憑かれていた。自分の暴力にも、ほかの連中の暴力にも。それにホラー映画も大好きだった。ボロい映画館に通っては、スクリーンに飛び散る血を眺めたものさ。七〇年代に流行ったやけに真っ赤な鮮血が、映画館のビロードの椅子にまでしみこんでいるような気がしたっけ。おれは胸を高鳴らせ、魅入られたように画面を見つめた。そんな自分のなかに、はけ口や慰めを求めていたんだ……結局それは、警察官になるまで見つからなかったけれど。犯罪者たちと闘い、混沌とした町のカオスを立て直そうとしたとき初めて、おれは平静を取り戻すことができた……」

《鯨館》がニエマンスにそんな効果をもたらしていたとは、思ってもみなかった。そもそも普段の彼は、こんな打ち明け話をする男じゃない。

泡立つビールが運ばれてきた。ニエマンスは自分のジョッキにゆっくりと鼻を近づけた。

「おれは暴力によって暴力から救われたんだ」と彼は続けた。「問題の解決策は見つからなかったが、自分自身が問題の一部になっていた。数年前、おれは答えを垣間見た。そして理解したんだ。本当に答えを得た者は、わざわざそれを語ろうとしないって」

知る人ぞ知るってわけね……イヴァーナにわかるのは、ニエマンスがもうかつてのような警官ではないということだった。ゲルノンの事件によって彼はボロボロになった。肉体的だけでなく、精神的にも。

昏睡状態が続き、手術を受けて回復した……それ以前のニエマンスは、精気にあふれていた。動くものを端からぶちのめし、もう動かなくなったものにはとどめを刺した。裁くのはおれだと言わんばかりのやり方は、まさしく型破りのデカそのものだった。暴力的で、何をしでかすかわからない無法者。しかし成果はきっちりあげていた。

そして今、彼は現場に戻ってきた。けれども光が黒い穴に吸いこまれるように、かつての荒々しさは昏睡状態のなかに消え去ってしまった。あとに残ったのは、死者のなかから生還した老いぼれひとり。それでも彼はお払い箱にされないよう、実力を示さねばならない。犯罪捜査の現場では、まだまだ役立つところを見せなければ。

ニエマンスは両手をポケットに突っこんだまま、飲み終えたビールのグラスをじっと見つめていた。何か立派なことでもなしとげたかのように。

彼はいきなり立ちあがり、テーブルにお札を置いた。

「夕食の時間まで、黒いハンターのことを調べてくれ。徹底的に知っておきたいんだ」

イヴァーナは頭のてっぺんから爪先まで、しげしげと上司を眺めた。

「警視は、どうするんですか？」

「ひと眠りする」

「今、六時ですよ」

「夕食の時間になったら起こしてくれ」

ニエマンスはそう言うと、しだれ柳の葉の陰に姿を消した。

32

シュラーが黒いハンターの話を持ち出したのは、警察官たちの注意を引きつけるためだった。彼は恐怖へのカーテンをちらりとあけて見せたにすぎない。

イヴァーナはナチズムの歴史をよく知っている。警察官たる者――つまりは犯罪を撲滅しようとする者――は、人間の残酷性を証明した最悪の実験室について深く学ばねばならないというのが、彼女の持論だった。ナチズムをめぐる忌まわしい出来事のうち、きわめつけのひとつとも言うべきは、銃弾による大量殺戮《ショア》だろう。何年にもわたり、ユダヤ人やパルチザンを狙って東部戦線で繰り広げられた皆殺しミッションだ。アインザッツグルッペンと呼ばれた銃殺部隊は、四年間で百五十万人以上を殺したという。

こんな大虐殺が行なわれているさなか、ディルレヴァンガーの部隊はまた別の大虐殺を行なっていたことが、ネットを少し調べただけでもすぐにわかった。イヴァーナが見つけた記事のひとつには、いみじくもこんなタイトルがつけられていた。《黒いハンター。ナチの悪行、その極めつけ》なるほど、ぴったりの表現だ。

普段なら鍵や財布を置いておくだけの小さなテーブルに、イヴァーナはマックのパソコンを広げた。片やビールを飲む男たちを描いた壁、片やニス塗りの大きな戸棚。彼女はそのあいだに挟まれて、怖気をふるう出来事を夢中になって調べ続けた。

悪夢の首謀者オスカール・ディルレヴァンガーの写真は、すでにシュラーの研究室でも見ていた。ナチスが提唱する《ドイツの新しい人類》を、完璧に体現する人物だ。第一次大戦で全身の四割を負傷して（そのせいで片腕が動かなかった）復員したが、犯罪的かつ勇猛果敢に人を殺す《戦争の犬》を自負していた。

ディルレヴァンガーにとって、市民生活に戻るのは耐え難いことだった。殺人機械もそこでは無用の長物だ。一九三〇年代にはナチス突撃隊の将校になるが、そのころから数々の問題を引き起こしている。十四歳未満の少女に対する性的暴行の罪により逮捕されたり、《公金横領事件》でトラブルになったり。そのあげくに、ヴェルツハイムの性犯罪者用の収容所に送られた。

第二次大戦が勃発すると、ディルレヴァンガーは復権を果たす。軍の強力なバックアップがあったうえ、兵士としての経験が大きな切り札となった。こうして彼は罪を取り消され、ヒムラーから新たなタイプの部隊を任されることになる。それが密猟者たちからなる特殊部隊だった。隊員は、追跡や殺人の腕前はピカいちという無法者ばかりだった。

まずはポーランドで、次にベラルーシで、黒いハンターたちはパルチザンを音もなく追いつめる独自のやり方で戦果を挙げた。森に身を潜めるのはお手のものだ。彼らは狩りの技術を完璧なまでに駆使して、敵のただなかに潜入した……

黒いハンターはまた、比類なき《大量殺戮者》だった。彼らはユダヤ人の町を一掃し、近隣の住民を震えあがらせ、手際よく村々を焼き払った。住民をすべて納屋や教会に集め、火炎放射器でいっぺんに焼き殺すのだ。こうすれば一回の作戦で、女や子供も含めて一万人以上の市民を殺すことができた。

黒いハンターは秩序を守るためという名目で派遣されたが、彼ら自身が無秩序を生み出す要因だった。暴行、盗み、略奪が容赦なく続いた。彼らは軍服を着たならず者、殺人者だった。完全武装して猛犬を従え、法律に守られた異常者たちなのだ。

あまりの蛮行ぶりにナチスの上層部からも批判の声があがり、調査がうながされた。忌まわしい噂が流れていた。ディルレヴァンガーはユダヤ人の女たちを殺して細かく切り刻み、馬の肉といっしょに煮た。それがなんと石鹸を作るためだったというのだ。

しかし結果は見てのとおり、ナチスは結局東部の敵を下等な人間、卑しい獲物とみなした。そんな連中を相手にするなら、ディルレヴァンガーがふさわしいというわけだ。こうして彼に、また別の兵士が与えられた。ロマ、サイコパス、政治犯……こうなると、文字どおり烏合《うごう》の衆だ。しかしヤク中、アル中で片腕の利《き》かないディルレヴァンガーが、これをなんとかコントロールした。

とはいえ衰退は進んでいた。一九四四年になると、黒いハンターは砲弾の餌食と化し、ときには決死の作戦で兵員の七十五パーセントを失うこともあった。皆殺しにされる恐怖が、彼らをこれまで以上に虐殺へと駆り立てた。死臭と鮮血が生み出す狂気のなかで、町でも狩り出しのテクニックを駆使した。猛犬に導かれて隠れ家を襲い、地下室まで追跡しては、住民たちを次々に殺していった。

イヴァーナはメモを取りながら、恐怖の逸話をひとつひとつ追っていった。証言に写真や動画がついていれば、表示や再生のボタンをクリックした。なかにこんな映像があった。黒いハンターたちが無防備なワルシャワの病院で、怪我人、病人、看護師たちを次々に銃剣で刺し殺したり、銃床で殴り殺していく。でも、それだけでは面白くないとばかりに、ディルレヴァンガーは病院の中庭に裸の看護師たちを集めた。みんな両手を頭のうえにあげ、脚のあいだから血を流している。彼はなかのひとりを選び、彼女が危ういバランスを保ってのっているレンガの山を足でひと蹴りした……また別な映像では、軍服姿の大男が十歳くらいの少年を笑いながら猛火のなかに放りこんだ。あるいはまた、兵士が司祭の顔面を打ち砕いたあと、キリストの十字架像のうえに小便をする映像もあった。

イヴァーナはひと息ついて腕時計を見た。もう夜中の一時だ。恐怖には催眠術のような効果があるらしい。いつの間にか、こんなに時間がすぎてしまった。ニエマンスを起こしたほうがいいだろうか？　いや、やめておこう。奇妙なことに、彼女自身、少しも空腹ではなかった……

死体の山から目を背けないよう、イヴァーナは必死にこらえた。今、対峙している敵は、過去の恐怖からインスピレーションを受けているのではないか。こうした悪魔的な心が、ユルゲン殺しの犯人、あるいは犯人たちのなかにも巣食っている。うまく説明はできないが、彼女はそんな気がしてならなかった。死体はどれもグロテスクに歪み、およそ人間とは思えない姿をしていた。関節が逆に曲がった若者、ひらいた口のなかに蠅がいっぱいにたかった子供、スカートがまくれあがった女。それらはすべて、命の尊厳に対する冒瀆だった……そのまわりでは、犬たちが死に酔いしれている。

次々に示される数字には、もはや何の意味もなかった。ディルレヴァンガーの密猟者部隊は、彼らだけで十二万人以上の人間を殺したという。そう言われても、ぴんとこない。自然災害のニュースを聞いたときのように、被害の規模が想像できなかった。大群衆、村ひとつ分、それとも国民すべて？

それよりイヴァーナは、具体的なイメージを喚起する細部に目をむけた。特殊部隊の隊員は、独特のやり方で足跡を残していった。彼らが行く先々で暴行した女たちは、いつまでも《そのままの状態で》置かれることはなかった。兵士たちは女の膣に安全ピンをはずした手榴弾を押しこんでいくのが常だったから……

イヴァーナは目をあげ、二本の柄つき手榴弾を交差させたマークを思い浮かべた。犬の毛のあいだから見た、あの師団章を。こいつら、どんな悪夢のなかを突き進んでいったんだ？

雨が窓ガラスを激しく打っている。まるで真珠を一握り、力いっぱい大理石にたたきつけたように。イヴァーナが窓の外を見ようと立ちあがった瞬間、部屋の明かりが消えた。

彼女は叫ぶのをこらえ、反射的に銃を捜した。どこに置いたろう？

テーブルとベッド、戸棚のあいだを手探りしているうちに、目が闇に慣れてきた。するとドアのわきに立つ背の高い人影が見えた。正面の壁にそっと体をよせている。

「捜しものはこれか？」

男の手に、イヴァーナのシグ・ザウアーが握られている。闖入者が投げてよこした銃を、彼女はうまくキャッチした。

「まったくもう、脅かさないでくださいよ」

ニエマンスは動こうとしなかった。

「外にやつらがいる」と彼はひと言言った。

33

雨に濡れた通りは、ワニ革のように光っていた。人影はない。けれども窓ガラス越しに目を凝らすと、周囲の交差点に男の姿が見えた。バイクにのっている者もいれば、立ったままの者もいる。足もとに連れている犬は、本物とは思えないほど馬鹿でかかった。

まるで黒いハンターたちが不気味なバイカーとなって、現代によみがえったかのようだ。雨でびしょ濡れになった外套《ウプランド》、襟を立てた革ジャンパー、毛皮のパーカーと、格好はさまざまだ。顔ははっきりわからない。バイクにのった男たちは黒いヘルメットをかぶり、昔風のバイク用ゴーグルをつけていた。残りの男たちは布製の目出し帽ですっぽり顔を覆い、鼻のところには三角のプロテクターをつけている。そういえば『鉄仮面の復讐』という映画にも、あんな仮面をつけた男が出てきたっけ、とイヴァーナは思った。

　彼女は画面がちらつく古い映画を、よくパソコンで観ていた。篠突く雨のせいで、目の前の光景にもそんな蔵出し映像のひとコマみたいに、粗い粒子が飛び散って見えた。

「どうしましょうか？」とイヴァーナは小声でたずねた。

「訊くまでもないだろ。行ってみよう」

「クライナートに知らせたほうがいいのでは？」

　ニエマンスはドアをあけた。

「いいかげんしろ。クライナートの名前はもう聞き飽きた」

　イヴァーナは銃を片手に、ニエマンスについていった。外に出ると、激しい雨がカーテンのように行く手を遮った。あの縞模様を押しのけるには、肩から飛びこまねばならないかと思うほどだった。

　ニエマンスは黒いハンターたちがいた交差点めがけて走りだしたが、そこにはもう誰もいなかった。イヴァーナもあとを追おうとしたとき、ニエマンスがいきなり立ちどまった。

　黒い炎にも似た犬が、真正面からむかってくる。犬は倒れたニエマンスを飛び越し、そのまま雨のなかを走っていった。

　イヴァーナは上司のもとに駆け寄った。

「大丈夫ですか？」彼女は銃をしまうと、そう言ってニエマンスを抱き起そうとした。

　だめだ、持ちあがらない。ニエマンスの体はずっしりと重かった。黒いコートが水たまりに浸かったせいで、いっそう重みが増している。雨は仮借なく降り注ぎ、二人のなかに染み入った。

「大丈夫だ」ニエマンスは口ごもった。「ちくしょう……」

イヴァーナは彼のうえに身をのり出した。唇のあいだから、ささやき声が漏れている。ニエマンスは無意識のうちに、何か言葉をつぶやいているらしい。レグレス……レグリス……少なくともイヴァーナには、そんなふうに聞こえた。

　ニエマンスは片方の膝をようやく地面につくことができた。イヴァーナは立ちあがって通りの両端を見まわした。犬が戻ってくるかもしれない。バイカーたちがまた姿をあらわすかも……そう思ったとたん、はっと気づいた。さっきニエマンスの手からグロックが滑り落ち、数メートル先に転がってしまったはずだ。

　イヴァーナがひとっ飛びするのと同時に、エンジンの轟音が雨音のなかに響いて、バイカーたちがあらわれた。嵐のように水しぶきがあがり、唸り声があたりいっぱいに響きわたる。

　イヴァーナは水たまりのなかで両足をふんばり、腕をあげてバイカーのひとりを狙ったが、背後からあがった悲鳴に思わず手を止めた。ふり返ると、ニエマンスが体を丸めて両手で頭を押さえ、首をすくめてすすり泣いている。

　いつの間にか犬が舞い戻って、餌食をなぶる捕食動物のようにニエマンスのまわりをゆっくりとまわっていた。視界は悪かったけれど、イヴァーナは犬の光る目がはっきりと見えたような気がした。ぎらぎらと輝く二つのガラス玉。それは病原菌がひしめく感染巣を思わせた。どっしりとした体は雨に濡れて、つややかな燐光を放っている。機械仕掛けさながら少しの無駄もない、戦いのために鍛えあげた筋肉の塊だ。

　イヴァーナはもう一度ふり返って、バイカーたちに銃を突きつけた。けれどもなかのひとりがいきなりスピードをあげ、彼女のあごを殴って舗道に倒した。起きあがるあいだに、四人のバイカーに囲まれてしまった。横なぐりに降る雨が、男たちにも雨粒をたたきつけている。黒っぽいバイクにはなんのマークもなく、エンジンの低い轟音があたりに響くばかりだ。

　彼女は唇を雨水で濡らしながら、処刑人たちをじっくり観察しようと目を細めた。しかし見えるのは、顔の半分を覆うマフラーとゴーグルだけだった。あごがむきだしになっているせいで、まるで顔の下がもぎ取られているかのようだ。目出し帽をかぶったほかの男たちも、不気味な犬を連れて歩みよってくる。

　何よ、これ！　イヴァーナはわが目が信じられなかった。『マッド・マックス』の一場面が、おとぎ話の街角で繰り広げられているなんて。錬鉄の看板や、窓辺に飾ったゼラニウムと、全然そぐわないわ。通行人ひとりいなければ、警察車が群れをなして来るようすもない。雨がすべてを覆い隠し、みんなわが家にこもってぬくぬくと眠っているのだろう。

　銃はどこかに行ってしまった。それに気づいてイヴァーナはぞっとした。もうだめだ。バイクでひき殺されるか、頭を撃ち抜かれるか、彼女は最悪の事態を覚悟して舗道に身を伏せた。

　けれども敵は、もっと恐ろしいことを考えているらしい。歩兵のひとりがイヴァーナに近寄り、髪をつかんでぐいっと引いた。彼女は大声をあげて抵抗したが、そのまま近くのバイクまで引きずられていった。熱い排気ガスのガソリン臭が鼻をつく……

　思わずうしろに体を反らすと、目出し帽の菱形の穴から二つの目が見えた。きっとこの光景は、死ぬまで脳裏に焼きついているだろう。ずっと封じこめてきた悪夢がいっきによみがえり、口から死を吐き出そうとしている。

　男はイヴァーナの右腕をつかんでバイクに近づけた。いくらもがいても、大男の怪力にはかなわない。彼女は何が起きているのかに気づいて目を閉じ、喉が破れんばかりの大声でわめいた。

　男はイヴァーナの手を、ブレーキペダルとキックスターターのカバーのあいだに挟んだ。チェーンだか歯車だかに巻きこまれて、指の骨が砕けるのを覚悟したが、男は途中で手を止めた。

　わきでバイクの男がエンジンを切ると、ほかのバイカーたちもそれに倣った。あたりが静まった。まだ雨音のトリルは続いているのだから、さっきに比べればの話だが。

　イヴァーナは頭が真っ白になった。もともと何か考えていたかどうかすら怪しかった。彼女は目を飛び出さんばかりにして、男のブーツがレバーの支えに触れるのを見つめた。キックスターターがバネで跳ねあがった衝撃が手の奥に伝わった。

　このゲス野郎がいっきにスターターを踏みこんだら、指がすっぱり切れてしまう。あとはもう……

　前にどこかで読んだことがあるが、人間の精神を特徴づけるのはその想像力、つまりは未来を考える能力なのだという。たしかにこの瞬間、イヴァーナは恐怖に慄《おのの》きながらも、右手の指が一本もない生活がどんなものか頭に思い描くことができた。

　でもまだましかもしれないわ、と彼女は自分を慰めた。街灯に吊るされたり、安全ピンをはずした手榴弾を膣に突っこまれたりするのに比べれば……

　男はすでに脚をあげているようだ。イヴァーナはそう思ったけれど、実際はこちらに身をのり出しているだけだった。男はさっとマフラーを下げ、聞き取りやすいようひと言ひと言区切りながら、ドイツ語でこう言った。

「おまえたちは王子を殺したが、それは許してやろう。その代わり、さっさと立ち去れ」

　いったい何の話なんだ？　イヴァーナは初め、男がユルゲン・フォン・ガイエルスベルクのことを言っているのかと思った。しかしそれでは筋が通らない。そうか、ニエマンスが殺したローエットケンのことか。

　イヴァーナは何か言おうとしたが、男はゴーグルのうしろから彼女をにらみつけ、口に人差し指をあてた。

黙っていろ、というように。

「行け。ぐずぐずするな」

男はもうひとりに合図し、バイクの歯車からイヴァーナの手をはずさせた。そしてようやく、エンジンをかけた。轟音のシンフォニーがあたりに響きわたると、ほかのバイカーたちもすぐさまそれに倣った。

イヴァーナは腕を押さえ、空気ドリルみたいにぶるぶると震えながら通りを見つめた。三角形に広がる街灯の光が、雨にかすむ舗道を照らしている。

そんなふうにして、どれくらいの時間が過ぎたろう？

ようやくうしろをふり返ると、ニエマンスが体を起こそうと空しい努力をしていた。重油にまみれた水鳥のように、水たまりのなかでもがいている。

そこで初めてイヴァーナはわれに帰り、ポケットを探って携帯電話を取り出した。なにはともあれ、クライナートに電話しなくては。

ちょうど彼から留守電メッセージが入ったところだと、画面に表示されていた。

それを聞いてよくわかった。夜はまだ始まったばかりだと。

第二部　接近

34

死体は緑がかった裂け目の奥にあった。砂の空き地を横ぎって走る、深さ二メートルほどのひび割れ。そのなかを苔や地衣がびっしりと覆っている。あたりは鬱蒼とした黒い樅の木に囲まれ、めったに人が入りこむような場所ではない。おそらく夏でもうすら寒いだろう。

今度もまた、死体は裸だった。

今度もまた、性器と頭部が切り落とされていた。哀れなマックスの頭は、そこから数メートルのところにあった。ぴんと突き出た耳、油で撫でつけた髪。口には柏の小枝を噛ませてある。臓物はどこに？　それは今、捜しているところだ。どこか、ほど近くに埋められているだろう。

ドイツ科学警察の投光器は、まるで白い光を放つ紙風船のようだった。それがいくつも宙に浮かんで、事件現場を隅々まで無慈悲に照らし出している。

ニエマンスはここへ来るあいだに――フライブルク・イム・ブライスガウからガイエルスベルク家の森の奥まで、約四十分だった――気持ちを立て直した。

とりあえず、黒いハンターのことはあとまわしだ。というかこの二〇一八年に、黒いハンターの真似ごとをしている連中のことは。あんなおかしなかっこうをし、狂暴な犬まで飼うなんて、あいつらまったくどうかしている。ローエットケンが飛びかかってきたときは、恐怖のあまりパニックに襲われたが、今はなんとか落ち着いた。新たな犯行現場にむかう前に、着替えもしておいた。乾いた服が心地いい。

犯人の目的は何なんだ？　ガイエルスベルク家を根絶やしにする？　重大なあやまちの責任を一族全員に負わせる？　それとも動機は、まったく別なところにあるのだろうか？

クライナートがやって来た。マックスの遺体もかくやと思うほど、真っ青な顔をしている。

「足の裏に苔や落ち葉がついていました。つまりマックスは裸足でしばらく歩いたあと、この裂け目にたどり着いたというわけです」

「ユルゲンもそうだったのか？」

「そのとおりです」

「なのにどうして、誰も教えてくれなかったんです？」ニエマンスは不機嫌そうに怒鳴った。

クライナートは驚いたらしい。それでも教師と銃士を足したような、端正で無表情な顔つきは変わらなかった。

「いや、言いましたとも。つまりですね、フランス憲兵隊の調書にも書いてあるし、われわれの報告書のなかでも繰り返しのべているってことです」

ニエマンスは何か誰にもわからない言葉を、ぶつぶつとつぶやいた。きっと彼自身にも、わからなかったろう。

「マックスの上半身には無数の引っ掻き傷もありました」とクライナートは続けた。「ということは、樅や何か森の木々と格闘したのでしょう。それらを総合すると、彼は追いかけられていたと考えられます」

ニエマンスはまたしても、黒いハンターのことを思った。あいつらがマックスを狩り出したのだろうか？　追走猟の前夜に呼んだ娼婦の話になったとき、《なんなら料金もお教えしましょうか？》なんて言っていたお調子者。眠れ、安らかに……

「足跡はありましたか？　指紋は？」

「何ひとつありません。それもユルゲンのときと同じです」

だとすると、外套《ウプランド》と目出し帽で大型バイクにまたがる道化者《ギニョール》どもの出番はない。あいつらではたとえバイクにのらなくても、まったく足跡を残さないほど身軽に動けるわけがない。

「わけがわかりませんよ」とクライナートは言った。「なにしろ地面がこうですからね」

なるほど空き地は赤い砂に覆われ、根っこや切り株、岩が突き出ている。そのうえを歩けば、どうしたって足跡が残るだろう。犯人は注意深く地面を掃いて、痕跡を消していったのだろうか？

「でも、マックスの足跡はあったのでは？」

「それもなかったんですよ、不思議なことに」

小砂利の庭園を丹念に熊手で掃く日本の庭師の姿がニエマンスの脳裏に浮かんだが、彼はそれをあわててふり払った。残酷な殺人事件とは、まるで結びつかない。

「被害者の車は見つかったんですか？」

「ここから三キロほど離れた小道のわきに」

「誰かと待ち合わせていたんだな」

「たぶんそうでしょう。彼の携帯電話を確かめましたが、それらしい通話記録はありませんでした」

「マックスが最後に電話した相手は？」

「弟のウドに、午後六時十二分にかけています。女の話で。どうやらあの兄弟は……パートナーを取り換え合っていたみたいで……」

そういやユルゲンとラオラも、同じようなことをしていたそうだな。ニエマンスはこの考えも頭からふり払った。犯行の動機はセックス絡みじゃないだろう。

彼はあたりによどんでいる黴《かび》くさい空気を吸いこんだ。それは腐臭、死臭だった。マックスの遺体が臭っているだけではなく、この空き地全体が腐敗しているのだ。まるできのこの栽培所みたいな臭いじゃないか。

「穴のなかで殺されたんですね」とクライナートは続けた。

「どうしてわかるんだ？」

「穴の内側に血が染みこんでいますから。それに科学警察が内臓の破片もたくさん見つけています。マックスは穴のなかで切り刻まれたんです」

ニエマンスは目を下にむけた。砂の赤い色がにわかに生々しく見えてきた。まるで裂け目いっぱいに、殺戮のしぼり汁があふれているかのように。犯人は今度もまた、切り取った生殖器を肛門に突っこもうとしたのだろうか……

「争った跡は？」

「確かなところはまだわかりません。検死結果を待たないと。しかしマックスにはもう、抵抗する力など残っていなかったでしょうね……」

ニエマンスはさっとふり返り、自分の肩ごしにクライナートを見やった。

「どうしてわかる？」

クライナートが答えるまでもなかった。はっきりとした証拠はなくとも、状況は明らかだ。マックスは裸で逃げ続け、この空き地に追いこまれたのだ。

ニエマンスは狩りに喩えて、その場面を想像してみた。柏の小枝を咥えさせたり、内臓を抜き出したりするのは接近猟《ピルシュ》のやり方だが、現場の状況はむしろ追走猟の儀式を思わせた。猟犬に追われた獲物が力尽き、恐怖のあまり逃げる気力も失ったところで、ナイフでとどめを刺す。そして獲物の分け前を犬に与えるのだ。

そう思ったら、また別の考えがひらめいた。

「マックスは接近猟《ピルシュ》をしていただろうか？」

「わかりませんね。確認してみないと」

「追走猟は？」

「ガイエルスベルク家が行なった追走猟の、最後のパーティには参加していましたが」

「検死解剖はどこでやるんです？」

「シュトゥットガルトです」

「ずいぶん遠いな」

「わかっておられないようですが、今夜の殺人事件はドイツ領内で起きたものです。初動の捜査は地元の州警察が行なっていますが、このあと刑事警察の本局から派遣された捜査官が事件を担当します」

「そいつらはいつ来るんです？」

「今日の夕方でしょう」

目を見合わせただけで、お互いぴんときた。よし、まだ半日ほどある。そのあいだに、ひと仕事してやろうじゃないか。おれたちをのけ者にはできないってことを、お偉がたに示すんだ。

「死体を見つけたのは？」

「ホルガー・シュミッツという名の密猟監視人です」

「州の職員ですか？」

「いえ、ガイエルスベルク家に雇われています。森は彼らの私有地なので」

「どういう男なんです？」

「営林局の元技術者ですが、今は引退して鹿やイノシシの生態を観察しているそうです。健康状態や食べ物、繁殖の状況を調べて、すべてを記録しています。この森には、国勢調査が行きとどいているんです」

「給料はどこから出ているんです？」

「ボランティアだと思いますが」

「フランツが関係している協会に勤めているのでは？」

「そうかもしれませんが、それが重要なんですか？」

「確認して欲しいんだ」

「何か気になることでも？」

「いや、べつに。でもその男は、偶然死体を見つけたわけじゃないような気がして」

「それで？」

ニエマンスは苛立たしげな身ぶりをした。クライナートはそれでもしつこく食いさがったが、何の成果もなかった。

そこで二人は同時にふり返った。イヴァーナが駆け寄ってくる。

「どこに行ってたんだ？」ニエマンスは大声をあげた。

「科学警察の捜査員から話を聞いてきました」

その言葉が《わたしはドイツ語が話せるわ》という意味に聞こえて、ニエマンスはいらっとした。けれども次の瞬間、バイクの前にひざまずいたイヴァーナの姿が脳裏によみがえった。キックスターターのカバーに指が挟まれている。あの光景を思い浮かべると、ニエマンスは身が引き裂かれるような気がした。彼女を助けに飛んで行くべきだったのに……たかが犬一匹のせいで身がすくみ、動けなくなってしまうなんて。

突然、針葉樹のむこうで悲痛な叫び声が響いた。どこから聞こえたのか、はっきりとはわからない。ニエマンスたちは森のきわにむかって一歩踏み出した。こんもりと茂る木々の裏に別の空き地があって、科学警察の捜査員が検査道具を置いていた。制服警官がバリケードテープを張ったその空き地で、騒ぎは持ちあがったらしい。

青いアノラックの警官が足を滑らせ、地面に尻もちをついた。もうひとりの警官が民間人らしい男に組みついて、こっちに来るのを止めようとしている。そこにまた別の警官が、二人を引き離そうとあいだに入った。投光器の白い光に照らされ、苦しみに歪んだ男の顔が見えた。弟のウドだ。彼の顔はその瞬間、抑えがたい苦悩で白熱しているかのようだった。

この手の場面なら何十回となく目にしてきたが、《おれが自分で仇を打ってやる》と叫ぶウドの表情に、ニエマンスは胸が揺さぶられた。永遠の苦悶を抱えたまま生き続けねばならない死者。ワグナーで味つけしたプロメテウス……

「いっしょに来い」とニエマンスはイヴァーナに言った。

二人は発電機のケーブルに足を取られながら、木の陰に隠れた。

「彼らはみんな、死ぬことになる」とニエマンスはつぶやいた。「ユルゲンはフェルディナンドの長男で、マックスはヘアバートの長男だった……ラオラは難を逃れたが、犯人は彼女とウドも狙っている。おれはそう確信している。一族の後継者を皆殺しにしようというんだ」

イヴァーナは煙草を取り出した。規則なんて意に介していないらしい。森のなかで煙草を吸うなんて、法律上も禁止されているし、環境保護の点からも好ましいことじゃない。彼女はニエマンスより落ち着いているようだ。あんな恐ろしい目にあったあとだというのに、もう気力を取り戻している。

ニエマンスは心の奥底で、気まずい思いが疼くのを感じた。

「さっき言うつもりだったんだが……」彼は口ごもった。

「何ですか？」

「あのときの、助けに行けなくて……」

「わかってますから」

ニエマンスは哀願するような目で彼女を見た。イヴァーナはにっこりした。本当にタフな女だ。普通なら立ち直れないようなことがあっても、すぐにけろりとしている。

「でもこれで、犬嫌いのわけを説明してもらう理由が、またひとつ増えましたからね。いったいどんなトラウマを、犬に対して抱えているのか」

ニエマンスも微笑み返そうとしたが、顔の筋肉が強張っていた。キックスターターと、むきだしの歯車に挟まれたイヴァーナの手がまたしても脳裏に浮かんだ。雨に濡れた舗道に、彼女の指がころころと転がるところも。

ニエマンスの口もとがようやく緩んだ。

けれどもそれは、吐きけがこみあげてきたからだった。

35

ニエマンスは図や表、リストを毛嫌いしていたが、今度ばかりはそうも言っていられない。とりあえず中央署に会議室を確保した。天井の青白い蛍光灯、プラスティックの家具、使い古したコーヒーポット。何から何までうんざりするような、殺風景な部屋だけれど、警官にはとってはそれが暖かな故郷なのだ。

真っ先に目につく備品は、古いホワイトボードだった。かすれたマーカーもついている。ニエマンスはそこに、事件の主要な要素を列挙することにした。

ニエマンスはボードの左側にまず《異常殺人者》と書いた。この言葉自体にさほど意味はないが、たしかに事件の第一印象をよくあらわしている。それにこれが異常殺人ならば、すでに挙がった多くの容疑者をリストからはずすことができる。ガイエルスベルク家に恨みを持つ人々、一族の近親者、狩りの招待客、ＶＧグループのライバル……こうした連中が犯人だとしたら、そこには合理的な動機があるはずだから。

ニエマンスは右側に《黒いハンター》と書いた。現場検証の帰り道、イヴァーナは町のど真ん中で襲撃を受けた話をクライナートにしておいた。

紙の中央には《ラオラ》と書いた。言うなれば彼女は、犯人と黒いハンターを結ぶ要素だ。犯人はラオラも標的にしている、とニエマンスは考えていた。そして彼女はこの前の晩、特殊部隊《ゾンダーコマンド》もどきに襲われかけた。だとしたら、犯人はあいつらのなかにいるのだろうか？　それはまだ、何とも言えない。

ニエマンスはボードの別の端に、《フランツ》と書いた。彼もまた不確かながら、殺人事件とバイカーを結びつける要素だ。まず彼には、ユルゲンとラオラの父親フェルディナンドに復讐をする動機がある。それに黒いハンターのことも知っているはずだと、ニエマンスは確信していた。

　ニエマンスは名前と名前のあいだに矢印を引きながら、ざっとこんな説明をした。背後に重苦しい沈黙が続いているのは、納得しかねているからだろう。ふり返ると、イヴァーナとクライナートは疲れきった顔でハーブティーのカップを手にしている。ニエマンスは、マリファナでトリップしている二人のヒッピーを前に講演をしているような気がした。

「それで？」ようやくイヴァーナがそうたずねた。

　ニエマンスはマーカーを置くと、クライナートのほうをむいた。

「まずは部下をひとりか二人、マックス殺しの捜査にあててください。必要最小限ということで」

「刑事警察本局から派遣される捜査官が到着する前に、全力投入すべきかと思っていましたが」

「マックス殺しはあとまわしでいい。あなただってわかってるはずだ。どうせ何も見つからないって。証人もいなければ防犯カメラの映像も、怪しげな通話記録もない」

　ニエマンスはボードの左部分に手をあてた。

「犯人の動機はひとまず置いて、手口をもとに考えてみよう。初めからそうすべきだったんだ。バーデン＝ヴュルテンベルク州南西部のハンター、密猟者、密猟監視員、営林局技術者をすべてピックアップするんです」

「かなりの人数になりますが」

「かまいません。部下をみんな動員してください。ひとりひとりの家系、前科、ガイエルスベルク家との関係、狩りの腕前を調べるんです……」

「でも……」

　ニエマンスは相手をさえぎり、ボードの右側に手をやった。

「黒いハンターについては、こちらが切り札を握っている。昨夜の襲撃です。あの馬鹿どもについて、確かな手がかりが見つかるはずだ。少なくとも、やつらのバイクについては」

「つまり?」とイヴァーナがたずねる。まだ指がしびれているのだろう。

「あいつらがのっていたのはノートンだった。イギリス製のバイクで、どこにでもあるというしろものじゃない。とりわけ昨夜のは、カフェレーサーと言われるカスタムバイクだったし」

聞き手の二人は黙っている。ニエマンスは嬉々として、バイクのメカに関する知識を披露し始めた。

「六〇年代イギリスのロッカーたちから受け継がれたバイクの改造技術で、スピードがあがるよう車体や装飾をぎりぎりまで簡素化するんです。そうやってカフェから決められた地点まで行き、また戻ってくる。ジュークボックスで一曲かけるあいだにね」

クライナートとイヴァーナは何か言いたげに、じっとこっちを見ている。ニエマンス自身、あのバイクを目の前にしたときはびっくりした。最初はドイツの軍用バイクかと思ったが、そうではなかった。たしかにイギリス製だが、余計なものはすべて取り除かれている。むきだしのフロントフォーク、飾りけのないタンク、低いハンドル……

「忘れてならないのは」とニエマンスは続けた。「こうしたモデルはプロの作業場で改造されたということです。それに改造前のバイクがどこで売られたものかも、調べはつくでしょう。ドイツやイギリスのノートン社まで遡る必要はありますが」

クライナートは頭に浮かんだ疑問を、そのまま口に出した。

「でも、何者なんでしょうね、そいつら?」

「密猟者、傭兵、元兵士、そんなところだろう。拳銃強盗犯かもしれません。この近辺かシュトゥットガルトで、大がかりな強盗事件はありませんでしたか？」

「いや……記憶にありませんね」

「だったらこの機に、動き出したのか。やつらは統制がとれていて、警察を恐れていませんでした。思うに、強力なうしろ盾があるんでしょう」

「うしろ盾というのは？」

ニエマンスが答えるまでもなく、ディルレヴァンガーのやり方がすぐに思い浮かんだ。逮捕されていた密猟者を解放して、人々を威圧する民兵隊を組織したのだ。

イヴァーナは学生だったときの習慣で、思わず手を挙げた。

「よくわからないんですが。犯人は黒いハンターの一員だってことですか？」

「おれだってわかってるわけじゃない。ただ、すべてが結びついているはずなんだ。その証拠に、ラオラも黒いハンターに襲われかけたじゃないか」

再び沈黙が続いた。たしかにあの巨犬はラオラを襲おうとしたのかもしれない。だとすると、ユルゲンやマックスが殺された事件とどう結びつくのだろう？

「検死医によると」とイヴァーナは切り出した。「マックスは午後八時から午前零時のあいだに殺されたそうです」

「それで？」

「黒いハンターは彼を血祭りにあげてから、フライブルク・イム・ブライスガウに飛んで行ったってことですか？」

ニエマンスは黙ったままだった。しっくりこないのは、認めざるを得なかった。彼はボードの前を歩き始めた。営業部員やマーケティング責任者がよく使うこのボードを前にすると、今はなぜかほっとできた。

もうこれ以上、話すことはなさそうだ。腕時計を見ると、午前五時すぎだった。

「それじゃあ、二、三時間眠って、九時にここへ集まることにしよう」ニエマンスはクライナートをふり返った。「あなたの部下は今夜も仕事を続けますよね」

「もちろんです」

「それじゃあ、ここで話に出た捜査方針を伝えておいてください」

「すみませんが……捜査方針と言いますと？」

ニエマンスは苛立たしげに息を吐き出した。

「まずは前科があったり、挙動に異常が見られる密猟者やハンターにあたること。次にフランツが関係する協会や財団に、何か不審な点がないか調べること。VGグループの警備や保安全般を担当しているのは誰かを確認し、最後にバイクの出所を追うこと。そんなところだろう」

クライナートは手帳を取り出し、イヴァーナに倣ってメモを取った。どうやら彼はフランス人警官を信頼することにしたらしい。

「そうだ、フライブルクの中心街に設置されている監視カメラの映像も見てみなければ。それに近所の家もしらみつぶしにまわって、聞きこみをしてください。雨のなかとはいえ、ナンバープレートかなにか、目撃した人がいるかもしれない。人員は足りますね？」

クライナートは下を見たままうなずいた。

「ロマの件は調べがつきましたか？」

「その話をしようと思っていたんです。二〇〇〇年三月、マリ・ワドシュという名の少女が大怪我を負って、フライブルク病院に運ばれた記録が見つかりました。カルテには父親の名前もあって、ジョゼフというそうです。たっぷり前科がある男で、あちこち渡り歩いている移動生活者《ノマド》だったようです。たぶん、われわれが探している一家でしょう」

「今はどこに？」

「絶えず移動していますが、まだこの近辺にいるようです」

「そりゃいい。何をおいても、まずはそこからとりかかろう」

クライナートはびっくりしたような顔をした。

「その一家を襲ったのは今回と同じ連中か、その後継者だろう。捜査のなかではときに脇道だと思っていたものが、実は本筋だったとわかるものなんだ」

ニエマンスが横目でちらりとうかがうと、イヴァーナはメモを取りながらゆっくり首をふっていた。その単純な動きは、こう言っているかのようだった。《そんな滑稽な台詞は口にしないことね。ここは警察学校の教室じゃないんだから……》と。

36

空が白むまで眠れなかった。興奮、思案、恐怖が脳裏に渦巻いて……

午前九時にクライナートから電話があった。話は二つ。昔からよく言う、いい知らせと悪い知らせというやつだ。まずは悪いほうから。フライブルク・イム・ブライスガウの裏通りに取りつけてあった監視カメラは真っ暗だった。バイカーの姿はまったく映っていないし、住人の証言も何ひとつ得られなかった。大雨に感謝だ。いいほうは、娘が犬に襲われたというワドシュ家の居所がわかったこと。彼らはフライブルク州の北部、フランス国境にほど近いオッフェンブルク周辺のパーキングエリアで暮らしていた。

そして今、ニエマンスはイヴァーナ、クライナートといっしょにボルボにのりこみ、一路目的地へとむかっている。今日のうちに片づけねばならない仕事はほかにもあったが、ここは三人ひと組で行こうということになった。二人の同乗者は寝不足で顔をげっそりさせ、無表情にスパイスティーを飲んでいる。

ニエマンスだって絶好調とは言いがたかった。気分が落ちこんでいるせいか、車を走らせていても、十字架やキリスト像、磔刑群像《カルヴェール》ばかりが目につく……丘のうえに立つ厳かなシルエット、家々の扉に打ちつけられたキリストの十字架像。

二日前に国境を越えてからずっと、ニエマンスは胸の奥がどんよりと重苦しかった。低周波で胃の腑のあたりを絶えず振動させられているような感じだ。けれどもそれは捜査ともガイエルスベルク家とも関係ない、彼の子供時代から来ていることだった。ニエマンスはドイツに対する嫌悪のなかで育った。

アルザス生まれの祖母は幼いニエマンスに、ドイツ嫌いをたたきこんだ。当時観た映画の半分には、ナチの軍服を着た悪党が出てきた。金色の階級章がついた襟で首を締めつけ、陰気なフランス語を話す連中だ。奇妙なことに祖母が毛嫌いしていたのは、ホロコーストや何百万人もの死をもたらしたナチス・ドイツではなく、領土を奪ったドイツ人だった。アルザス地方を占領し、忌まわしい文化を押しつけてきたドイツ人だ。

そんな祖母の影響は、ニエマンスのなかに拭い去りがたく残った。のちにファスビンダーの映画やベルリン時代のデヴィッド・ボウイ、壁の崩壊、エレクトロなど、ドイツを見なおす機会はいくつもあったけれど、結局何も変わらなかった。彼の心の奥底で、ドイツはやはり階級章を誇示し、重苦しい口調で話すゲス野郎どもの国だった……そこは見知らぬ、敵意に満ちた土地なのだ。

ニエマンスは気力を奮い起こした。今はそんなつまらない思いに浸っているときじゃない。かたわらではクライナートが、ジョゼフ・ワドシュの前科を声に出して読みあげていた。たしかに品行方正とは言いがたいな。隠匿、押しこみ強盗、詐欺、暴行、売春斡旋などで、何度となく逮捕されている。ジョゼフのようなロマの男に、ニエマンスはこれまで何百人となく出会ってきた。水泳選手がストロークとブレスを繰り返すみたいに、ムショとシャバの暮らしを交互に続けているやつらだ。

「今は野菜や果物の行商許可証を取得していますが、オッフェンブルクの同僚によれば、ジョゼフが商う梨やスイカはケチな闇取り引きの隠れ蓑だそうです。ガソリンとか煙草とか……」

　ニエマンスは今朝からずっと胸にひっかかっていることがあった。ワドシュにはユルゲンをはじめとしたガイエルスベルク家の人間を殺す動機はある。大怪我を負わされた娘の復讐だ。しかし殺しの手口はロマのやり方じゃない。それに犯人がローエットケンを飼育していたとしたら、それはジョゼフのはずがない。よほどひねくれ者でもない限り、わが子を襲ったのと同じ犬を自分で飼ったりしないだろう。

「到着です」とイヴァーナが、うしろの席でGPSのナビを見ながら告げた。

　アスファルトで舗装したエリアがあらわれた。そこに十台ほどのトレーラーハウスが、丸い形に停まっている。ちょうど西部劇で幌馬車隊が、インディアンの襲撃に備えて円陣を組むように。

　ニエマンスはすぐに妙だと気づいた。パーキングはきれいに整備され、停まっている車もぴかぴかだ。トレーラーハウスは真新しい最新型で、ロマの乱雑な暮らしぶりとは似ても似つかない。ロマなら古タイヤやばらした自動車の部品、まだ冷めていないバーベキューセットに囲まれていないと落ち着かないだろうに。

　パーキングに足を踏み入れると、住人の姿が見えた。

みんな金髪だ。

「あれはロマじゃない」

「何ですって？」

「あれはロマじゃない。イェニシェだ」

「はあ？」

クライナートは、クローバーとウマゴヤシはまったく別の植物だと教えられたように答えた。けれどもそれで、すべてが変わってくる。ニエマンスはロマとのつき合い方には慣れていた。彼らの言葉も、片言ながら話せるくらいだ。そうすれば、少しは打ち解けられるだろうと思っていたが、相手がイェニシェとなると……


ニエマンスも、彼らのことはほとんど知らなかった。起源は不明だが、籠職人として各地を転々としてスイス、アルザス、ドイツに広がっていった。祖母はイェニシェのことを白い幽霊だと言っていた。沼地のイグサを集め、魂を閉じこめることのできる籠を編むのだと……


日に焼けたショートパンツにTシャツ姿の男たちが、長椅子に腰かけくつろいでいる。ニエマンスはそれを見て、片言のロマ語でわざと親しげに話しかけるのはやめにした。

「クライナートさん、あなたは黙っているだけでいい。それにイヴァーナも。話はおれがするから」ニエマンスはそう言って車を降りた。

車に近づくと、それでも見慣れた光景があった。地面に伸びているホースやケーブルは、どこかから水や電気を引いてくるためのものだろう。女たちは、キッチントレーラーにはめこんだ最新式の洗濯機で家事にいそしんでいる。改造自転車でアスファルトのうえを走りまわる少年は、町の子供と変わらない……

ニエマンスは、タンクトップにアロハパンツ姿のがっちりした男たちに目をつけた。ぴかぴかのアウディQ2のまわりで、ビールを飲んでいる。

「フランス語はわかるな？」と彼はにこりともせずにたずねた。

「そりゃまあね」とひとりがさつな口調で答えた。

「あちこち行ってるからな。国境のこっち側、あっち側って」

「ジョゼフ・ワドシュを捜しているんだが」

「やつに何の用だ？」

「話がしたいだけだ」

男は《サツの野郎はいつでも話、話ってうるせえな》というような身ぶりをし、日よけの下でカードをしている年配者グループのほうにビールの缶をむけた。

イェニシェは金髪だが、だんだんとロマに似てきたようだ。ニエマンスは自信を取り戻した。

彼はイヴァーナとクライナートを従え、グループに近寄った。キャンピングテーブルを囲む三人の男たちは、テーブルに広げたトランプのキングみたいにむっつりしていた。歳は五十がらみ、もともと白い顔が真っ赤に日焼けしている。頭にのせた小さな帽子は、洗いすぎて縮んだボルサリーノのようだ。

ニエマンスは直感的に、いちばん威厳を発している男に声をかけた。

「ジョゼフ・ワドシュさん？」

赤銅色に日焼けした男は目をあげた。

「あんたたちかい、フランスのデカっていうのは？」

もうひとつ、ロマとの共通点がある。定住者の世界からはずれ、社会の周辺に暮らす彼らは、それだけにとても耳が早かった。

ニエマンスは挨拶をして、訪問の目的を告げた。

「古い話を蒸し返すようで申しわけないが、二十年ほど前、あなたの家族を襲った不幸のことを訊きたいんです。犬が絡んだ事故のことを……」

「事故だって？」とワドシュは訊き返した。

彼は自分の言葉にくすっと笑って立ちあがった。頭が日よけにあたった。ニエマンスはひと目で相手の品定めをした。体重は少なくとも百キロ。大樽のような上半身に、太ももほどもある腕。まさしく縁日の怪力《ヘラク》男《レス》だ。白いタンクトップを着て、白髪まじりの髪を短く刈り、レンガ色に日焼けした顔はでっぷりと太っている。

「あのくそ野郎どもは、おれの娘に犬をけしかけたんだ」

この男の怒りは少しも薄れていない。ニエマンスはそれがわかって内心ほくそ笑んだ。こちらからたずねるまでもなく、こいつは話し始めるだろう。喜んで憎悪を吐き出すはずだ。

「なかに入ってくれ」とワドシュは言った。「てめえたちの小汚い面で、みんな反吐《へど》が出そうなんだ」

37

トレーラーハウスのなかは船のキャビンのようだった。三方の壁にガラス窓があいた居間には、ニス塗りのテーブルと馬蹄形の白いベンチが設えてある。どこもかしこも完璧で、さぞかし値も張っただろうが、べつにとやかく言う筋はない。イェニシェはロマと間違われやすいからこそ、見かけの豊かさにたっぷり金を注ぎこむのだ。

ほかにもロマを連想させるものがあった。アコーデオン、幻想的な東洋の町を刺繡した壁かけ、棚に並べた安っぽい置物……なかには何かのお守りらしい品もあり、一群の黒い小像など、背筋がぞっとするほど不気味だった。

全員がどうにかテーブルのまわりに腰かけると、狭苦しさがいちだんと増した。ジョゼフが妻を呼んで、知らない言葉で何か話しかけた。ワドシュ夫人はまるで古い伝説のなかから抜け出してきたかのようだった。占い女かさまよえる魔女か、そんなところだ。やつれた顔、日焼けした肌、深いしわ。長いおさげ髪は、スー族の長《おさ》を彷彿させる。

ビールが運ばれてきた。ニエマンスはそれをひと口飲むと、おもむろに切り出した。

「ジョゼフさん、話してください」

イェニシェの男は自分もひと口ふくむと、唇を結んでごくりと飲みこんだ。

「あれは二〇〇〇年のことだった。おれたちはどっちかっていうと、もともとフランスで暮らしてたんだが、アルザスのやつらにうんざりして、ときどき国境を越えねばならなかった。フライブルクの近くで静かな森のはずれに落ち着いたんだが、そこはガイエルスベルク家の土地だったんだ」

「そこでどうやって暮らしていけたんです?」とニエマンスはたずねた。「ガイエルスベルク家の森だったら、電気も水道もないだろうに」

ジョゼフはにやりとした。わざと悪賢そうな表情を作っているようだった。

「みんな、そう思っているが、実は違うんだ。あちこちに狩りの休憩小屋があって、水や電気が届いている。あのゲス野郎どもはたしかに森を守っているが、いつだって少しばかり《文明》が顔を出しているのさ」

「あなたがたはそんな小屋のひとつを利用したと?」

「街道からも遠くなかったしな」家長はうなずいた。「空き地も水も電気もあって、邪魔をする者はいなかった。少なくとも、おれたちはそう思ったんだが……」

「ガイエルスベルク家の手の者が襲ってきたんですね?」

「最初は森林管理人がやって来て、ここは私有地だから出ていけって言うだけだった。もちろん、そんなことですぐに動きやしねえさ。ヨーロッパでは、警察がおれたちを追い出すのに何か月もかかるものなんだ」

「ところがガイエルスベルク家は、私兵を使ってあなたたちを追い立てたと？」

　ここでジョゼフは、またひと口ビールを飲んだ。唇のあいだから、液体を喉に流しこむ鋭い音が漏れる。

「襲撃は明け方にあった。やつらは黒い上着とカーキ色の防水コートを着ていた。ホラー映画から抜け出した警邏隊みたいだった。ナチのゾンビさ」

「徒歩で来たんですか？」

「バイクにのっていた」

「どんなバイクです？」

「さあな。排気量がどうのなんて知ったことじゃねえ」

「何色でした？」

「たしか、黒かったな。けたくそ悪い、軍用のやつだってことだけさ、覚えているのは。ろくでもないやつらが、舞い戻ってきたんだ。とっくにいなくなったと思っていたのに」

「彼らは何か話しましたか？」

「いいや、ひと言も」

「顔は見ましたか？」

「いいや。目出し帽のやつもいたし、バイク用のゴーグルにヘルメットのやつもいた。前の戦争でドイツ兵がかぶってたようなヘルメットだ。心底、ぞっとしたよ。やつらはまず顔を殴りつけ、それからトレーラーに火をつけた。そのあいだにも犬どもは、おれたちを貪り食おうとしていた。ロマが収容所でつけさせられていた黒い三角形の印が、自分の胸にも見える気がしたな」

「抵抗しなかったんですか？」

　ジョゼフは青灰色の目で、じっとニエマンスの目を見つめた。憎悪と悲嘆がいっきに白刃《はくじん》と化した。

「説明が足りなかったな。やつらは銃と火炎放射器で武装していたんだ」

「火炎放射器ですって？」

「そうとも（ジョゼフは冷笑した）。あとはもう、ウサギみたいに逃げるしかないさ」

ベラルーシの森で特殊部隊《ゾンダーコマンド》がやったことと同じだ。ニエマンスは犬の咆哮が聞こえるような気がした。赤い炎がキャラバンに巻きつくのが見えるような気がした。恐慌をきたしたイェニシェたちの叫びが響く……

「そいつらは犬を放ったんですね？」

「薄気味の悪い犬をな。最初はやたらとわんわん吠えまくっていたけれど、突然黙っておれたちのほうへ駆けてきた。魚雷みたいにまっすぐに……」

ニエマンスはちらりとイヴァーナに目をやったが、彼女はあえてローエットケンの写真を出さなかった。

「そして犬が娘さんを襲ったんですね？」

ジョゼフはすぐには答えなかった。当時のことを思い出すと、まだ喉の奥に吐きけがこみあげるのだろう。みんな、ただじっとしているしかなかった。

「森のなかでは」ようやくジョゼフは声を潜めて話し出した。「誰がどこにいるのかよくわからない。おれは幼い娘の手を取った。おれとマリはまっすぐ走って逃げたが、とうとう空き地に追いつめられてしまった」

追走猟の状況だ。追いつめられ、恐慌をきたしている獲物。血と暴虐に飢えた犬が、それを取り巻いている。

「おれは娘から引き離され、木々のほうへ連れていかれた」とジョゼフは続けた。「そのあとやつらは娘を裸にして、空き地の真ん中に放り出した」彼は何か不快なものを飲みこもうとするかのように、そこでまた言葉を切った。「そしてとっておきのを放ったんだ」

「とっておきの？」

「この手の仕事がいちばん得意な犬ってことさ。すべては、おれの目の前で起きた。マリは泣き叫び、やつらは笑ってた。犬は肉を喰らって、大喜びしてたよ。マリの顔を食いちぎり、骨を砕いてな」

沈黙が続いた。まるで時がとまったかのようだった。恐怖の断片が、心の底に漂っている。

「やつらが去ったあとに残ったのは、血まみれになった娘の残骸だけだ。これがあんたの言う《事故》ってやつさ」

ここでたじろぐまいと、ニエマンスはすぐにこうたずねた。

「その男たちを送りこんだのはガイエルスベルク家だっていうのは、間違いありませんか？　もしかして、ただの暴走族が……」

「あれこれ訊くまでもない」

「証拠は？」

「証拠なんか欲しがるのはよそ者だけで……」

ニエマンスに目で何度もうながされ、イヴァーナは意を決したようにｉＰａｄを取り出した。

「それはこんな犬でしたか？」

彼女は紙やすりみたいにざらついた声でたずね、光るディスプレイを差し出した。ジョゼフはそれに触れず、ただ画面に唾を吐いた。

イヴァーナは服の袖でｉＰａｄを拭い、小声で言った。

「答えはウイだってことですね」

「事件のあとにもこんな犬を見たことがありますか？」とニエマンスがたずねる。

「いや、一度も。もっともそのあと、あの森へはいっさい近寄らなかったけどな」

「フライブルクの警察で古い資料を調べましたが、被害届は見つかりませんでした。警察には行かなかったんですか？」

「イェニシェがサツのところへ行くのは、ブタ箱に放りこまれるときさ」

ジョゼフは腰かけたまま体をうしろにずらし、ビヤ樽のような胸の前で腕組みをした。背後の窓越しに、活気を取り戻したキャンプのようすが見えた。ここはワドシュのささやかな王国だった。

「でも、どうして犬のことなんか訊きに来たんだ？」

ジョゼフはビールを飲み干しながらたずねた。

ニエマンスはテーブルのうえに置いたままのｉＰａｄを指さした。

「実は一昨日の夜、犬がまたあらわれて、ラオラ・フォン・ガイエルスベルクを襲おうとしたんです」

ジョゼフはぷっと吹き出した。トレーラーの薄暗がりで、金歯が流星のように光った。

「因果応報ってわけか」

ワドシュはまだ話の第一幕しか語っていない。続きがあるんだな、とニエマンスは思った。

「復讐をしようとは思わなかったんですか？」

「ガイエルスベルク家には手を出せねえからな」

「ガイエルスベルク家はそうかもしれませんが、あなたがたを襲ったバイカーなら」

ジョゼフの笑いは、当惑したような微笑《ほほえみ》に変わっていた。まるで昔の謎を思い返しているかのように。

「やつらを見つけることはできなかった。国境のこっち側でも、むこう側でもな。あのゲス野郎どものことは、まったくわからなかった。アルザスやバーデン＝ヴュルテンベルクの仲間にも話したんだが。あいつら、どこかに消えてしまった」

「それじゃあ、話は終わりですか？」ニエマンスは疑わしげにたずねた。

「いいや」とジョゼフは言って、再び姿をあらわした妻に合図した。いや、初めからずっとそこにいたのかもしれない。《闇の共犯者にして沈黙の姉妹よ》

気がつくと彼女の手には、新たなビールが握られていた。

「もう一杯どうだね？」ジョゼフは、客を迎える完璧な家長然としてたずねた。

　みんな遠慮した。イヴァーナは吐きけを催しそうだったし、クライナートはその場で凍りついていた。ニエマンスは注意力を欠きたくなかった。ここが最後の直線コースだ。

「それで魔女を呼ぶことにした」

　ニエマンスはにやりとした。イェニシェとロマは、やはりいい勝負だ。トレーラーハウスの屋根に衛星放送アンテナを立てて、いかにも現代的なイメージをこしらえても、こと信仰の話になると何も変わっちゃいない。

「おれたちのあいだじゃ有名な女で」とジョゼフは大真面目で続けた。「眠っているあいだに死者の世界を旅して、恐ろしい力を持ち帰ると言われている。彼女はその禍々《まがまが》しい力を、生きている人間にむけることができるんだ」

　ニエマンスは棚の置物を見つめた。そのうち半分は、何かの力を持った像なのだろう。イェニシェの女もロマと同じように、身ごもると胸に熊の歯をさげるのだろうか？　そうすれば、お腹の子供がより強くなると信じて。

「ガイエルスベルク家に呪いをかけてくれと、おれたちは魔女にたのんだ。目には目というやつさ。あいつらはおれたち一家をめちゃめちゃにした。呪いをかけりゃ、それでおあいこだ」

　クライナートは困惑したような顔をしている。あいつめ、もうお手あげってわけか、とニエマンスは思った。

「でも彼女はこう言った。その必要はない、呪いはもうかかっているって……」

「どういう意味なんです？」

「やつらのうえには死の影がさしている」

　ニエマンスは体が震えるのを感じた。何か事件の根幹にかかわることが、今起きている。

「説明してください」と彼は言った。

「代々、ガイエルスベルク家では、男子のひとりが若くして死んでいるんだ……」

ユルゲンとマックスが殺されたあとだけに、この言葉には特別な響きがあった。

「その女は、ほかに何か言いましたか？」

「いいや。おれにはそれで充分だったし。ガイエルスベルクの息子が殺されたって、新聞で読んだ。女の話は、やっぱり嘘じゃなかったんだ」

ジョゼフはからかうようなウィンクをした。二本目のビールも、もう半分くらい空けていた。アルコールがまわったのか、険しかった表情が少し緩んだようだ。やにわに彼は立ちあがり、居間の隅から抜け出た。インタビューはもう終わりだってことか。警官たちも彼に倣い、押しあうようにしてドアにむかった。

こうして全員が外に出た。打ちひしがれた一家の長と、途方に暮れた三人の警官のあいだに、奇妙な共感が生まれていた。みんなまだ、現実感を取り戻せずにいた。挨拶を交わしたとき、ジョゼフの顔がさっと曇った。警官たちがふり返ると、三十歳くらいの女が小さな子供に囲まれ、すぐうしろに立っていた。

年齢はあてずっぽうにすぎない。というのもその女には、顔がなかったから。顔面はうわあごのあたりで途絶えていた。その下は、しわのよった穴のまわりにずたずたの皮膚がこびりついているだけだ。顔の左半分は、くしゃくしゃに丸めた包装紙のようだった。左目はつぶれ、金髪の下のこめかみには深い裂け目が残っている。

「娘のマリだ」とジョゼフは落ち着いた声で言った。

ニエマンスは恐怖の叫びが漏れるのを、ぐっと堪えた。こんな酷いことをする獣を一匹でも始末したかと思うと、胸がせいせいした。第二次大戦のあとにも災いの種や危険な遺伝子を取り除くように、あの犬どもを根絶やしにしたじゃないか。

まだ何匹か残っているなら、この手で仕事をやり遂げてやる。

38

「魔女を調べるなんてまっぴらですからね」クライナートは先手を打ってそう言った。

「その必要はない。女の語ったことが本当かどうかを確認すれば充分だろう」

ニエマンスは落ち着いて運転していた。愛車のボルボに手を触れたら、気持ちのざわつきも収まった。クライナートのほうは、もう気力が限界に来ているらしい。後部座席にすわっているイヴァーナも、マリの顔から受けたショックがまだ冷めきっていなかった。気分は最低だ。あの顔を記憶から追い払おうとすると、今度はバイクのチェーンの下に挟まった自分の指が目に浮かんでくる。キックスターターのレバーで、今にもすっぱり切り落とされそうな指が。そんな事態にはならなかったけれど、失った片腕が痛む幻肢痛のように、想像しただけで指が疼いた。

「そんな話、信じられますか？」とクライナートは、まだ不満そうに言った。

「噂の背後には、何らかの事実があるのかもしれない」

　イヴァーナはどう考えたらいいのか、よくわからなかった。直感的にはニエマンスの言うとおりだと思うのだが、魔女の証言なんてあてになるだろうか。しかもまた聞きでは、正直言って……

「まったくもって、常軌を逸した捜査です」クライナートはまだぶつぶつ言っている。「被害者は動物みたいに切り刻まれ、容疑者は犬ときている。そのうえ証人は魔女だっていうんですから……」

「慣れることですよ、クライナートさん。今、ある手がかりはそれだけなんだし」

　イヴァーナは車の窓をあけ、樹脂の香りがする空気を胸いっぱいに吸いこんだ。そしてさっきから頭にひっかかっている考えを言ってみることにした。

「この話にはどうもしっくりこないことがあるんですが」

「そりゃ、大ありだろうさ」ニエマンスはにやりとした。

「警視はＶＧグループが特殊部隊《ゾンダーコマンド》もどきを作ったと思っているんですね？」

「ああ、そうだ」

「でも、何のために？」

「はっきりとはわからないが、ボディガード代わりだろう」

「その民兵たちがガイエルスベルク家に雇われていたのだとすると、どうして今になってグループの跡取りを殺したんでしょう？」

「そこのところを、これから解明するんだ。誰かに命令されたという可能性もあるんじゃないか」

「誰にです？」とクライナートが口をはさむ。

「例えばフランツとか」

「車椅子生活の？」

「だからどうだっていうんだ？」

　そのあと、沈黙が続いた。イヴァーナもクライナートも、ニエマンスの説には納得がいかなかった。

「いずれにせよ」とニエマンスは続けた。「ユルゲンとマックスを殺したのは、黒いハンターではなさそうだが」

「いいでしょう」とクライナートは言ったものの、もう我慢の限界を超えてしまったらしい。「だったらどうして、やつらのあとを追うんですか？」

「事件に何か関わっているはずだ。それは間違いない」

　イヴァーナは晴天のさわやかな空気を思いきり吸いこんで、だいぶ気分がよくなった。

「密猟者や前科者のほうは、調べが進んでいますか？」

「部下が捜査中です」

「フランツが関係する協会は？」とニエマンスもたずねる。

「ええ、そちらも」

「ＶＧグループに関して、ワドシュの件のようなスキャンダルはほかにもなかっただろうか？」

「もしあれば、とっくに耳に入っていたはずです」

「そうとは限らないぞ。ＶＧグループは面倒な事件をもみ消したかもしれない」

　イヴァーナは黙っていた。だとしたら、なんでもありってことになるわ。クライナートがどう思っているかは、顔つきを見れば明らかだった。彼は自分の住む地方でナチの残党が復活し、子供たちを犬に食らわせ、大会社の御曹司を森でばらばらにしているなんて考えたくないのだ。

フライブルクに着くと、イヴァーナの胸に熱いものがこみあげた。彼女はこの町が好きになり始めていた。木々や緑の丘、木骨造りの家々にも増して、エコを大切にする町の雰囲気に心惹かれた。いつか車が廃れ、再生エネルギーが普及し、土地が生まれ変わったとき、誰もがフライブルク・イム・ブライスガウのような町で暮らすようになるのだろう……

「マックスに関して」とニエマンスは続けた。「何かわかりましたか？」

「検死解剖は、今やっているところです。犯行現場からも手がかりなしでした」

刑事警察局の建物はマロンクリーム色だった。規則的に並んだ長方形の窓、平らな屋根、丸みを帯びた角は一九三〇年代の工場を思わせる。それでもこの建物には、法と秩序の名のもとに建てられた防塞らしい安心感があった。

足で稼ぐ警官たちとは違って、イヴァーナは殺風景なオフィスの奥で、パソコンを前にして行なう捜査が嫌いではなかった。

ニエマンスはエンジンを切って、クライナートに言った。

「もう昼近い。あと数時間のうちに、何か見つけないと」

「部下たちは徹夜でがんばってます」

「本局のやつらが来たら、いくらでも眠れるだろうよ。ノートンのバイクについて、何かわかったことは？」

「すぐに調べてみます」

「けっこう」とニエマンスは言ったけれど、その口調は不満げだった。

彼はイヴァーナをふり返った。

「きみは犬の線を追ってくれ……本当に飼育が行なわれているなら、誰か噂を聞いた者がいるはずだ。例えば獣医とか……」

イヴァーナとしてはあまり気のりがしなかったが、

結局確かな手がかりはあの犬だけだ。生きた体からは熱も臭いも感じられた。捜査は初めから逆風にさらされていたけれど、そんな生身の存在が残す足跡が見つかるはずだ。

「で、警視はどうするんですか？」と彼女はたずねた。嫌な仕事にまわされたと感じるたびに、そう訊き返さずにはおれなかった。

「おれか？　おれは少しばかり家系を洗ってみるさ」

ニエマンスはそう答えて二人をボルボから降ろし、考えごとでもしているかのように悠然と車を出した。

39

二階にあがると、クライナートは自分のオフィスで仕事をするようイヴァーナに言った。そのほうがいろいろ都合がいいからと。どういう意味なのか、彼女はいぶかしんだ。きっとわたしを目の届くところに置いておこうとしているんだ。別の場合だったら、イヴァーナはそれを警戒心のあらわれと受け取ったかもしれない。けれども今は、せいぜい夢を見ておくことにしよう。

クライナートは既婚者のくせして、やたらにいそいそとイヴァーナの機嫌を取ろうとする。いったい何が望みなんだろう？　手軽なつき合い？　捜査のあいだだけのプラトニックな関係？　それともテレビドラマみたいに、《黒い森で運命的な恋》に落ちたってこと？

イヴァーナはパソコンの電源を入れて、ｉＰａｄと携帯電話の充電を始め、机のうえに散らばった書類を片づけた。地元の獣医や犬の飼育場に電話する前に、ヌイイ＝シュール＝マルヌ警察犬部隊の昔馴染みに連絡を取ってみよう。

「ちょっといいですか」クライナートは立ったまま、いきなりそう切り出した。

彼はざっとメールを確認し、午前中に部下が置いていった報告書に目を通したところだった。

そして書類の束を手に、イヴァーナの机に近寄った。

「何か？」

「フランツ・フォン・ガイエルスベルクが関連している財団のひとつです。シュヴァルツ・ブルート財団」

黒い血。この捜査にぴったりの名前だ。

クライナートはイヴァーナのほうに身をのり出し、書類を見せた。

「部下が調べたところによると、この団体はガイエルスベルク家の森を管理しているそうです。職員の名前は、ほかの捜査からあがったものと共通しています」

「ほかの捜査っていうのは？」

「バーデン＝ヴュルテンベルクの刑務所にいたことのある密猟者です」

「つまり……」

「どうやらフランツは、あんまり筋のよくない連中を雇っていたようで……」

イヴァーナは書類の束をめくった。すべてドイツ語で書いてある。

「具体的には、どんな仕事をしていたんですか？」

「ハンターです」

「狩りをするのはガイエルスベルク家の人間なのでは？」

「まずは前科者たちが地ならしをしておくんです。言うなれば、《天引き》ですね。決まった割当量や繁殖の度合いに従って野生動物を殺処分して、残った獲物が自由に動きまわり、充分な餌を得られるように狩場を整えるわけです」

「結局は最後に殺されるのだけれど……」

クライナートはイヴァーナの机の端に腰かけた。彼女まで、ほんの数十センチの距離だ。

「まあ、そんなに……むきにならないで」とクライナートはやんわりとたしなめるように言った。「そういうハンターたちがいなければ、飢饉や寄生生物が森の動物たちを襲うことになる。自然淘汰、それが自然の論理《ロジック》です。全員のための席はないんですよ」

クライナートが自説を述べるたび、イヴァーナはその表現力や語彙の豊富さに驚かされた。彼みたいなタイプは好みだ。見た目も悪くないし、知的なところがいい。町で相手にしてきた無学なチンピラや、ときどきベッドをともにするバツイチの警官連中とは大違いだ。

クライナートはさらに身をかがめた。イヴァーナは彼の小さな眼鏡に、自分の赤毛が映っているのが見えた。二つの丸いレンズに、炎が燃えあがるように。

「いいですか、森林管理人たちは自分の職務をちゃんと心得ています。充分に肥えた獣は、戦いの好敵手たりえるんです」

イヴァーナは身震いした。

「戦いっていうのは、どんな？」

「もちろん、接近猟《ピルシュ》のことですよ。シュヴァルツ・ブルート財団は、接近猟《ピルシュ》にもっとも適するよう森を整備しているんです」

イヴァーナはもう一度書類を手に取り、ざっと目を通した。ほとんど各行に、接近猟《ピルシュ》という語が出ている。

「何か気になることでも？」とクライナートがたずねる。

「ユルゲンは接近猟《ピルシュ》を行なっていたそうですが、ラオラはもうそんな暇はないと言ってました。車椅子に乗ったフランツが、森の奥まで行くとは思えません。それじゃあ誰のために、森の整備をしているんでしょう？」

「マックスとウドでは？」

「ほんの数人のために、ずいぶん労力をかけるんですね」

「ガイエルスベルク家は普通の人たちと違いますから」

　この線はもう少し調べてみる価値がありそうだ、とイヴァーナは思った。おそらく一族は友人を招いて、ほかの種類の狩りを楽しんでいるのだろう。あんなに広大な遊技場なんだから、もっと頻繁に使っていないわけがない……

「もうひとつ、奇妙な点があるんですが」とクライナートは言って、イヴァーナが手にしている書類をめくった。わざとかたまたまか、二人の指が触れ合った。

「ガイエルスベルク家は自ら銃砲所持許可証を交付できるよう、州と合意を交わしていました。そうやって自分たちの社員や職員に、銃を持たせていたんです。なかには前科者も含まれていました」

　それ以上の説明は必要なかった。フランスと同じようにドイツでも、懲役刑を受けた者は銃の所持を禁じられる。だからガイエルスベルク家はそうやって、自分のところで雇った前科者たちに銃を持たせていたのだ。

「それだけではありません。彼らは狩るべき獲物がいるほかの地主にも、ハンターたちを貸し出しています。言い換えれば、財団に雇われている男たちはプロの殺し屋みたいなものでして。彼らの仕事は、近隣の地域で増えすぎた動物を取り除くことなんです」

　報告書の最後のページには、人名のリストが続いていた。おそらく密猟者や元囚人、戦争のプロたちの名前だろう。

昨夜の襲撃がそいつらによるものだというのは、想像に難くなかった。黒いハンターとの類推も容易だろう。ディルレヴァンガーの部隊が村人を皆殺しにしたように、彼らは森で虐殺を行なっているのだ。

「その連中を呼び出して、絞りあげてやりましょう」とイヴァーナは言った。「ノートンのバイクを買ったかどうかも確かめてください」

「アドバイスをありがとう」とクライナートは言って立ちあがった。

「夕方までに何か決定的な手がかりを見つけないと」とイヴァーナは、そっけない声で続けた。「わたしはもう少し犬について調べてみます」

実のところイヴァーナには、ほかに急いで片づけねばならないことがあった。この部屋に漂う誘惑の香りを断ち切らなくては。さあ、プロに徹するのよ。

「お茶を飲む時間くらい取れるのでは？」

謹厳な警察官たろうという努力はどこへやら、イヴァーナはにっこりした。

フライブルク・イム・ブライスガウでの日々は、ますます危なっかしくなってきたみたいだわ。

40

ニエマンスはあれこれあたるまでもなかった。パリでもっとも高名な系図学者のひとりと旧知の仲だ。さっそく彼に電話して、ライン川のこっち側にもお仲間がいないかたずねてみたところ、一瞬のためらいもなく答えが返ってきた。ライナー・チュカイ、第一線で活躍するエキスパートだ。講演は数知れず、バーデン＝ヴュルテンベルクのあらゆる家系を熟知しているという。

系図学者は住所も教えてくれた。フライブルク・イム・ブライスガウのヴァウバン地区。刑事警察局から一キロのところだ。ニエマンスは車を走らせたが、すぐに止まらねばならなかった。通りは歩行者専用になっていたからだ。

そこは町でも有名な地区だった。青や黄色、赤に塗られたバラックは、もっぱら太陽光エネルギーで電力をまかなっている。そう言えばイヴァーナも昨日、目を輝かせてこの地区のことを話していた。ボランティアたちがこの未来都市を作ったのだそうだ。いたるところに生ごみの堆肥化《コンポスト》容器が置かれ、屋上が緑化されている建物も多い。木々は家や歩道を覆いつくさんばかりに生い茂り、もちろん見渡す限り一台の車もない。

これが未来のあるべき姿だということは、ニエマンスもわかっていたけれど、あんまり楽しい未来だという気はしなかった。なんだか無言の抑圧が感じられる。せっせと緑をはびこらせている陰には、見えないビッグブラザーのようなものがいるのではないか。主張は間違ってないだけに、質の悪い独裁者だ。人がみんな草食動物になり、てめえの屁から作った再生エネルギーで暮らすようになる前にこの世とおさらばできるのを、ニエマンスは密かに喜んでいた。

ニエマンスは両手をポケットに入れ、自転車のベルの音や、遠くで市街電車《トラムウェイ》が走る音をぼんやり聞きながら歩いた。ジョゼフの言葉が脳裏によみがえる。魔女やガイエルスベルク家の呪いの話が出たとき、ニエマンスはすぐに《深奥のスイッチ》がカチッと押されるのを感じた。その言い伝えは、今回の二つの殺人事件と結びついている。どのように関連しているのかはまだわからないが、深いところでつながっているはずだ。

チュカイの家は青いペンキを塗った木造三階建てで、縁日の見世物小屋を思わせた。ポーチの階段に落ちるシナノキの影は、きらきらと輝きながら揺れる小さな水たまりのようだった。

ニエマンスはインターフォンを押した。前もって電話で約束はしてある。思ったとおり、系図学者はフランス語が話せた。ドイツに入ってからずっと、その点はうまい具合に行っている。国境から近いせいだろう。さらに数キロ東へ行ったら、大した捜査もできなかったに違いない。

ニエマンスは階段をのぼりながら気持ちをひきしめ、パリの系図学者から聞いた話を脳裏によみがえらせた。チュカイにはまったく異なった二つの肩書がある。系図学者であるとともに整骨医でもあり、さらに奇妙なことには、スポーツによる怪我とSMプレイの外傷を専門にしているというのだ。彼は数多くの被虐嗜好者《ボトム》を治療してきた。加虐嗜好者《トップ》が少しばかり力を入れすぎてしまうことも、よくあるのだ。

ドアがあいて迎えに出てきたライナー・チュカイは、系図学者にもSMプレイの専門家にも見えなかった。どちらかといえば、ひと昔前の農夫のようだ。小柄でがっちりして、黒いクルーネックのセーターに、庭師みたいな青いズボン姿だった。ごつごつした大きな手は、まさにアンリ・ボスコ（フランスの小説家。南仏の田園を舞台にした作品を数多く書いた）の小説から抜け出してきたかと思うほどだった。

男は黙ってニエマンスをなかに招き入れた。年齢を言いあてるのは難しい。短く刈った白髪まじりの髪はアルミのヘルメットを連想させ、白い肌にはしわ一本なかった。ヒキガエルに似ている、というのがざっと見た印象だった。獅子鼻。つる草のように茂るもじゃもじゃの眉。その下には灰色の丸い大きな目が見ひらかれている。皮膚がたるんだ喉からは、今にもカエルの鳴き声が聞こえてきそうだ。

二人は椅子がいくつか並ぶ待合室を抜けた。剥製の動物が歯を剥き出している。狐、ムナジロテン、ビーバー……ガラス玉の目は、文字どおり顔から飛び出しそうだ。

そして彼らが入ったのは、診察台がひとつ、くすんだ机がひとつ置かれた部屋だった。アルコールと胡椒《こしょう》、果物を混ぜたような、おかしな臭いが漂っている。ここじゃあ火炎瓶《モロトフカクテル》まで植物仕立てなんだろうか、とニエマンスは思った。

「ユルゲンとはお知りあいでしたか？」とニエマンスは開口一番いきなり切り出した。

整骨医は診察台と机のあいだでさっと立ちどまった。

「彼にはＳＭの趣味があったから、そうおたずねになるんですね？」

「聞いたところでは……」

「わかってますよ、何をお聞きになったのか。どうせ馬鹿げた話でしょうが。以前、縛りのプレイで脱臼したご婦人の治療をしたことがあります。治癒したあと、彼女の《興奮》は高まったなんて言う人もいましたがね。まさしく火のないところに煙です」

「ほかにも治療した人はいますか？」

「そうした趣味の人たちで？　もちろんですよ。こう見えてもそちらの世界では、一目置かれていますからね。シュトゥットガルトからも患者が来るくらいで。そこはわたしの管轄ではないのですが」

「ほかの患者さんというのは、どういう方々ですか？」

「フライブルクの人たちです。彼らはわたしの不思議な力に心酔しています」彼は小石のようにごつごつした手を広げて見せた。「彼らにとってわたしは、いわば自然エネルギーのひとつなんです」

「ユルゲン・フォン・ガイエルスベルクの治療もしたことがありますよね？」ニエマンスは食いさがった。「系図のことでいらしたのかと思っていましたが」

「すべては結びついています」

「直接会ったことはありません。一度、彼が縛った女性の治療をしたことはありますが」

「ユルゲンがその女に怪我を負わせたと？」

「いいえ。プレイが長引きすぎたというだけのことです。とうとうその女性は、血液循環に障害が出てしまって。でも、大したことはありませんでした。一、二回の治療で、すぐにまた運動機能を回復しましたよ」

男は同じ淡々とした口調で続けた。

「ユルゲンの身に何が起きたのかは、新聞で読みました。恐ろしい事件です。今朝のラジオで言っていましたが、またひとつ死体が見つかったとか。本当ですか？」

ニエマンスは二言、三言、最低限のことだけを答えた。

「SMの世界でユルゲンの評判は？」

「特別なことは何も。彼は《縛り》を行なっていましたが、縛られるのも好みでした」

「それじゃあどちらかというと、加虐嗜好者《トップ》のほうだったんですか？」

「いいえ、被虐嗜好者《ボトム》です。でも彼は、ときどき役割を変えていました。この世界では稀な例ですが」

ユルゲンの趣味について、もっと調べておくべきだったかもしれない、とニエマンスは思った。この手の性癖は生理的に受けつけない。本物の暴力のなかで生きていると、痛みを弄ぶ連中が癇に障るのだ。

「それでは、ガイエルスベルク家の話に入りましょうか」

チュカイはぱっと顔を明るくさせ、もうひとつのドアに腕を伸ばした。

「こちらへどうぞ。書斎にすべて用意してあります」

41

《系図学者チュカイ》の隠れ場は、紙でできているかのようだった。壁はすべてファイルや厚紙のホルダー、整理ボックスで覆われ、床には書類の束や布張りバインダーが山積みになっている。隅に残ったわずかな隙間も本で埋め尽くされていたけれど、部屋の真ん中に並んだ二つの大きなテーブルのうえには何ひとつ置いていなかった。

端のスチール机はこの場の主《ぬし》たる紙に威圧され、身を縮めていた。紐でくくられた何トンぶんもの黄ばんだ書類は、バーデン＝ヴュルテンベルクの家族の歴史を物語っている。ハードディスクに接続したパソコンもあることはあるが、ここではテクノロジーは脇役にすぎないのが見てとれた。本当に大切なのは紙だけ、何度もめくって毛羽立った、かび臭い紙だけだった。

チュカイはひとつ目のテーブルを迂回し、二つ目のテーブルの前で立ちどまった。テーブルの脚もとに金属製のトランクがある。彼は床に片膝をついてトランクをあけ、顔を突っこんだ。そしてなかからファイルを取り出し、ニスを塗ったテーブルに置いた。

「ガイエルスベルク家の歴史がすべて、ここに記されています。少なくとも宗教改革時代までその足跡を遡ることができる一家の歴史がね。彼らはバーデン＝ヴュルテンベルクとともに生まれたと言ってもいいでしょう。で、あなたは何をお知りになりたいんですか？」

ニエマンスはコートを脱いだ。まるで埃がたちこめるみたいに、重苦しい暑さが部屋のなかに澱んでいた。

「いいですか？」彼はコートを本の山にのせる身ぶりをしながらたずねた。

「かまいませんよ。これらの本も、最後は家具代わりってわけだ」

ニエマンスはひと呼吸置いた。なにしろ出所《でどころ》の怪しげな話だからな。

「妙な噂を聞いたのですが」と彼は言った。「ガイエルスベルク家にはそれぞれの世代ごとにひとり、早世する男子がいるとか。どう思います？　この言い伝えには、多少なりとも根拠があるんでしょうか？」

チュカイは本の山に腰かけていた。両手を太腿に置いたかっこうは、まるで駄馬を売りさばこうとしているあくどい馬商人のようだ。

「それはただの言い伝えではありません」と彼は言った。「紛れもない事実です」

男は立ちあがってファイルをひらいた。屋根裏部屋のような臭いがテーブルに広がった。

「たしかに各世代から、謎めいた死者が出ているのです……」

チュカイは新聞の切り抜きが入ったビニール袋を取り出した。ガイエルスベルク家を扱った新聞記事だ。彼は袋に手を入れ、切り抜きを一枚つまみあげた。

「例えば」と彼は言って、テーブルに四角い紙切れをそっと置いた。「マックスとウドの父親、ヘアバート・フォン・ガイエルスベルクは一九八八年、自家用ヨットに乗ってグレナディーン諸島沖に出た際、スキューバダイビングの事故で死んでいます」

系図学者は次の切り抜きをつまんだ。

「ひとつ前の世代に遡ると、一九六六年、ヴォルフガングの兄でVGグループの総帥だったディートリッヒ・フォン・ガイエルスベルクは、忽然と姿を消しました」

「と言いますと?」

チュカイは切り抜きを差し出した。茶色い染みのある新聞記事は、二つのドイツ、ベルリンの壁、冷戦時代の臭いがした。

「蒸発してしまった。要するにそういうことです」

「殺されたんですか?」

「そういう説もありましたが、結局死体は見つかりませんでした。彼は共産主義者《コミュニスト》で、東側に渡ったのだと言う者もいました。あまり信憑性のある話ではありませんが。一族の重責に耐えきれなくなったのだろうという説もありました。そして姿をくらまし……二度と戻らなかったのだと」

チュカイは早くもまた、ビニール袋に指を入れている。

「さらに時を遡りましょう。一九四三年、ヘルムートがフランスで、レジスタンスによる鉄道妨害工作の際に死んでいます。少なくとも、死んだと思われています。見つかった死体が本当に彼のものだったか、わからなかったからです。その一年後、従兄弟のトーマスがアメリカ軍上陸のとき、フランスで行方不明になりました。それぞれ、三十一歳と二十九歳でした」

こんなふうに次々死者が出ているのは、周知の事柄だったのか。それとも不思議な反復に、誰ひとり気づかなかったのだろうか？　イェニシェの魔女を除いて誰ひとり？

「調べてみたんですか……もっと前まで？」

今度はペン書きの行政文書が、さっとテーブルのうえにあらわれた。

「ディートリッヒの兄リカルドは、一九一六年ソンムの戦いで行方不明になっています。別の従兄弟はリエージュ近くの川で戦死しました」

「死体は見つかったんですか？」

「おそらく、見つかっていないでしょう」

ニエマンスは目の前に並んだ新聞記事を眺めた。呪われたガイエルスベルク家のパズル。もしかしてこの劫罰は、対立する一族との抗争ではないか。森の奥で、ナイフや銃で決着をつけようとしたのでは。しかし世代ごとに同じ二つの家族のあいだで、同じ抗争が繰り返されたとは思えない。しかも毎回殺人に至ったあげくに、死体が消え去るなんて。

「この資料をコピーしていってよろしいですか？」

ライナー・チュカイは満面の笑みを浮かべた。

「そう思って用意しておきましたよ。原理を理解できる主要なものをね」

「原理と言いますと？」

チュカイはトランクからメモ帳と鉛筆を取り出した。いつか自説を開陳する機会があるだろうとわかっていたのだ。

「系統樹をご覧になったことはありますよね」と彼はたずねながら、紙のうえに図を描いた。それぞれの縦線がいくつも枝分かれして、それがまた二つ、三つと枝分かれしていく。

チュカイは一族の様々な階層をなす名前を、そこに記入した。

「ここで驚くべきは、早世したメンバーの対称性です。

各世代ごとに、枝がひとつ消えています」彼はそう言って、死んだ人間の名前を線で消した。「まるですべての相続者に充分な席はないものと、運命が定めたかのように」

ニエマンスは黙って系統樹を見つめた。これは剪定作業のようなものではないだろうか？ 毎回、ガイエルスベルク家のひとりを切り捨てることで、土壌が涸れるのを防ごうとしているのでは？

虚弱な環を取り除いた？

あるいは逆に、反抗的な息子を？

だとしたら、さらにこうも考えられる。森で汚れ仕事を請け負っていたのは、黒いハンターたちだったのでは……

いや、それでは筋が通らない。特殊部隊《ゾンダーコマンド》が活動し始めたのは一九四〇年代だが、ガイエルスベルク家に早世する者が続いたのはもっと昔からだ……

でも、おれには感じられる。熱気が伝わってくる……事件の全容に、あと少しで手が届くんだ。

ニエマンスはコートをつかんだ。今、わかったばかりのことを、じっくり考えてみたかった。

彼はチュカイと握手をしようともせずに、両手をポケットに突っこんだ。不思議な力があるという男の指に触れたくなかった。

「ありがとうございます。とても参考になりました」とだけ言って、ニエマンスはその場をあとにした。

42

新たな大発見《スクープ》で、状況は一変した。イヴァーナもすでに有望な手がかりを見つけていたが、そこにニエマンスがホットニュースをたずさえて忽然と姿をあらわした。ホットニュースというのは、あくまで本人の弁ではあるけれど……

さっそく彼はせかせかとボードに系統樹を書き、ガイエルスベルク家の呪いは本当にあったと説明した。

「話を聞いた専門家によると」とニエマンスは話し始めた。「それぞれの世代で後継者がひとり、三十前後の若さで死んでいるんだ。死の状況は不明確で、死体も見つかっていない」

イヴァーナは紅茶のカップを両手でつかみ、恩師に賞賛の目をむけた。今回もニエマンスの読みは正しかった。イェニシェの男が魔女から聞いた呪いの話は、意外にも事実に基づいていたのだ。ここから、新たな捜査の道がひらけるかもしれない。

クライナートは船酔いで苦しんでいるみたいにますます顔を青ざめさせ、こう口をはさんだ。

「つまり……それらの男たちは、すべて抹殺されたのだと？」

ニエマンスは満足げにマーカーのキャップをはめた。警察学校で教官をしていたころの癖が、まだ抜け切れていないようだ（教師の柄じゃないと口では言っていたものの、人に教えるのは嫌いではなかった）。

「断言するのはまだ時期尚早だが、彼らは殺されたのだろう。ユルゲンやマックスと同じように」

「ガイエルスベルク家が殺人を隠蔽するために、死体を隠したということですか？」

「荒唐無稽に聞こえるかもしれないが、おそらく…

……」

「一族が自ら跡継ぎを殺したのだろうと？」

ニエマンスはテーブルの正面に立った。そのむこうには、クライナートとイヴァーナがすわっている。ニエマンスは脚を広げ、両手を背中にまわした。お得意のポーズだ。

「いや、そうは思わないが、彼らには一族のひとりを犠牲にせねばならない、秘められた理由《わけ》があるのだろう」

クライナートは思わず立ちあがった。

「仮定の話ならいくらでもできますが」

ニエマンスはまだコートを着たまま（これもまた、芝居がかったポーズだった）、人差し指を突き出して語気を強めた。

「ところが今回は何かトラブルがあって、死体が見つかってしまったんだ」

クライナートは窓のほうへ歩きながら、ふり返りざまにイヴァーナに目をやった。《きみのボスはまともじゃないぞ》と言いたげな顔だったが、彼女は暗黙の同意をはねのけた。ニエマンスが何を語ろうと、彼に味方するつもりだった。

「それじゃあ、誰がその後継者たちを殺したんでしょうね？」

ニエマンスは腕をさっとおろした。

「それはまだわからない」

あとに続く沈黙は、クライナートの勝ち点だった。ニエマンスは大騒ぎしたけれど、大山鳴動して鼠一匹ってところだ。

ニエマンスは面目を保とうというのか、イヴァーナに声をかけた。

「そっちの重要な手がかりっていうのは？」

イヴァーナはメモ帳をめくった。

「ヌイイ＝シュール＝マルヌ警察犬部隊の知り合いに電話をしてみました。彼が言うには、ローエットケンにはよく、亜鉛の吸収に遺伝子上の欠陥があるそうなんです」

「それで？」

イヴァーナはさっとメモに目を通した。

「だから亜鉛を補給するために、特別の薬を摂らなくてはなりません。獣医か薬局で処方してもらわないといけない薬を……もしこのあたりでローエットケンを飼育している者がいたなら、その種の薬をどこかで買っているはずです」

ニエマンスは、まだ窓辺に立っているクライナートにむかって言った。

「この地方一帯の獣医全員に、電話で問い合わせてみないと」

「もう始めてます。部下が薬局にも連絡しています」

「クライナートさん」ニエマンスはドイツ人警官に近寄りながら、さっきよりも穏やかに言った。「ここが踏ん張りどきです。シュトゥットガルトの捜査官はもう着きましたか？」

「一、二時間後くらいでしょう」

「彼らが来る前に、できるだけ手がかりを集めておかないと」

クライナートはさっと顔をあげ、挑むような目でニエマンスを見た。

「でもってそれを提供するわけですか？」

ニエマンスは何も答えなかった。もちろん彼だって、自分の手で捜査をなし遂げたいと思っている。それはイヴァーナも同じだ。森の殺人者は、おれたちが捕まえる。

二人の話が途切れたのを機に、クライナートは口をひらいた。自分にも新たな手がかりはあると言わんばかりに。彼は手短にシュヴァルツ・ブルート財団の説明をすると、雇われているハンターたちのリストをニエマンスに手渡した。大部分は多重累犯者だった。

「こいつらだな」ニエマンスは書類に目を通しながら

小声で言った。「間違いない。もう訊問はすませましたか？」

「ニエマンスさん、勘弁してくださいよ。いくらでも時間があるわけじゃないんです。その資料が手に入ったのは、一時間前なんですから。われわれにできるのはそいつらを署に出頭させて……」

「そんな悠長なことをしている暇はないんだ」

「でも、手続きは守らないと。警察官にとって、それは最低限のルールですよね」

ニエマンスはわざとらしく大きな声でため息をついた。

「フランツのほうはどうです？　何かわかりましたか？」

「あなたの言う、最重要容疑者ですか？」とクライナートは皮肉っぽい調子で訊き返した。「二つの事件とも、フランツにはアリバイがありました。それに彼の車椅子は、山間走破仕様にはなっていませんしね」

「まあ、いい。それで、怪我の原因は？」

「嘘は言っていませんでした。彼が十七歳のとき、狩りの最中に流れ弾があたって、脊髄がやられてしまったんです」

「誰が撃ったのか、調書に書いてありましたか？」

「捜査は事故と結論づけました」

「だったらフランツは、やはり大いに怪しいことになる。フェルディナンドに復讐する動機があるのは、彼だけだからな。接近猟《ピルシュ》に見立て、息子のユルゲンを通して恨みを晴らしたとしても不思議はないだろう」

「フランツが怪我をしたのは、接近猟《ピルシュ》ではなく駆り出し猟のときですよ」

「わたしが何を言いたいのか、よくわかっているでしょう」

「いいえ、わかりませんね。もうたくさんだ。初めからあなたは、接近猟《ピルシュ》のことにこだわりすぎなんです。フランツはただの狩猟事故の犠牲者にすぎません。まわりには、三十人もの目撃者がいたんです。それを忘れているようですが」

　ニエマンスはドアに歩み寄った。

「黒いハンター、狩猟事故、接近猟《ピルシュ》。そこをよく調べて、本局のやつらが来る前に、何か見つけ出すんです」

「警視はどこへ？」もう置き去りにされるのはごめんだとばかりに、イヴァーナは声を張りあげた。

　ニエマンスはふり返った。

「伯爵令嬢にひと言、言ってやる。彼女は初めからおれたちの目をくらませようとしていたんだ」

　彼は部屋を出ると、ばたんとドアを閉めた。

　ニエマンスの話をどうとらえたらいいのだろう？曖昧な状況説明だけして、あとは勝手にやれというのか。そんなふうに突き放すことに、彼は意地悪な喜びを感じているらしい。

　しかしイヴァーナとクライナートは、顔を見合わせにっこりと微笑み合った。あらためて二人きりになれたのは、むしろさいわいだった。

43

彼は想像した。一族は悪魔との契約で、跡継ぎのひとりを犠牲にしているのではないか。彼は想像した。黒いハンターの前にも、一七世紀かもっと過去まで遡る別の黒いハンターの前にも、ハンターがいたのかもしれない。彼は想像した。映画『猟奇島』のザロフ伯爵が行なっていた人間狩りのゲームを。彼は想像した……

ニエマンスは道路に意識を集中させた。森のうえに広がる空は、目を見張るグレーの色相を示している——鉄、鋼、ステンレスのような……幾重にもなった光の層。そのうしろから、太陽がすべてを輝かせている。

ニエマンスはぶるっと体を震わせた。祖父母の家の裏にも、こんな平野が続いていた。なんだかそこを走っているような気がした。激しい胸の動悸に合わせて、レグリスが脚に襲いかかってくる……

ガラス荘に続く小道に入る前に、新たな警備員にバッジを見せねばならなかった。中庭、水槽のような家、芝生が目の前によみがえる……その瞬間、すべてが聖域と化した。灰色の小石は墓所の砂利を、ガラス荘の鋭角的な線は巨大な霊廟を思わせた。二人の愚かな兄弟ととった夕食の場面に、湿った落ち葉のうえに横たわる死体が重なった。そのそばには土色になった頭部が置かれ、口には柏の枝が差しこまれている。

ラオラの四駆が中庭に停まっていた。出だしは上々だ。

ニエマンスは呼び鈴を押した。ラオラ本人がドアをあけるのを期待していたが、使用人の男があらわれて、《奥様はいらっしゃいません》と英語で告げた。口のなかに熱いサツマイモでも入っているようなしゃべり方だった。ニエマンスは男の胸ぐらをつかんでドア枠に押しつけ、たちどころに聞きたいことを聞き出した。ラオラ・フォン・ガイエルスベルクは庭の奥の礼拝堂へ、黙禱を捧げに行ったという。

　ニエマンスは森のはずれから、樅の木の下を抜ける小道に入った。まるでたくさんの木々が切り倒されたばかりであるかのように、樹皮や葉の臭いがいっせいに立ちのぼった。樹脂が苔や羊歯の下に流れこみ、細かなおが屑が茂みに斑点をつけているようすを、ニエマンスは思い描いた。目をあげると、葉叢のあいだから小さな空が見えた。空は緑青色の巨大なドームに、木々の臭いを封じこめているかのようだった。

　空気は露で湿っている。ニエマンスは全身がじっとりと濡れるのを感じた。あたりに満ちた水気《みずけ》と香りが、体のなかに染み入ってくる。彼は寒さに襟を立て、両手をポケットにつっこんで、不安そうに左右を見まわした。黒い茂みは大理石の塊と化し、萌芽が花崗岩の切っ先さながら突き出している。彼はまた身震いした。寒さではなく恐怖から。

　そこではっと思いあたった。この道は、ローエットケンに襲われたところだ。そう気づいたとたん、恐ろしさのあまり体がすくんだ。短い毛と血まみれの肉、熱い息が、覆いかぶさるようにのしかかってくる。ニエマンスには、ローエットケンの存在が感じられた。それは微かな霧雨よりも確かな現実感をもって、彼のなかに入りこんできた。

　ニエマンスのなかにはいつも、ありとあらゆる犬がいて、脳味噌を貪り食い、内臓を引き裂こうと狙っていた。彼は恐怖で胸をいっぱいにしながら、足を速めた。レグリスが追ってくる。

　礼拝堂が見えて、ようやくほっとした。石造りの建物ではなく、ノルウェーやバルト海沿岸で見られる木造の教会――スターヴ教会と呼ばれている――によく似ていた。

　それはまるでカプラブロック（細長い板の積み木玩具）で作られ

ているかのようだった。いくつもの礼拝堂が重なって、うえにいくほど細くなり、最後は削った鉛筆の形をした尖塔で終わっている。

　ニエマンスはこうした礼拝堂のことをよく知っていた。いつか見てまわりたいと、ずっと思っていたほどだ。今からでも遅くない。せっかく目の前に、ひとつあるのだから。ひと息ついて頭もはっきりしてきたところで、彼はそっと近づいた。羽目板の小穴ほどの小さな窓から、ロウソクのゆらめく光が漏れ出ている。

　扉に鍵はかかっていなかった。ニエマンスは扉を押しあけた。ぎいっときしむだろうと覚悟していたが、何の音もしなかった。なかに入ると松の香りが鼻孔を満たし、そのまま脳へ直行した。床、天井、壁。すべてがたった今削った板のように真っ白だった。

　さらに数歩、なかへ進む。

　何列か並んだ木のベンチは、ルター派の素朴で厳格な信仰を感じさせた。魂は謙虚に、心は誇り高くというわけだ……奥に控えた祭壇の左には、柱廊に沿って十本ほどのロウソクが立ち、炎が周囲を蜂蜜色に染めていた。けれどもニエマンスは、何となく危なっかしい気がした。木造建築と炎とでは相性が悪い。ロウソクが床に倒れたら、建物は灰になってしまう……

　ラオラは祭壇の右側にひざまずいている。うしろから見ると、湧きあがる泉に身を乗り出しているかのようだ。彼女がじっと祈っているのは間違いない。ニエマンスは、まるで珍しい動物の生態を目の前にしているような感じがした。

　注意深く歩いたつもりだったけれど、床がきしんで清らかな静寂が破られてしまった。ラオラがふり返る。その表情を見わける術《すべ》はなかった。驚き、敵意、悲嘆。そのどれとも言い難い。

　けれども、喜びではなかったことだけはたしかだった。

　ラオラは立ちあがった。すらりとしたシルエットが、薄暗がりのなかにくっきりと浮かんだ。ニエマンスはまたしても、野生動物を連想した。雌鹿かなにか、しなやかな体と黄金色の毛をした動物を。ラオラが工房で自作した弾薬と、二七〇ウィンチェスターで仕留めた獲物のうちの一匹だ。

彼女は中央の通路を抜け、ニエマンスに近づいた。黄金色の礼拝堂のなかで、その目は溶けた蠟の滴のように輝いていた。せっかく黙禱を捧げるためにここへ来たのに、またしてもフランス人警官がどたどたとのりこみ、神聖なひとときを台無しにしたのだ。

「殺人犯を見つけることがすべてではありません」とラオラは、マッチを擦るような声で言った。「死者を尊ぶのも、大切なことです」

44

何ももう一度謝るために、ここへ来たわけじゃない、とニエマンスは思った。

「尊ぶためには、まず正直にならないといけません、ラオラさん。嘘をつくのはやめにしてください。さもないと、あなたが容疑者のトップに挙がってしまいますよ」

まるで突風が礼拝堂のなかを吹き抜けたかのように、ラオラの目にたまっていた涙は一瞬で乾いた。

「言葉に気をつけたほうがいいわね」

「接近猟《ビルシュ》のことで、どうしてあんなでたらめを言ったんです？」

ラオラは左側のベンチのあいだに、そっと入りこんだ。ニエマンスもあとに続くしかなかった。大ロウソクのそばまで来ると、ラオラはふり返った。壁に描かれた天使が、彼女の豊かな黒髪を取り囲んだ。

「何のことかしら？」

ニエマンスは一歩前に出た。ラオラの香水の香りが、呪いのように彼のなかに染み入った。

「ガイエルスベルク家の人間は接近猟《ピルシュ》に興味がない、華々しさに欠けるからと言いましたよね。本当は、まったく逆じゃないですか。それはもっとも高貴な狩りです。あなたの一族だって、何世紀も前からしてきたはずだ」

ラオラはほっとしたようすだった。ニエマンスがほかの話を持ち出すのではないかと、一瞬恐れていたかのように。

「そんなふうに言ったことはありません」と彼女は小声で答えた。「たしかにユルゲンは接近猟《ピルシュ》をしていました。マックスとウドもです。でも、わたしにはその暇がないというだけのことです。どうしてそんなにむきになるのか、理解に苦しみますが」

ニエマンスは最後のひと言をまったく無視した。

「それなら、叔父上のフランツさんが率いているシュヴァルツ・ブルート財団のことは？」

「あれは環境保護団体です」

「森の環境を整えているというわけですね。そう、あなたがたは獲物を大切に守っている。ただ接近猟《ピルシュ》をするために。森はあなたがたの王国なんだ。経営している会社以上にね」

「何をそんなにこだわっているんですか？　わたしには、やはりわかりかねますね」

「犯人は接近猟《ピルシュ》の儀式をまねているからです」

「だから、どうだっていうんです？　話が空まわりしてますよ、ニエマンスさん」

ニエマンスは聞き流した。自分の弁明をしにここへ来たわけでもない。

「黒いハンターのことはどうです？」とニエマンスは続けた。「フランツさんが雇っていたのは皆、前科者でした。釈放された密猟者たちですよ。ヒムラーが特《ゾン》殊部隊《ダーコマンド》を組織するのに、そうしたようにね。しかもこうした無法者たちは、オスカール・ディルレヴァンガーが率いた黒いハンターの後継者を自任しているんです」

ラオラは打ちのめされたような顔をして、背後の壁沿いを歩き出した。指が壁面を軽く撫ぜていく。そのあとを追うように、大ロウソクの光が彼女の手を照らした。次々にあらわれる天使や王たちの素朴な表情が印象的だった。

「あなたの話は昔からの噂にすぎません」

「わたしは今日、イェニシェたちに会ってきました。彼らには、ただの噂ではないようでしたが」

ラオラはさっとふり返り、壁の隅に寄りかかった。

「犯人は罪を贖いました」ラオラはすぐに言い返した。

当時、彼女はイェニシェの少女と同じ十歳くらいだったはずだが、事件のことはよく知っているらしい。ガイエルスベルク家の歴史に残る汚点なのだろう。

「それに家族への補償もしました」とラオラは、まるで自らことにあたったかのように続けた。「被害者の少女には、フライブルクでも最高の病院で治療を受けさせましたし」

ガイエルスベルク家はイェニシェの家族に、どれほど見舞金を支払ったのだろう？　さっきはジョゼフも威勢のいいことを言っていたが、本当は金で沈黙を売り渡したのだ。

「結局彼女は、今でも見るに堪えない姿ですけどね」

それにはラオラも言葉の返しようがなかった。背後の壁画はキリスト教のモチーフから、ドラゴンやら何やらスカンジナビア伝説《サガ》の怪物に変わっていた。

「それで？」とラオラは言った。「そんな古い話が、今回の殺人事件と何の関係があるんです？」

「ガイエルスベルク家には不審死が続いていることを、どうして話してくれなかったんですか？」

「事故や戦争がありましたから。それだけのことです」

「でも、死体は見つからなかったんですよね」

「さあ、どうかしら」

「もし死体が見つかっていれば、みんなが覚えているはずです。どうやらおたくの墓所は、空っぽのようだ」

ラオラは平手打ちを食らわそうと手を挙げたが、途中で思いとどまった。べつに警官をたたくのはかまわない。けれども、そこまで身を落したくなかった。要はそういうことだ。

彼女は下唇を嚙むだけにして、数歩先の出口にむかった。午後の光が水銀のように、礼拝堂のなかに流れこんだ。金と銀のせめぎ合いがすばらしい。けれどもニエマンスには、それに見とれている暇はなかった。

ドアが閉まると、彼はすぐにあとを追った。きっとラオラは昨日のように、苛立たしげに煙草を吸っているか、小道をすたすたと歩いているだろうと思った。ところが彼女は扉の前の階段に、ただぼんやりとたたずんでいた。両手をポケットに突っこみ、湿った空気を大きく吸いこみながら。

ニエマンスは彼女に近づき、脇を通って反対側にまわった。霧雨のむこうから、鳥のさえずりが聞こえる。灰色の空が文字どおりすべての色、あらゆる生を覆いつくそうとしているときにも、自然は力強く声をあげ続けているかのように。とりわけラオラの横顔に、彼は見とれていた。昼間の光はたいてい、とても無慈悲なものだ。ほんのわずかな肌の欠点も容赦なく暴き出してしまう。けれどもラオラは、それに負けていなかった。彼女の肌はほとんど化粧っけがないにもかかわらず、驚くほど清らかで美しかった。しわや隈、ひらいた毛穴はまったくない。

「ラオラさん、あなたは恐れているんですね？」とニエマンスは彼女の耳もとで言った。

「わたしが何を恐れていると？」ラオラは彼をふり返り、瞼を震わせてたずねた。

「黒いハンターがあなたを脅かしている」

「おかしなことを言いますね。黒いハンターはわたしたちのために働いているのでは？　それともわたしたちを殺そうとしているのですか？」

　どこかで小鳥が羽ばたいた。まるで映画撮影のカチンコを鳴らすように。カット！　このシーンはもう終わり。たしかにニエマンスの推理は成り立たなかった。

　ラオラは勝ち誇ったようににっこりした。

「黙禱を捧げるのは、また今度にします」彼女はそう言って小道にむかった。

　ニエマンスは彼女が樅の木陰に消えるのを眺めていたが、やがて礼拝堂のなかに戻った。このときほど、自分が出しゃばりで下種なデカだと感じたことはなかった。腐肉にたかるハゲタカのようなやつだ。

　身廊に並んでいた大ロウソクは、半分ほどがすでに消えていた。木の壁はじっとりと濡れて、腐りかけているように見えた。

　彼はラオラがひざまずいていた場所に行った。枝つき燭台のほかは、これといって目につくものはない。ロウソクは燃え尽きて、燭台のうえに流れ落ちていた。さらに近づくと、白い大理石のプレートが、壁板にネジで留めてあるのに気づいた。

　ニエマンスは携帯電話を取り出し、ビームを灯した。プレートにはユルゲンの名と生年没年月日が記されている。遺体はどこに収められているのだろう？　そう思っていたとき、ユルゲンの名前の下に銘が刻まれているのに気づいた。

　彼はさらに近づき、プレートの表面を照らした。

《運命に呼びよせられし道で

長くつらい務めに雄々しく励め
そののちわれのごとく、黙して苦しみ、息絶え
よ》

墓碑銘はフランス語で書かれていた。ニエマンスはそれを写真に撮り、読み直した。前にもどこかで目にしたような気がする。有名な詩の一節らしいが、どうしても思い出せない。

彼は最終行を繰り返し読んだ。《そののちわれのごとく、黙して苦しみ、息絶えよ》誰なのだろう、《われのごとく》と言っているのは？　誰がこの詩を語っているのか？

突然、携帯電話が手のなかで振動し、ニエマンスはあやうく落としかけた。

ディスプレイを見ると、イヴァーナからだった。

「何だって？」一瞬、聞き間違えたのかと思って彼は叫んだ。「わかった、すぐ行く」

45

平野の奥に、テラスに囲まれた真っ赤なレンガ造りの小屋が見えた。芝生のうえに忘れられたバーベキューセットの熾火《おきび》のように、夕日を受けて輝いている。

それじゃあ、あそこなのね、攻め落とすべき砦は。

イヴァーナはヘルメットをかぶり、防弾チョッキを窮屈そうに着こんで、ドイツ州警察特別出動コマンドの装甲車の後部にのっていた。ここまで来たら、覚悟を決めなくては。くるみ割り器の歯に嚙まされたくるみのような気分だった。わきではクライナートが銃を胸にあて、いつでも撃てるように備えていた。銃口は下にむける、ＳＵＬポジションだ。けっこう決まってるわ。

ニエマンスがラオラと対決しに出かけているあいだに、イヴァーナは決定的な手がかりをつかんだ。ローエットケンを飼育しているらしい男の住所と氏名だ。フライブルク・イム・ブライスガウの南にある小さな町カンダーンの薬局から、亜鉛の不足を補う薬を毎月買いにくる男の情報が寄せられた。処方箋には、同じ地方のグラーフェンハウゼン村に住む有名な獣医の名が記されていた。ところが当の獣医は、心あたりがないという。

イヴァーナはさっそく薬を買った男について調べた。ヨハン・ブロッホ、四十三歳。腕のいいハンターだが逮捕歴は数知れず、暴行や密猟、網猟、狩猟期間の違反で有罪判決を受けた。殺人事件の容疑者としても、二度にわたり名前があがっている。そのたびに無罪になったものの、ムショ暮らしは通算十年に及んだ。

服役後はグレッチャーケッセル・プラーグ自然保護地区にほど近い人里離れた小屋で、猟犬の飼育をしていた。

ローエットケンかどうか、確かなことはわからない。しかし、ほかに決定的な事実があった。ブロッホは六年前からシュヴァルツ・ブルート財団で働いていて、フランツに雇われている再犯者のリストにも載っていたのだ。

クライナートはすぐさま行動を起こし、記録的な速さで農家へ踏みこむ手筈を整えた。ドイツ州警察特別出動コマンドのメンバーが、グレッチャーケッセル・プラーグ自然保護地区へ駆けつけた。クライナートとイヴァーナのチームよりも先に到着したくらいだ。

その間、イヴァーナはニエマンスに知らせようとしたが、なかなか電話がつながらなかった。彼女は迷子になったような気がした。だいいち、少し大騒ぎしすぎじゃないだろうか。結局のところ、今は犬の飼育に精を出している元密猟者をひとり、逮捕するだけのことじゃないか。けれども、クライナートの見方は違っていた。そして事のなりゆきは、彼が正しかったことを証明した。ブロッホは警官隊がやって来るのを見るや、銃で応戦したのだった。

こうして事態は、本格的な立てこもり事件の様相を呈することとなった。夕暮れどきの風が草むらを静かに吹き抜けるころ、広々とした平野に警官隊が配備された。薄暗がりのなかでは、すべてが微かに震えて見えた。そう感じるのは、イヴァーナ自身がぴりぴりと神経を尖らせているせいかもしれない。

背後にようやくニエマンスがあらわれた。短く刈った髪、小さな眼鏡、黒いコート。背はみんなより頭ひとつぶん高い。もういい歳だし、疲れきった顔をしているけれど、なかなか悪くない。特に強面のタイプが好きな女なら、そう思うだろう。

「いったい何ごとなんだ？」彼はひと息つく間もなくたずねた。

クライナートが状況を説明した。ニエマンスは顔を引きつらせ、平野の四方に鋭い目をむけた。茂みに潜む軽機関銃部隊や、木の枝に隠れている武装スナイパーには、とっくに気づいていた。

「相手はしょせん、ケチな前科者じゃないか。それにこんな大軍を？」

クライナートは答える代わりに、防弾チョッキをニエマンスに差し出した。

「冗談じゃない。そんなもの着れるか」彼は言い返した。

ニエマンスはときどき別の時代、別世界の人間ではないかと思えるときがある。六連発リボルバーに弾をこめ、咥え煙草で死地におもむくタフな男の黄金時代に生きているのではないかと。

それでもクライナートは防弾服を手にしたまま、動こうとしなかった。しまいにはニエマンスもごそごそコートを脱いで防弾チョッキを身につけ、ほかの警官たちと変わらない重装備になった。

イヴァーナはにっこりした。ニエマンスのことはよくわかっている。結局のところ彼も、夕闇のなかに漂う火薬の臭いやぴんと張りつめた雰囲気が嫌いじゃないはずだ。彼は現場に立つ男だ。ゲルノンの一件以来、現場に見放されていたけれど。

「そいつはわたしたちを見ると、銃弾を浴びせてきたんです」とイヴァーナは言った。「だからファビアンが特別出動コマンドを出動させたのは、正しい判断でした」

「ファビアン？」

「そこは聞き流してください」

ニエマンスの表情が変わっていた。警察犬部隊の犬に気づいたのだ。

「ローエットケンを見つけるために配備したんです」とイヴァーナは説明した。

けれどもニエマンスは、もう答えることもできなかった。口もとがこわばり、目はどんよりとしている。

「警視、聞いてください」

それでも反応がなかった。主人の足もとでおとなしくしているシェパード犬にむかって、手にした銃を今にもぶっぱなしそうだ。

イヴァーナはコートの襟をつかみ、声を張りあげた。

「ニエマンス警視！」

ようやく目の奥に光が戻った。スイッチが入ったらしい。

「ともかく、いっしょにすわってください。援軍が来るのを待っているところなんです」

「援軍？」

「シュトゥットガルトからです」とクライナートが答えた。「それに検事のゴーサインももらわないと」

「小屋に立てこもった密猟者相手にか？」

「いいかげんにしてください」とイヴァーナは諭すように言った。「警視だっておわかりでしょう。そいつが黒いハンターの一員なら、火炎放射器や手榴弾で攻撃してくるかもしれないんですよ。用心に越したことはありません」

　ニエマンスは軽くうなずいた。どうやら思案しているようだ。イヴァーナは突撃や攻囲戦について何も知らなかった。真っ暗になるのを待ったほうがいいのではないか？　州警察特別出動コマンドには、何か攻撃計画があるのだろうか？　いずれにせよ、夜襲をかけるのはわくわくするわ。照準器やレーザー目標指示装置を備えた銃を使えば、暗闇もきれいなガーネット色の点で照らされる。

　その期待に応えるかのように、クライナートはときおりトランシーバーにむかって大声で指示を出しながら、こちらの装備について得々と語った。

「小屋に突入すべきかどうか、まだ情勢判断はついていませんが」と彼は説明した。「水撃ポンプやプラスチック爆弾で……」

「ついでにミサイルも要るんじゃないか？」

「相手は頭がどうかしてます。念には念を入れないと。援軍が到着して、上層部からＯＫが出たら、ヘリコプターで新たな招集チームを送ってもらい……」

　ニエマンスは高性能な擲弾筒を抱えた警官をじっと見つめ、なにやら悪だくみをしているような表情を浮かべた。

「いずれにせよ」クライナートはそれにまったく気づかず続けた。「これで空と陸から同時に奇襲をかけられます」

「すぐに攻撃したほうがいい。時間を無駄にはできないぞ」

「あなたはわたしの国にいて、わたしの権限下にあるんです。フランス人であるあなたには……」

　ニエマンスは擲弾筒を持った警官に飛びかかると、武器をもぎ取りこう言った。

「もっといい考えがある。堂々とドアをノックするんだ」

「ニエマンスさん、勝手なことはさせませんよ。催涙弾の使用には許可を得ないと……」

ニエマンスは擲弾筒にすばやく装弾した。

「《奇襲》なら任せておけ」

ニエマンスはそう言うと、ぎくしゃくと前に飛び出した。単身、緑の牧草地へ突撃しようというのだ。

そのあとを追って、イヴァーナも走り出した。

「やめてください、その歳で」彼女は両手で銃を構え、喉をつまらせて続けた。「もう無理ですよ、警視には。それにわたしは、まだ準備が……」

46

たちまち二人は無防備な状態にさらされた。ニエマンスのあとを追うイヴァーナは、今まさに打ちあげられようとしているクレー射撃の的になったような気分だった。平野の奥にたつ小屋は沈みかけた夕日を受けて燃えあがるように赤く染まっていた。今のところ、まだ銃弾は飛んでこない。二人は土手を越え、草むらを搔きわけた。目標まであと三百メートル。イヴァーナはもう無我夢中だった。全身が興奮で沸き立っている。それでも頭のなかでは、こう繰り返していた。ブロッホが本当に腕のいいハンターなら、これくらいの距離でも……

あと二百メートル。

まだ銃声はしない。一歩進むごとに、新たな興奮が湧きあがった。シグ・ザウアーのグリップを思いきり握りしめる。シャーというホワイトノイズが耳に響いた。戦闘の前にはいつもそうなのだ。警察官になってからはずっと経験していなかった危険、これまではラインのむこう側でしか知らなかった危険に、今また立ちむかおうとしている。

あと百メートル。

鈍い銃声がした。ポンプアクション銃特有の、少し粘りけのある音だった。銃弾はうまく逸れてくれた。ヨハン・ブロッホは罠をしかけるしか能のない、けちな密猟者だったらしい。接近猟《ピルシュ》の名人なら、もっと高性能の銃を持っているはずだ。そして二人はとっくに死んでいる。

ニエマンスは少し足踏みをした。彼のはあはあという断続的な息が聞こえる。さらに二発、銃声が響いたが、やはり命中はしなかった。実際のところ、まだ危険はない。ポンプアクション銃の有効射程距離は、せいぜい数十メートルだ。

ニエマンスがいきなり立ちどまった。イヴァーナは勢い余ってぶつかってしまい、二人してウマゴヤシのなかを転げた。

「馬鹿野郎！」とニエマンスは怒鳴った。「いったい……」

「わたしです、警視。落ち着いてください」

イヴァーナは彼の蒼白な顔を見た。教会の納骨堂に収まっているのがふさわしい、無表情な顔だった。

「どけ」とニエマンスは言って、イヴァーナを押しのけた。

彼は立ちあがって擲弾筒をつかみ、小屋にむけてすばやく狙いを定めた。催涙弾がどんよりした雲を背景に、白い線を描いて的に当たり、ドアのわきの窓を突き破った。狐を巣穴から追い出す催涙ガスの煙が立ちのぼる。

ニエマンスとイヴァーナはすでに進軍を再開していた。銃を握りしめ、二人並んで進んでいく。ブロッホはなかなか出てこない。どういうことだろう？　イヴァーナは何度もデモに参加し、ＣＳガスを吸いこんだこともあった。とても我慢できるはずがない。

「きっと別の出口があるんだわ」イヴァーナはニエマンスの肩に手をかけ、喘ぎながら言った。

「どういうことだ？　裏口か？」

「いえ、コマンドが小屋のまわりを固めています」

「それじゃあ？」

「地下です」

ニエマンスは一瞬、彼女をまじまじと見つめたが、すぐに納得したようだ。二人は入り口の前まで来ると、壁を背にしてドアの両脇に立った。なかからは、やはり何の反応もない。

ニエマンスはドアの前にむきなおった。鍵穴を銃で撃ち、ドアを蹴りあける。たちまち催涙ガスが噴き出してきた。

ニエマンスは体を二つに折ってあとずさりした。イヴァーナも目をあけていられなかった。息をしようとしても、喉が焼けつくようにひりひりするだけだ。なんとか薄目をひらくと、ニエマンスが眼鏡をなおし、シャツの襟で口を隠して、白煙が立ちこめる地獄へ身を躍らせるのが見えた。

イヴァーナは何も考えず、左腕で口を押さえてあとに続いた。小屋のなかは灰色の煙でいっぱいだった。そのむこうから、いつなんどき銃弾が飛び出してくるかわからない。ニエマンスの姿はたちまち消えてしまい、四方の壁も見えない状態だ。突然、どこかでかしゃかしゃという金属音がし、続いて鎖を引きずるような音が聞こえた。誰かが鎖のついたあげぶたをあけようとしているのだろう。

イヴァーナは足を椅子にひっかけたり、ドアの端にぶつかったりしながら、音のするほうへむかった。目印代わりの鎖の音は、まだ続いている。ずっと下のほう、地下室かららしい。ニエマンスはどこだろう？　口をひらけば喉をやられるので、呼びかけることもできない。音をたよりに、壁に沿って進むだけだ……

　ようやく階段にたどり着くと、イヴァーナは地下室へむかった。煙は薄れ始めたが、あたりは闇に包まれている。鎖の音はまだ聞こえていた。もっと近く、もっと下方から。ようやく堅い地面に足がついたけれど、息をするには袖で鼻を押さえねばならなかった。

　数メートルむこうに、男がひざまずいている。格子をはめたあげぶたをあけたところらしい。地下室の下に、もうひとつ別の地下室があったのだ。豹を思わせる恐ろしげな生き物が数匹、たちまちあげぶたの下から飛び出してきた。ローエットケンだ。胸には二本の柄つき手榴弾のタトゥーもあるだろう。まるでどろりとした石油が、シュラーの研究室にあった死骸の形になって、牙を剥きながらいっきに噴き出してきたかのようだった。

　ふと嫌な予感がして、イヴァーナは地下室の反対側の隅をふり返った。案の定、そこにはニエマンスがいた。見るも哀れなありさまだ。恐怖に身を縮こまらせ、生きながら悪夢に貪り食われようとしている。

　一匹、二匹なら、イヴァーナにも撃ち殺すことができるだろうが、その間に残りが喉に食らいついてきたら、もうおしまいだ。犬の黒い目が、催涙ガスの煙のなかに漂っているのが見えた。今にも闇のなかに流れ出しそうなほど、ぎらぎらと輝いている。短い毛の下で筋肉が蠢き、ピンク色の唇にたまった白い涎のなかで牙が光っていた。

　イヴァーナは目を閉じた。引き金を引くことはできなかった。脚をかじられ、首がずたずたにされるところが脳裏に浮かんだ。しかし、何も起こらなかった。恐る恐る目をあけると、犬の姿はなかった。あげぶたのわきにブロッホがいるだけだ。そして恐怖におののくニエマンスが。

彼女ははっと気づいた。犬は目が弱点だ。デモ隊に使うCSガスが、犬には耐えきれなかったのだろう。イヴァーナには目もくれずに、さっさと階段から逃げてしまったのだ。

あとはブロッホひとりを相手にすればいい。ブロッホはまだ、鎖に足を取られていた。ポンプアクションの銃は、二メートルほど先に転がっている。拾おうとすれば、イヴァーナの銃弾を頭に喰らうはめになるだけだ。密猟者はその場に凍りつき、催涙ガスがまだ染みるのか、目から涙を流しながら、赤ら顔を威嚇するようにしかめていた。

イヴァーナはブロッホに、無駄な抵抗はやめるよう言おうとした。ところが口をひらいたとたん咳が出て、ブーツに吐いてしまった。最悪だわ。

再び顔をあげたときにはもう、ブロッホの姿はなかった。


階段から逃げたんじゃない。

あいたままのあげぶたからだ。

ともかく、まずはニエマンスだ。イヴァーナは、酒が切れた老いぼれアル中みたいにがくがく震えている警視のもとに駆け寄った。

「ここにいてください」と彼女は言った。

さあ、第二の地下室におりなくては。イヴァーナはひらいた穴に入って、木の梯子に手をかけた。地面に足をつけると、そこは十九世紀の炭鉱を思わせる細長い赤土の部屋だった。鉄格子のカバーに覆われた電球が、天井からさがっている。二枚の間仕切りに沿って、檻がいくつも並んでいた。そうか、鎖はあげぶたではなく、こちらの檻をあけるためのものなのか。そうやって、いっきに犬を敵にけしかけようというのだ。

イヴァーナは涙で目を真っ赤にしながらも、なんとかこの場のようすを把握した。左側は行き止まりで、赤茶けた岩の表面がむきだしになっている。彼女はザイルにでもつかまるようにしっかりと銃を構えながら、右側にむかった。逃げ遅れた犬が顔に飛びかかってくるかもしれないと、用心を怠らなかった。

　ブロッホが通路の奥を走っていくのが見えた。両側に並んだ檻の扉にぶつかっては、よろめいている。ただでさえ狭い通路の真ん中に、やっと通り抜けられるだけの隙間があるだけだ。

　イヴァーナはふと思いついて足を止め、地面にあった鎖を両手でつかんで力いっぱい引いた。何が起きるかなんてわからなかったが、結果は嬉しい驚きだった。鉄格子の檻がばらばらに崩れて、ブロッホを直撃したのだ。

　イヴァーナはブロッホに飛びかかり、うなじに銃口を押しあてた。けれども期待したほどの威嚇効果は得られなかった。ブロッホはぐいっと腕をうしろに降りあげ、彼女を檻に突き倒した。

　次の瞬間、ブロッホは自分のシグ・ザウアーをイヴァーナに突きつけ、引き金に指をかけた。イヴァーナは目を閉じた。《フランスのために死す》なんて、どこかで聞いた文句だわ。銃声はしたけれど、イヴァーナは痛みも何も感じなかった。

　目をあけると、予想外の光景が待っていた。ニエマンスがアナウサギを捕まえるみたいに、ブロッホの襟首をつかんでいる。密猟者の腕は、ありえない角度に曲がっていた。ニエマンスはブロッホの肩を砕いてしまったらしい。そして今は彼の頭を、繰り返し鉄格子の角にたたきつけている。イタリアの漁師が蛸を岸壁にたたきつけて、身を柔らかくするみたいに。

　安堵が収まると、イヴァーナは新たな不安にとらわれた。ニエマンスは男を殺してしまうかもしれない。彼女はなんとか立ちあがってニエマンスの襟をつかみ、力いっぱい引いた。ブロッホを相手にしたときよりもうまくいき、ニエマンスを引き離すことができた。そしてまたしても二人して、赤土のうえに転がった。

司法警察きってのプロレス・コンビってところね。

さっき草むらでしたように、イヴァーナはまじまじとニエマンスの顔を見た。そして彼の目のなかに見てとったのだった。ゲルノンの事件によって彼の体はぼろぼろになったが、そのぶん狂気はさらに深まったことを。

47

手錠をかけるなんて、さすがにやりすぎだろう。

それでもクライナートは、自らの権威を断固ふりかざした。ニエマンスは今、両手をつながれたまま救急車のシートに腰かけ、頭をうしろにのけぞらせている。後部の扉はひらいたままだ。これじゃあまるで、首枷をはめてさらし者にされた中国の罪人だ、とニエマンスは思った。

しかしいちばん堪《こた》えたのは、イヴァーナの説教だった。

医者に洗顔剤で目を洗ってもらっているあいだ、彼女からこんこんと諭された。

「どうしてあんなことをしたんですか？　二人とも、

じっとしているべきだったのに。そもそも頼まれもしないのに、その歳で捨て身の任務を買って出るなんて」

イヴァーナの姿は見えなかったけれど、車の下方にいるらしい。もともと少し小柄だが、両足をしっかり地面につけ、自信満々に話している。

「さっきはおれのおかげで命拾いしたんだぞ」

「危うく殺されかけたのも、もとはと言えば警視がむちゃをしたからじゃないですか。しかも元密猟者なんかのせいで」

ニエマンスは医者をぐいっと——というより、手錠を鳴らしてかしゃっと——押しのけ、頭を起こした。シートが高いので、足がぶらぶらしている。水の底を眺めているみたいに、まだ視界はぼんやりとかすんでいた。

周囲では、ドイツ州警察特別出動コマンドの隊員が防弾シールドや突撃用の武器を片づけていた。クライナートの部下は周辺の安全確認に奔走し、科学警察の検査官はブロッホの小屋の調べを終えた。

「元密猟者がわれわれのたったひとつの手がかりだったんだ。もう、署に連行したんだろうな？」

「連れて行くなら病院でしょうね。ブロッホは頭蓋に外傷を負ってます。それに顔面にも多数の傷を」

「正当防衛だ」

「パリだったら、とっくにクビになってるわ。ここなら、追っ払われておしまいだけど」

「それは検事の決めることだ」

イヴァーナは何も答えなかった。ニエマンスの目に、彼女のぼんやりとした人影が映った。指に挟んだ煙草の火が、あっちへこっちへと動いている。ニエマンスはまだ涙が止まらなかったけれど、イヴァーナが体中を震わせているのがわかった。

認めたくはないが、彼女は百パーセント正しい。おれは思いあがっていた。ついこらえきれず、馬鹿げた突撃に身を投じてしまった。法律違反なうえ、無意味に危険なだけの突撃に。

　本当を言えば、まだこんな快挙をやり遂げられると自分に証明したかったのだ。そりゃまあ、いろいろあったけれど、まだ完全にくたばったわけじゃないと。

　それに名状しがたい怒りもあった。後先のことを考えず、自分自身の恐怖、犬に対する恐怖に挑みたくなった。ついつい膿を潰してしまうようなものだ。ルビコン川を渡ったカエサルも、そんな気持ちだったのかもしれない。自らのタブーを犯してしまえば、もっと強くなれるという馬鹿げた期待があったのかも……

「どのみち、もう議論しても始まらないわ」とイヴァーナは最後に言った。「シュトゥットガルトの捜査官が到着しましたから。事件は彼らが担当します」

「冗談じゃない。おれたちはこの事件を任されているんだ……」

「まだわからないんですか。事件の中心はもう、マックス殺しに移っています。ドイツ国民がドイツ国内で殺されたんですから、わたしたちは部外者なんです」

「でもユルゲンは？」

「ユルゲン？」救急車に近づいてきたクライナートが、オウム返しに言った。

　ニエマンスは、彼の口もとに薄笑いが浮かんでいると思った。なかば怒ったような、なかば意地悪そうな笑いだった。あるいは、そんな気がしただけかもしれない。

「ユルゲン殺しはわたしが担当します」とクライナートは言った。

「ふざけるな。やつはフランス領内で殺されたんだ。あんただって、わかってるだろう」

「文句があるなら、そちらの検事さんに言ってください。彼がわれわれに事件を押しつけたんです。もしかしたらフランスの検事もわたしたちと同じく、あなたの暴走にうんざりしているのでは」

ニエマンスは床に飛びおりた。少しくらっとしたけれど、すぐに視界が定まった。

「だったら、この大騒動はなんだっていうんだ？」とニエマンスは、イヴァーナとクライナートが並んで立っている前で聞こえよがしに言った。「人が殺されたわけでもなければ、ものが壊されたわけでもない。なのに何時間もの攻囲戦に備えるほどの大軍を動員して。あいつが事件に関係しているかどうかもわからないっていうのに」

クライナートは疲れきったような身ぶりをした。もう一戦、交える気力はなかった。

「いいかげんにしてください、ニエマンスさん。おとなしく引きあげてくれれば、規則違反のふるまいにも目をつぶりますから」

ニエマンスは必死の形相でイヴァーナを見たが、彼女は目を伏せた。

「あんたにはおれたちが必要なはずだ」ニエマンスは説得を試みた。「われわれは初めから、同じ船に乗っているんだから」

「そのとおりですよ、ニエマンスさん。州の検事もそれは認めています」

クライナートはイヴァーナの肩に腕をかけ、断固とした口調で言った。

「だからこそ、フランス当局もドイツ当局も、ボグダノヴィッチ警部補をアドバイス役として残すことにしたんです」

ニエマンスはクライナートの馴れ馴れしいふるまいに啞然とした。

「何だって？」

「警視」とイヴァーナは言った。「こうするしかないんです。警視はやりすぎてしまいました」

ニエマンスは何か言おうとしたけれど、その何かは喉の奥にひっかかったままだった。

彼の脳裏に、地下室での出来事が浮かんだ。イヴァーナを助けるため、気力を奮い起こしてあげぶたの下に入りこんだこと。あの悪党が彼女に銃を突きつけているのを見て、血管が破裂しそうになったこと。暴力への衝動が湧きあがるなかで、不屈のニエマンスが戻ってきたと思ったこと。誰にも負けない男、彼自身が追っている悪よりもさらに危険な男が帰ってきたと。けれどもそれは間違いだった。たしかに暴力性はよみがえったが、それは古い病気の名残りのようなものだった。あとはすべて、遠い過去だ。ゲルノン以前の年月《としつき》と同じく、手の届かないものだった。胸骨から下腹部にかけて残る傷は、決して越えられない国境なのだ。

犬の鳴き声が響いた。ローエットケンを輸送車に載せているのだ。催涙ガスでまだ目が痛むらしく、鼻先をおとなしく下にさげてうなっている。ニエマンスはそれを見て、なぜかしらユルゲンの墓碑銘を思い出した。大理石のプレートに刻まれていた詩の一節だ。

「こんな詩を知っているか？」と彼はイヴァーナにたずねた。「《運命に呼びよせられし道で／長くつらい務めに雄々しく励め／そののちわれのごとく、黙して苦しみ、息絶えよ》」

「いいえ」とイヴァーナはそっけない口調で答えた。たとえ間接的にせよ自分の無教養を思い知らされると、つい腹が立ってしまう。

「アルフレッド・ド・ヴィニーですね。『狼の死』という詩の最後の部分です」

ニエマンスは、そう口をはさんだクライナートの顔をまじまじと見つめた。

「ヴィニーを読んでいるのか？」

「これでもフランスの文化には詳しいんです。特に詩が好きで」

「驚いたな。それじゃあ、この詩の語り手は何者なんだろう？　《われのごとく》と言っているのは誰なんです？」

「狼ですよ。狼が狩人に殺されたとき、詩人はその目にこんな思いを読み取ったんです」

「《黙して苦しみ、息絶えよ》」ニエマンスは小声で繰り返した。

「この詩をどこで読んだんですか？」とイヴァーナがたずねる。

「ユルゲンの墓だ」

三人のあいだに、突然沈黙が続いた。インク瓶を倒したみたいに、夕闇が平野を包んでいく。輸送車が次々に走り去り、ヘッドライトの光が遠ざかるにつれて、樅の木立は暗く厳めしい深みを取り戻した。

ユルゲンは詩のなかの狼だ。三十四歳で彼は死を受け入れねばならなかった。それはマックスも同じだった。でも、どうして？　呪いのために？　犯人はまさしく地獄の劫罰を下そうとしているのだろうか？

ポケットのなかで携帯電話が鳴った。ニエマンスは取り出そうとしたものの、手錠のせいでうまくいかない。

「さっさとはずしてくれ、こんなもの」

イヴァーナはニエマンスのポケットに手を入れ、携帯電話をつかんで彼の耳にあてた。ニエマンスはなんとか両手でそれを持った。

「もしもし」

「シュラーです」息を切らした声がした。「お知らせしたいことがありまして」

「どうしました？」

「研究室に来てください。ご自分の目で見てもらったほうがいいでしょう」

「何のことで？」

「ともかく来てください」

ニエマンスは右手で電話を持ったまま、左手首の腕時計を見ようとした。ジャグリングをやらせても、うまくできそうな手つきだった。

「まずは容疑者の訊問があるので、それがすんだらむかいます」

　ニエマンスはそう言って、クライナートにちらりと視線をやった。クライナートは疑り深そうに、目を見ひらいている。

「どれくらいで来られますか？」

「二時間後に」

「お待ちしています」

　ニエマンスは話が終わると、携帯電話を指先でするりとポケットに滑りこませた。

「銃声で耳がおかしくなったんですかね」クライナートは冷たい口調で言った。「誰にも会わせませんよ。《容疑者》の訊問だってやらせません。あなたはもう、捜査班の一員ではないんです。いったい何語で言えばわかってもらえるんだ？」

　最後のチャンスが、今、ここにかかっている。悲劇の舞台のような、この薄暗い平野に。

「クライナートさん」とニエマンスは穏やかな声で言った。本当はファーストネームで呼びたかったけれど、覚えていなかった。「さっきは馬鹿なことをした。申しわけないと思ってる。それについては当局者の前で、きちんと話をするつもりだ。ドイツ側、フランス側、誰の前でも。しかし今は、火急を要するときだ。おれのような警察官なしですませるわけにはいかない。それはあんただってわかっているはずじゃないか」

　こんな馬鹿げた長広舌には騙されないぞとばかりに、クライナートは胸を張った。

「まったくもう、あなたときたら、自分を何だと思っているのか」

「初めからあんたといっしょにこの事件を追っている、頼りになるパートナーですよ。今こそ力を合わせないと、クライナートさん。みんな、いっしょに。犯人を捕まえるには、そうするしかないんだ」

　クライナートのニエマンスを見る目が少し変わった。威勢のいいことばかり言う、時代遅れのアナクロ警官だが、今はもう首根っこを押さえられている。うまく使えば、刑事警察局にとって強力な味方になるだろう。

「シュトゥットガルトの同僚が署で待ってますから、話してみましょう」

ニエマンスはあらためて、両手首をあげた。

「それじゃあ、こんなおふざけはやめにしてもらわないと」

クライナートはにやりとすると、鍵のカの字もなく踵を返した。

48

お遊びのときは終わった。ここまでがお遊びだったとしたらだが。彼らを待っていた本局の捜査官は、まさに刑事警察局の見本だった。あの手のやつらは、世界中どこでも同じだ。制服も着ていなければ、よれよれのジャンパーも着ていない。黒いスーツに白いシャツ。葬式があれば早々に待機し、儀式のあとの一杯には招かれない葬儀屋みたいに。死者の思い出を引っ掻きまわし、不快な泥の塊にする連中だ。

ニエマンスはわざと嵩にかかった態度で、先制攻撃をかましてやろうかと思った。しかし両手に手錠をはめられ、追いつめられたウサギみたいな目をしていたのでは、どうにも分《ぶ》が悪い。

ニエマンスたちは自己紹介をした。新来者たちはピーター・フローリッヒ、クラウス・ベアリング、フォルカー・クレンツと名のった。どうにか名前は覚えられたが、階級までは無理だった。

ひとり目はしけた青白い顔をしていた。プチパンに道化師《ピエロ》の眉とファスナーの口をくっつけたみたいだ。二人目は赤っぽい巻き毛の、ずんぐりした男で、しょっちゅうちらちらとわきに目をやっている。人を見たら犯罪者だと思うくせして、決して事件を解決できないタイプだ。三人目はあとの二人より頭ひとつぶん背が高かった。彼ならひとりで棺桶を運べるだろう。それにどうも使いまわしの臭いがぷんぷんとする。用心棒みたいながたいと強面ぶりから察するに、長年治安部隊に勤めていたのだろう。そのあと刑事警察局に来て、矛を収めたというわけだ。

今度はこの三人が、事件の捜査に采配《さいはい》を振るというわけか。ドイツ側の手続きがどうなっているのか、ニエマンスにはさっぱりわからなかったが、彼自身の運命については疑問の余地がなかった。ここから国境へ直行だな……

ところが、思いがけない二つの出来事が状況を変えた。クライナートはピエロをわきに呼び、あとの二人は意味のわからない言葉で話し始めた。明らかにクライナートとピエロは、昔からの知り合いらしい。こいつは期待できそうだ。

二つ目の出来事をもたらしたのは、賞金首の巨漢だった。彼は手をぶんぶん振りながらニエマンスに近づき、フランス語で話しかけてきた。片言のフランス語だったが、メッセージは明らかだった。あなたの名声はかねてより聞き及んでいるし、あなたはすばらしい警察官だと思う、というのだ。案外いいやつらしいぞ、フォルカー・クレンツは。その状況だったら、自分もヨハン・ブロッホの小屋でまったく同じことをしただろう、と彼はためらわずニエマンスに言った。

ようやくクライナートとピエロが戻ってきた。そこに巨漢と三人目の捜査官も加わって、なにやらまた密談を始めた。

ニエマンスはイヴァーナに目をやった。彼女は煙草に火をつけながら、ひと言も聞き逃すまいとしている。成長著しいな。しかも異郷の地でよくやっている。まったく警察官ほど悪賢い人種もいないと、彼女にもわかり始めたことだろう。

四人がこちらにやって来る。クライナートは頑固な教師のような顔に皮肉っぽい笑みを浮かべて、ニエマンスの前に立った。

「この事件に関してはわたしのほうが詳しいと、同僚たちは認めてくれました」

「《われわれのほうが》ってことなんだろ？」

「わたしが先に訊問すれば時間の節約になるってことも納得しています」

「つまり、《われわれが先に》？」

クライナートはため息をついて、小さな鍵をポケットから取り出した。かちゃかちゃっと鍵が二度まわり、ニエマンスは自由の身となった。

「いっしょに来てください」とクライナートは言って、愛想たっぷりにイヴァーナのほうを見た。「お二人ともどうぞ。でも、決して口ははさまないで。黙って聞いているだけにしてください」

「ひと言もしゃべらないわ」イヴァーナは煙草をもみ消しながら答えた。

映画だと、手錠をはずされた容疑者はたいてい手首をさする。しかしニエマンスは、手首だろうがどこだろうがさすろうなんていう気にはならなかった。赤土の穴倉で怪物を育てていた男を締めあげてやりたくて、うずうずしていたのだ。

一行は二台の車に乗りこんだ。訊問は病院で行なわれる。医者の許可もないし、弁護士もつかない。ヨハン・ブロッホは、外部との接触をいっさい絶たれていた。完全に違法だ。
けっこうやるじゃないか。ニエマンスはドイツ警察を見なおし始めた。

49

「話すことは何もない」とベッドに腰かけた男は言った。

むやみやたらと明るいが、殺風景な部屋だった。真っ白で、どちらかといえば精神科の病室を思わせる。そもそもそのほうが、今の状況に適っているだろう。

クライナートは廊下の看守を追い払い、シュトゥットガルトの三人がドアの前で見張りにあたった。クライナートはブロッホの前に立って、ベッドのバーに手をかけた。

ニエマンスとイヴァーナはうしろに控えていた。イヴァーナは規則を無視して煙草に火をつけた。せかせかと煙を吸いこむさまは、彼女のほうが煙草の火に焼き尽くされているような、奇妙な印象を与えた。

ヨハン・ブロッホはそれを見て、ドイツ語で何か言った。身ぶりから察するに、一本欲しがっているのだろう。

ふざけるなとばかりに、クライナートは罵り言葉を返した。

「ヒーア・ヴィルト・フランツェーズィッシュ・ゲシュプロッヘン」クライナートは命令口調で言った。

ニエマンスにも、ドイツ語の音を聞き取ることができた。《フランス語を話せ》という意味だろう。

「この馬鹿どものためにか？」とブロッホは言って、唾を吐きかけるみたいにニエマンスをねめつけた。

一筋縄でいきそうにないと、ニエマンスも認めざるをえなかった。顔や頭は包帯でぐるぐる巻きだが、二時間前に自分を殴りつけた男があらわれたのを見ても身じろぎひとつしない。法に訴えて泣き言を並べたり、弁護士を呼んでくれと騒ぎ立てることもなかった。踏ん張りとおす自信があるのだろう。

愚か者だが、肝はすわっている。

包帯のうえからも、酒焼けと日焼けで赤らんだ顔が見てとれた。陰鬱な目に何日も剃っていない無精ひげ。きっと胸のうちは、恨みに凝り固まっているのだろう。手垢でがさがさになったタオルのように、心が荒みきっている。こいつはただウサギに罠をしかけているだけじゃない、正真正銘の犯罪者だ。

「おまえの小屋を訪れたとき、いきなり撃ってきたのはどういうわけだ？」とクライナートはたずねた。

「よけいな口出しをされたくないんでね」

「隠し立てしなくちゃならんものでもあるのか？」

「いいや、何も。おれは立派な財団に雇われた密猟監視人だ」

ブロッホにはドイツ人特有のぎくしゃくした訛りはなかった。むしろゆったりと体を揺するアルザス風の発音だ。

「それじゃあ、ローエットケンのことは？」

ブロッホは肩をすくめた。手錠をはめられた手を、まだ弾がこめられている二丁の銃のように脚のあいだに挟んでいる。

体格はさほどいいわけではないが、患者衣の下の肩はがっちりとして骨ばっていると同時に、しなやかそうだった。悪知恵に長《た》け、腐臭と不快な樹液にまみれた森の男だ。

「犬を飼っちゃいけないとでも？」

「ローエットケンは禁止されている。知っているはずだ」

「おれには関係ないね。あの犬は誰にも悪さはしない。禁止する理由なんてどこにもないんだ」

「二日前、あのうちの一匹がラオラ・フォン・ガイエルスベルクを襲おうとした」

元密猟者はせせら笑った。

「そいつは驚きだな」

ブロッホはクライナートのほうに身をのり出した。警官は一ミリも動かなかった。恐れているようすはまったくない。

「だってあの犬は、ガイエルスベルク家を守るために飼育されていたんだから」

「何が言いたいんだ？」

ブロッホはベッドボードにまた背をもたせた。

「さあね」

「二十年前、イェニシェの少女に犬をけしかけたのはおまえたちだな？」

少し間があった。クライナートはちらりと下に目をむけた。それは相手のガードをすり抜けて決まったフックのようだった。ひねりが利いて容赦ない、決定的な一発だ。

「あれについては代償を払った」

それじゃあイェニシェの少女が襲われた一件は、裁かれたのだろうか。いや、あの《事故》について訴訟が行なわれた形跡はまったくない。ブロッホが言っているのは、内々の懲罰の話だ。ガイエルスベルク家は事が大きくならないよう、処理したというわけか。

「おれが何をしたっていうんだ？」とブロッホは、突然大声で叫んだ。「まるで犯人扱いじゃないか。あれこれほじくり返して（そこで彼はニエマンスを指さした）。でも悪党はこいつのほうだ。おれは被害者なんだ。こいつはおれを殴りつけ、殺そうとした。ぶた箱でくたばるべきなのは、こいつのほうじゃないか」

誰も言い返さなかった。とりわけクライナートは。

「九月三日から四日の夜は、どこにいた？」

「覚えてないな。家だろう。でも、どうして？」

「さっき言ったとおり、ラオラさんがおまえの犬に襲われそうになったんだ」

「おれの犬だって？　どうしてわかるんだ？」

「おまえの家の地下で見つかったローエットケンと同じタトゥーが、胸に彫られていたからな」

「だから何だっていうんだ？　タトゥーくらい、どんな犬にだってあるさ。そんなもの証拠になるか」

「ナチの特殊な師団章だったんだぞ。オスカール・ディルレヴァンガーの特殊部隊《ゾンダーコマンド》のな。そこでは第二次大戦中、密猟者や前科者が罪のない人々を何千、何万と殺したんだ」

「それがどうした？」

「どうしてそんなマークを選んだ？」

「しゃれてると思ったからさ」

「交差した柄つき手榴弾が？　ナチの印なんだぞ」

「べつに罪になるわけじゃない」

ブロッホの返答にはとりつく島がなかった。彼自身、行先のない答えを見つけ出して面白がっているのだろう。

「誰が犬にタトゥーを入れたんだ？」

「もう忘れたね」

「犬はどこから連れてきた？」

「さあな。もとから親父が育ててた犬でね。わが家はずっとローエットケンを飼っていたのさ」

「おまえは黒いハンターの子孫ってわけか？」

「何の話かわからないな」

「おまえの父親も、ガイエルスベルク家に雇われていたんだな？」

「ここじゃあみんな、彼らのために働いている。この地方がすべて、ガイエルスベルク家に雇われているようなもんだ」

「おまえのガレージにバイクがあったな。ノートン九六一コマンドSE二〇〇九だ」

　ニエマンスはこの事実を知らなかった。いよいよ証拠がそろってきた。包帯を巻いた頭を、万力が締めつけている。

「スピード違反でもしたっけな？」ブロッホがたずねる。

「ここにいる仲間が、同じ種類のバイクに乗った連中に襲撃されたんだ」

　知ったことかというように、ブロッホは手をふった。

「おれをしょっぴく理由なんて、結局何もないじゃないか」とブロッホは言い返した。「あんたが言っているのはみんな、間接的な証拠ばかりだ。ローエットケンやノートンが絡んだ襲撃事件の罪を、おれに着せようとしている。おれが犬を育てているとか、バイク好きだとかっていう口実で。もっと確かな証拠を見つけてくるんだな」

　ブロッホの言うとおりだったが、ニエマンスはさらに追いつめられると感じた。

　彼はベッドに歩み寄った。おふざけはもう充分だ。元密猟者は少したじろいだ。初対面のいきさつは、彼も忘れていなかった。

「シュヴァルツ・ブルート財団じゃあ、どんな仕事をしているんだ？」

「密猟監視人さ。狩場の動植物に目を配っているんだ」

「もっと詳しく」

「獲物を管理している。食料だとか、生活環境だとか、すべて整えなきゃいけないんでね」

「接近猟《ピルシュ》のために？」

「ああ、そうとも」

「ガイエルスベルク家でまだ接近猟《ピルシュ》をしているのは誰だ？」

「本人に訊けばいいさ。ついでに、おれを迎えに来るよう頼んどいてくれ。そうすりゃ一時間後には、おれは自由の身だ。あんたらはせいぜいここで、マスかいているんだな……」

ニエマンスはひとっ飛びして、ブロッホの顔の傷に親指を突っこんだ。包帯から血がほとばしる。

ニエマンスが手を離すと、ブロッホはうしろにひっくり返った。クライナートとイヴァーナは、あわててニエマンスを押さえた。今や病室は拘禁室の様相を呈していた。うめき声を聞きつけ、シュトゥットガルトの捜査官が銃を手に、突風のように飛びこんできた。

けれどもニエマンスは、もう手を放していた。腹の大きな古傷がうずき、息切れがした。さっき一戦構えたときの筋肉痛で、体がこわばっている。

たちまち腹を下にして、床に押さえつけられた。後ろ手にねじあげた手首に、巨漢のフォルカー・クレンツがまたしても手錠をかけた。もう決してはずしてもらえないだろう……

ブロッホがナースコールのボタンを押した。イヴァーナはわめきながら銃を突きつけ、クライナートはみんな落ち着けと呼びかけた。足音が行き来する。ニエマンスはなすすべもなく、床に顔を押しつけられていた。

「警視、どうかしてますよ、本当に！」イヴァーナは彼のわきに四つん這いになって叫んだ。

ニエマンスは笑いかけようとしたけれど、うまくいかなかった。背中にドイツ人警官が馬乗りになっていたのでは、笑顔を作るのもひと苦労だ。深い水の底に沈んでいくように、音がどんどん遠くなる。もう、何もまともに考えられなかった。

やつらの言うとおり、おれはさっさとボルボに乗り、フランスへ戻るべきなんだ。行先は家でも、ナンテール司法警察局のオフィスでもなく、老人ホームだ。さもなきゃ、墓地に直行かもしれない。

50

イヴァーナはジャンパーにくるまるようにして、助手席で体を丸めていた。ヘッドライトに照らされ、樅の木が走り去っていく。まるで囚人たちが光に目をしばたたかせながら、道路わきを一列に行進しているかのようだ。彼らはまっすぐ死にむかっていた。

イヴァーナはまだ腹を立てていたが、それ以上に不安だった。たったひとりの仲間であるニエマンスが、これまで抑えていた別の顔をむきだしにした。何事にも動じない、経験豊かな警官が、今ではまるで異常者のようだ。こめかみに青筋を立て、汗びっしょりになっている。何をしでかすかわからない、暴力的な男。直感にたよって行動するだけで、結局成果は得られないだけでなく、彼はまわりのまともな警官たちにとって、ただのお荷物になり果ててしまった。

　イヴァーナはことが面倒にならないよう、クライナートに懇願した。ドイツ人警官もここはひと肌ぬぐことにした。元密猟者が《急な容態の悪化》で治療を受けているあいだに、二人は車のなかでニエマンスを落ち着かせた。

　駐車場で交渉がなされ、シュトゥットガルトの捜査官は病院での失態には目をつぶろうと言った。そのかわり、ニエマンスは今夜のうちにフランスに戻るようにと。もう交渉の余地がなかった。

　彼らが本局へ引き返すと、イヴァーナはだめもとでクライナートに頼んでみることにした。シュラーから話を聞くのに、ニエマンスも同行させて欲しいと。《どうせ帰り道なのだし》と彼女はつけ加えた。それにもともとシュラーは、ニエマンスに電話してきたのだ。

　クライナートはこれも受け入れた。イヴァーナにとって、二重の意味で勝利だった。まずは《相棒の》ニエマンスに、調子を取り戻して欲しかった。それには手がかりでも新発見でもいいから、この忌まわしい捜査が隘路を脱するきっかけが必要だ。それにもうひとつ、れっきとした妻もいる男性が、彼女のために折れた証だった。折れるといっても、枯れ木みたいにではない。強くしなやかな青い枝が、無理を聞いてくれたのだ……

　あいかわらず樅の木、ヘッドライト、アスファルトの道路が続いている。イヴァーナの気分はようやく持ちなおしてきた。たしかにまだ恐怖心は残っていたが、それは子供が魔女の話を聞かされているようなものだった。この車に乗っていれば安心だ。隣には秀でた額のドイツ男。うしろには、納体袋に収められた死体みたいにコートをかぶったニエマンス。二人の男といっしょにいられるのなら、イヴァーナはそれで満足だった。

　研究所の塀が見えてきた。ヘッドライトのビームのなかで、木蔦《きづた》が輝いている。そのむこうに、いくつか明かりの灯っている窓が見えた。車のドアが閉まる音も、心なしか不気味だった。人気《ひとけ》のない夜の闇が、ごぼごぼという奇怪な水音と湿った悪臭で彼らを迎えた……

　彼らは門扉を抜け、光にむかって進んだ。窓越しに、ずらりと並ぶ会食者が見えた。浮世離れした研究者たちが、楽しげに食卓を囲んでいる。

　女性のひとりが彼らに気づき、立ちあがってドアをあけてくれた。苔むした石敷きの玄関口に立つ彼女は、もう上っ張り姿ではなかった。柔らかな綿の上着とズボンも、ここのユニフォームなのだろう。庭師の作業着と中国の青い人民服を合わせたような格好だ。

「フィリップですか？」と彼女はナプキンで口を拭きながら言った。「まだ研究室で仕事をしてるようね。むこうの建物です。早く来るように言ってくださいな。料理がさめちゃうわ。あなたがたもごいっしょにどうぞ」

　ずいぶんと愛想のいいことだ。彼らは教えられたとおり、隣の細長い田舎家に入った。地下室に通じるドアはすぐに見つかった。無菌衣に着替えずに入っていいものだろうか？　ニエマンスは横のドアノブをまわした。何か注意があるなら、前もって言われているはずだ。

　三人は一列になって降りていった。地下室の壁や床は、一階とはまったく違っていた。ざらざらした石や不ぞろいな四角形のテラコッタタイルとは打って変わって、どこもかしこもなめらかで清潔なクロムメッキに包まれている。

「シュラーさん？」とクライナートが階段の下で声をかけた。

　いくつもの部屋が目の前に並んでいる。ガラス窓のひとつに明かりが灯っていたが、合わせガラスの奥をのぞくことはできなかった。

　ニエマンスはイヴァーナと目を合わせ、二人同時に銃を抜いた。そしてクライナートを押しのけ、銃を構えて研究室に飛びこんだ。輝く水切り台、みがきあげたクロムメッキ。どこもかしこもぴかぴかだ。試験管や遠心機も、ここでは端役だった。気温は十度を超えていないだろう。

「シュラーさん?」とニエマンスも呼びかけた。

　いちおう、そう言ってみたにすぎない。みんな、もうわかっていた。シュラーは冷凍試料みたいに冷たくなって、どこかに横たわっているだろうと。

　三人はさっと分かれてゴム手袋をはめると、テーブルの下や死角になっている場所を覗きこむように調べ始めた。イヴァーナは右側にもうひとつ、ステンレスのドアがあるのに気づき、ノブに手をかけた。

　シュラーはバックライトに照らされた棚の下で、腕を左右に投げだしあおむけに倒れていた。まわりには砕けた試験管や試料が散らばっている。銃弾は喉を貫通して、壊れた支柱のあいだへ抜けてしまったらしい。縦に伸びた長い血の痕は、哀れな男が倒れた軌跡を示していた。

　シュラー。シュナップスを愛飲する赤ひげの男。そして犬の専門家。彼は今夜、何かを見つけ、ニエマンスたちに伝えようとしていた。そしてその代償を払わされたのだ。

　三人は死体のまわりにひざまずいた。イヴァーナは棚の下段にビニールの袋があるのに気づいた。死体のすぐわきあたりだ。なんて不吉で皮肉なめぐり合わせだろう。それは冷蔵したローエットケンを収めている袋だった。

　今さら何を言ってもしかたないし、できることもない。来るのが遅すぎたと、ただ思い知らされただけだった。クライナートは立ちあがり、応援を呼ぼうと携帯電話を取り出した。するとニエマンスもすっくと立ちあがり、手袋をはめたままの手で携帯電話を押さえた。

　なるほど、彼には別の考えがあるらしい。

51

　誰かに知らせる前に、まずは研究者たちが共同生活をしているこの農園の出入り口をすべて封鎖したほうがいい、とニエマンスは主張した。内部を徹底的に調べ、研究員たちにもひとりひとり訊問しよう。《犯人はシュラーの同僚だろうか？》とたずねられても、ニエマンスは何とも言えなかった。しかし顔見知りの犯行であることは間違いない。ほかのみんなが夕食をとっているあいだに、シュラーは犯人を研究室に招き入れ、自分の発見について話した。犯人は彼を撃ち殺し、逃走したのだ。

　そんなふうに話すニエマンスは、また新たな一面をのぞかせていた。狂暴性を発揮したあとは無気力に陥り、今度は何かじっと考えこんでいるようだ。ブロッホを訊問する代わりにシュラーのもとへ直行していたら、彼は殺されずにすんだだろうという思いが頭から離れないのだ。

「警官はそんなふうに考えるもんじゃありません」とクライナートが言った。

「そうだろうか？」

「二時間で内部を調べ、研究員から話を聞きましょう。そのあと、事件を通報します」

　クライナートはニエマンス同様、絶好調とは言いがたかったが、事態の急変に気力を奮い立たせていた。おれは田舎のいち警察官にすぎない。この事件では、そればかりをずっと思い知らされてきた。どうせ大洋のなかで、コップ一杯の水ほどの価値しかない存在だ。しかし、ここであきらめるわけにはいかない。

　だからこそクライナートは、ニエマンスの術策を受け入れることにしたのだ。希望がよみがえってきた。白旗をあげる前に、重要な手がかりが得られるかもしれない。酷い言い方かもしれないが、シュラーの死はチャンスだった。犯人に近づき、その動機を探り出し、何を恐れているのかを理解するためのチャンスなのだ……

「研究員が不安がらないよう、わたしの部下を呼ぶことにします」

「そいつらは信頼できるんでしょうね？」

　クライナートはニエマンスをにらみつけた。すまない、というようにフランス人警官はうなずいた。農園をくまなく見てまわり、研究員たちから話を聞くには、十人集めても多すぎるということはないだろう。

　ニエマンスが死体のあった小部屋や研究室を細かく調べているあいだに、イヴァーナは捜査用のゴム手袋をはめたまま、シュラーのパソコンと格闘をしていた。あいにくパソコンはロックされていた。映画のなかならいざ知らず、パスワードがわからなければ、セキュリティは突破できない。

「電話では、何か言ってませんでしたか？」イヴァーナは適当にパスワードを試しながらたずねた。被害者の誕生日、犬の名前（シュラーは独身で、子供もいなかった）。

ニエマンスは水切り台のむこう側に立って、わけのわからない数字や略号がずらりと並ぶ書類のファイルに目を通していた。

「いや、特には。ただ、見せたいものがあるとだけ」

ニエマンスは目をあげて、ゆっくりと周囲を見まわした。少し距離を置けば、細かな点もとらえられるとでもいうように。あるいは逆に、今まで気づかなかった明らかな点がわかるとでもいうように。

イヴァーナはパスワードが書かれているポストイットか紙切れでもないかと、あたりを探した。しかしパソコンには個人情報が詰まっているのだから、そこらに鍵を放り出したりしているわけがない。

「どんな話だったと思いますか？」

ニエマンスはまだそこらじゅうに視線を這わせている。

「犬のことかもしれない。彼のところに、ローエットケンの死体を置いていったからな。さらに詳しい分析をしたら、何か驚くべき事実が判明したのかも」

イヴァーナは部屋の反対側から小部屋を眺めた。ドアはまだひらいたままで、シュラーの足がちらりと覗いている。ほんの一瞬も同情や悲しみを感じなかったことに気づいて、われながら唖然とした。まずいタイミングでまずい事実を知ってしまった好人物のことは、一顧だにしなかったのだ。

しかし、まずは犯人を見つけることだ。今はそれだけに集中しなければ。死体が埋葬され、犯人が捕まったら、思う存分泣けばいい。

イヴァーナはまだパスワードを探していた。ニエマンスの言うとおり、シュラーは犬の遺伝子分析をしたのだろうか？　彼女は突拍子もないシナリオを想像し、思わず身震いした。あの犬には、何らかの遺伝子操作がなされているのかもしれない。もしかしたら、ＤＮＡのなかにナチの遺伝子が組みこまれているとか？　まさか、そんな恐ろしい不気味な話はありえない。

「これ以上やっても、時間の無駄ね」イヴァーナはシュラーのパソコンを閉じた。「何を捜しているのかもわからなければ、見つかるかどうかも怪しいのに。それなら研究所の人たちに訊いてみたほうがいいわ。シュラーは同僚の誰かに話していたかもしれないし」

ニエマンスはうなずいたものの、こう言った。

「もう一度、現場を検証しよう」

こうして三人は、本格的な家宅捜索にかかった。家具を移動させ、戸棚のなかを空っぽにし、遠心機を持ちあげて、シュラーが何か隠してないか隈なく確かめた。

何度も行ったり来たりしたものの、手がかりなしだと納得せざるを得なかった。犯人の遺留品らしきものも皆無だった。小部屋の壁に九ミリ弾が残っていたのを、クライナートが見つけただけだった。

部屋の気温は低かったけれど、みんなたちまち汗びっしょりになった。何も見つからないなんて、信じられない。こんな捜査は時代遅れなのだろうか。ｉクラウドだかなんだか知らないが、シュラーの秘密はどこか無限に広がる非物質的な世界にあるのかもしれない。

そのとき、クライナートの電話が鳴った。

彼は二言、三言話すとこう告げた。

「部下が到着しました」

「ちょうどいい」とニエマンスは元気を取り戻して言った。「研究員たちが夕食を終えたころだ。デザート中のところに押しかけるとしよう」

52

クライナート、イヴァーナ、ニエマンスはやって来た九人の警察官とともに仕事を分担し、ショックを受けている十七人の研究員の聴取と建物の徹底的な捜索にかかった。英語やフランス語が話せる研究員はニエマンスに任され、残りはイヴァーナ、クライナート、それに三人の警官が担当することにした。あとの六人は手がかりを探して、研究室や寝室をしらみつぶしに見てまわった（もちろんエコロジストが隠遁生活を送る場に、監視カメラなどなかった）。

刑事警察本局に連絡を入れたのは、二時間ほどたってからだった。まったく、正気の沙汰じゃない。時系列を遡って調べれば、三人が通報までに三時間以上を要していたのは簡単にわかってしまう。事件の第一発見者がすみやかに通報しなければ面倒なことになる。それが警察官だったらなおさらだ。

クライナートはその危険を引き受けたのだ。みんなを黙らせるような、有無を言わせぬ手がかりが見つかるだろうと、彼はまだ期待していた。

それと並行して、シュラーの通話記録の分析にも取りかかっていた。犯人が彼に電話したかもしれないし、その逆の可能性もありうる。

イヴァーナが話を聞いた最初の二人からは、まったく収穫なしだった。けれども三人目のひげ男ウルリッヒ・タフェルツホファーが思わぬ話を始めた。彼はシュラーの親友で、被害者がここ数日何を調べていたのか知っているという。

「ＤＮＡを比べていたんです」

「犬のＤＮＡを？」

椅子にちょこんと腰かけたタフェルツホファーは、

びっくりしたようすだった。身長は二メートル近くもあるのに釣り竿みたいに細い体が、白いつなぎ服のなかで揺れ動いている。肩まで伸ばしたぱさぱさした髪と、隠者のようなひげが、細長い顔をさらに長く見せていた。

「どうして犬のＤＮＡなんか？」

「わたしたちが持ちこんだローエットケンの染色体配列を調べていたのでは？」

「違いますよ。彼はガイエルスベルク家のＤＮＡを検査していたんです」

「何ですって？」

タフェルツホファーは悟りきったようなため息をつきながら長い腕をのばし、隣の水切り台にのっていたパソコンをつかんだ。

彼はそれを自分のほうにむけ、二本指でぱちぱちとキーをたたいた。

「あなたのオフィスをひらいているんですか？」とイヴァーナはたずねた。

「いえ、フィリップのです」

「彼のパスワードを知っているんですか？」

「今、入力したところですよ」

呆気にとられたような表情のイヴァーナを前に、タフェルツホファーは説明した。

「この研究所の精神が、まだおわかりになっていないようですね。ここでは誰も隠しごとをしません。みんなが自由に、互いの研究について語り合うんです」

イヴァーナは指先と、じっとり湿ったうなじがざわざわするのを感じた。研究所の共同体理念はどうでもいい。けれどもそんな透明性のおかげで、シュラーが最近まで何を調べていたのかがわかるのだ。

「シュラーさんが行なっていたという調査について、詳しく教えてください」

タフェルツホファーはキーボードをたたいた。まるで長い指で、キーを並べなおしているかのようだった。

「フィリップは今朝、ユルゲン・フォン・ガイエルスベルクの検死解剖に関する分析結果を受け取りました」

「分析というのは？」

「染色体配列です」

「シュラーさんが依頼したのですか？」

「ドイツでは強制的にやっているのでしょう。よく知りませんが」

イヴァーナは椅子のうえで体を動かした。指先のざわざわはちくちくに変わった。それが流れに逆らって泳いでくるピラニアのように、腕に沿って遡ってくる。

「染色体配列の分析結果に、何か特別なことでもあったんですか？」イヴァーナはざらついた声でたずねた。

イヴァーナは現実離れしたシナリオを、早くも脳裏に思い描いた。ユルゲンは治療不能な遺伝子疾患に冒され、一族はそれを隠したがっていたのかもしれない。だから彼の体に病気の症状があらわれる前に、抹殺したのだ。何世代にもわたって、ガイエルスベルク家は病を得た跡継ぎたちを自ら殺し続けた。枯れかけた枝を剪断するように。

そんな彼女の推理を、タフェルツホファーは静かに一蹴した。

「ユルゲンさんのＤＮＡはまったく正常でした。おかしなところは何もありません」

「それじゃあ？」

タフェルツホファーはあいかわらずキーボードをたたいている。

「どういうわけか、フィリップはラオラさんの遺伝子配列も持っていたんです。念のためってことでしょう。ともかく彼は、ラオラさんとユルゲンさんのＤＮＡを比べてみました。すると、思いがけない結果が得られたのです」

イヴァーナは口のなかが渇ききり、息も絶え絶えだった。

「思いがけないっていうのは？」彼女は喘ぐように言った。

タフェルツホファーはディスプレイをイヴァーナのほうにむけ、二つの図表を示した。

「専門家じゃなくても、比べてみればひと目でわかりますよね」

イヴァーナはにっこりした。犯行の動機が、ようやくつかめたようだ。

53

ニエマンスは砂利敷きの中庭で急ブレーキをかけた。タイヤがすべてロックしたまま、車は何メートルもスリップした。ガラス荘はビロードのクッションに鎮座するダイヤモンドのように、夜の闇のなかで輝いていた。直線と角と平面からなるきっちりとした外観は、ゆらめく自然の夜景——波のようにうねる草むらやゆっくりと揺れる黒い樅、荘厳な雲の流れと対照的だった。

けれどもニエマンスは、そんな詩的な景色に感じ入るような気分ではなかった。頭は爆発寸前だ。イヴァーナからDNAの話を聞くやいなや、彼は《ふざけやがって、ただじゃすまさないぞ》と叫びながらドアにすっ飛んでいった。

もちろん言葉の綾にすぎないが、腸《はらわた》はそれくらい煮えくり返っていた……そうしてニエマンスはボルボのハンドルを握りしめ、ラオラの家へやって来たのだった。

これはもう、おれと彼女の問題だ。

ロートルデカと嘘つき女、さしで勝負をつけようじゃないか。

ラオラの車は停まっていた。護衛役を任された警官たちが、庭の隅に立っている。ニエマンスは彼らに手で合図して、玄関前の階段をのぼった。

すでに午後十一時近いとあって、家のなかはみんな寝静まっているようだ。ニエマンスは呼び鈴を鳴らそうとして思いなおし、ノブをそっとまわしてみた。鍵はかかっていない。彼はなかにはいった。まだ使用人がそのあたりにいるかもしれない。いや、もう遅いことだし、そもそも使用人はあまりたくさん見かけなかった。

きらめく窓。メタリックな家具。静寂。ニエマンスは明かりをつけずに奥へと進んだ。天井から吊り下げた暖炉も静まり返っている。ぽっかりとあいたその黒い口は、暴かれた墓のように不気味だった。

ニエマンスが階段をのぼろうとしたとき、闇のなかに小さな赤い光が見えた。煙草の火だ。紙が燃えるような音もした。一九三〇年代の不況を生き延びた年代物のソファに、ラオラがゆったりと腰かけている。

ニエマンスはいきなり本題に入った。

「いつ、話してくれるつもりだったんですか？」

ラオラは答えなかった。ニエマンスは目を凝らした。どうやら彼女はジーンズに、黒っぽい厚手のセーター姿らしい。片手を背もたれにかけて、とてもくつろいだようすだ。

「ユルゲンさんとあなたは、本当の兄妹ではなかったんですね」

「それがどうしたと？」ラオラはふっと煙を吐き出した。「言ったじゃないですか、わたしたちは双子のようだったって。だから……」

「そんなごたくはもうたくさんです」ニエマンスは叫んだ。「あなたがた二人のうちひとりは、養子だったんだ！」

ラオラはニエマンスをしげしげと眺めた。涙にうるんだ目は、まるで二粒の黒いインクのように闇を映していた。

「母にはなかなか子供ができませんでした」と彼女は落ち着いた声で言った。「そこで父は密かに男の子をひとり、養子にしたのです。ガイエルスベルク帝国に占めるわが家の持ち分が従兄弟たちのところへまわるのを、見すごすわけにはいきませんからね」

「それがユルゲンさんだったんですね？」

ラオラは吸いかけの煙草で、新たな煙草に火をつけた。そのときになって初めて、ニエマンスは彼女が震えているのに気づいた。ファム・ファタル風のふるまいは、見せかけにすぎなかったようだ。

「それで、あなたは？」

「わたし？」

ラオラは立ちあがってニエマンスとソファのあいだをすり抜け、ガラス窓に歩み寄った。ニエマンスはグラマーなタイプが苦手だった。丸いヒップや大きな胸にはそそられないが、ラオラの官能性は別なところにあった。銛《もり》のようにすらりとしたシルエットが大きなガラス窓の前にくっきりと浮かびあがるさまは、インドネシアの操り人形さながらだ。

「わたしはそのあとに生まれたんです。男の子を養子に迎えるとすぐに、母は身ごもりました。よくある話です」

ニエマンスは煙草の臭いでイヴァーナを思い出した。彼女もいっしょに連れて来ればよかった。そうすれば、おれを立ち竦ませるこの女から、守ってくれただろうに。

「ユルゲンさんは、自分が養子だと知っていたんですか？」

「いいえ、まったく」

「どこからもらわれてきたんです？」

　ラオラは彼に背をむけ、隠れた明かりに照らされた庭を眺めた。ニエマンスのいる位置からは外がよく見えなかったが、彼は海の底でゆらめくような景色を想像することができた。

「東ドイツでしょう。わたしはまだ十代のころ、両親から真実を明かされました。でも、詳しいことは聞いていません。そもそもわたしには、どうでもいいことでしたし。わたしにとってユルゲンは兄であり、双子の片割れでした。血のつながりだとかＤＮＡだとかは、どうでもいいんです」

　ニエマンスはラオラに近寄った。

「どうして何も言ってくれなかったんです？」

　ラオラはいきなりふり返った。髪の毛が窓ガラスにあたると、まるで巻き毛のなかにガラスの破片が詰まっているかのように澄んだ音がした。

「父が死んだあと、わたしたちはグループ内での正当性を認めさせるために、戦わねばなりませんでした。まだ年端も行かず、経験不足だったにもかかわらず。もし養子の話が外に漏れたら、大問題になったでしょう。わたしは今、ＶＧグループをひとりで率いています。ここで仕事を投げ出すわけにはいきません」

　彼女は窓から窓へと、暗い部屋のなかを歩き始めた。水槽のなかの人魚《セイレン》のように。

「だいいち」とラオラは、突然口調を変えて続けた。「それが殺人事件とどう結びつくんですか？」

「じゃあ、マックスさんは？」

「マックス？」

「彼も養子だったんですか？」

「まさか……とんでもない。何を考えているんです？」

「いちおう確認してみましょう」ニエマンスは事件現場に封印をするかのように言った。「もし彼もガイエルスベルク家の血を引いていなかったなら、犯人の動機がつかめるでしょう」

ラオラは心底驚いたらしい。しかし次の瞬間、怒りが彼女をとらえた。目が生来の険しさを取り戻し、黒インクは漆と化している。

「血だ」とニエマンスは続けた。「ガイエルスベルク家の純血を保とうとしている者がいるんです。どの世代でも、後継者はつねにガイエルスベルク家の血を引くべきだと思っている者が……」

「どの世代でもって、どういう意味ですか？」

「前世紀の初めから、ガイエルスベルク家では何人もの人間が不審な死に方をしているじゃないですか」

ラオラはニエマンスのほうに引き返すと、腕組みをした。一族の絵の前に立ったときと同じポーズだった。まるで彼女自身が、ラオラ・フォン・ガイエルスベルクの戯画《カリカチュア》であるかのように。

「不審死を遂げた者たちがみんな養子だったと、あなたは考えているんですか？」ラオラは皮肉っぽい口調でたずねた。「それが捜査の結果だと？　あなたみたいな警官ばかりなら、犯罪者はさぞかし枕を高くして眠れることでしょうね？」

彼女の皮肉は虚ろに響いた。ニエマンスを嘲笑う声には、恐怖と苦悩が感じられた。いつかこのフランス人警官は、ガイエルスベルク家の秘密を嗅ぎつけるのではないか？

「あなたはここに来て以来、具体的な手がかりは何ひとつ見つけていないじゃないですか」とラオラは続けた。「このあたりにはびこる噂や言い伝えに首を突っこむばかりで。あんなもの、何世紀も前からずっと人々を惑わしている妄信にすぎません。あなたがしているのは犯罪捜査じゃない、ただの観光旅行だわ」

ニエマンスも数歩、ラオラににじり寄った。

「あなたの言う伝説が、犯人あるいは犯人たちを犯行に駆り立てる原因だったんです。たしかにそれは妄信かもしれませんが、犯人には確たる動機がありました」

「どんな動機が？」

「ガイエルスベルク家には昔から、子孫を残す能力に問題があったのでしょう。だから各世代で、養子を取らねばならなかった。そして黒いハンターのような男たちが、一族の血を守る役を担い、養子として入った跡継ぎに子供ができる前に、彼らを取り除いていたんです」

「今すぐここから出ていってください。もっとまともな話が見つかるまで、戻ってこないで」

けれどもニエマンスは、さらに近づいた。

「具体的な手がかりとおっしゃいましたよね。さっきフィリップ・シュラーの研究室へ行ってきたばかりです。彼はそこで、殺されていました。シュラーはあなたとユルゲンさんの遺伝子配列が異なっていることに気づいて、わたしに知らせようとしていたんです」

「シュラーが？」ラオラは抑揚のない声で繰り返した。

その顔に、突然怯えが浮かんだ。ほとんど恐怖に陶酔するような表情だった。

「こうなったら、真実をすべて明かしてください。もう時間がないんです……」

ラオラはあとずさりして、背中を窓ガラスにつけた。背後で森が揺れている。まるで穢れた大地から抜け出そうと、木々が身をよじらせているかのようだった。

「わたしには何もわかりません」とラオラは喘ぎながら言った。

ニエマンスはさらに一歩踏み出した。彼は無意識のうちに、香水の香りを期待した。いつなんどきだって、地雷を踏む覚悟はできている。そんな兵士の気分だった。

しかし、何も匂わなかった。涙に濡れた肌がほのかに発する親密な香りのほかは。枕カバーに残るすすり泣きの跡のような、密かな恥じらいが感じられた。

「この話を知っていた人は誰でしょう？　ユルゲンさんが養子だったことを知っていたのは誰なんです？」

ラオラは彼に飛びかかりながら叫んだ。

「何もわからないって言ってるじゃないですか！」

その勢いに気おされて、ニエマンスはあとずさりした。ラオラが彼にしがみつく。ニエマンスは窓ガラスに背中を押しつけ、いつのまにか彼女を抱きかかえていた。

なんとかして落ち着かせなくては。ニエマンスは徹底的に追いつめるのは控えて、慰めの言葉を探した。そのあいだにラオラは立ちあがり、うしろにさがって彼をにらみつけた。

ニエマンスの少年時代は、セルジオ・レオーネのマカロニウエスタン一色だった。実生活では暴力も辞さない彼だが（これまでに殺人犯を八人殺したことがある）、決闘の感覚は味わったことがなかった。殺《や》るか殺《や》られるかの期待と緊張に凝縮された瞬間は、いまだ体験していない。

ラオラに前にして、彼にはわかった。目がくらむようなその一瞬を、ようやく感じ取ることができるのだと。

先に引き金を引くのはどっちだ？

温かくけだるいラオラの唇が彼に答えた。

西部劇だったら、とっくに彼は地面に撃ち倒されていただろう。

54

　彼は常々肉体の愛について、誰にもわかってもらえない独特のイメージを抱いていた。性の営みは本来、二人で行なうものなのに、自分のベッドにはいつももうひとり、邪魔者がいるような気がしてならないのだ。そいつのことが気になって、快楽に没頭できない。忘れようと思えば忘れられるだろうに、ついつい考えすぎてしまうのだ。邪魔者は分け前を求めたりしない。陰にそっと控えているだけだ。愛の夜はいつも、首尾が気になってうまくいかなかった。ちゃんと立つだろうか？　愛撫の場所はここでいいのか？　中身を知らないマニュアルに従わねばならないような感じだった。

　どうしてそんなに卑屈な態度でセックスに臨むのか、自分でもよくわからなかった。たいてい彼は相手の女のことなど考えていなかったし、喜ばせていると自惚《うぬぼ》れてもいなかったから（女はみんな感じているふりをしているのだと、彼はいつも思っていた）。

　それはむしろ、彼の仕事熱心な一面から来ているのだろう。ボルボを運転しているときがいい例だ。ハンドルを握ると運転に夢中で、まわりの景色を楽しめなかった。ひとつのことに集中するあまり、器用にことをこなせない。必死すぎて余裕に欠けるのだ。見かけは豪放磊落《ごうほうらいらく》だが、本当は享楽と縁のない、頭でっかちで陰気な男だと、女たちは本能的に感じ取っていた。料理を味わわずにカロリー計算ばかりしている男と、夕食に行くようなものだと。

　しかしその夜に限っては、すべてがうまくいった。

　ニエマンスはすでにあおむけに横たわり、毛皮の敷物に肩を押しつけていた。ラオラは裸になってそのうえにまたがり、服を脱がせている。どうしたらいいかなんて、もう考えるまでもなかった。ラオラの指づかいに、彼は即座に反応した。それは体と体の純粋で自然な交感だった。愛撫が次の愛撫を誘い、歓喜はどこまでも続いていく……

ニエマンスには、彼女のほっそりとしたシルエットが見えるだけだった。闇より黒い豊かな髪が、二人のうえで嵐のように揺れ動いている。目の見えない者は視覚以外の感覚が研ぎ澄まされるというが、彼もいたるところでいっせいに官能が渦巻くのを感じていた。これは口づけなのか、それとも愛撫なのか？　体中をいじくられているようなうずうずした感覚が、忘我のなかで彼らをひとつに結びつけた。二人のあいだを行きかうめくるめく快感は、それでもやはり紛れもない現実だった。

ラオラはほとんど彼に触れなかった。そっと近づいては、息を吐きかけ耳もとでささやくだけ……けれどもキスの仕方は激しかった。口を大きくひらき、槍のように突き出した舌を歯と歯のあいだにねじ込んでくる。蛇を思わせるそのさまは、ニエマンスの恐怖と欲望を掻き立てた。

突然、彼女はニエマンスの性器を握って、自分のなかに導き入れた。今まで感じたことのない充足感があった。まるでこの瞬間、波のように押し寄せる激しい快感のなかに、彼の存在すべてが凝縮されたかのようだった。

けれどもラオラは、うえに重くのしかかることはなかった。薄明かりのなかでニエマンスの無残な傷痕に気づき、触れないようにしているのだろう。両手を彼の腰にあて、腕をぴんと張って体を支えるかっこうは、相撲のかまえのようだった。ほっそりとした体つきの彼女が、足をひらいてしゃがむのを相撲に喩えるのは皮肉な話だけれど。ニエマンスにとって真の触れ合いは、性器の周囲に湧きあがる熱い興奮だった。

突然、ラオラは体をのけぞらせた。顔に月光が射している。その表情を見て、ニエマンスは凍りついた。目は激怒に輝き、骨や筋肉が浮き出た顔面はまるで麻痺しているかのようだ。体は静かに揺れているのに、顔はひきつったまま固まっていた。

ニエマンスには、彼女の気持ちがわかるような気がした。惨殺された兄と従兄弟。愛憎に満ちたガラスの家は、さだめし透きとおった《嵐が丘》といったところだ。莫大な財産は彼女を孤立させ、嫉妬と貪欲の餌食にする……なのにどうしてただ嬉々として、残された生を味わえようか？　こうして今、二人、毛皮のうえに身を横たえているからといって。

やがて彼らはほどよいリズムを見出した。ぴったりと息が合って、永久運動さながら、このままいつまでも続けられそうな気がした。肉体の完璧な和合。心臓の動悸すら、和太鼓のように響き合っている。ニエマンスはマリファナを吸ったことはないが、きっとこんなかりそめの全能感を得ることができるのだろう。けれどもこれは、ヤクのもたらす幻などではない、現実の感覚だった。

ゆったりと流れる官能の大河が、肩を静かに揺らした。しなやかで微かな動き。それだけが、突きあげては全身に広がる激情の証だった。今、世界はこのうねりのなかにある。ニエマンスはガラス窓をふり返った。枯れ葉の黒い影も、二人のリズムに合わせて飛びまわっているかのようだった。くるくると宙を舞っては、突風のなかで離れたり集まったりを繰り返している。

そのとき、絶頂が訪れた。《オルガスムス》という言葉が自分にとってどんな意味だったかを、ニエマンスはにわかに思い出した。快感が高みに達し、悦楽に身もだえするたび、目の前にレグリスがあらわれる。彼の少年時代を脅かした犬は、今でも悪夢となって親密な夜のひとときに忍びより、性器を食いちぎろうとするのだ。

しかもその晩、レグリスはお供にローエットケンまで連れていた。貪欲な猛犬は喉を噛み切り、生皮を剝ごうとしている。ニエマンスは危うく叫び声をあげそうになった。ところがそのとき、奇跡が起きた。黒々とした犬の体は闇に溶け、ぼんやりとした影と化していくではないか。彼はいっきに果てた。全身が弛緩し、名状しがたい快感が満ちあふれる。そして彼は、胸苦しいまでの至福に浸った。

犬はどこだ？　ニエマンスはうなじを床につけた。短髪の頭がペタンクの球のように、カーペットのうえでかたっと音をたてた。息が切れて、喘ぎがとまらない。やれやれ、体はすっかりガタが来ているようだ。それでも彼は、心の底から満足できた。

ニエマンスはまだ彼女のなかにいた。ラオラもまだ彼のなかにいた。二人の体は溶け合い、ひとつになった。気がつくと、犬はもう牙をむいていなかった。レグリスでさえ猟犬の群れに混じって、おとなしく目を伏せている。

もう大丈夫なんだ、とニエマンスは思った。ともかく今夜、ラオラの腕に抱かれているあいだは心配ない。彼は肩のくぼみに顔をよせ、ゆっくりと深呼吸している彼女に感謝の言葉をかけたかった。けれどもニエマンスは、ひと言のつぶやきも発することができず、ただ熱い涙を流すばかりだった。

55

イヴァーナはフランツ・フォン・ガイエルスベルクの城を昼間に見たことはなかったが、夜の城には唖然とさせられた。まさにごてごてとした悪趣味の極みだ。月明かりに照らされた塔は、まるでアルミ箔を切り取ったみたいにきらきらと輝いている。引っこんだ窓の奥には、教会のようなステンドグラスが覗いていた。青白い外壁は、白亜と呼ぶにふさわしい。銃眼や跳ね橋は、ちゃちな攻囲戦くらいなら持ちこたえられそうだ。

様式こそ中世風だが、城が建てられたのはさほど昔ではなさそうだった。尖塔にアーチ型の扉。蒼ざめた夜のなかで光るその姿は、古色を装っているがレゴで作ったみたいなアメリカの教会を思わせた。

マックス・プランク研究所を出てからずっと、イヴァーナもクライナートもむっつりと黙りこくっていた。ユルゲンとラオラの遺伝子配列が異なっていると知らされたときは、ようやく犯行の動機がつかめたと思って興奮したけれど、高揚感はすぐに引いた。よくよく考えれば、二人が血のつながった兄妹でなかったとわかったところで、何も明らかにはならない。むしろ混迷が増すばかりだ。

おそらくユルゲンは養子だったのだろう。だが、それが事件とどう結びつくのか？　養子だったから、ユルゲンは殺されたと？　そのとおりだ、とニエマンスは言っていたが、彼の話はもう矛盾だらけだ。初めは、黒いハンターがＶＧグループの跡継ぎを殺したと主張していた。次には逆に、ナチスの模倣者たちがガイエルスベルク家を呪いから——つまり一族の後継者を次々に抹殺している殺人者から——守っているのだろうと言い出した。そして今度は、バイクに乗った密猟者たちが一家の《異分子》である養子を亡き者にしたのだと信じている。だとしたら、マックスも養子だったのか？　それに何世代にもわたる行方不明者たちも？　いったい誰が、そんなことをするよう彼らに命じたというんだ？

　クライナートはウドのところにも部下をやって、マックスとは血のつながった兄弟なのかを確認させているが、あの男のことだから本当のことを言うかどうかわからない。ＤＮＡ検査をする必要もあるだろう。ともかく、ひとつひとつ確かめていかなくては。

　正直なところ、イヴァーナは恐ろしかった。黒い森に包みこまれそうな気がした。黒いハンターの悪夢がよみがえり、脳裏から離れない。あいつら、キックスターターのレバーで指をちょん切ろうとした。イェニシェの少女にローエットケンを放って、顔をかじりとらせたやつら。ベラルーシの教会に女と子供を集め、火を放った連中の同類だ。

　クライナートがいっしょにいても、もう何の慰めにもならなかった。イヴァーナはこのあと控えている任務《ミッション》のことで頭がいっぱいだった。養子の一件とシュヴァルツ・ブルート財団のことで、フランツから話を聞かねばならない。

「訊問はわたしに任せてください。いいですね？」とクライナートが言った。

　イヴァーナははっとわれに返った。クライナートは城の中庭に車を停めたところだった。甘い水音をたてる噴水に、けばけばしい石の装飾。どこもかしこもおんなじだ。クライナートはシュトゥットガルトの捜査官に、《黒いハンター》の一件をあえて伝えなかった。そうと知ってイヴァーナはとても驚いた。どうやら彼は刑事警察本局の連中より先にあのイカレ頭どもを捕まえるためなら、どんなことでもするつもりらしい。大事な手続きまで無視する覚悟なのだ。

二人は車から降りた。脚の下で小砂利がきしむ音は、まるで納骨堂のなかで骸骨が踊っているかのようだった。入口の大きな扉にむかいながら、ふとイヴァーナは思った。あの奥で彼らを待っているのは、最後の審判なのではないかと。

やがて二人は、二百平方メートル以上あろうかという客間に通された。出迎えた執事は、さっさとさがってしまった。イヴァーナはちらりとクライナートのほうを見た。出発してからずっと、二人はなぜかお互いむすっとしていた。きっと彼もわたしと同じなんだろう、とイヴァーナは思った。体は疲れきっているのに、気持ちだけは異様に昂っている。

客間は舞踏会の晩のように明るかった。奥に鎮座する細長いマホガニーのテーブルは、ニスできれいに塗りあげられ、まるで輝くプールのようだ。右側では馬を一頭丸焼きにできそうなほど大きな暖炉のなかで、火が赤々と燃えていた。手前には黒っぽいソファや豪華な肘掛け椅子が並び、いかにも高価そうな品々がいたるところで光を放っている。

虫歯を削るタービンのような、ブーンという鈍い物音がして、イヴァーナは親知らずの痛みを思い出した。馬鹿ね、しっかりしなさいよ、と彼女は、今にも心が折れそうな自分を叱咤した。

物音が大きくなってきたかと思ったら、車椅子にすわったフォン・ガイエルスベルク伯爵があらわれた。ドラキュラに喩えても、あたらずとも遠からずだろう。流木みたいに痩せさらばえ、髪は一本も残っていない。眉毛もほとんど抜け落ち、骨と皮だけの顔はごつごつした石のようだ。そこに穿たれた二つの穴の奥で、貪欲そうな目がこちらをうかがっている。

「伯爵……」とクライナートはドイツ語で言った。「こんな遅い時間にお邪魔をして申しわけありません。すぐにお暇《いとま》しますから」

くそったれめとイヴァーナは心のなかで毒づいた。

クライナートは最初から弱腰になっている。調書を隠し、ゴール寸前で同僚を出し抜こうっていう胆のすわった警官はどこへ行ってしまったのよ。

「それで、ご用件は？」とフランツはそっけなくたずねた。

　イヴァーナはどうにも黙っていられなくなり、フランス語で口をはさんだ。

「わたしはフランス警察のイヴァーナ・ボグダノヴィッチ警部補です。ニエマンス警視の下で働いています。ニエマンス警視とはもうお会いになりましたよね？」

「もう一度うかがいますよ」フランツはクライナートにむかって、今度はフランス語で言った。「ご用件は？」

　クライナートは何か言いかけたが、イヴァーナのほうが早かった。

「あなたの一族に関して、おかしな事実が判明したものですから、それについていくつかおたずねしたいと思いまして」

　ようやくフランツは彼女に目をむけた。

「甥が殺された事件の話をしているんですよね。そのわりには、妙な口ぶりですな」

　イヴァーナはフランツのほうに歩み寄った――彼女はまだ椅子をすすめられていなかった。あたりを包むまばゆさは、舞踏会が催される宮殿の大広間を思わせたが、踊り手も宮廷の華やかさもここにはない。車椅子生活の老人がひとりで使うだけで……

「殺人事件の話ではありません」とイヴァーナはぴしゃりと言った。「ユルゲンさんとラオラさんは、本当の兄妹ではありませんでした。マックスさんとウドさんのDNAも比べてみるよう分析に出していますが、二人のあいだに生物学的な血縁関係がなかったとしても驚きませんね。どういうことなのか、ご説明願えますか？」

　フランツは啞然としていた。イヴァーナは密かな喜びを感じた。上流階級の人間をやりこめるのが好きなプロレタリアートのコンプレックスが、いまだに抜けない。まったく悲しい習性だけれど……

実のところ、フランツはほっとしているようだった。

「こちらへどうぞ」と彼は言って、暖炉の脇のソファを指さした。「ご説明しましょう」

56

二人は黙って同時に腰かけた。フランツはカーペットとローテーブルを迂回して、暖炉の反対側に車椅子を止めた。ちょうど斜め前あたり、骨ばった体に炎の光があたる位置に。

イヴァーナはなかなか集中できなかった。部屋が明るすぎて、気が散るのだ。家具、装飾品、高価そうな年代物のカーペット。どれもこれも、彼女がこれまで送ってきた人生とは正反対のものばかりだ。

「たしかにマックスとウドも、本当の兄弟ではありませんでした」とフランツはくぐもった低い声で言った。

「面倒な検査などする必要はありません」

「どちらが養子だったんですか？」

「マックスです」

二人の警官は目を見合わせた。隠れた筋道が見えてきた。犯人は貰われてきた子供に狙いをつけている。

「ガイエルスベルク家には昔から、子孫を残す能力に問題がありました」とフランツは続けた。「フェルディナンドはまずユルゲンを養子に迎え、ほどなくヘアバートもマックスを養子にしました」

「ラオラとウドは？」とイヴァーナがたずねる。

「あの二人は実子です。よくあることですが、ユルゲンとマックスが貰われてきたあと、フェルディナンドとヘアバートのところに本当の子供が生まれました」

やはりニエマンスの読みが正しかったということか。何者かが一族からよその者の血を排除しようとしているのだ。黒いハンターがその仕事を請け負っていたのか？　いったい誰の命令で？　どうして《闖入者》を取り除くのに、彼らが三十歳になるのを待ったのだろう？

疑問点はいろいろあるが、それはいずれ明らかになるだろう……

「ほんの一週間のうちに一族の養子が二人、同じようなやり方で殺されたんですよ。妙だと思わなかったんですか？」

フランツは目に見えないコートを脱ごうとするかのように肩を動かした。

「それは、つまり……」彼の声は一段小さくなっていた。「マックスが殺されたばかりで、何も考える余裕がなくて……」

「どうして警察にその話をしなかったんです？」

「今、言ったとおりです。マックスの事件が起きたのは昨日の晩なので……」

フランツはそこで言葉を切り、射るような目で二人の警官を順番に見やった。

「そのことと殺人事件とのあいだに関係があると、本当に思っているんですか？」

イヴァーナは立ちあがり、フランツのほうへ数歩歩み寄った。たちまち暖炉の熱気が襲いかかってくる。太い薪が何本も、炎に包まれていた。

「あなたにはお子さんが、ひとりもいないんですか？」と彼女は勢いにまかせてたずねた。

フランツは恥じらうような笑みを浮かべた。

「もともとわが家は子供ができにくい体質なうえ、この体ですからね……がんばってみようという気もありませんでしたよ。それは兄弟たちにまかせることにしました。そもそもわたしは、一度も結婚したことはありませんし」

この男はこれまでずっと、ほかの人々の陰に隠れて生きてきた。子もなさず、グループの経営にも関わらずに。彼に車椅子生活を強いることになった兄フェルディナンドのせいで、そんな立場に甘んじることになったのだから、犯行の動機としては充分だろう。容疑者の条件に適っているが、今までその可能性を取りあげなかったのにはれっきとした理由がある。

そもそも車椅子から立てないフランツに、ユルゲンやマックスを殺すことは不可能だ。それにアリバイも確認が取れている。しかし黒いハンターが、彼のために働いているのだとしたら……

しかしひとつ、ひっかかる点がある。兄弟たちに復讐するため、その子供を殺すなら、養子をターゲットに選ぶだろうか？　いや、血のつながった子供のほうを手にかけるはずだ。仮に今回の事件はフランツが仕組んだものだとしても、前の世代の殺人は誰が命じたのか？

イヴァーナは別な方向から攻めてみることにした。

「過去にも一族の後継者たちが、何人も不審な亡くなり方をしていますよね？　彼らも養子だったんですか？」

「誰のことを言ってるんです？」

イヴァーナはコンピュータ並みの記憶力を誇ってい

た。

「ヘアバート・フォン・ガイエルスベルクは一九八八年、グレナディーン諸島沖で亡くなっています。ディートリッヒ・フォン・ガイエルスベルクは一九六六年、忽然と姿を消しました。何の痕跡も残さずに。一九四三年、ヘルムート・フォン・ガイエルスベルクがフランスで、レジスタンスによる鉄道妨害工作の際に死んでいます。そして一九四四年、従兄弟のトーマスがアメリカ軍上陸のとき、フランスで亡くなりました。どの場合にも、死体は見つかりませんでした」

「それもみんな、殺されたのだと言いたいんですか？」

「彼らもみんな、養子だったのかとたずねているんです」

「いや……そうではないだろう。詳しいことはわかりませんが」

　イヴァーナは暑くてたまらなかったが、フランツは暖炉の熱気などまったく感じていないらしい。

　彼女は身をのり出し、車椅子の肘置きをつかんだ。

「われわれを馬鹿にしているんですか！」とイヴァーナはフランツの耳もとで叫んだ。「わたしには、そう思えますが」

　フランツは動じなかった。恐怖に慄くふうもない。死別の悲しみに気を取られているのか――一週間のうちに二人の甥を亡くしたのだから、ショックは大きかったろう――これまでもこんなことがあったからなのか。

　イヴァーナはそれ以上、たずねる間がなかった。クライナートが彼女の襟首をつかんで、ぐいっとうしろに引き戻したからだ。あまりの勢いにイヴァーナは息をつまらせ、体を二つに折って咳きこんだ。ご親切なことね。ドイツ人警官は彼女の胸をひと押しして、ソファにすわらせた。クライナートの表情が言わんとするところは明らかだった。おとなしくしてろ！

「フランス人の同僚が失礼をして、申しわけありません」とクライナートは卑屈な口調で言った。「捜査が急を要するものですから……」

　フランツは車椅子を後退させ、暖炉から離れた。青白い顔はまるで大理石でできているかのように、少しも赤みをおびていなかった。

「そろそろお暇します」とクライナートは、やけにへりくだった調子で言った。「こんなときだというのに、お時間をいただけただけでも感謝しています……」

　イヴァーナはぴょんと立ちあがり、車椅子の前に立ちふさがった。

「冗談じゃないわ。まだ話は終わっていません」

「イヴァーナ、いいかげんにしろ」

　クライナートが歩きかけたとたん、イヴァーナは前を見たまま彼のほうに手のひらを突き出した。言わんとすることは明らかだ。《あなたは動かないで！》

「ヨハン・ブロッホを知ってますね？」

「そのような名前は聞いたことがありません」

「シュヴァルツ・ブルート財団で働いている男です」

「職員は百名もいますから」

「いいえ、財団に雇われているのはほんのわずかな者だけ。全員が前科者です」

　人嫌いの老人は、車椅子の奥で小さくなっていれば安全だとでも思っているらしい。石のなかに閉じこめられた化石のように、外からは手出しできないだろうと。

「その男は法に違反したのですか？」

「ヨハン・ブロッホはローエットケンを飼っていました。ヨーロッパでは飼育が禁じられている犬です」

「おやおや、お勤め先は刑事課かと思ったら、もしや世界《W》自然《W》保護基金《F》とか？」

「彼がローエットケンを飼っていることを、あなたはご存じでしたね？」イヴァーナは静かに問いつめた。

　フランツは再び肩をもぞもぞさせた。襟タグを切ってやらねばならないかしら。

「そんな男は知らないと言っているでしょう」フランツは重々しい口調で答えた。「犬を違法に飼育したからって、大した罪でもないのでは？　ユルゲンやマックスが殺されたことと、どんな関係があるっていうんです？」

「二日前、ローエットケンがラオラ・フォン・ガイエルスベルクさんを襲おうとしたんです」

フランツは片方の眉をきゅっと吊りあげた。

「庭で飼っている犬の話ですか？」

「とぼけるのはやめてください」

イヴァーナは両の拳を腰にあて、床に足を踏ん張ってフランツの前に立った。もう手加減はしないわよ、と言わんばかりに。彼女だったら、治安の悪いパリ郊外のどんな警察署でも勤められるだろう。

「何の話かわかりませんね」

フランツは車椅子を客間の出入り口へむけようとしたが、イヴァーナがその行く手を遮った。今度はクライナートも邪魔しなかった。彼女の強引なやり方には驚いていたけれど、これで何か手がかりが得られるかもしれないと予感したからだ。

「シュヴァルツ・ブルート財団は、どんな活動をしているんですか？」

「わが家の森の動植物を管理していますが……」

「本当の活動目的をうかがっているんです」

「何をおっしゃりたいのか」

「ノートンのバイクに乗った無法ハンターたちのことですよ。少女に猛犬をけしかけた犯罪者たちのことです」

フランツは疲れきったような身ぶりをした。

「いいかげんにしてください……」

「あいつらはあなたがたを守っているんですか？　それとも脅かしている？　たぶん、その両方なんでしょう。でも、何のことで？」

いつのまにかイヴァーナはフランツのうえに身をのり出し、顔面にむかって叫んでいた。けれども彼は平然としたものだった。炎の熱にも汗ひとつかかなかったように、いくらイヴァーナが喰ってかかろうと、痛くもかゆくもないらしい。

「そこを通してください。お話しすることは、もう何もありません」フランツはそう言うと、イヴァーナのわきを取り抜けていった。

イヴァーナはじっと動かなかった。もうフランツを引き留める気はないらしい。

「黒いハンターの名は、知ってますよね？」それでも彼女は最後にそう叫んだ。

フランツはもう、暗い廊下の奥に姿を消していた。

クライナートが彼女のすぐ脇で、突然耳もとでささやいた。

「もういい。行きましょう」

イヴァーナはそれ以上、抵抗は示さなかった。クライナートは精神科の看護師のような、相手をなだめすかす口調だった。

57

「お手伝い、恩に着るわ。チームワークはばっちりってところね、まったく」

「きみはドイツのことが何もわかってないんだ」

「でも、警官の仕事の何たるかは心得てるわ」

　車に乗りこんだあとも、クライナートはなかなか発車させようとしなかった。車内は洗剤の匂いがした。あるいは、ビャクダンの香りをつけたウェットティッシュといったところか。大した警官だわ。

　イヴァーナは今さらながら、二人が敬語を使わなくなっていたことに気づいて、怒りが少し和らいだ。

「暖炉のうえに、三人の若者が写っている写真があったんだが」とクライナートは話し始めた。「ひとりはまだ自分の足で歩けるころのフランツだった。あとの二人はフェルディナンドとヘアバートだろう」

「それで？」

「三人とも同じポーズを取っていた。右手をこんなふうに腰にあてて」

　クライナートは体を斜めにして、左手と右手を重ねた。

「よく目を凝らしてみると、三人とも両手の人差し指をそっと交差させているんだ」

「何かのサインってこと？」

「交差した柄つき手榴弾をあらわしているんだろう。黒いハンターのシンボルを」

「ってことはつまり……」

「三人は昔からずっと、あのならず者たちの後継者を自任していたってことだ。密猟者、強姦者、殺人者たちを解放し、自らそれを率いようっていうのだろう。特殊部隊《ゾンダーコマンド》に対する忌まわしい崇拝を、彼らは告白しているんだ」

「でも、何のために？　ナチのオートバイ部隊ごっこを楽しんでいるってわけ？」

「まずはガードマンの役割がある」

「にわかには信じられないわね。VGはエレクトロニクス産業のグループよ。電子回路の特許を守るのに、暴力に頼る必要はないと思うけれど」

「たしかにそのとおりだ。でもイェニシェの少女が襲われたような事件は、一回きりだった。ほかにも起きていたら、手がかりが見つかったはずだからな。だとすると、あの黒いハンターたちには別の使命があるのだろう」

「一族の養子を抹殺することとか？」

「ニエマンスはそう考えたが、それは間違いだと思う。逆に黒いハンターは、各時代を通して繰り返しあらわれる殺人者からガイエルスベルク家を守る役目を負っているんじゃないだろうか」

「《各時代を通して》ですって？　何言ってるの？」

「筋が通らないのはわかってる」とクライナートは悔しそうに答えた。

「もし本当にそれが彼らの役目だったとしたら、能なしばかりってことじゃないの。ガイエルスベルク家の一員は、毎回謎の死を遂げているんだから」

　クライナートは何か新しく思いついたかのように、イヴァーナににじり寄った。シートが発する甘ったるい香りに混じって、彼の匂いがイヴァーナの鼻をくすぐった。香辛料とお香のような匂い。イヴァーナはチベットのバター茶を連想した。ハンサムな銃士はたちまちヒマラヤの僧に姿を変えた。ほらほら、落ち着きなさい。

「ひとつ確かなのは」とクライナートは続けた。「あの晩、ニエマンスが真っ暗な庭に足を踏み入れたってことだ。犬は伯爵令嬢を襲おうとしたのではなく、守ろうとしたのだろう。ローエットケンは初めからニエマンスに襲いかかったんだ。彼を殺人犯と間違えて」

　イヴァーナは頭痛がしてきた。行先のない迷路の壁に響くこだまのように、思考が端から消え去っていく。

「接近猟《ピルシュ》」とクライナートはエンジンキーをまわしながら言った。「黒いハンター、養子。この三つがどうつながるのかがわかれば、犯人の正体があきらかになるのに。少なくとも、その動機くらいはわかるはずだ」

　イヴァーナは煙草を一本つまんでわきのウィンドウをあけ、頭をうしろにそらして目を閉じた。車がスピードをあげ始めると、タイヤの下で小石が音をたてた。冷たい外気が頬を打つ。もしかしてクライナートは、横目でまたわたしを見ているんじゃないだろうか。イヴァーナはそんな想像を楽しんだ。わたしは眠りの森の美女。近よりがたいお姫様……

　こうしてしばらく時が過ぎた。二人は冷たい風と沈黙のなかで、お互い相手の気持ちを測りかねていた。今、ともに大地のどこかを走っている。それはそれで、すばらしいことだわ。

　突然、クライナートはスピードを緩めた。イヴァーナはそれに気づいて目をあけた。車は森の小道に入っていく。イヴァーナはあわてた。胃液が逆流して喉がひりひりした。

　イヴァーナが思わず銃をつかむと、クライナートは彼女の震える指にそっと手を置き、松とヤマナラシに囲まれた空き地に車を入れた。ヘッドライトの光だけが、あたりを照らし出している。

　クライナートの熱い手が、イヴァーナの冷えきった指を握りしめた。ぬるま湯のなかで溶けかけた氷が、かたっと音をたてるような感じだ、と彼女は思った。

「怖がらなくていい」とクライナートは小声で言った。

「怖いなんて思ったことないわ」

「いや、逆だろう。きみはいつも怖がっているくせに、それを必死に隠そうとしているんだ」

クライナートは腹話術のように、口を動かさずにしゃべった。彼が手を離すとすぐに、イヴァーナはもの足りない気持ちになった。

「どうして車を停めたの？」とイヴァーナは口ごもるようにたずねた。

「総括をするためさ」

「総括なんて、もうたくさんだわ。黒いハンターのことも、それに……」

「われわれ二人が、これからどうするか……」

　奥さんと別れるとでも言いだすのかしら、とイヴァーナは思った。わたしは戦争を生き抜いた。実の娘を殺そうとする父親からも、安コカインのバッドトリップからも、密売人殺しの罪からも逃れて警官になり、こうして暴力の世界を日常にしている。なのにまだ、こんな考えがふと脳裏をよぎってしまうなんて。ダメな女だわ……

「黒いハンターのことはシュトゥットガルトの連中に話してない。あいつらは検死解剖や、マックスに関わる人物のアリバイ検証でしばらく忙しいだろう。ニエマンスはラオラのところへ飛んで行った。きっと明日の朝まで、彼女の前でまくし立ててるさ。だからイヴァーナ、われわれにはひと晩、猶予がある。シュヴァルツ・ブルート財団の職員をすべて逮捕して、徹底的に絞りあげてやろう」

　またしても、肩透かしだったわ。でも、結局これでよかったんだ。仕事だけだもの、確かな価値があるのは。

「どんな嫌疑で捕まえるの？」

「四の五の言ってる場合じゃない。二人でやれるだけやろう。これからの数時間で、やつらに揺さぶりをかけるんだ。あいつら、きっと大事な秘密を知っているはずだ」

　ダッシュボードが彼の顔に、小さな光をいくつも投げかけている。ほのかに輝く柘榴《ざくろ》色、レモン色、薄青色の粒を……車内はまるでカラオケ・ルームのようだ。このままでは、どうかなってしまいそうだわ。

イヴァーナはなんとかこの場を切り抜けようと、思わず携帯電話をつかんだ。

「何をしているんです？」

「ニエマンス警視に電話するわ」

「パパに助けを求めるのか」

イヴァーナは罵声を発しかけたが、手のなかの携帯電話が危うくそれを留めた。

ニエマンスだわ。そう思って目を落としたが、かけてきたのは上司ではなかった。たちまち喉がぐっと詰まる。彼女は着信を切った。

「またしても、恋に悩める美青年君かな」

イヴァーナは黙ったまま携帯電話を見つめている。

「誰なんです、無言電話をかけてくるのは？」

クライナートはシートとシートのあいだに肘をあてた。そのかっこうは思いやりのある仕事仲間というより、海辺でガールハントに精を出す男のようだ。

イヴァーナは沈黙を続けながら、秘密の重みを両手で順番に計っていた。

「息子よ」と彼女はつぶやくように言った。

そしてすぐにクライナートの顔をしげしげと眺めた。きっと呆気にとられたような、失望と嫌悪の表情が浮かんでいることだろう。けれどもクライナートは、まったく驚いているようすはなかった。

本物の警官たるもの、いつでも最悪の事態に備えているってわけね。

「きみが留守にしているときは、父親が面倒を見ているのか？」

「父親はいないわ」

「歳はいくつ？」

「十七歳」

「誰が面倒を見ているんだ？」

「いろんな人たち」

「いろんなっていうのは？」

「あなたはどう思うの？」イヴァーナは急に声を張りあげた。「わたしは十五歳のときにこの子を産んだのよ。でも、世話をしたことは一度もなかった。この子は施設や里親のもとで大きくなったわ」

「それで、今は？」

「今？　わたしを憎んでいるわよ。だから無言電話をかけてくる。でも、わたしには聞こえるわ。十七年分の怒りと恨みが」

　クライナートはイヴァーナに息をつく間を与えるかのように、シートのうえであとずさりした。レフリーがカウントしているあいだ、おとなしく待っているボクサーといったところだ。

「どうしてわたしがこの子の世話をしなかったか、わけを知りたい？」

「何もたずねていません」

「訊きたければ、訊いていいのよ」そう言って笑うイヴァーナの声は狂気じみていた。「どうしたらそんな母親ができあがるのか知りたいでしょ？　どうしたら……」

　クライナートはひと言も発しなかった。そしてイヴァーナが車のドアをあけ、森に飛び出す暇もなく、間髪をいれずに唇を重ねた。

　黒い森には似つかわしくない、熱い口づけだった。チベットの僧か銃士然とした警察官は、井戸端で熱く焼けた縁石に腰かけるトゥアレグ人へ変貌した。

　イヴァーナはその感覚に身を委ねながら思った。彼の冷たさは、鎧のようなものだった。ひと皮めくれば、その下には危険な花がみごとにひらいている。

　そう思ったら、イヴァーナは心が動揺した。その瞬間、彼女は自分が冷たい女だと感じていたから。花も咲かなければ生き物の気配ひとつない、寒々とした神殿のような女だと。

第三部　巧手

58

目覚めると、すぐわきに獣がいた。黒いごわごわの毛が密生している。

ニエマンスは激しい恐怖に襲われ、身震いして飛び起きた。けれども、毛皮の敷物だとすぐに気づいた。昨晩、そのうえでラオラと抱き合ったのだ。

彼は手探りで眼鏡を捜し、周囲をざっと見まわした。ガラス窓から陽が射しているが、暖炉は火が消えて暗かった。肘掛け椅子とソファのあいだには、脱いだ服が点々と散らばり、灰の臭いと明け方の冷気があたりを包んでいる。

午前七時二十分。まずいぞ。毛布をかぶったホームレスみたいに、床で敷物にくるまったまま眠ってしまった。大したデカだぜ、このおれは。いったい何をしでかしたのか、ともかく思い出してみなければ。けれどもよみがえってくるのは、不安を掻き立てる仄暗い記憶の断片ばかりだった。快感は少しも戻ってこない。

それにラオラの痕跡もまったくなかった。

朝食の準備中とも思えない。

「ラオラ?」ニエマンスは立ちあがって呼びかけた。

しんと静まり返っているのが、何よりもの返答がわりだった。人の気配はまったくない。

それでもニエマンスはベルトをしめたり、シャツのボタンをはめたりしながら呼び続けた。上着を着て部屋を横ぎると、マックスやウドと夕食をともにした食堂があった。引き返して反対側へ行ってみると、そこはアメリカ風のキッチンだった。どこもきれいに片づき、がらんとして人気《ひとけ》がない。

ニエマンスはガラスの建物のなかを行ったり来たりした。なんであんなことをしてしまったのか、自分でもわからない。証人と寝るくらい、さほどのことではないだろう。しかしラオラと寝るなんて、完全にアウトだ。なにしろ容疑者かもしれない、被害者かもしれない人間なのだから、いちばん慎重になるべき相手じゃないか。

記憶の新たな断片がよみがえった。耐え難い船酔いのように腸《はらわた》をよじらせる苦しいまでの快感。平手打ちを喰らった瞬間に光る星みたいに、脳裏を照らす青白い炎。

ニエマンスが思い返すまでもなく、夜はむこうからやって来た。奔流となって押し寄せ、新たな深みへと彼を運び去った。暗礁に乗りあげないようにしなければ……

「ラオラ？」

階段をのぼりながら、いくつもの場面が眼前に浮かんだ。あえぐラオラ。のけぞるラオラ……興奮に張りつめた夜、肉体の奥底で人々をとらえる獣じみた欲望が、正直ニエマンスは理解できなかった。

彼はフローリングの廊下を進んだ。廊下は狭くて、壁やドアの縁に何度もぶつかった。二十世紀初頭の人間は、みんな体が小さかったのかと思うほどだった。ドアにはどこも鍵がかかっていなかった。ひとつひとつ、なかをのぞいてみたけれど、目ぼしいものは何もない。

数日前に泊まった寝室に着くと、ニエマンスはガラス窓をあけて外を眺めた。朝の冷気が気持ちいい。細かな霧か朝露のせいで、空気はじっとりと湿りけを含んでいた。

ラオラの四駆は中庭にとまっている。ということは、少なくとも車で出かけてはいないのだ。兄の墓に黙禱を捧げに、礼拝堂へ行ったのだろうか？

窓を閉めようと腕を伸ばしたとき、ぷんとラオラの香りがした。彼女の匂いが、シャツに残っていたのだ。まるで布地が焦げたような、乾いてかさついた匂いだった。

ニエマンスは階段を降りて、もう一度居間を通り抜けた。きっとラオラはメッセージを残しているだろう。そう思ってコートのポケットから携帯電話を取り出した。けれどもラオラからは、何の連絡も入っていなかった。その代わり、イヴァーナが夜中のあいだに十二通もショートメールをよこしていた。ニエマンスが眠っているあいだに、新たな手がかりをつかんだらしい。

返事の電話をする前に、キッチンに行って水で顔を洗った。さほど気持ちがいいわけではないが、頭をはっきりさせるにはこれがいちばんだ。イヴァーナのやつ、さぞかしおかんむりだろうから、こっちもうまく応じなければ。

居間に戻ってイヴァーナの番号を押そうとしたとき、胸から心臓が飛び出しそうになった。

銃架から銃が一丁なくなっていたのだ。しかもよりによって、ラオラが父親のものだと言っていたあのダークグレーのカービン銃が。金属の鋳型からまるごと鋳造したような、見事な銃。二百メートル先の的にもあてることができる、接近猟《ピルシュ》のための逸品だ。

ラオラはきっと、自作の弾薬もひとつかみ持っていったに違いない。敵に命中すると、被甲していない先端がひしゃげて、高い殺傷能力を発揮するソフト・ポイント弾を。

ニエマンスは肘掛け椅子にすわりこんだ。つまり、こういうことだ。昨晩おれは知らないうちに、事件の核心に触れることを口走ったのかもしれない。ラオラはそれを聞いて兄を殺した犯人の正体を悟り、濃厚なセックスでおれの気をそらせて眠りこませた。それから銃を手に、自らけりをつけに行ったのだ。だとしたら、核心に触れることとは何だったのか？　おれにはわからなかったどんなことに、ラオラは気づいたのだろう？

そのとき携帯電話が震えて、ニエマンスは危うくひっくり返りそうになった。

「何をやってるんですか、ニエマンス警視？」受話器のむこうからイヴァーナの怒鳴る声がした。「一晩中、かけていたんですよ」

「ラオラに会いに行くと、言っておいたじゃないか」

「彼女といっしょにひと晩すごすとまでは聞いてませんよ」

ニエマンスは語気を強めて話をそらそうとしたけれど、つい声が小さくなってしまった。

「そうかりかりするな。何かあったのか？」

「昨晩、シュラーの通話記録が判明したんです。彼が最後に電話した相手は、なんとラオラ・フォン・ガイエルスベルクでした。殺される一時間前のことです」

ニエマンスは返す言葉がなかった。

「つまり警視は、いちばんの容疑者とひと晩すごしたってことですよ」とイヴァーナは言った。

「今、どこなんだ？」

「もう、家の前まで来てます」

ニエマンスは目をあげた。窓越しに、警察車が中庭に入ってくるのが見えた。ビール瓶のような緑色の車が、ティティゼ湖を思わせる青い光を放っている。一台、二台、三台そして四台の車がスリップして止まると、制服警官がぞろぞろと降りてきた。

ニエマンスはあわててホルスターをベルトに装着し、コートを着た。部下を前にしたら、最低限の威厳を保たねば。玄関に駆けつけると、ドアはすでにあいていた。銃を手にした警官たちが、バウハウスからインスピレーションを受けた建物に踏みこんでくる。

誰ひとり、ニエマンスに注意をむけなかった。みんな、目ざす相手はラオラだった。初めから迷走を続け、大事な手がかりをいくつも見逃してきた老いぼれ警官など、誰も相手にしていない。やがてクライナートが姿を見せた。勝ち誇ったふうも、打ちひしがれたふうもないが、ただ堂々巡りを繰り返す捜査に疲れ果てているようだった。いっきに老けこんでしまい、ドイツの役人然ともしていなければ、昔の銃士を彷彿させもしない。殺される数日前のトロツキーとでもいったところだ。

　クライナートは一瞬、ニエマンスをにらみつけたが、黙って家宅捜索の仲間に加わった。イヴァーナはどこだろう？　こんな状態から助け出してくれるのは、彼女しかいなさそうだ。しかし、そのあてもはずれた。

「しっかりしてくださいよ。これで満足なんですか？」イヴァーナは入ってくるなり言った。

「イヴァーナ……」とニエマンスは小さな声で言った。泥酔して運ばれた保護施設で、酔いを醒ましているような気分だった。激しい愛の一夜をすごしたあとだからな、なんとか無事に不時着させなくては。

「今や事態はあきらかです。警視のおかげじゃないですけど」

「どういうことなんだ。説明しろ」

「大事なところは、さっき言ったとおりです。シュラーが最後に電話した相手は、ラオラ・フォン・ガイエルスベルクでした」

「それが何の証拠になる？」

「シュラーから聞いた話がきっかけで、彼女は行動に出たんです。そして研究所に駆けつけた」

「ただの想像だ」とニエマンスは言い返した。「研究所で彼女を目撃した者は誰もいない」

「いいえ、いますよ。事件があった時間、研究員のひとりが駐車場で彼女の四駆を目撃しているんです」

　警官たちが背後を行ったり来たりしながら、ドイツ語で何かわめき合っている。少年時代に憎悪を覚えた話し方、悪人の言葉、ナチの言葉だ。回転灯の青みを帯びた光が、赤銅色に輝く朝日と混じり合って、ガラス窓に抽象画を描いていた。

どうやらおれは、抜き差しならないところに追いこまれてしまったようだ。捕まって有罪を宣告され、追放されるところが目に浮かぶ。でもそれは、罪を犯したからじゃない。あまりに愚かで軽率なところを、見せてしまったがゆえなのだ。

59

イヴァーナとクライナートは夜を徹して働いた。シュラーの通話記録が届いたのは明け方ごろだったが、その前にシュヴァルツ・ブルート財団の主要メンバーを逮捕した。クライナートはもう面倒な手続きや客観的な事実にこだわらず、少しでも手がかりが得られそうな連中を一網打尽に捕えた。しかも本局の捜査官には気づかれないように。

そして今二人は、一筋縄ではいかない連中の訊問にとりかかるため、フライブルクの中央署にむかっている。これまでの経緯《いきさつ》からして、ニエマンスが祭りに加われるかどうかはわからない。彼は車の後部座席にすわって、何キロにもわたって続く樅の木の森が走り去っていくのを、子供みたいにおとなしく見つめている。少なくともおれは、容疑者じゃないんだ……

クライナートは片手で運転しながら、無線で何かぶつぶつと話していた。イヴァーナはｉＰａｄをせっせと操作している。ドイツ語で新たな情報を集めているのだろう。

「何の話をしてるんだ？」ニエマンスは不機嫌そうにたずねた。

「ラオラさんの捜索命令を出しました。国境を監視させます」

「馬鹿馬鹿しい」

クライナートはルームミラー越しにニエマンスをにらみつけた。

「ニエマンスさん、黙っていてください。捜査の初めから、あなたは間違ってばかりじゃないですか。まずは狩猟事故が動機だろうと言い張ったけれど、結局その線からは何も出てこなかった。次には黒いハンターが伯爵令嬢を襲おうとしたと言って騒ぎたてたが、本当は逆だったとわかりました。犬はあなたからラオラを守ろうとしたんです。そのあとあなたは、呪われた一族の話にわれわれを巻きこんだ。でも何の成果も得られませんでした。そして最後に、殺人の動機は養子縁組にあると主張しました。それがいったい何をもたらしたかといえば、新たな死体じゃないですか。今ようやく、真の容疑者が浮かびあがったんです。あなたの《直感》がそれは間違いだと耳打ちしているからって、手放すわけにはいきません」

イヴァーナはじっと道路を見つめている。車に乗ってからずっと、彼女はニエマンスのほうを見もしなければ、言葉ひとつかけなかった。ニエマンスは毛先を切りそろえた髪の下にのぞく彼女のうなじを、ただ見つめているだけだった。

「ラオラがシュラーを殺したとしたら、動機は何だったろう？」ニエマンスはたずねた。

「彼女とユルゲンが実の兄妹ではないと、シュラーが気づいたからですよ」

「だったら養子縁組が事件の中心にあると、あんたも認めているじゃないか。そして黒いハンターが……」

　イヴァーナはクライナートのシートの背もたれに片手を置き、ようやくニエマンスをふり返った。

「警視、あなたの話はめちゃくちゃです。最初は黒いハンターが犯人だと言っていたのに、次にはガイエルスベルク家を守っていると言い、今は養子の跡継ぎだけを切り捨てていると……」

「やつらは見張り番なんだ。彼らの役目は……予備の子供たちを殺すことなんだ」

「養子が三十歳にもなってから？　しかも何世代にもわたって、そんなことをしてきたっていうんですか？」

　イヴァーナは助手席にすわりなおした。カタカタとまわる旧式の映写機のように、陽光が繰り返し彼女の顔にあたって明るい筋目をつけた。

　道はひたすらまっすぐ前に伸びている。どこまで行っても森の果てまでたどり着かないかと思うほど。ニエマンスはランド地方の大森林地帯を連想した。あの広大な森はすべて、十九世紀に植林されたのだ。ガイエルスベルク家も同じことをしたのだろう。木が多ければ多いほど、獲物もたくさん生息できるからと……

「警視、あなたの説が成り立たない理由は、ほかにもあります」イヴァーナは道路を見つめたまま続けた。

「どんな理由だ？」

　イヴァーナはまた体をねじった。ニエマンスは彼女の顔に憐れみの表情を読み取った。おれの推理が穴だらけだと思っているんだ。情けをかけられるくらいなら、怒りをぶつけられるほうがまだましだ。

「警視の説に従うなら、養子はつねに兄弟の兄のほうということになりますよね。両親は子供ができないので養子をもらったわけですから」

「そのとおりだ」

「だとすると、殺されるのはいつも兄のはずです」

「ああ」

「昨晩、ファビアンといっしょにガイエルスベルク家の記録を遡ってみましたが……」

　イヴァーナのやつ、またしてもクライナートをファーストネームで呼んでいる。覚えている限り、おれには一回だって《ピエール》と言ったことなどないのに。やれやれ。あいつらずっと二人きりでいたもんだから。

「早死にしているのは、必ずしも兄のほうとは限りません」とイヴァーナは言った。「だから警視の言う《予備の子供》説は成り立たないんですよ。跡取りの子供が殺されたのは、別の理由からでしょう……さらに別な問題もあって」

「どんな問題だ？」

「ガイエルスベルク家が跡取りの候補として養子を取っていたのだとすると、男子を選んでいるはずですよね」

「そうだな」

「ところがよく調べたところ、十九世紀に早世した者のなかには女も何人かいました。つまり殺されたのは、必ずしも養子とは限らないってことです」

　ニエマンスはポケットに両手を突っこみ、肩をすくめた。

　今度はクライナートが、続きに取りかかった。こいつら二人して、おれを徹底的にやりこめるつもりらしい。

「シュラー殺しに話を戻しましょう。犯人はラオラ・フォン・ガイエルスベルクではないと、どうして言えるんですか？」

「だったら逆に、どうして彼女が犯人なのかと訊きたいね。ユルゲンがガイエルスベルク家の血を引いていないことに、シュラーが気づいたからか？　でもそれは、どのみち知られてしまう話じゃないか」

「だったらシュラーは、ほかにも何か見つけたんでしょう」

　イヴァーナがまたもやふり返り、ニエマンスに挑戦的な視線をむけた。

「もし犯人じゃないなら、どうしてラオラは逃げたんです？」

　ニエマンスは、ガラスの壁に囲まれた薄暗がりのなかでラオラが煙草を吸っている姿を思い浮かべた。彼女はおれを待っていたのだろうか？　シュラーを殺したすぐあとに？　そしておれからうまく逃れるため、いざとなったら寝てもかまわないと、あのときすでに思っていたのだろうか？

「ラオラは逃げたんじゃない。決着をつけに行ったんだ。彼女は父親の銃を持ちだしている。復讐にむかったんだ」

「何だってそんな、突拍子もないことを」とクライナートが叫んだ。「西部劇じゃあるまいし」

　ニエマンスは一瞬、返答に詰まったが、すぐにこう言い返した。

「昨晩おれは、彼女が真実に気づくようなことを何か言ったのだろう」

「寝物語でね」とイヴァーナが皮肉っぽく言った。

「まるで艶笑劇だわ、警視の話は」

　ニエマンスは反論しようと口をひらきかけたが、クライナートのほうが早かった。

「やつらがいる」

　ニエマンスはちらりとクライナートに目をやり、彼がルームミラーをじっと見つめているのに気づいた。それで自分も半立ちになり、リアガラス越しにうしろを眺めた。

　なるほど、そういうことか。ニエマンスは不敵な笑みを浮かべた。

　少なくともおれたちの死は、歴史を過去へと遡っているらしい。

ナチスは一九四一年から、ベラルーシやウクライナのユダヤ人を大量虐殺した。その死がおれたちにも迫っている。

黒いハンターの忌まわしい所業が。

60

イヴァーナも膝をシートについて体を起こし、うしろから追ってくる一団を眺めた。彼女が真っ先に連想したのは、映画のマッド・マックス・シリーズだった。

黒い四駆が道の真ん中を走り、バイクがそのまわりを囲んでいる。前にも相手をしたノートンのバイクだ。そのうえにまたがっている男たちも、フライブルクの晩と同じ革ジャンや黒っぽいレインコート、ドイツ国防軍のような緑の目出し帽姿だった。無鉛ガソリンで走る死の軍団だ。

猛スピードで迫ってくる車列は、ニエマンスたちの車をいっきに撥ね飛ばそうとしているかのようだった。クライナートは右手で無線機を握り、スピードを上げた。ニエマンスはグロックを抜いた。イヴァーナはまだわが目が信じられなかった。まるで駅馬車を襲うインディアンの群れだわ。まさかこんなことが、この二〇一八年に、バーデン＝ヴュルテンベルク州であるなんて……

最初の衝撃で、イヴァーナはフロントガラスにぶつかりそうになった。そのあとあごを前に出し、シートに頭を押しつけた。車が急速な進路変更をし、イヴァーナはシートとグローブボックスのあいだの床に転がりそうになった。シートベルトが体を締めつけ、息がつまる。体を起こすと、口のなかに血の味がした。どこかにぶつけて、切れたのだろう。

クライナートは無線機を手にぶらさげたまま、ハンドルにしがみついた。助けを呼ぶには、もう遅すぎる。ニエマンスはウィンドウをさげ、銃を握って顔を外に出した。イヴァーナは斜め後ろからその姿を見て、ニエマンスのこめかみから血が流れ出ているのに気づいた。さっきの衝撃で、彼も硬い角に頭をぶつけたようだ。

三人とも口をひらかなかった。それどころじゃない。話している余裕などなかった。次は頭から溝につっこむか、うなじに銃弾を喰らうかだ。イヴァーナは銃を抜いた——というかむしろ、抜こうとしていた。ジャンパーの背中がくしゃくしゃによじれ、シートベルトが邪魔で身動きが取れない。とそのとき、二度目の衝撃でダッシュボードにたたきつけられた。ポリマー樹脂の表面が滑りやすかったおかげで、あごをぶつけた衝撃は少し和らいだが、それでも今回は車全体が前に投げ出され、樅の木にむかって斜めにつんのめった感じがした。

クライナートが怒声をあげた。ニエマンスの姿はない。イヴァーナは体を起こした。後部座席と前のシートのあいだから、ニエマンスが起きあがるのが見えた。左右をふり返ると、バイカーたちが車のわきまで迫っていた。布の目出し帽、バイク用のゴーグル、黒いマフラー。イヴァーナはまたしても《無法者バイカー映画》を思い浮かべたが、彼らの服装や情け容赦ない態度には、心底ぞっとするようなものがあった。これは映画じゃない。ひとつひとつの細部が真に迫り、呪われた歴史を思い起こさせる。

わたしたちは今、死地に赴こうとしてるんだ。

馬鹿げてるわ。どうかしてるわよ、警察に攻撃を仕掛けるなんて。そうは思うものの、彼らの態度はやけに堂々としていた。この土地ではガイエルスベルク家が法律で、三人の警官はよそ者、闖入者、神をも恐れぬ不届き者なのだ。そしてたちまち、ひと波乱持ちあがり……

ところがそのとき、思いがけないことが起きた。いや、予期したことが起きなかったというべきだろうか。黒いハンターたちは護衛隊のように、おとなしくわきを走っているだけだった。四駆はそのうしろでスピードを落とした。

ニエマンスはじっとしたまま、ためらっていた。いくら凶悪なライダーとはいえ、むこうから手出ししてこないうちに銃を撃っていいものか。イヴァーナは自分の九ミリ口径を震えながらつかんでいた。指のあいだが汗でぐっしょり濡れているのがわかる。クライナートはフロントガラスに顔を近づけ、まだ全速力で車を飛ばしていた。三人の警官は、最後に顔を見合わせた。ここで何が起きているんだ？

誰かが口をひらく前に、バイカーたちは排気ガスを思いきり吐き出して車を追い抜いていった。と同時に、四駆がまたしても突撃してきた。反射神経の鈍いクライナートは、さっとハンドルを切ってブレーキをかけた。ブレーキをかけてから、ハンドルを切ったのかもしれない。車は道路から直角に飛び出し、痙攣するみたいに跳ねあがった。

「いいかげんしろ」とニエマンスは叫んだ。クライナートはなんとか車を制御できたようだ。

イヴァーナはシートにしがみついて、ニエマンスをふり返った。彼は鼻から血を出しながら、そっけない手つきで銃のスライドを引いた。ニエマンスのうしろに目をやると、リアガラス越しに四駆の動きが見えた。右側の小道に入り、ちょっと近づいてきただけの虫のように、森のなかに消えていく。

再び前をむくと、バイカーの一隊も姿を消していた。クライナートはスピードを緩め、最後には車を停めた。エンジンが息切れしたように揺れ、やがてひとりでに静まった。クライナートはしゃくりあげるみたいに小刻みに息をしながら、手探りで無線機を捜した。ニエマンスはひゅうひゅうと喉を鳴らしている。イヴァーナも喘いだりうなったりするばかりだった。それでもほかの二人よりは元気だ。彼女は樅の木が両側に立ち並ぶまっすぐな道に目を凝らした。森のなかから、いつ何があらわれるかわからない。

どうしてあんなふうに攻撃してきたのだろう？

新たな警告？

われわれが戻るのを引き留めるため？

答えは出ないままだった。

うかうかしている間に、再び四駆が右側の小道から地響きを立ててあらわれた。イヴァーナは目を見張った。視界いっぱいにフロントグリルが迫ってきたかと思うと、またしても激しい衝撃が襲った。

その瞬間、時が砕け散り、一秒一秒がガラスの破片と化した。三人とも叫び声すら出なかった。悲鳴をあげているのはタイヤか車体か、それともエンジンか。車は地面からもぎ取られ、埃と熱いアスファルトのつむじ風に巻かれて飛びあがった。イヴァーナはダッシュボードによりかかったけれど、計器の目盛りはすでに逆転していた。制御盤は頭上にあり、合わせガラスの雨が床から舞いあがった。うなじが車の天井に押しつけられる。けれども痛みはまったく感じなかった。

わたしたちは宙に浮いているんだわ。重力は消え去り、思考も感覚もすべて非現実の世界に投げ出された。かろうじて頭の片隅に、こんな考えが浮かんだ。きっと車がぶつかったとき、神経がぷっつりと切れてしまったんだ。あるいは頭が水袋みたいに、ガラスにぶちあたって破裂してしまったのかも……

やがて重い体が天井に落下した。

イヴァーナはうめき声をあげた。内臓が喉もとに押し寄せ、息がつまって苦しかった。喘ぎながら戻した嘔吐物には血が混じっていた。

　新たな衝撃があった。今度はうえから下に力が加わった。けれども床に押しつけられるのと、自分の体内に沈みこむのとでは話が違う。骨が筋肉に突き刺さり、肉屋の鉤針みたいに食いこんだ。

　横転、という言葉がイヴァーナの頭に浮かんだ。わたしたちは横転したんだ。そう思ったら納得が行った。あわてることないわ。頭が再び下になった。脈絡のない記憶が奔流のようによみがえった。こんなふうに転がる車のなかで生きのびたドライバーのことを、話に聞いたような気がする……けれども車は、まだぐるぐるとまわっていた。プラスティックやガラス、それに空の破片が飛び散るなか、イヴァーナは肩をすぼめて縮こまった。卵の殻みたいに壊れやすい、細くてきゃしゃな体なら、死も見逃してくれるだろうとでもいうように。

　最後の衝撃は激しかった。激痛が全身を貫き、もう立ちなおれないかと思うほどだった。それでも意識は、まだはっきりしている。イヴァーナは冷静に状況を分析した。車は樅の木の幹に挟まってしまったのだ。前面がうえに持ちあがって、二つのタイヤは宙に浮かび、あとの二つは地面にめりこんだ状態で。

　斜めに傾いた世界。それをイヴァーナは前にも経験したことがあった。彼女は脳裏によみがえるクロアチアの記憶を払いのけ、クライナートをふり返った。お手あげだわ。エアバッグとシートに挟まれて、身動きがとれない。それでも彼女は苦心惨憺の末、なんとか顔を抜き出した。クライナートはエアバッグに真正面から押しつぶされていた。血まみれの顔は布地の下に隠れ、壊れた眼鏡が目に貼りついている。右腕はありえない角度でハンドルをつかんでいた。

まだ生きているのか、知るすべもなかった。

背後で物音がした。首が言うことを聞いてくれたおかげで、イヴァーナは完全にエアバッグから頭を抜き出すことができた。見れば後部シートがうえにせりあがり、背もたれと天井のあいだにスペアタイヤが挟まっている。ニエマンスは体を起こそうとしていた。今日、いちばんいい知らせだ。

熱い感情がまぶたの裏にこみあげた。イヴァーナは顔に怪我をしていたが、そんなことにかまっている場合じゃない。ニエマンスの大きな手が、すぐわきのシートをつかんだ。

「ここから出なくては」と彼は妙に落ち着いた声で言った。「すぐに燃えあがるぞ」

そのときになって、イヴァーナはようやく臭いに気づいた。もちろん、ガソリンの臭いだ。けれどもそれは、爆薬にしかけた導火線をも連想させた。パニックが彼女を襲った。エアバッグがじゃまになって、ドアが見えない。どのみちドアは壊れているだろう。あける手立てはない。残された希望はニエマンスだ。彼はうしろで、左側のドアをあけようと奮闘している。けれども車は四五度の角度に傾き、ドアは地面にひっかかっているらしい。

イヴァーナは祈った。言葉にしてではない。口を動かしもしなければ、頭のなかで祈りの文句をよみがえらせもしなかった。ただ全身で祈った。息づかいと、細胞のひとつひとつで。彼女の存在すべてが、天にむけた懇願となった。

今、頼みの綱はニエマンスだけだ。すべてが彼にかかっている。わたしの守護天使。わたしの救世主。彼がこの窮地を救ってくれるはずだ。これまでもずっとそうだった。彼ならわたしを守ってくれるはずだ……

そのとき、車内に炎が燃えあがった。

61

ガタっとドアがあく音がした。こんなに心躍らせる音を聞いたことがないわ、とイヴァーナは思った。ニエマンスはもう、檻の外に抜け出ていた。けれども車内には、すでに煙が入りこんでいた。救済の世界には、もう手が届かない。炎と鉄板で、希望は断ち切られてしまった。

イヴァーナは体を震わせた。ニエマンスが彼女の腕をつかんだのだ。彼はぐったりとしているクライナートのうなじに手を滑りこませた。さあ、おれが助けてやる。ともかくそれだけは、彼に伝えようとして。

イヴァーナは何か言おうと口をひらいたが、かえって煙を吸いこみ咳きこんだだけだった。こうした状況について、前に授業で習ったことがある。統計も読んで数字を覚えた。車は普通、簡単に燃えあがったりしない。しかしときには、火に包まれることもある。《ときには》と思っただけで、屠られる牝牛みたいに汗が吹き出した。

何してるのよ、ニエマンス警視？

エアバッグの隙間に目をやると、ナイフの刃がクローズアップで見えた。ニエマンスはわたしの腕か指を切り落としてでも、燃える鉄の箱からわたしを引っ張り出そうとしているんだ。

いや、そうじゃない。クライナートのエアバッグを突き刺し、血だらけの顔で気絶している仲間を揺り起こそうというのだ。

「警視、急いで」とイヴァーナはしゃがれた声で言った。

ニエマンスは答え代わりに、イヴァーナのエアバッグにもナイフを突き立てた。彼女が反応する間もなかった。顔のうえでエアバッグが破裂するや、イヴァーナはほっと楽になった。

ニエマンスはクライナートを助け出そうと必死だったが、折れたハンドルと砕けたダッシュボード、裁断機と化したシートが万力のように彼を締めつけていた。ニエマンスがあちこち押したり引いたりしているうちにも、炎は右側のドア沿いに広がってくる。

そのようすを、イヴァーナはじっと見つめていた。まるで金縛りにあったみたいに体が動かない。やがて顔も瞼も目も、じっと固まってしまった。ありとあらゆる不快感が押し寄せてくる。このままじゃ、ろくなことにならないわ。左手はずきずき疼いて力が入らず、頭は割れるように痛い。そのうえひどい吐きけで、今にも内臓が口から飛び出しそうだ。

煙はますます車内に満ちてきた。イヴァーナはそのとき初めて、フロントガラスに大きなひびが入っているのに気づいた。彼女は必死の力でシートベルトをはずし、握りこぶしを合わせガラスにたたきつけた。ガラスは一撃で崩れ落ちた。

あとは前に移動するだけだ。焼却炉と化したこの警察車から、早く飛び出さなくては。イヴァーナは床に転がっていた銃を反射的につかみ、脱出にかかった。彼女は咳きこみながら、でこぼこのボンネットまで這い出し、ニエマンスのわきに転がり落ちた。ニエマンスも、燃えあがった火のなかからクライナートを引っ張り出したところだった。

車はいつ爆発するかもわからないが、ひとまず危機は脱した。

こうして三人は命からがら、枯れ葉の絨毯と真っ青な空のあいだでほっとひと息ついたのだった。

ニエマンスはできるだけ車から離れようと、ぐったりしているクライナートをさっそく引きずり始めた。イヴァーナもそれに倣い森の反対側のはずれにむかって、アスファルトのうえをよろめくように歩いた。肩ごしにふり返ると、車はもう燃えあがりもしなければ爆発する気配もなく、ただもくもくと黒煙をあげているだけだった。遭難信号代わりにちょうどいい。

イヴァーナは、まだガラス荘に残っていた警官たちのことを考えた。彼らがこの道を通るのではないか？

「クライナートの具合はどう？」と彼女はたずねた。

「息はしている。おれに言えるのはそれだけだ」

クライナートの瞼にはガラスの破片が刺さっていた。左の眉の下には裂傷があって、顔じゅう血だらけだ。折れたハンドルが肋骨のあいだに刺さり、胸にも大怪我を負っているに違いない。右腕はあいかわらず、見るも痛ましい角度に曲がっている。

イヴァーナはふらつく足で道端に戻り、景色を眺めた。ぶつかってきた四駆は、まっすぐ走り去ってしまった。バイカーたちも戻ってこない。これは警告の終わりなのか、それとも処刑の始まりか？ あたりは物音ひとつせず、いかにも《嵐の前の静けさ》という感じだ。

それでも、ひとまず恐怖は収まった。ニエマンスはやっぱり頼りになる、とイヴァーナは思った。彼の頭はコンクリートブロックよりも頑丈らしい。あんな目に遭ったあとだというのに、なぜかしっかり眼鏡もかけたまま、きびきびと動いている。

イヴァーナは森のなかに力が満ちていくような気がした。熱く心地よい樹液が、わたしの血管には流れている。何か豊かで濃厚で、針葉や大地と結びついた黄金色のものが。秘めたるエネルギーによって、私は生きのびることができるだろう。

「わたしの顔、大丈夫ですか？」イヴァーナはニエマンスのほうへ引き返しながらたずねた。

ニエマンスは立ちあがって、彼女の顔をまじまじと見つめた。ニエマンス自身、こめかみにいくつもの切り傷を作っていたが、出血はしていなかった。

「ああ、何でもない。額に傷がひとつあるだけだ。死にはしないさ」

イヴァーナは瞼を閉じた。松、ちぎれた草、湿った土の匂いがひとつになって、目もくらむほどだった。ああ、いい気分だわ。ところがそう思ったとたん、彼女は激しい吐きけに襲われて道端に駆け寄り、高圧洗浄機なみの勢いでもどした。

嘔吐するたびに、頭蓋骨のなかで何かがきしむような気がした。

ようやく唾液も出なくなり、吐きけは収まった。イヴァーナは地面に膝をついて、顔を小刻みに揺すった。

「イヴァーナ？」

ニエマンスが押し殺したような声で彼女の名を呼んだ。

「助けを呼べ」彼はクライナートを苔と羊歯のうえに寝かせながら言った。

イヴァーナはポケットから携帯電話を取り出した。白い蠟がたれるみたいに、大粒の涙が目からこぼれ落ちた。

　彼女はフライブルク中央署の番号を押したが、何の反応もなかった。そうか、ガイエルスベルク家の土地は特別なんだ。森が声高に自己主張できるよう、空から届くシグナルは妨害電波でかき消されてしまう。

　背後に人の気配を感じて、イヴァーナはびくっとふり返った。ニエマンスがすぐうしろに立っている。

「電話はつながりません」彼女は立ちあがりながら言った。

「来た道を引き返して、助けを求めるんだ」

「そんな。ガラス荘まで、少なくとも十キロはありますよ。立ってるのもやっとだっていうのに」

「前へ進んでも、最初の村まで二十キロはある。東にむかって歩け。運がよければ、数キロのところで携帯電話が使えるようになる」

　イヴァーナはすばやく現状を見てとった。ニエマンスは肩にガラスの破片をつけたまま、憔悴しきった顔で風にむかって立っている。クライナートはほとんど死んだように、樅の木の根もとに横たわったままだ。それにわたしだって、ひどいありさまだ。がくがくする膝、苦しげな息。目は真っ赤に充血しているはずだ。

「警視はどうするんですか？」

「おれか？　おれはやつらを迎え撃つ」

　ニエマンスはくすくすと苛立たしげに笑った。

「ほかに考えることはないんですか？　もっと気の利いた考えは？」

　ニエマンスはイヴァーナの肩をつかみ、ぐいっと道路のほうをむかせた。お尻を蹴りこそしなかったが、そういう気持ちなんだろう。

「まっすぐ歩け。風むきが変わらなければ、チャンスはある」

「風むき？　どういうことです？」

「さっさと行け。やつらはもう、すぐそこまで来てるぞ」

「何ですって？」

「まだわからないのか？ 狩りが始まったんだ」

イヴァーナはようやく理解した。わたしたちにここで足どめを食わせたのは、狩りの獲物代わりにするためだったんだ。かつて東部戦線で人間狩りをしたように。早くも彼女の脳裏には、犬の鳴き声、枝の折れる音、合図の呼び声が響いていた。けれどもそれは間違いだった。

これから始まろうとしているのは接近猟《ピルシュ》だ。

イヴァーナはそれ以上何も言わず、太陽にむかって走り出した。

62

ニエマンスはちらりとクライナートに目をやった。警察官として三十年にわたり現場で仕事をしてきたが、医学や応急手当の知識はほとんど持ち合わせていない。だからクライナートがどんな状態なのか、まったくわからなかった。出血多量で死に瀕しているのかもしれない。あるいは肋骨が何本か折れ、顔に傷を負っただけなのかも……

ニエマンスはクライナートの銃をつかんで、手に握らせた。本当に役立つかどうかはわからない。ゲス野郎どもがやって来る前に、彼が意識を取り戻すよう祈るばかりだ。捕食者に見つからずにすむかもしれないが、樅の木の枝で申しわけ程度にカムフラージュしただけでは、敵の目をあざむくことはできないだろう。

ここでこのままクライナートを保護するか、森に入って自分のほうに注意を引きつけるか、思案のしどころだ。黒いハンターは本当に人間狩りを始めるつもりなのか？ それとも彼らは《事故》に見せかけておれたちを殺そうとしただけなのか？

ニエマンスは銃の弾倉を確かめ、耳を澄ませた。森のざわめきをとおして、さらに大きく、さらに深い静寂《しじま》が近づいてくるような気がした。背後から、正面から、あらゆる方向から歩みよってくる接近猟《ピルシュ》のハンターたちの静寂《しじま》が……

もちろん、ここはひとりで運を試そう。そもそもあいつらだって、手ごわい獲物を相手にしたがるはずだ。まだ足もとがしっかりしていて、そう簡単に捕まらない獲物を。死にぞこないの警官や女はあとまわしだ。そんなもの、接近猟《ピルシュ》のハンターにとっては追いかけるに値しない、どうでもいい標的だろう。

ニエマンスは心のなかでクライナートに別れを告げると、木々の奥へと入っていった。道路から見えないところまで来ると、彼はコートと靴を脱いでヤマナラシの根もとに埋めた。それからシャツを脱ぎ——さいわい、色はグレーだった——地面にこすりつけてからもう一度着て、顔やうなじに泥を塗りたくる。最後に松の枝で体中を摩擦した。こうすればシャツもズボンも、ただのぼろきれと変わらなくなる。あとは武器の点検だ。グロック21が一丁にマガジン二個。肌身離さず持っている折りたたみナイフ一本。

さあ、祖父の教えを思い出すときだ。

まずは風だ。吹きさらしの路上なら、指先を湿らすだけで風むきがわかる。しかし森のなかは、枝や茂みのあいだを微かに空気が流れるだけで、風むきもさだかではない。

ニエマンスはヒースの茂みに気づいた。花をしごいてピンク色の花粉を手のひらに集め、握りしめる。黒いハンターにまつわる伝説が本当なら、やつらは人の体臭や折れた枝の臭いを感知することができるはずだ。だとしたら、真っ先にすべきは風に逆らってすすむことだ。彼は花粉を撒いて風むきを確かめ、歩き始めた。

しばらく行くと物音がした。ここであわてて走ったら、それこそ致命的なミスだ。わずかなチャンスも逃さずに敵から逃れようとするならば、周囲に溶けこみ一体化しなければならない。小枝一本、葉っぱ一枚触れないように気をつけねば。祖父から習った、森の歩き方だ。足を前に出すときは、指から先についてはいけない。まずは足裏の外側を地面につけ、きしんだり転がったりするものがないかに注意して、ゆっくり内側を下に持っていく。

ニエマンスはヒースの花粉を宙に撒き、靴下ごしに湿った土を感じ取りながら前進した。こうやって注意を怠らなければ希望はある。おれがふんばっているあいだに、イヴァーナが携帯電話の通じるところまで行けば……

しかしもうひとつ、気がかりなことがあった。ラオラは銃を手に、この森のどこかにいるはずだ。彼女は黒いハンターたちを倒そうと決意した。しかし怒りのあまり、分別を失っている。武器はおれより整っているだろうが、会社経営に忙しければ戦いの腕も鈍っているだろう。社交のための狩りに出るのがせいぜいでは、特殊部隊《ゾンダーコマンド》の後継者にかなうわけがない。目の前に待ちかまえているのは、まわりの景色に完全に溶けこむことのできる連中なのだ。

ニエマンスは殺人者たちに対峙するだけでなく、ラオラを助ける決意もした。そう簡単にはいかないとわかっていたけれど。まだあまり進んでいないし、どこにむかっているのかもわからない。

殺人者は間違いなく、おれたちにリードを与えている。狩りで雉やウサギを放したあとは、しばらく自由に動きまわらせるのがフェアプレイだと思っているのだ。ついでに敵が接近猟《ピルシュ》の規則に従い、単独行動してくれるとありがたいのだが。

ニエマンスにとって最大の弱点は距離だった。捕食者たちが本当に熟練した銃の使い手なら、百メートル以上離れていても的に命中させることができる。一発で獲物を仕留める《巧手》の技だと、どこから弾が飛んでくるのかわからない。ニエマンスの武器はグロックとナイフ一本。これではせいぜい数十メートル先の相手を狙うか、接近戦に持ちこむしかない。ミッション・インポッシブル。接近猟《ピルシュ》の専門家を相手に、どうやって近づけばいいんだ？

風は安定している。ニエマンスはあいかわらず、のろのろと歩き続けた。自分がどこにいるのかも、どこへむかっているのかもわからない。行く手に待っているのは、この場所を熟知した戦いのプロたちだ。ニエマンスはそんな悲観的な考えをふり払い、今この瞬間に精神を集中させた。音をたてずに進み、身を潜め、ヒースの花粉を撒く。それだけを考えるんだ……

突然、カラスが何羽か、陽光のなかをばたばたと飛び立った。ニエマンスは反射的にそちらへ目をやった。けれども体はほとんど動かさなかった。ハンターがあそこにいる。百メートルほど離れているだろうか。どんな状況にも巧みに対処する捕食者にも、カラスが飛び立つことだけは止められなかった。願ってもない天恵だ。

ニエマンスは柏の木の根もとで、蔦と茨のなかに隠れてじっと動かなかった。むこうからは見えないだろう。シャツとズボンの色調が違うのも、彼にとっては有利な点だ。上下同じ色の服だと立ち姿が目立つが、二つに分かれていれば茂みに紛れてわからない。

泥の仮面の下で汗をかきながら、彼は敵を注視した。

男は狼の色をしていた。灰色のユニフォームだ。

古びたウールの上着（ウールは枝が触れてもほとんど音をたてないし、通気性がよくて弾力性がある）、顔に影を落とすハンチング、指先だけ出ている手袋。さらに奇妙なことに、男はレーダーホーゼンをはいていた。バイエルン地方の伝統的な鹿革の半ズボンだ。決して水洗いはせず、脱いだままの形でそっと立てることもできる。足もとは灰色の靴下に黒いパラブーツの靴だった。なるほど、完璧な服装だ。目立たず、柔軟性に富み、周囲の景色にもたやすく同化できる。これ見よがしのスタイルは、もう終わりってわけか。オーバーやレインコートも、バイク用ゴーグル、交差させた手榴弾も。今は戦いのときだ。接近猟《ピルシュ》。沈黙の猟……

男は鳥が飛び立ったのに驚いたが、気配は消したままだった。彫像のようにじっとして、森が自然のリズムに戻るのを待っている。けれども、おれに気づいていないのだけは確かだ。そこがこちらの利点だ。とりわけ、男が近づいてくるならば。

そしてたっぷり五分後、男はまさしくこっちにやってきた。

鳥のさえずり、虫の羽音に満ちた陽光、得体の知れない物音。接近猟《ピルシュ》のハンターは、そのなかをそっとすり抜け近づいてくる。男の歩みはとてもゆっくりで、本当に動いているのかすら確信が持てないほどだった。彼は数ある有機物のひとつとなっていた。樹皮のかけらが少し動いたところで、全体の景色に影響はない。それと同じだ。

あと七十メートル。

ニエマンスはじっと息を殺していた。彼もまた灰色の染み、形の定まらない動く影と化していた。それが人間だとは、誰も気づかないだろう。ひとつだけ心配なのは眼鏡だった。眼鏡をかけていないと、自分の放尿すら見えるか見えないかだ。けれども、レンズに太陽の光が反射してしまうかもしれない。

三十メートル。

拳を握りしめるみたいに息をつめながら、ニエマンスは手をそっと背中にまわした。ベルトに挿した折りたたみナイフを右手でつかみ、左手で木の握りから刃を引き出した。

二十メートル。

ハンターはあいかわらずゆっくりと近づいてくる。

ニエマンスもじっと立ち続けた。木蔦の葉が揺れて顔をくすぐり、蠅が口のうえを動きまわった。右手の指はまだ背中で、ナイフの柄を握っている。

十メートル。

ハンチングの陰になって男の顔はよく見えないが、絶えず口をあけては舌で鼻孔を濡らしている。驚いたな。鹿じゃあるまいし。鼻孔を濡らすと、空気中に漂う臭気を感知しやすくなるのだ。あいつはそんなふうに臭いを嗅ぎ分けられると、本当に思っているのだろうか？

五メートル。

男はまだ、葉や樹皮、虫に紛れたニエマンスが目に入っていない。

三メートル。

ニエマンスはひとっ飛びで敵に襲いかかった。ナイフが胸骨の上、鎖骨のあいだに音もなく刺さり、気管を切り裂いた。これで相手は叫ぶ間もなく即死する。

次の瞬間にはもう、ニエマンスは柏の根もとに戻っていた。男は傷口に手をやろうとしたが、うしろむきに掲げ持っていた銃の釣り革が邪魔でできなかった。脚が崩れてひざまずき、腕がだらりとさがる。喉を裂かれた男の顔には、うっとりとしたような表情が貼りついていた。

それでも森は無表情だった。木の葉一枚そよがなければ、枝一本震えない。ハンターはただ体調が急変しただけだとでもいうように。

やがて男は落ち葉のうえに倒れこんだ。ニエマンスはそのようすを、目を皿のようにして見つめていた。できるだけ大きく息をしないよう、まだしばらくは気をつけていたが、ようやく肺を解放し、すばやくきれぎれに息を吸った。

数分後、警官は隠れ場所から抜け出し、倒した敵に近づいた。死んでいるのは間違いない。彼は死体の周囲を見まわした。誰も近づいてこない。あたりに人の気配はまったくなかった。

ニエマンスは地面に片膝をついて、死体から銃を取りあげようとした。とそのとき、冷たい銃身がうなじに触れた。

「動いたら撃つわよ」

重々しい声が誰のものか、すぐにわかった。そして彼は、初めから終わりまで何も理解していなかったと思い知ったのだった。

63

「うしろをむきなさい」

ニエマンスはひざまずいたまま、言われたとおりにした。そこにいたのは、接近猟《ビルシュ》の典型的な装備をしたハンターだった。着古した地味な上着。目立たない帽子。すり切れたズボンの裾を、よじれた靴下のなかに突っこみ……靴ははいていない。

こんなに悲壮感に満ちていなければ、むしろ滑稽なかっこうだろう。

ハンターは片手で銃を突きつけたまま、もう片方の手で帽子をあげ、目のあたりまで立てていた襟をさげた。ニエマンスにできるのは、ただうなずくことだけだった。おれは大馬鹿者だ、最低の警官だ。いやがうえにもそう思い知らされた。

ラオラ・フォン・ガイエルスベルクが目の前に立っている。ついさっきまで思っていたように、ともに黒いハンターたちと戦う仲間としてではなく、接近猟《ピルシュ》のリーダーとして。つまりはニエマンスの背後に死を放ち、彼を仕留めようとした首謀者として。

「銃を捨てなさい」

ニエマンスは手を背中にまわし、グロックをつかんだ。それを前にむけようとしたとたん、ラオラは彼のみぞおちを蹴った。ニエマンスは息がつまって、うしろにひっくり返った。体を折り曲げ、空気を求めて小刻みに咳きこみ始める。まるで水からあげられた鯉だ。

ラオラはすばやくグロックを拾いあげ、地面に腹ばいになったニエマンスをふり返って体を手探りし、ナイフを見つけ出した。ニエマンスは息をしようとまだ必死だった。喉から出る微かな音に生死がかかっているかのように、ひゅうひゅうというなり声をあげている。

「さあ、立って」

立ちあがるには、たっぷり一分かかった。まずは片膝をつき、次にもう片方の膝をつく。それから踵で地面を踏みこみ、思いきりふん張って、ようやく二足歩行動物の体面が保てた。

ニエマンスはラオラの黒い銃を見つめた。金属の鋳型からまるごと鋳造したようなすばらしい銃だ。そして彼はラオラの輝く目を見つめた。そこに浮かぶ決意が語っているのは、ニエマンス自身の死にほかならなかった。

ラオラ・フォン・ガイエルスベルクは単なるハンターではない。彼女は破壊力にかける強固な意思そのもの、殺人本能そのものだった。

「すべてはきみがたくらんだことなのか？」とニエマンスは馬鹿みたいにたずねた。

ラオラはあえて答えようともしなかった。そんなあたりまえの話をするのに、声をからすまでもない。

「養子にした子供たちを、どうして殺すんだ？」

するとラオラは帽子を脱ぎ、豊かな黒髪を露わにさせた。

「殺すために養子にしているのよ」

その言葉を聞いて、ニエマンスはいっきにすべてを悟った。

ガイエルスベルク家は何世代にもわたり、一族のなかで人間狩りの接近猟《ピルシュ》を続けていたのだ。

「接近猟《ピルシュ》。真実はそこにあったのよ、ニエマンス」

「どういうことだ？」

ラオラはニエマンスに狙いを定めやすいよう、体を斜めにした。たった二メートルしか離れていないんだ。どのみち仕留めそこなうはずもない。

「ハンターは獲物を大事に養い、育《はぐく》まねばならない。そうやって、できるだけ手ごわい強力な敵を作りあげるのよ」ラオラは淡々とした口調で話し始めた。「わたしたち一族は何世紀も前から、養子にした子供たちにそうしてきた」

これは現実だろうか？　ニエマンスは悪夢を見ているような気がした。さもなければ、おれの気が変になってしまったのか。スズメバチが何匹も、頭のまわりをぶんぶんと飛びまわっている。これが黒い森の正体なんだ……

「養子はわれわれの獲物となった。わが一族はもらい受けた子供を養い育てた。最高の教育をほどこし、狩りのテクニックを教えた。もっとも恐るべき敵にしあげるために」

「そして真の後継者が、森のなかで一騎打ちをすると？」

「そのとおりよ」

「でも……何のために、そんなことを？」

ラオラは落胆のため息を漏らした。愚劣な大衆には何もわからない、理解ができないのだと言わんばかりに……

「今でこそわれわれは近代的な企業グループとして繁栄しているけれど、価値観は昔と変わっていない。貴族がもっとも尊ぶ挑戦、それは血よ。もっとも危険な敵と森で対峙することができなければ、ガイエルスベルク家の一員としてわれわれの帝国を率いる資格はないわ」

「どうかしてる」

「これこそドイツだわ。われわれが愛する伝統がそこにある。輝かしく獰猛な、ゲルマン民族の伝統が。わたしたちの国を見誤ってはいけないわ、ニエマンス。ここではずっと《強者の支配》が、弱肉強食の掟が続いてきたのよ」

なんとか落ち着かなければ、とニエマンスは思った。それでも口のなかは乾ききり、喉がひりひりした。

「きみは人殺しだ」

「ユルゲンにはあらゆるチャンスが与えられていたわ。三十年以上にわたり、わたしたちは彼に戦う術《すべ》を教えてきた。ガイエルスベルク家の人間は、みんなそれをたたきこまれるのよ。そもそもユルゲンも、自分がガイエルスベルク家の一員だと信じていたし」

「ユルゲンは真実を知らずに育てられたと？　いずれ生贄にされるとは思っていなかったのか？」

「生贄にされるんじゃないわ、ニエマンス。ユルゲンは計り知れないほどのチャンスを与えられてきたのよ。捨て子の身で最高の教育を受け、巨万の富を手に入れた。わたしを倒しさえしていれば、すべてを受け継ぐことができたのよ」

ユルゲンは父親の虐待にもじっと耐え、与えられた立場にしがみついていた。学業に精を出し、やるべきことをやり遂げようとした。真にガイエルスベルク家の一員たろうとしたのだ。けれどもそれは間違いだった。彼は結局クレー射撃の的だった。狩りの朝に放たれるアナウサギにすぎなかったのだ。

「これこそ、わが一族の偉大さなのよ」とラオラは続けた。「われわれはその狩りにすべてを賭けている。だからこそ、どこの馬の骨かわからない子供にも、ガイエルスベルクの帝国を手にするチャンスを与えている。われわれにとって大事なのは、戦いによって選ばれることだけなのだから」

なるほど、要はこういうことか。狂気にとりつかれた一族は哀れな子供を貰い受けて贅沢な暮らしをさせ、一流の教育を受ける喜びと幻の運命を味わわせた。そのあげくに、彼が三十歳を越えたところで生贄に捧げたのだ。

もっと詳しく話を聞かなくては。

このおぞましいシステムは、どんなふうに続いていったのか？　ラオラはその質問に、またしてもにっこり微笑んだ。こうやって胸のうちを明かす機会は、めったにないだろうからな。

「一族の夫婦は世代ごと、念入りに選び出した子供をひとり養子にするのよ」

「歯の状態も確かめるのか？　もらいものの馬みたいに」

ラオラはニエマンスの冗談を聞き流した。

「母子健康手帳で充分よ。それに病歴についての最低限の情報だけでね」

ユルゲンの墓にあった、アルフレッド・ド・ヴィニーの詩の一節。その意味がわかった。《運命に呼びよせられし道で／長くつらい務めに雄々しく励め／そののちわれのごとく、黙して苦しみ、息絶えよ》

まさにこの詩のとおりじゃないか。狼に育てられた子供。餌食にされる子供。ニエマンスはラオラがユルゲンとともに過ごした年月《としつき》のことを思った。それはすべてある晩、森の奥へひとり裸で放り出し、卑しい生まれの代償を支払わせるためなのだ。

「でも、ユルゲンは双子みたいなものだったと言ってたじゃないか」

「それは嘘じゃないわ」

「きみはこの世でいちばん愛する者を殺したのか？」

「それもまた、さらなる試練のうちね。掟は掟。接近猟《ピルシュ》に感傷は禁物だわ」

　おれはこんな頭のおかしい、狂暴な女と愛を交わしてしまったのか……ニエマンスはもう震えてはいなかった。ミツバチや小鳥が穏やかに舞い飛ぶなか、彼は氷山のように冷たく固まっていた。冷汗が吹き出し、体がべたつく。それでも必死に歯を食いしばり、恐怖に耐えた。

「わが家は危険と血と戦いを好む。ガイエルスベルク家はこんな退廃した時代とは無縁なのよ。エコロジーだなんて言ってごみをリサイクルし、退職後のことを考えて将来に備えているような小市民的な時代とは、相容れないんだわ。わたしたちの一族はつねに自然の教えに、死と生存の教えに従ってきた。お金なんかどうでもいい。会社経営にいそしみ、企業グループを発展させて、政治にも乗り出す。でもそんなこと、本当は大して意味ないわ。あなたたちが暮らす惨めったらしい世界はうんざり。われわれは、別のところで生きているの」

　ニエマンスはラオラの先祖たちの肖像画を思い浮かべた。あの怪物たちの画廊に、彼女はふさわしかった。

「それが原因で、きみのお母さんは自殺したのか？」

ニエマンスはだしぬけにたずねた。

　ラオラは銃を下げて革ひもを肩にかけ、代わりにグロックをニエマンスにむけた。装弾してあると、わかっているのだ。

「母が初めから知っていたとは思えないけれど、父とフランツ叔父が話しているのを聞いてしまったらしいわ。母は一族の厳しい掟に耐えきれなかった。結局、ガイエルスベルク家の一員ではないのだから。外からもたらされたコマのひとつにすぎなかった。森はそうした愚物を打ち砕いてしまうのよ」

ニエマンスはそんな経緯を聞くと、サビーヌ・フォン・ガイエルスベルクの人物像が一新されるような気がした。

「ヘアバート・フォン・ガイエルスベルク、一九八八年。ディートリッヒ・フォン・ガイエルスベルク、一九六六年。ヘルムート、一九四三年。トーマス、一九四四年。リヒャルト、一九一六年……これらの男たちはみんな、兄弟の手で殺されたのか？」

「兄弟じゃないわ。ライバルよ」

「そして一度も……養子が勝ったことはなかった？」

「ええ、一度も」とラオラは答えて、ぷっと小さく吹き出した。「それこそわれわれが圧倒的に優れていることの証でしょうね。ガイエルスベルク家の人間は、生まれついてのハンターなの。おそらくは、世界でも有数のハンターだわ。たとえ自らの手で育て、鍛えあげた敵でも、われわれの前では無に等しい。氏《うじ》より育ちなんて嘘っぱちだってことが、これでよくわかるでしょう。血がすべて。教育なんて、平民の哀れな幻想にすぎないのよ」

ニエマンスは今朝のうっとりとした気分を思い出した。あの晴れやかな天国の先にこんな地獄が待ちかまえていたなんて、ありえるだろうか？　いや、むしろあの天国がガイエルスベルク家の人々を生み出したのだと言うべきなのかもしれない。自然が癌や最悪の感染症を生んだように。

彼は意識を集中させた。すべてを知りたかった。事件の全容をとらえたい。たとえおれが死んだあとだろうと、きちんとした調書が作れるように。

「具体的にいって、狩りはどう行なわれるんだ？」

「まずはレフリー役がいて、わたしたちはその指示に従うことになっている。レフリーはガイエルスベルク家の一員で、接近猟《ピルシュ》がいつ行なわれるかを決めるの」

「フランツがそうなんだな？」

ラオラはもちろんというように微笑んだ。刹那の刃に、マニュキュアをした指をあてるような微笑だった。

「フランツ叔父は何年にもわたって領地を監視させ、入念に森の準備をしてきた。そこで何世紀も前と変わらない接近猟《ピルシュ》が行なわれるようにと」

「狩りの日にちを決めたのは彼なのか？」

「年と季節はそう。でも、日にちは違うわ。満月の晩じゃないといけないから。今回はそれが招待客を集めた追走猟の日と、残念ながら重なってしまったけれど」

そこでニエマンスは、衆目を集めた第一の殺人の陰に隠れて起きた、もうひとつの殺人を思い出した。

「マックスを殺したのはウドなんだな？」

「決着をつけねばならないときだったのよ」

「ウドは満月の晩にしてもらえないのか？」

「彼らは傍系だから、規則が緩いのよ」

「死の重みにも上下があるってわけか」

ラオラは銃を握った手に力をこめた。引き金にかかった人差し指が震えている。あまり皮肉を飛ばしすぎたのは失敗だった。ラオラは我慢しきれなくなっている。

「それじゃあ、黒いハンターのことは？」ニエマンスはあわててたずねた。「彼らの役目は何なんだ？」

「曾祖父がオスカール・ディルレヴァンガーを匿ったというのは伝説にすぎないけれど、手下たちたちのなかにはわたしたちのところへ逃げてきた者もいたわ。わが家は外部の侵入者から森を守るため、信頼のおける監視人が必要だった。だから黒いハンターというやり方を受け継いだ。彼らは完璧にわれわれの世界を守り、われわれ自身の伝統を守る手助けをしてくれた」

「イェニシェの少女を犬に襲わせたような事件は、ほかにもあったのか？」

「もちろんよ。でもわたしたちは、うまく握りつぶしたわ。われわれの特殊部隊《コマンド》は何をしでかすかわからない、サディスティックなならず者の集まりだけど、彼らの手が必要なのよ」

「あいつらもきみの接近猟《ピルシュ》に加わったのか？」

「彼らは土曜日の晩にユルゲンを捕まえ、森に置いていったわ」

「裸でか？」

「いいえ、裸じゃないわ。でも携帯電話やなにかの通信手段はなしで」

「武器もなしで？」

　ラオラは左手を上着の裾にやり、何か取り出した。ニエマンスはひと目でわかった。プーッコと呼ばれるフィンランドの伝統的なハンティングナイフで、柄にはカバノキが使われている。

「ユルゲンも同じものを持っていたわ。十歳のとき、父からもらったプレゼント。われわれの接近猟《ピルシュ》はとても公平に行なわれるの」

「ユルゲンが獲物の役割を演じたことをのぞけばね」

「ユルゲンは追われる側から追う側へと、すぐさま役割を転じた。彼はそのように育てられたのよ」

　ラオラはあいかわらず、手の届かないところにいる。取っ組み合いに持ちこむのは不可能だし、逃げるのも無理だろう。ほかにうまい考えが浮かばなければ、もっとしゃべらせて時間をかせぐしかなさそうだ……

「でもきみは、接近猟《ピルシュ》の大事な規則に従っていないぞ」とニエマンスは反論した。「一発で獲物を仕留める《巧手》の規則に……」

「それでは、簡単すぎるからよ。獣が相手なら誇らしい技だけれど、人間が相手ではそうじゃないわ。われわれの狩りは最後に、ナイフによる一騎打ちで勝負を決めることになっているの。だいいちユルゲンの体から銃弾が見つかったら、たちまちわたしが犯人だってわかってしまうじゃない。だってわたしの銃弾は手製だから」

「そうは言うが、きみは慎重さに欠けていた。今までずっと、ガイエルスベルク家は念入りに死体を隠し、何の手がかりも残さないできた。どうして今回は、そうしなかったんだ？」

「傲慢の罪ってことかしらね。わたしの勝利をみんなに見て欲しかったのよ。捜査にあたるのがドイツ警察だけだったら、それでも問題なかった。証拠も手がかりもなければ、事件はすぐに葬り去られたでしょう」

ラオラはナイフを鞘に収め、両手でグロックを構えた。

「さあ、ニエマンス」と彼女は言って、銃の引き金を軽く押した。それがトリガーセイフティと呼ばれる、グロック特有の安全装置のはずし方だった。「知りたいことは、もう充分わかったでしょう」

何てあっけないんだろう。ニエマンスは茫然とした。おれと彼女とわずかな風。桃の綿毛のように柔らかな陽光……そして鋼鉄の銃口から発射される死。パリでもっともやばいと言われた警官が、秋のある朝、雉みたいに撃ち殺されようとしている。

「シュラーを殺したのもきみなんだな？」ニエマンスはあともう少し時間をかせごうと、そうたずねてみた。

ラオラはためらった。人差し指の力が緩むと、安全装置がまたかかった。

「シュラーはあなたたちより頭が切れたわ」と彼女は小声で言った。「二たす二は四だと、ちゃんとわかっていた」

「どういうことだ？」

「シュラーはユルゲンが養子だったとわかったとき、彼が殺されたのは出自に関係があると気づいた。そして、この地方に古くから伝わる伝説を思い出したのよ。ある貴族の一家が養子をとる。けれどその子が相続権を主張し始めると、彼らは厄介払いしようとする。そして養子を獲物にして、狩り出し猟を行なう……わが家の話とよく似てるわ」

「それでシュラーは、きみに電話してきたんだな？」

「そういうこと。彼は話があると言ったわ。これですべて辻褄《つじつま》が合うと、わたしにむかってぶつけてきた。だからわたしは彼のもとへ行き、口を封じた。今にして思えば痛恨のミスだけれど、あのときは焦っていたのでしかたなかったのよ」

　これでパズルのピースは、すべて完璧にはまった。それだけはよかったけれど、大した満足感は得られなかった。

「ラオラ、これ以上罪を重ねるな」ニエマンスは彼女を諭そうとした。「警官殺しは重罪だ。逃げられるチャンスはないぞ。ここまで知った以上、おれたちは……」

「動いたら撃つわよ」

　そう言ったのはラオラではなかった。ハシバミの茂みのうえに（あるいはそう思っただけかもしれない。ハシバミは魔法の木だから）、イヴァーナの姿があらわれるのを見て、ニエマンスは安堵のあまり体中の力が抜けるような気がした。黄土色のジャンパー、赤い髪。手にはシグ・ザウアーを握りしめている。

　あいつめ、おれの命令に従わなかったようだ。けれども今回は、褒めてやるしかない。

「銃を捨て、両手を頭のうえにあげて」とイヴァーナは叫んだ。穏やかな朝と森の静けさには似つかわしくないほどの大声だった。

　ニエマンスはすぐにほかのハンターたちのことを思ったが、遠くからヘリコプターの音が聞こえて納得した。そうか、イヴァーナは予想よりも早く、携帯電話が通じるところへたどり着いたんだな……

　ニエマンスは視線をラオラに戻した。彼女はまったく動いていなかった。その気になれば引き金を引き、ニエマンスを殺すこともできるだろう……

　けれどもラオラは、銃を持った手をさげた。白い厚紙にインクをたらしたみたいに、顔が曇っている。負けを認めなくては。それはもう、明らかだ。彼女は森の空気を胸いっぱい吸いこみ、頭をのけぞらせた。

ニエマンスは息を呑んだ。陽光を浴びたその体も、艶めく黒髪の下にのぞく顔も、狂おしいまでに美しかった。すべてが狂気と誇りで虹色に輝いている。

ラオラは最初に出会ったときのように、ニエマンスにそっとウィンクした。彼女の洗練されたエレガンスには似つかわしくないが、たまにはこんなこともするのよと言わんばかりに。

そう、その気になればラオラ・フォン・ガイエルスベルクはどんなことでもやってのける。

四五口径の銃口を自分のあごの下にあて、引き金を引くことだって。

64

ラオラ・フォン・ガイエルスベルクの葬儀は、人目を引かないように内々で行なわれた。

参列したのは一族のメンバーが何人かと（そのなかにはフランツ老人もいた）、ひと握りの株主たち。あとは状況が状況だけに、ドイツの警察隊が出動したが、マスコミはいっさい入れなかった。

ラオラの埋葬がすむや、みんなそそくさと姿を消した。フランツは自分のケツを拭わねばならなかったから。ほかの親戚たちは、一連の事件に顔をしかめていたから。そして株主たちは、指導者を失ったグループの立て直しを早急に図る必要に迫られていたから。

事件の真相は公にならなかった。地元の州警察も、シュトゥットガルトの刑事警察本局も、ラオラ・フォン・ガイエルスベルクをユルゲン殺しの犯人として正式に告発することはなかったし、フランス側の捜査官はドイツ警察に報告書を返却した。

ドイツにおける公式の見解は、ラオラが森で自殺したというだけだった。罪の告白とも取れるし、兄の死に直面した精神的なストレスとも取れる——あるいはその両方とも。

いずれにせよ、ニエマンスとイヴァーナが手にしているのは、ラオラの口から聞いた話にすぎない。そのラオラが死んでしまった以上、確たる証拠は何もなかった。しかもユルゲンが殺された夜、ラオラといっしょにいたとされる男は——ステファン・グリーブという名の営業部長だった——なぜか証言を取り消そうとしなかった。となると手続き上、ラオラはまったくの白ということになる。

いっぽう、ウドはマックス殺しの罪で逮捕された。生き残った者には容赦なしってことだ。犯行の動機は明らかでないが——権力争いか、痴情絡みか——これまで有力者を恐れて押さえつけられていたマスコミが好き放題に書き立て、ガイエルスベルク家は退廃した一族の末裔たちだと言ってはばからなかった。

警察官たちにも、真の動機は不明なままだった。一族の財産を賭けた狩りの掟だなんて話は、誰も相手にしなかった。そんなことを言っているのは、どのみちニエマンスとイヴァーナだけじゃないか。わが子を愛し、獣を狩るだけの人々から見れば、とうてい信じがたい、常軌を逸した戯言だ。

フィリップ・シュラー殺しについては、もっと規範に則った捜査が進められた。ユルゲンが養子だったことを隠すため、ラオラが彼の口封じをしたのかもしれない。しかしよく考えれば、これも動機としては弱い。被害者はガイエルスベルク家の主治医にすぎないのだし。だとしたら、どうして？　フライブルク・イム・

ブライスガウの市役所に出されたユルゲンの出生証明書が偽造されたものだったとしても、人を殺してまで隠さねばならないことだろうか？

フランツはいったん逮捕されたが、すぐに釈放された。バーデン＝ヴュルテンベルク州でも最高の弁護士をつけたからだ。そもそも彼にかけられた嫌疑は、あやふやなことばかりだった。森の奥で決闘をさせた証拠はどこにもなかったし、黒いハンターに関しても、森林管理人やシュヴァルツ・ブルート財団のハンターたちがしたことの責任を彼に負わせることはできなかった。

無法者たちは告発されたが、罪状は微々たるものだった。フランス警察に対する威嚇行為、禁止されている犬の飼育、森林内でのひき逃げ、あて逃げ……ニエマンスとイヴァーナが予想していた罪とはかけ離れている。ユルゲンやマックスの命を奪った《狩猟殺人》の共犯者として、訴えられるものと思っていたのに。それにニエマンスやイヴァーナ自身に対する殺人未遂や、イェニシェの少女に対する傷害事件でも……

「まあいいさ」とニエマンスは言っただけだった。犯人を徹底的に追いつめる執念深さとは裏腹に、彼は司法を信じていなかった。真実はもっと信じていない。大事なのは罪を暴くことだけ。隠れた犯罪を巣穴から狩り出すためなら、どんなことでもする覚悟だった。しかしそのあとのことは、どうでもいい。自白、弁護士、陪審員、評決……勝手にやってくれ。彼は心の奥底で、人間を軽蔑していたから。誰にとっても公平な正義を実現できる者などいない。《真実は存在しない》とニエマンスは、警察学校の授業で声高に語ったものだ。《あるのはただ、もっともらしい嘘だけだ》と。

それでもニエマンスは今回の捜査に、真正面から取り組んだ。彼が犯人のラオラを愛したかどうか、それはさして重要ではない。問題は、事件の見立てがことごとく間違っていたことだ。彼が真実からこんなに遠ざかってしまったことは、いまだかつてないだろう。ラオラの美しさに目がくらんだせいか、それとも自分では熟知しているつもりだった悪の世界に打ちのめされたせいか、結局何ひとつ先を見通すことができなかった。事件の謎を解く残酷な方程式は難解すぎて、彼の手に負えなかった。

　ニエマンスが得たものと言えば、さらにもうひとりの死者だけだった。彼が殺した九人目の男。正当防衛なのは明らかだが、ハンターの喉にナイフの刃が刺さる滑らかな感触は、しばらく忘れられそうになかった。

　この三日、ニエマンスは黙りこくっていた。イヴァーナは彼の生気が失われていくのを、ただ見ているしかなかった。それに彼女には急いでやるべきことがあった。捜査の最終的な調書を作り、事件に決着をつけねばならない。

　イヴァーナはなぜか今回の一件に、ニエマンスほどショックを受けていなかった。人間の醜悪さは、彼のほうがずっとたくさん目《ま》の当たりにしてきただろう。けれどもイヴァーナには、特権階級に対する生来の嫌悪感があった。生まれがいいの、社会的な地位が高いの、高貴な血だのという話には吐きけがする。だからガイエルスベルク家のシステムも、驚くにあたらなかった。あいつらのことだから、ありうるわね。

　しかしイヴァーナも、先を見通せなかったことに変わりはない。事件の周囲にちりばめられた暴力は平然と受け入れてきた。切り刻まれた被害者の遺体、バイクのキックスターターに挟まれた指、試薬のあいだに倒れていたシュラーの死体。そんなことには動じず、仕事に精を出した。それでもガイエルスベルク家が考えついたことは、彼女の想像力を超えていた。

　報告書はフランスに戻って書くこともできたけれど、イヴァーナは完璧な書類を仕上げるにはドイツ警察の協力が必要だという口実で現地にとどまった。しかし理由はそれだけではない。

すぐに引きあげなかったのには、別のわけもあった。イヴァーナは毎日フライブルク・イム・ブライスガウ大学医療センターへ、彼女のヒーローを見舞いに行っていた。傷ついたヒーローは紙の患者衣姿でもなお、彼女の心をときめかせた。

65

クライナートは一命を取りとめた。レントゲン検査の結果、脳に外傷が認められたが、血腫はなかった。肋骨は三本折れていた。鎖骨にひびが入り、上腕骨は脱臼している。それらはすべて、体の右側だった。ただ肋骨が内側に曲がってナイフが刺さるみたいに、筋肉や組織、器官を傷つけてしまったらしい。話を聞いても、イヴァーナにはよくわからなかった。医者は英語を話したが、やたらと子音を強調するのが耳障りだった。

いちばん痛々しかった目の傷は、実のところ案外浅かった。瞼から小さな破片を取り除く根気のいる手術のあとには、ぶ厚い包帯で両目がふさがれた。まるで戦争映画さながらだ。

イヴァーナが見舞いに行くと、目のうえをぐるぐる巻きにされたクライナートは彼女の声に耳を傾けた。なんだか小説の登場人物にでもなったみたいだわ。とはいえ、クライナートの妻と子供が来ている時間は避けるよう気をつけねばならなかった。日陰の身の屈辱というやつね。自業自得だわ、とイヴァーナはひとりごちた。クライナート夫人が帰ったあとを狙って来るのは、肩身が狭かった。それに模範的な妻がどういうものかを、嫌というほど思い知らされた。彼女は子供をしっかり育て、父なし子にすることもない。どれもこれも、わたしにはできなかったことだ……

こうしてイヴァーナは奥さんに知られないようにしながら、それにニエマンスの目も盗んでクライナートの病室に通った。こそこそとマリファナ煙草でも吸っているみたいな気分だった。だから帰りは酔い心地だった。壁につかまり、夢にすがって歩いた。袋小路の夢。報告書に検印が押され、緑の制帽たちと握手を交わしたらそれで終わる夢だ。

捜査の最後の晩、フランツの城から帰る途中、イヴァーナとクライナートは愛を交わした。実際には最後まで行かなかったが、そうなってもいいという気持ちだった。霧に包まれた車のなかで、初めからすぐに結ばれる恋人たちなんて、映画のなかにしか出てこないわ。中途半端に終わってしまったけれど、イヴァーナは強烈な喜びを覚えた。心の喜びを。どのみち可能性はふさがれているのだから、このひとときを精いっぱい楽しもう。希望がないことこそ、希望の勝利なのだ。希望を抱かなければ、人生にも男にも決して失望させられることはない。これ以上の勝利があるだろうか。

ところが今日は、いつもと雰囲気が違っていた。初めてニエマンスがいっしょに行くことになったのだ。恋の逃避行なんて無理だわ。さよならをしたら、それで終わりだ。

66

病院では驚きが待っていた。クライナートはもう包帯を巻いていなかったし、眼鏡もかけていなかった。彼はすっかり違って見えた。疲労と外傷のストレスがすべて、眼窩の奥に集まっている。大量出血してやせ細ったその顔は、まるで仮面のようだ。額のうえに撫でつけた長めの髪と、あごに張りついた山羊ひげは、妙に作り物じみていた。

クライナートは見舞客の顔を見ると、いそいそと話し始めた。

「医者の話では、あと一週間で退院できるそうです」

「それはよかった」ニエマンスは明るく答えた。「われわれは今日、フランスに戻るつもりです」

「報告書はもう書き終えたんですか？」

ニエマンスは顔をしかめたが、クライナートの皮肉に気づいてすぐににやりとした。

「あんたもひとが悪いな、クライナート」

イヴァーナは少しうしろで腕を組み、泥のなかのサギみたいに片足で立っていた。

クライナートはナイトテーブルに手を伸ばし、古めかしいファイルをつかんだ。ボール紙の表紙に、印刷された紙の束が挟まっている。

「お二人にひとつ、お伝えしとかねばならないことがありまして」とクライナートは言ってファイルをひらき、ベッドから体を起こした。「マックス・プランク研究所の遺伝学者ウルリッヒ・タフェルツホファーが、調査を続けたんですが」

「何の調査を？」

「ガイエルスベルク家のＤＮＡについてですよ。彼はＤＮＡの比較を続けた結果、驚くべき事実を発見しました。ユルゲンの染色体配列は、一族の遺伝形質と多くの共通点があったんです」

「まさか。ユルゲンは養子だったのに」

「彼のDNAがラオラのものと異なっていたから、そう思っていましたが、実は逆だったんです」

「つまりラオラが養子だったってこと？」イヴァーナは思わず息を呑んでたずねた。

「そのとおり。タフェルツホファーは断言しています。ユルゲンはガイエルスベルク家の一員だって」

「それじゃあ、マックスは？」

「彼は間違いなく養子でした。ユルゲンとウドは一族と血がつながってます」

ニエマンスは苛立たしげにベッドの枠を指でたたいていた。

「でもラオラは、自分がガイエルスベルク家の実子だと信じていたようだが……」

「おそらく全員に、自分が正統的な後継者と思いこませていたのでしょう。そのほうが、狩りの腕を競い合うにも意気があがるでしょうから」

イヴァーナはこの邪悪なシステムに思いを巡らせた。子供たちを――というかむしろ、若者たちを――互いに競わせ、いずれ一騎打ちをさせる。子供たちは愛し合い、横暴な父親や厳しい教育に力を合わせて対抗してきたが、それをうわまわる大義に引き裂かれてしまうのだ。

彼女は事件の別な側面にも目をむけた。今回、勝利したのは養子だった。平民の血がガイエルスベルク帝国を勝ち取り、民衆の手に戻したのだ。そう思うと、痛快でならなかった。しかも、最終的に勝利したのが女性だったのだからなおさらだ。

クライナートはますます興奮気味に話を続けた。今回の捜査で彼は多くの幻滅を経験しただろう、とイヴァーナは思った。でも警察官として、どんなに成長したことか。彼はこの事件を通じてより強く大きくなった。警官は汚穢《おわい》のなかで育つ。イヴァーナは心の底で抱いているこの確信を新たにした。

　やがて沈黙が病室を包んだ。ニエマンスは窓をふり返り、外の景色をしばらく眺めた。彼が何を考えているのか、いや少なくとも、何を感じているのか、イヴァーナにはよくわかった。彼は暖房の効きすぎたこの部屋を、早くあとにしたいのだ。こうして怪我の恢復を待っている感じが、耐えきれないのだろう。それは彼がゲルノンの事件で、嫌というほど味わわされたことだった。

　いまにもニエマンスは、小声で「それじゃあ」と言ってドアにむかうだろう。イヴァーナはそう思っていた。ところが、こちらをふり返った彼は満面の笑みを浮かべていた。

　警視はクライナートに歩みより、右手をつかんだ。白い肌の下に透けて見える血管や筋が痛々しい。

「元気でな、クライナート。こんなこと言うのは癪なんだが、あんたが立派な警官だってことは認めざるをえないようだ」

　クライナートはにっこりとした。その笑顔は、吹き飛ばされた石鹸の泡みたいに宙にはじけた。

「イヴァーナさんにひと言、話したいことがあるんですが」

　眼鏡の巨漢は事情を察したようだった。けれども彼は、好意的な表情を崩さなかった。ものわかりの悪い保護者役はもう終わりにしよう。

「せいぜい別れを惜しむといいさ」

　イヴァーナはクライナートと二人っきりになると、頭のなかが真っ白になるのを感じた。いったい何を、どう話したらいいのか。目の前のクライナートが、早くも思い出になってしまったかのようだ。そんなイヴァーナの気持ちを、クライナートは察したらしい。きっと彼も同じことを感じていたのだろう。

「もう会うことはないでしょう」とクライナートは言

った。

イヴァーナはベッドの端に腰かけ、彼の手を取った。それは石灰岩のかけらみたいに軽く、かさかさだった。クライナートはじっとしたまま、ただ穏やかな笑みを浮かべている。

それでもイヴァーナは、ひと言も発することができなかった。別れの挨拶文でも用意しておくべきだったわ。

「わたしたちは、大惨事の生存者みたいなものでしょう」クライナートは助け舟を出すように言った。「かろうじて生きのびたけれど、勝利したのは死です」

あらまあ、そんな、とイヴァーナは、重々しい雰囲気を払いのけようと心のなかで言った。だけどわたしにも思いつかないわね。それ以上うまい言葉も、それ以上ひどい言葉も。彼女は身をのり出し、少年の頭にキスするみたいにクライナートの額に口づけをした。それからさらに駄目押しに、やさしく彼の髪をくしゃくしゃとかき混ぜた。

これが今のあなたってこと、とイヴァーナはまた自分に言った。あなたの息子は大人になり、あなたは大の男たちを子供扱いしている……

イヴァーナは最後にもう一度クライナートに微笑みかけ、彼から離れた。ドアをあけようとしたとき、やさしさが怒りに、愛情が憎しみに変わった。クライナートの妻や子供たち、穏やかな家庭生活のことを思った。そんなありふれた幸せには反吐が出るわ。

恨みと軽蔑をこめて唾を吐きかけたい気分だった。そんなことをしても、何にもならない。自らの絶望が深まるだけだとわかっていたけれど。わたしは自分自身に対する不満を、彼にぶつけているんだ。彼の凡庸さに嫉妬している。周囲に波風立てず、穏やかに生きていることに。わたしはもっと面倒な人間だから。

イヴァーナは廊下に出るとうしろをふり返り、クライナートにもう一度微笑みかけた。今度は心からにっこりと笑うことができた。結局彼女が愛したのは、生身のクライナートではなかったのだろう。周囲の汚物から超然とした何か、決してかすめ取ることのできない何か。彼女が求めているそんな人間像だったのかもしれない。

　クライナートも銃士然とした顔で微笑み返した。あんたはただの大馬鹿者よとイヴァーナは自分に言った。ドアを閉めながら、それをもう一度繰り返した。さっさと引き返して、ちゃんとキスをするべきだったのに。けれどもエレベータにむかって歩きながら、もう力をよみがえらせていた。怒りが戻ってくるのを感じた。彼女を奮い立たせているのは、この怒りなのだ。

　ニエマンスはエレベータの前で彼女を待っていた。なかに入ると、ようやくイヴァーナは泣き出すことができた。上司は困ったように、床や天井や注意書きの札に目をやっている。野獣といっしょの檻に閉じこめられてしまったようなものだ。しかたない、彼女の慟《どう》哭《こく》にしばらくつき合ってやろう。

67

イヴァーナはボルボの前まで来ると、どぎついまでの青空に目をやった。そして絡みつくような喉の不快感を焼き尽くそうと、煙草に火をつけた。

「さあ、乗れ」

ニエマンスは動揺の隠し方を、ひとつしか知らなかった。不機嫌になることだ。

イヴァーナはもう一度煙を吸いこみ、投げ捨てた吸殻をブーツの爪先で踏み消した。

「今、行きます」

助手席に腰かけて体を丸め、ダッシュボードに踵をのせる。クライナートのことは、もう頭になかった。それはときどき願掛けをする大事なお守りとして、あとに取っておこう。

ニエマンスは高速道路にむかって車を飛ばした。今はまだ、森のなかだった。鬱蒼とした森を真っ二つに切り裂くようにして、道はどこまでも続いている。やがて景色は平野や畑に変わるだろう。さらに先へ行けば、灰色のパリ郊外が見えてくる。スモッグでどんよりと曇った空に覆われた、コンクリートの浜が。ようやく、帰るんだわ。

ほんのささいなことで、イヴァーナは幸せになれた。それらはみな、大都市や騒音、汚染と結びついていた。ひとつひとつ別々に見れば、不快なものばかりだ。車、ゴミ、悪臭、人の群れ……けれどもそれがひとつになると、魅力的な景色を作り出す。少なくとも彼女の目にはそう映った。

イヴァーナははっと目を覚ました。パリの喧騒を想像しながら、眠ってしまったらしい。車はすでに国境を越えていた。彼女はリアウィンドウを下げて、新た

「どうして犬が嫌いなんですか？」

な煙草に火をつけた。ニエマンスは何も言わなかった。何時間でも無言でいられる男だ。イヴァーナにはとうてい耐えきれない。けれどもニエマンスの沈黙には、何の意味もなかった。怒りでもなければ無関心でもない。ただ、目に見えない壁を築いているだけなのだ。

外から吹きこむ風のせいで、煙草はどんどん燃えていく。イヴァーナはそれに負けじとせわしなく煙を吸いこみながら、沈黙の長城を破る話題をあれこれ考えていた。

自滅的な人間の常として、結局選んだのは最悪の話題だった。

「警視、ひとつうかがいたいのですが」

「その前にウィンドウを閉めてくれ」

イヴァーナは煙草を投げ捨て、リアウィンドウをあげた。

今、タブーを破ろうとしている。そう思うと恐ろしいと同時に、胸が沸きたった。

68

突然、沈黙が重く固まりついた。まずいわ。やっぱり地雷を踏んでしまったんだ、とイヴァーナは思った。それがどんな地雷かはわからないけれど。ニエマンスの喉から、唸り声ともため息ともつかない音が漏れた。重々しい彼の声は、時に地震波のような意味不明の音になることがあった。

「家族の話は、前にもしたと思うが」

「何もうかがってません」

「まあいい。おれはアルザス生まれでね。どこにでもあるような一家さ。親父《おやじ》は仕事で忙しく、おふくろは鬱病ぎみだった」

イヴァーナはユルゲンとラオラの両親を思い浮かべたけれど、それ以上の共通点はありそうもなかった。

「だから、おれの兄貴がおかしくなっても、両親はまったく気づかなかった」

「お兄さんがいたんですか？」

「ああ、三つ年上の。おれたちは何から何まで分け合っていた。ところがある日、調子が狂い始めた」

ニエマンスは先を続けるのをためらっているようだった。ウィンドウを閉めているせいで、エンジン音はくぐもって聞こえた。回転数があがったようだ。

「兄貴の名前はジャンっていうんだが」ニエマンスはしばらくすると、また話し出した。「ジャンはひとり言を言い始めた。夜、二人で寝ていると、天井にむかって話す声が聞こえた。何かの妄想にとり憑かれていたんだ」

「心を病んでいたってことですか？」

「今なら精神の病気だとすぐに判断できるだろうが、当時のアルザスでは……それにジャンは病気を隠す術《すべ》を心得ていたからな。秘密を知っているのはおれだけだった……」

沈黙がまた続いた。遠ざかったと思っていた嵐が、突然もっと近くから、もっと激しく襲いかかってきたかのように。

「ジャンは初め、おれのことを仲間だと思い、幻覚の世界について細々《こまごま》と話した。自分の力を示すしるしとして、高速道路の橋のうえに罠を仕掛け、車に石ころが落ちるようにしたとか、聴覚を研ぎ澄ませ、暗闇で振動が感知できるよう、夜中にモグラを捕まえてその血を飲んだとか。蜘蛛の巣みたいな装置を作ったこともあった。四方に伸びた糸の先端に、針金の輪っかが結びつけてある。それを黒つぐみの雛の首にひっかけて、毎朝餌をあげるんだ。やがて成長した雛は、針金で首が締まり……」

「両親にはその話をしなかったんですか？」

「そんな作り話をするなって言われたよ。ジャンは大人の前に出ると、おかしなそぶりはいっさい見せなかったからな。妄想の世界を、注意深く隠していたんだ」

「学校では？」

「同じことだ。ただ、ときおり妙な事故が起きた以外は……」

イヴァーナは狂気の緩やかな坂を滑り落ちていくような感じがした。つかまるものはどこにもない。下で何が待ち受けているのか想像すると、恐ろしかった……

「何歳のころのことなんですか？」

「ジャンは十三歳、おれは十歳だった」

ニエマンスは道路をじっと見つめている。けれども彼は、まっすぐに伸びるアスファルトの道とは別の何かを眺めているかのようだった。力いっぱいハンドルをつかむ腕の苛立たしげな緊張を、イヴァーナは感じ取ることができた。

「やがてジャンはおれを用心し始め、脅し文句以外は何も言わなくなった。まさかと思うだろうが、兄貴はおれを殺そうとしているのだとわかった」

イヴァーナは目のやり場に困った。猛スピードで走り去っていく道は、こんな打ち明け話にはそぐわなかった。けれどもニエマンスのほうを見るのも問題外だ。死人のような顔にぎょっとさせられるだけだろう。棺桶にかけたロープみたいに、筋が浮き出た顔に。

「毎年、夏休みには、父方の祖父母の家へ行っていたんだが、そこでおれはジャンの計画に気づいた。祖父母はレグリスという名のイタリアン・マスティフを飼っていた。古代ローマの歩兵軍団《レギオン》が闘犬用にしていた犬の末裔だ。闘技場ではライオンにも敢然と立ちむかったそうだ。あるいはローマの貧民街で、売春婦の用心棒役をしたり」

「とってもかわいい犬みたいだわ……」

イヴァーナはついそんなふうに混ぜっ返してしまった。皮肉なジョークを飛ばすのは悪い癖だ。

「ジャンはその犬におれを殺させようとした」ニエマンスは先を続けた。「レグリスはでっかいぬいぐるみみたいな犬だった。人にもよく慣れていて、決して噛みついたりしない。けれどもジャンは、犬の狂暴な本能をよみがえらせようとした。祖父母の家に行くたび、レグリスを闘犬に変えようとしていた。目指す敵はおれひとりだけど」

「大人たちはどうしていたんですか？」

「祖父母は何が起きているのかわかっていなかった。おれのことを笑っていたよ。忠実な犬を怖がる臆病者だって」

「それで、犬に襲われたんですか？」

「いいや、まだ何かがレグリスを抑えていた。長年の躾に逆らえなかったのか、それとも生まれつき穏やかな性格だったのか、それはわからないが……けれどもおれは、犬が少しでもうなったり動いたりするのを、びくびくしながらうかがっていた。いつでもどこでも、犬の脅威を感じていたんだ」

ニエマンスはひと息ついた。記憶を頭のなかによみがえらせているのかもしれない。トランプのカードを集め、シャッフルしなおすかのように。彼はもっと遠くまで、もっと深くまで、記憶を掘り起こそうとしている。

「ある日曜日のこと、祖父母は農事品評会に出かけた。家から五十キロ以上も離れたところでやる、くだらない会さ。ジャンがおれの面倒をみることになったが、こっちは身が縮みあがる思いだった。けれどもその日、兄貴はまともそうだった。落ち着いていて、頭も話もちゃんとしている。レグリスを調教しておれにけしかけるなんていう話は、冗談に決まってるじゃないかと言って、笑っていたくらいだ。だからそのとき、兄貴を少し信用してしまった。おれたちはテレビを見ながら昼食をとった（レグリスは犬小屋の近くにつないでおくようたのんであった）。『おしゃれ㊙探偵』なんていうドラマが流行っていたころだが、まあ知るわけないな……一瞬、おれはすべてが昔に戻ったような気がした……

眠りから覚めたら、目隠しをされていた。おふくろがいつも飲んでいた睡眠薬を、ジャンはおれの食べ物に混ぜたのだろう。ここがどこなのか、今何時なのかもまったくわからなかった。体のあちこちに、火傷《やけど》のような痛みがあった。前腕、踝、腰……なかでもいちばん酷かったのは体の真ん中、両脚のつけ根あたりだった。ずきずきと疼くような熱気が広がり、太腿の奥まで入りこんでいく。

おれは叫び声をあげようとしたけれど、口には猿轡《さるぐつわ》を噛まされていた。おれはパニックに襲われ、全身を震わせながら、鼻孔をいっぱいにひろげて息をした……そのときになってようやく、臭いに気づいた。忌まわしい獣の臭いだ。それが体中の毛穴から、おれのなかに染みこんでくる……あいつがいるんだ、すぐ近くに。おれのなかにまで入りこんでいる。汗の臭いに混ざって、恐ろしい獣臭がした。濡れた体毛の臭いが……レグリスがそこに、すぐ近くにいる。でも、どこなんだ？」

　ジャンが幼いニエマンスの目隠しをはずす瞬間を、イヴァーナは恐れていた。話がそこに至ったら、どうなるのだろう？　すべては今、ここで、ボルボのなかで起きていることなんだ。彼女はドアのノブを力いっぱいつかんだ。関節が白くなり、手のひらに爪が喰いこんで血が出そうになるくらいに。

「そこは庭の奥にある、祖父の小屋だった」ニエマンスはしばらくすると、また話し始めた。記憶のなかで目隠しがはずされるまで、間を置いていたかのように。

「おれは自転車のブレーキワイヤーで、椅子に縛りつけられていた。何十本ものワイヤーは、大きな蜘蛛の巣みたいに周囲に伸びていた。レグリスもおれといっしょに縛られていた。犬はおれの股のあいだで、身動きがとれなかった。大きくあいた口が、ちょうどおれの性器の前にある。ジャンは縛《いましめ》をさらに締めあげ、痛みと怒りに駆られた犬がおれの股間にがぶりと噛みつくようにけしかけた……けれどもレグリスはじっとしていた。おれの陰嚢にひらいた口をあてたまま、目を潤ませていた。あふれた唾液で、おれのズボンを濡らしながら。奇妙なことに、レグリスは凶暴性をすっかりなくしていた。犬が主人に何かを期待して、おとなしく哀願するときの悲しそうな目をしていた……

　なんとかレグリスをなだめよう。おれはそう思って、精いっぱいやさしい声を出そうとした。できるだけ穏やかな口調で、ささやきかけようと。でもおれの口からは、まったく声が出なかった。おれにできたのは、黙ってじっとしたまま存在を消すことだけ、脳の片隅に残った太古の本能で、恐怖の瞬間を切り抜けるだけだった……」

イヴァーナはシートにうずくまり、じっとダッシュボードを見つめていた。船のうえではためく古い帆のように、疑問が脳裏に浮かんだ。

「それで……お兄さんは？」

「兄貴は眠っている。おれの目の前で、床に寝ころんで。おれに死の罠をしかけておいて、供犠《くぎ》のさなかに眠ってしまったんだ。そんなことがよくあった。発作のさなかに、突然眠けに襲われるらしい。脳が過熱するあまり、徹夜が続いていたんだろう。その場の光景ときたら、さぞかし見ものだったろうよ。おれはボスに拷問されているヤクの売人みたいに縛りあげられている。息を切らした犬がおれの睾丸に牙を立て、兄貴はその前ですやすやと眠っている……」

ニエマンスはそこで言葉を切った。話はこれで終わりなのか？　いずれにせよ、少年は九死に一生を得た。けれども、本当に五体無事だったのだろうか？　ニエマンスは男としての機能を損なわれてしまったのかもしれない。そんな考えが、溶岩流のようにイヴァーナの血のなかを流れた。

「兄貴が目を覚ますまで、すべてが凍りついていた。やつはおれに目をむけ、自分の作品にしばらく見とれていた。それから黙って立ちあがり、ワイヤーを切っておれを解放した。犬は唸り声をあげながら逃げていき、おれは気を失った。意識を取り戻したとき、おれはベッドに寝かされていた。あの場面について、ジャンが口にすることはなかった。まるですべてが、おれの夢だったかのように。だが実際は、夢を見ていたのはジャンのほうだった。あいつは何も覚えていなかったんだ。おれはあいつの悪夢の登場人物になってしまった」

旅の道づれよろしく、ボルボのエンジン音が鳴り響いている。途切れなく続く轟音は、決して終わらない円運動のようだった。

イヴァーナの体を貫いた熱気は、ちくちくするような痒みに変わった。さらなる情報を求める警官が感じる体の疼きだ。

「でも」とイヴァーナは思いきってたずねた。「まだ続きがあるのでは？」

ニエマンスは彼女のほうをむき、吐き出すように言った。

「これだけじゃ、もの足りないか？」

イヴァーナは肩のあいだに首をすくめた。ニエマンスは傷ついた人格《パーソナリティ》の奥に隠された堅い核《ハードコア》をさらした。けれどもイヴァーナは、映画のラストが理解できなかった少女のような表情をしている。

ニエマンスはため息をついた。たしかにまだいくつか、彼女に与えられる断片があったと、突然思いあたったらしい。

「両親はこんな拷問が行なわれたことには、まったく気づかなかった。おれは病気になった。今で言う《抑鬱症状》ってやつだな。学校にも行かなくなり、部屋にこもりっきりだった。もう、外には出たくなかった。そんなとき、二つの出来事があった。

まずはレグリスが死んだこと。おれたちはちょうど、祖父母の家にいた。死因はわからなかったが、みんながおれを疑った。ジャンはしつこくおれを責め続けた……もうひとつは、ジャンが中学校で狂気の発作に襲われたこと。正確な状況はもう覚えていないが――実際のところ、詳しい話は聞かせてもらえなかったし――兄貴の心が病んでいることはもう否定のしようがなかった。生徒の半数が、その場面を目撃したんだ。ジャンは病院に入れられ、薬漬けのゾンビになってあっちの施設、こっちの施設とたらいまわしにされた。

いっぽうおれのほうは、まだ間に合ううちに警報を出し損ねた弟という役割を押しつけられた。ほとんど裏切り者扱いさ。寄宿舎に入れられてからは、家にもまったくよりつかなくなった。あの家族はおれに何ももたらさなかった。これからもそうだろうな。おれはひとりで切り抜けると心に決めた。まずまず、うまくやりとげたつもりだ。家族は弱さだ、孤独こそ力なんだと、おれはずっと思ってきた。そうやって、どうにか生きのびたんだ。あんなことがあったあとだからな、もちろん犬はもう見たくもないが」

沈黙がニエマンスの話を締めくくった。けれどもイヴァーナは、まだおしまいにはできなかった。わたしは警官だ。何年も前から心を苛んでいる謎を、今解き明かそうとしている。その謎はどこか仄暗いところで、わたしとニエマンスを密かに結びつけている。わたしだって苦悩と本能的な恐怖、夜の慄きに満ちた人生に、それなりの犠牲を払ってきたんだ……

「お兄さんはどうなったんですか？」

「自殺したよ、二十六歳のときに。《介護つきアパート》に暮らしていたんだが、昼間は何時間か外出を許されていた。ジャンは祖父母に会いに行き、庭の奥の小屋で首を吊った。きっとあの小屋を見て、記憶がよみがえったんだろう……」

薄氷のうえを歩くみたいに、そっと注意深く行かなくては、とイヴァーナは思った。しかしそういう繊細さを、彼女は持ち合わせていなかった。

「それでご両親とは、また仲よくなれたんですか？」

ニエマンスはにやりとした。イヴァーナの無邪気さに驚きあきれながらも、面白がっているかのように。

「ジャンが死んだから？　いや、まったく。おれは葬式にも行かなかった。忘れるんじゃない。家族は弱さなんだ」

イヴァーナはこの言葉について、あらためて考えさせられた。わたしは家族を持ったことがない。持とうとしたけれど、失敗したのだ。この言葉が真実ならいいのだけれど……

ニエマンスは説明不足だったと感じたのか、こうつけ加えた。

「あのころすでに、おれは自分の生き方を持っていた」

「どんな生き方を？」

　つまらないことを言ってしまったわ。イヴァーナは持ち前の疑り深さから、思わず訊き返しただけだ。実の兄弟の死よりも大事なことなんて、何があるだろうかと。でもそんな月並みな感情は、ニエマンスのなかにない。それにわたしのなかにも。

「おれは警官になり、他人の犯罪のなかに身を浸した。言ってみりゃ、気分転換みたいなものだ。ともかくこの仕事のおかげで、おれはもっと強くなれた。心に負った深い傷《トラウマ》に立ちむかえるようになったんだ。いや、もしかしたらその逆かもしれない。おれはそうやってバランスを保ち、本来の自分になれたのかも」

《本来の自分になる》という言葉で、ニエマンスが何を言わんとしたのか、イヴァーナにはよくわかっていた。ハンター、狂気にとりつかれた人、殺人者だ。彼は自分がそんな男だと言ってはばからなかった。正当防衛ならば、人にむかってためらわず銃を撃つ男だ。それこそ、おれ自身なんだと。

　いつかニエマンスが、ふと漏らしたことがあった。《人を殺すのはわけない。死を受け入れるだけでいい》と。イヴァーナにはその意味が、すぐには理解できなかった。彼女はこの言葉を何週間ものあいだ反芻し、ようやく気づいた。自分の死がどうでもいい、ささいなことだと思えたとき、初めて他人の死に耐えられる。そう思えば、ある意味、生きていくのも楽になる……

　イヴァーナはこの考えに同意できなかった。彼女もまた、人を殺したことがあった——息子の父親を。けれどもそれは、自分の死を受け入れたからではない。逆に自分が生きていたかったから、息子の命を救いたかったからだ。

　それでも今、ニエマンスとイヴァーナは似た者同士だ。二人とも、最後の境界線ぎりぎりまで近づいている。そう思うとイヴァーナは、ほっとすると同時に胸が締めつけられた。フランスへ戻る道を突っ走る二人のカミカゼ。彼らは他人の死のなかに生きる理由を見出す、迷える二人の警察官だった。

訳者あとがき

ジャン＝クリストフ・グランジェの出世作にして代表作『クリムゾン・リバー』（1998）の拙訳（創元推理文庫）が出たとき、わたしは「あとがき」の冒頭にこう記した。「ジャン＝クリストフ・グランジェは、フランス・ミステリ界に彗星のごとく現われた大型新人作家だ」と。それから早二十年が過ぎようとしている今日、彼はフランス・ミステリの第一人者として活躍し続け、ベストセラー作家の地位を不動のものとしている。デビュー作の『コウノトリの道』（1994、創元推理文庫）以来、発表した長篇小説はすでに十五冊を数え、その多くが映画化、あるいはテレビドラマ化されているところからも、本国フランスでの人気ぶりがうかがえる。

グランジェはこれまでシリーズものを、一度も手がけたことがなかった。それは一作ごとに新たな趣向を凝らし、完成度の高い作品を書きあげようという意欲のあらわれだろう。しかし読者の側からすれば、魅力的な登場人物のその後を知りたいと思うのもまた人情だ。本書はそんなグランジェ・ファンの願いを叶えた、『クリムゾン・リバー』の待望の続篇である。

主人公はもちろん、『クリムゾン・リバー』で強烈な印象を残したピエール・ニエマンス警視。犯罪捜査の能力は司法警察局随一だが、ひとたび暴力の衝動に駆られると抑えがきかなくなり、何をしでかすかわからない《あぶない刑事《デカ》》だ。そんなわけでたびたびトラブルを起こし、警察の上層部からも持て余されている。強面《こわもて》の外見はと言えば、「骨ばって皺のよった顔。短く刈った、光沢のある白髪まじりの髪。丸いメタルフレームの眼鏡。（……）こんなやつと人けのない通りですれちがいたくないものだ」と『クリムゾン・リバー』にはある（二十一ページ）。マチュー・カソヴィッツ監督による映画化作品ではジャン・レノが演じていたが、原作のイメージそのままのはまり役だった。

けれどもニエマンスは『クリムゾン・リバー』のラストで、山間の大学町ゲルノンの奔流に呑まれたはずでは、と疑問に思った読者もおられるだろう。「実は続篇を書こうと思い立ったとき、あのラストを忘れていたんだ」と、作者は冗談めかして言っているが、本書はまさにニエマンスが凍った川から救出され、九死に一生を得たところから始まる。長い昏睡状態から目覚めてようやく回復したニエマンスは、数年間におよぶ警察学校の教官生活を経て、フランス各地で起きた凶悪な異常犯罪の捜査にあたる特命係に任命される。久方ぶりの現場復帰に意欲を燃やすニエマンスだが、ゲルノンの事件で心身に負った傷は彼に暗い影を投げかけている。そうした設定のせいか、本書で描かれるニエマンスのキャラクターには、『クリムゾン・リバー』と比べて微妙な変化が感じられる。発作的に湧きあがる激しい暴力衝動は相変わらずだが、ときおり柄にもなく弱気なところを見せるあたり、人物造形に前とは一味違う深みが増しているのではないか。それからもうひとつ、ニエマンスの病的な犬嫌いの原因となった少年時代の忌まわしい出来事が今回初めて明かされているのも、『クリムゾン・リバー』からの読者にとっては興味深い点だ。

『クリムゾン・リバー』でニエマンスとコンビを組んだカリム・アブドゥフ警部は残念ながら登場しないものの、彼に代わってニエマンスの相棒となるのがイヴァーナ・ボグダノヴィッチ警部補である。いわば彼女は、アラブ人二世で不良少年あがりの警察官カリムの女性版だ。クロアチア人移民の父親とフランス人の母親とのあいだに生まれ、麻薬に溺れる荒れた少女時代を送ったイヴァーナは、警察学校でニエマンスの指導を受けて自らが進むべき道を見つけた。彼女が心に抱える闇を、ニエマンスはよく理解している。だからこそ彼は、新たな相棒としてイヴァーナを選んだのだ。互いに頼り頼られる二人の関係は、疑似的な父娘《おやこ》のようでもある。

ところで『クリムゾン・リバー』の続篇を作ろうというアイディアは、もともとテレビドラマの企画として持ちあがったものだった。こうしてグランジェも全面参加のもとに、フランスのテレビ局フランス2の制作によるテレビドラマ版 Les rivières pourpres（『クリムゾン・リバー』の原題と同じ）が生まれた。シーズン1（二〇一八年放映）とシーズン2（二〇二〇年放映）はそれぞれ四話からなっているが、本書はグランジェがシナリオを担当したシーズン1第一話を小説化したものである。それについては、「ミステリマガジン」二〇一九年一一月号に掲載されたグランジェのインタビュー（聞き手はミステリ評論家の三橋曉氏）にも詳しいので、ご参照いただきたい。またシーズン1第二話にあたる『Le jour des cendres（灰の日）』の小説版も二〇二〇年六月に刊行され、好評を博している。

テレビドラマ版でニエマンスを演じているのは、映画「あるいは裏切りという名の犬」の監督／出演や、「すべて彼女のために」の出演で知られるオリヴィエ・マルシャル。グランジェは当初ジャン・レノを想定していたが、年齢的な理由から難しいだろうということになって白羽の矢が立ったのが彼だった。少し枯れた雰囲気も醸しているオリヴィエ・マルシャルは、初老にさしかかった新たなニエマンス像にうまく合っているというのがＤＶＤを観た印象だ。イヴァーナ役の（ドラマでの役名はカミーユ・ドロネーとなっている）エリカ・セントは、日本ではまだあまり馴染みのない女優だが、グランジェ自身が気に入って抜擢したというだけあって、繊細ながら芯の強いヒロインを巧みに演じている。このテレビドラマ版「クリムゾン・リバー」は評判がよかったらしく、現在シーズン３の計画が進んでいるという。

小説に映画にテレビドラマにと、メディアミックス的な活動を精力的にこなすグランジェだが、すでに次作の執筆にも取りかかっている。『クリムゾン・リバー』の続篇は前記『灰の日』でいったん終え、今度は初の歴史ミステリに挑戦するそうだ。舞台は一九三九年、ナチス政権下のドイツ。八百ページにも及ぶ大作になる予定だが、一年後の刊行を目指して鋭意執筆中だという。グランジェがいかなる新境地を拓くのか、今から楽しみなところだ。

第四作にあたる『狼の帝国』（2003, 創元推理文庫）以降、しばらく紹介が途絶えていたグランジェだが、近年『通過者』（2011, ＴＡＣ出版）、『死者の国』（2018, ハヤカワ・ミステリ）と、立て続けに邦訳が刊行された。未訳作品のなかには、まだまだ傑作がいくつも埋もれているので、わが国におけるグランジェ・ルネサンスが本格的に開花することを期待したい。

二〇二〇年八月

SMITH WEEKLY PUBLICATIONS

Words by Tom Lehrer

Music by Tom Lehrer

Copyright © 1953 by Tom Lehrer, New York

Translation rights reserved throughout the world

Printed in Japan

HAYAKAWA POCKET MYSTERY BOOKS No. 1959

平《ひら》 岡《おか》 敦《あつし》

1955年生，早稲田大学文学部卒
中央大学大学院修士課程修了
フランス文学翻訳家，中央大学講師
訳書
『第四の扉』ポール・アルテ
『ルパン、最後の恋』モーリス・ルブラン
『天国でまた会おう』『炎の色』ピエール・ルメートル
（以上早川書房刊）他多数

この本の型は，縦18.4センチ，横10.6センチのポケット・ブック判です．

〔ブラック・ハンター〕

2020年9月10日印刷　　2020年9月15日発行

著　者　ジャン＝クリストフ・グランジェ
訳　者　平　岡　敦
発行者　早　川　浩
印刷所　星野精版印刷株式会社
表紙印刷　株式会社文化カラー印刷
製本所　株式会社川島製本所

発行所　株式会社　**早川書房**
東京都千代田区神田多町２－２
電話　03-3252-3111
振替　00160-3-47799
https://www.hayakawa-online.co.jp

（乱丁・落丁本は小社制作部宛お送り下さい
送料小社負担にてお取りかえいたします）

ISBN978-4-15-001959-4 C0297
JASRAC 出 2006830-001
Printed and bound in Japan